A cortesã e o samurai

LESLEY DOWNER

A cortesã e o samurai

Tradução de
ANA QUINTANA

EDITORA RECORD
RIO DE JANEIRO • SÃO PAULO
2013

CIP-BRASIL. CATALOGAÇÃO NA FONTE
SINDICATO NACIONAL DOS EDITORES DE LIVROS, RJ

D779c
Downer, Lesley, 1949-
    A cortesã e o samurai / Lesley Downer; tradução de Ana Quintana. – 1. ed. –
Rio de Janeiro: Record, 2013.

    Tradução de: The Courtesan and the Samurai
    ISBN 978-85-01-09303-5

    1. Romance inglês. I. Quintana, Ana. II. Título.

13-0449
                          CDD: 823
                          CDU: 821.111-3

Título original:
THE COURTESAN AND THE SAMURAI

Originalmente publicado na Grã-Bretanha em 2010 por Bantam Press, uma divisão de Transworld Publishers
Copyright © Lesley Downer 2010

Texto revisado segundo o novo Acordo Ortográfico da Língua Portuguesa.

Todos os direitos reservados. Proibida a reprodução, no todo ou em parte, através de quaisquer meios. Os direitos morais da autora foram assegurados.

Direitos exclusivos de publicação em língua portuguesa somente para o Brasil adquiridos pela
EDITORA RECORD LTDA.
Rua Argentina, 171 – Rio de Janeiro, RJ – 20921-380 – Tel.: 2585-2000, que se reserva a propriedade literária desta tradução.

Impresso no Brasil

ISBN 978-85-01-09303-5

Seja um leitor preferencial Record.
Cadastre-se e receba informações sobre nossos lançamentos e nossas promoções.

Atendimento e venda direta ao leitor:
mdireto@record.com.br ou (21) 2585-2002.

Para Arthur

Viver só o momento, dedicar todo nosso tempo aos prazeres da lua, da neve, das cerejeiras em flor e das folhas de bordo. Cantar, beber saquê, nos acariciarmos, devanear, devanear e nada mais. Sem nunca nos preocuparmos se não tivermos dinheiro, jamais termos o coração triste. Como um cabaço subindo e descendo pela correnteza do rio, esse é o que chamamos de *ukiyo* — o mundo flutuante.

Tales of the Floating World, Ryoi Asai,
escrito depois de 1661.

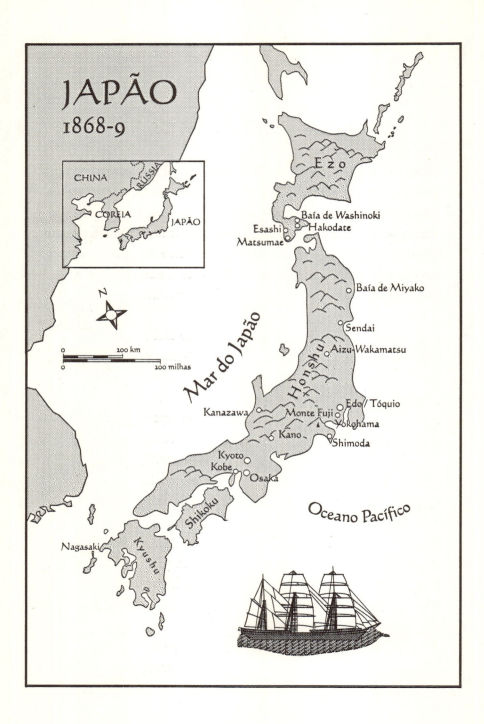

Agradecimentos

Imensos agradecimentos a Selina Walker, da Transworld, que se entusiasmou muito com este livro, me incentivou e me manteve na direção certa. Tenho uma grande dívida com ela e sua equipe — Deborah Adams, Claire Ward e os demais, que nunca faltaram com apoio, inspiração e paciência.

Enormes agradecimentos a meu agente Bill Hamilton, que, como sempre, deu firme apoio e, entre muitas outras coisas, sugeriu que eu fosse ver o *Warrior*, o navio de Sua Majestade. Agradecimentos também a Jennifer e a todas as pessoas no A. M. Heath.

Tenho uma dívida com os historiadores japoneses cujos livros consultei, embora eu tenha tomado muitas liberdades com a intenção de contar uma boa história. Alguns desses historiadores são citados na bibliografia no fim deste livro, mas existem muitos outros.

Tive a sorte de poder usar os recursos de várias bibliotecas ótimas, inclusive a Diet, de Tóquio, onde li jornais da época, e a da Escola de Estudos Orientais e Africanos de Londres (SOAS, na sigla em inglês). Fui ajudada e inspirada pelos museus de Tóquio que recriam a antiga Edo: o Museu Edo-Tóquio, em Ryogoku, o Museu Edo de Fukagawa e o Museu Shitamachi em Ueno, que ofereceram uma ajuda incalculável para a recriação desse período.

Como sempre, por último, mas mais importante que tudo, agradeço a meu marido Arthur, cujo amor, apoio, paciência e bom humor foram fundamentais para que eu escrevesse este livro. Ele leu e comentou cada rascunho e, como especialista em história militar, garantiu que eu colocasse os rifles e canhões corretamente, visitou o navio *Warrior* comigo e ouviu infinitas arengas sobre os malefícios e benefícios causados pela guerra civil no país e na vida de Yoshiwara.

Este livro é dedicado a ele.

Prefácio

Décimo primeiro dia do quarto mês, ano do Dragão, Meiji 1 (3 de maio de 1868)

As últimas flores da cerejeira caíam e iam flutuando até o chão. Olhando as pétalas cor-de-rosa se desprenderem, Hana pensou se o marido voltaria a tempo de ver a árvore florir no ano seguinte. Ela podia ouvi-lo andar para cima e para baixo, depois o ruído de algo sendo espatifado por ele no chão.

— O inimigo está tomando o castelo, isso é demais para suportar! — disse ele, de seu jeito característico, alto o bastante para deixar os criados tremendo. — Sulistas dentro dos portões, profanando o grande salão e os aposentos particulares do xogum. Não temos outra saída senão fugir! Mas voltaremos, daremos um jeito de expulsá-los e matar os traidores.

Num rompante, ele saiu da casa e ficou à entrada, alto e imponente em seu uniforme negro com as duas espadas dos lados, olhando os criados e sua jovem esposa que esperava, nervosa, para se despedir dele.

Ouviu-se um som de vozes no portão principal. Um grupo de jovens tinha se reunido lá, com as sandálias de palha arrastando na terra batida da estrada. Hana reconheceu-os. Alguns moravam nos quartéis próximos, outros, nos alojamentos dos aprendizes e vinham muito à casa fazer limpeza e levar recados. Mas naquele momento, em seus elegantes uniformes azuis e calças largas, com uma espada de cada lado do corpo, aqueles meninos tinham se transformado em homens. Ela podia ver a agitação no rosto deles.

Estavam indo para guerra, todos eles, deixando para trás apenas ela, os sogros idosos e os criados. Hana desejou de todo coração que pudesse ir também. Podia lutar tão bem quanto eles, pensou.

Tinha 17 anos e, por ser casada, mantinha a sobrancelha bem raspada, os dentes pintados de preto e os longos cabelos negros, que quando soltos atingiam o chão, untados e presos num penteado em estilo *marumage*, usado pelas esposas jovens. Havia vestido seu melhor quimono formal, como sempre fazia para se despedir do marido. Esforçava-se para fazer tudo direito, embora às vezes, no fundo, desejasse que seu destino tivesse sido outro.

Encontrava-se casada havia dois anos, mas durante todo esse tempo o marido estivera na guerra e ela mal teve tempo de conhecê-lo. Dessa vez, ele passou apenas alguns dias em casa e, de novo, já tinha de partir. Era um capataz violento e batia nela quando se zangava. Mas ela nunca esperou mais que isso, o casamento foi arranjado por seus pais e não lhe competia questionar.

Em tempos normais, ela faria parte de uma enorme residência com parentes, atendentes, criados e aprendizes, talvez até tias, tios e primos, e sua tarefa seria cuidar da casa e servi-los. Mas aqueles eram tempos muito diferentes dos normais. Edo estava sendo atacada — Edo, a maior cidade do mundo, um lindo lugar cheio de riachos, rios, agradáveis jardins e largas avenidas arborizadas onde 260 daimiôs tinham suas mansões e dezenas de milhares de habitantes enchiam as ruas movimentadas. Ninguém possuía sequer lembrança da cidade ter sido alguma vez ameaçada e agora não só fora atacada como também ocupada. Hordas de soldados sulistas estavam chegando.

Eles tinham derrubado a Sua Senhoria, o xogum, do poder e naquele mesmo dia estavam invadindo o castelo. Hana tentou imaginar como a construção deveria ser: os corredores ecoando como se o piso fosse formado por rouxinóis, que rangiam e cantavam, revelando a presença até mesmo do intruso de passo mais leve; as centenas de salas de audiência e outras tantas graduações de criados uniformizados; os tesouros de valor incalculável; as requintadas salas de cerimônia do chá; as lindas senhoras da residência borboleteando pelos corredores em seus trajes exuberantes. Era horrível pensar nos sulistas, com aquele sotaque grosseiro e maneiras rudes, pisando nos elegantes cômodos, destruindo uma cultura que jamais entenderiam ou admirariam.

Edo inteira sabia da invasão e estava horrorizada. Não se falava de outra coisa na cidade. Os sulistas tinham publicado editos mandando o povo ficar em casa enquanto tomavam a cidade e avisando que qualquer resistência seria duramente reprimida. Hana ouvira os criados cochicharem que metade da população havia fugido.

— Fico orgulhoso de você lutar, meu filho — disse o sogro de Hana em sua voz aguda. Era um velho magro, de barba rala, que se apoiava na espada como um veterano endurecido pela batalha. — Se fosse mais jovem, eu iria para a guerra com você, ao seu lado.

— O norte ainda resiste — respondeu o marido dela. — Podemos pelo menos impedir que o sul avance lá. O povo de Edo terá de aguentar a ocupação até voltarmos e retomarmos a cidade e o castelo.

Virou-se para os jovens no portão e chamou:

— Ichimura! — Um rapaz desajeitado e grandalhão, com cabelos que pareciam uma moita, se adiantou. Olhou em volta, nervoso, seus olhos encontraram os de Hana e ele corou até a ponta das grandes orelhas. Ela sorriu e abaixou a cabeça, cobrindo a boca com as mãos. O marido empurrou o jovem na direção do sogro dela.

— Meu tenente de confiança — afirmou, dando um tapinha nas costas dele com tanta força que o rapaz perdeu o equilíbrio e foi para a frente. Ichimura fez uma mesura até ficar com as costas quase paralelas ao chão. — Não é nenhuma beleza, mas um ótimo espadachim e não bebe muito. Confio nele para tudo.

Hana, observando-o andar desajeitado pelos paralelepípedos para se juntar aos companheiros no portão, sentiu um toque de tristeza e mordeu o lábio, percebendo que talvez nunca mais visse nenhum deles.

Os criados enfileirados entre a porta da frente e o portão estavam em pranto. O marido de Hana era um patrão bravo e todos o temiam, mas também o respeitavam e sabiam que era um grande e famoso guerreiro. Ele percorreu a fila dirigindo-se a cada um individualmente.

— Você, Kiku, mantenha as fogueiras acesas; você, Jiro, traga sempre a lenha e a água. Oharu, cuide de sua patroa e Gensuké, cuidado com incêndios e invasores.

Até o velho e aleijado Gensuké estava esfregando os olhos.

Hana ficou perto do começo da fila, atrás da sogra e na frente de sua criada Oharu. O marido se aproximou e ela sentiu o cheiro da pomada almiscarada que usava. Ele levantou o queixo dela. Hana viu aquele rosto forte e os olhos penetrantes, o cenho franzido e os fartos cabelos negros presos num lustroso nó no alto da cabeça. Percebeu então fios grisalhos que não havia notado. Olhou para ele, pensando que poderia ser a última vez que o via.

— Você sabe a sua obrigação: sirva minha mãe com lealdade e tome conta da casa — disse, ríspido.

— Deixe-me ir com você! Há batalhões de mulheres no norte lutando com alabardas. Posso me juntar a elas — pediu, veemente.

O marido deu um riso irônico e o vinco entre as sobrancelhas ficou mais profundo.

— Campo de batalha não é lugar de mulher. Logo você perceberá isso, sua função é cuidar de meus pais e defender a casa. Vai ter a mesma agitação aqui, talvez até mais, e não haverá mais homens, só terá você, lembre-se. É uma enorme responsabilidade.

Ela suspirou e inclinou a cabeça.

— Lembre-se — repetiu, apontando para ela um dedo comprido e elegante. — Mantenha barricadas no portão e as portas de correr trancadas. Não saia de casa, a menos que seja preciso. A cidade está em mãos inimigas agora e não há policiamento nas ruas. Os sulistas sabem quem eu sou e podem se vingar atacando minha família. Vai lembrar do que eu disse?

"Se tudo der errado e eu correr perigo, vá à ponte do Japão e pergunte onde fica... Chikuzenya. Eles serviram nossa família durante várias gerações. — O rosto suavizou e ele apoiou o queixo dela na mão. — Você é uma menina boa e corajosa — disse. — Estou contente de ter casado com uma samurai. Tem coração de guerreiro. Quando eu estiver no campo de batalha, lembrarei desse lindo rosto e quando eu voltar você terá um filho meu."

Fez uma reverência para o pai, pediu a benção e virou-se para o portão. Os homens já estavam enfileirados. Calaram-se quando ele assumiu seu lugar na frente da tropa. Hana, os sogros e os criados fizeram uma reverência e ficaram nessa posição até o último uniforme azul sumir. A batida dos pés foi diminuindo e só se ouviu o zumbido dos insetos, o canto dos pássaros e o farfalhar das folhas ao vento.

Inverno

1

Décimo mês, ano do Dragão, Meiji 1
(Dezembro de 1868)

Hana estava de joelhos, encolhida ao lado do braseiro no salão principal da casa, lendo um livro à luz de duas velas, tentando prestar atenção na história e esquecer o silêncio e a tristeza à sua volta. Então, em algum lugar distante, ela ouviu um barulho. Ergueu os olhos abruptamente, o coração batendo forte, e prestou atenção, com o cenho franzido, sem sequer respirar. Primeiro foi um sussurro, em seguida, o barulho aumentou até parecer o rugido de uma avalanche: eram muitos pés com sandálias de palha marchando na estrada em direção à casa.

Os passos se aproximavam. Houve uma batida que ecoou no ar parado até chegar a ela, dentro dos aposentos escuros. Seja lá quem fossem, batiam no robusto portão de madeira. Ela o manteve trancado e com barricadas, como o marido havia instruído, mas iam derrubá-lo em pouco tempo. Sabia que ninguém fazia visitas em épocas como aquela. Só podiam ser soldados inimigos que vieram levá-la ou matá-la.

Apertou os punhos, tentando desfazer aquele nó de pânico em seu estômago. O marido lhe havia deixado uma arma na gaveta de uma das grandes arcas, mas nunca a tinha manuseado. Lidava melhor com sua alabarda, pensou.

A alabarda era a arma das mulheres. Era leve e comprida, duas vezes a altura de uma mulher e três vezes maior que uma espada de samurai;

assim, se um homem a atacasse com uma espada, a mulher teria tempo, se fosse ágil, de ferir as pernas dele antes. Por instinto, os espadachins sempre protegiam a cabeça, o pescoço e o peito, mas um golpe nas panturrilhas sempre os pegava de surpresa.

Hana tinha praticado a alabarda desde menina. Quando a empunhava, era como se fizesse parte de seu corpo e os cinco golpes — atacar, cortar, furar, rechaçar e impedir — eram tão naturais para ela como respirar. Mas sempre lutara com uma arma de madeira, usada para treino. Ainda não tivera a chance de usar uma de verdade.

Então, levantou-se de um salto, correu para o salão de entrada e pegou a alabarda na verga da porta. Era pesada, mais do que uma de treino. Segurou-a em suas mãos, sentindo o peso, e foi ganhando coragem.

Era uma linda arma com haste de madeira fina e engaste de madrepérola no alto. Hana retirou-a da bainha laqueada; a comprida e elegante lâmina era curva, como uma foice, e afiada, como uma navalha. Ficou satisfeita por tê-la conservado lustrada e polida. Podia ver seu reflexo nela, pequena e esguia; mas, por trás daquela aparência frágil, ela sabia como se defender, pensou, decidida.

As batidas no portão estavam cada vez mais intensas. Oharu veio correndo da cozinha com um cutelo na mão, de olhos arregalados e testa brilhando. Era uma camponesa de pernas grossas, forte e fiel. Um cheiro de queimado vinha atrás dela como se, assustada, tivesse esquecido o arroz no fogo. O velho ajudante Gensuké seguiu os passos de Oharu, mancando com as pernas magras e arqueadas, o olhar assustado. Tinha pegado o atiçador do fogão e o segurava como se fosse uma arma, a ponta ainda vermelha de tão quente. Oharu e Gensuké acompanharam Hana quando ela se mudou para a casa do marido na cidade, e ela sabia que fariam tudo para protegê-la. De toda criadagem, só restaram os dois.

Fazia meses que o sogro havia mandado chamá-la. Estava ajoelhado em seus aposentos, debruçado sobre uma carta e, ao erguer os olhos, mostrou um sorriso cansado e cheio de resignação. Hana logo entendeu que eram más notícias.

— Recebemos ordens para irmos para Kano — disse ele, calmo.

— Devo fazer as malas, pai? — perguntou ela, indecisa. Havia algo de inquietante no jeito com que a encarava com seus olhos reumosos. Ele apertou os lábios e negou com a cabeça, zangado, como se não admitisse contrariedade.

— Você tem de ficar, seu lugar é aqui. Um dia meu filho vai voltar e você tem de recebê-lo — respondeu, firme.

Hana concordou com a cabeça, pensando na planície assolada por ventos e nas ruas de casas de samurais aglomeradas em volta dos imensos muros de pedra do castelo Kano. Nos últimos meses, só vieram de lá notícias sobre disputas e desavenças internas, além de assassinatos, vizinhos matando vizinhos. Todavia, tanto a família de Hana quanto a do marido pertenciam à supremacia de Kano e tinham de obedecer às ordens de seu senhor, apesar de o marido ter também fixado residência ali em Edo, próximo ao castelo do xogum, de onde saía para cumprir seus deveres militares.

Hana se lembrava dos criados chorando enquanto iam de um lado para outro, preparando arcas e cestos. Partiram no mesmo dia, os sogros instalados em palanquins e os demais a pé, deixando os aposentos ainda com cheiro de fumaça de tabaco e as gavetas abertas no chão onde fizeram as malas, apressados. Com ajuda de Oharu, ela guardou almofadas, mesas de centro e poltronas, empilhando-as junto a futons e travesseiros de madeira laqueada. Os salões de recepção onde o marido e o sogro entretinham os convidados, os aposentos particulares da família, a ala da criadagem e as cozinhas que costumavam estar cheios de gente conversando e rindo, comendo e bebendo, encontravam-se agora silenciosos.

Um mês depois de terem ido embora, chegaram notícias horríveis de execuções em Kano. Diziam que todos aqueles ligados à resistência tinham morrido: os pais e sogros de Hana. Como ela havia desconfiado, eles a deixaram para salvá-la. Ela chorou por vários dias, depois se encheu de coragem. Mandaram que ela vivesse para um propósito e era o que tinha de fazer.

Mas perdera tudo o que tinha. Sobraram só a casa e as lembranças do marido. Ele, ao menos, ainda estava vivo. Havia enviado uma carta dizendo que estava a caminho de Sendai, capital de um dos domínios do norte.

Em tempos passados, eles teriam aberto as portas de correr de madeira que eram as paredes da casa, deixando a luz do dia encher os aposentos. Mas agora Hana mantinha-as bem fechadas e trancadas, a grande casa vazia era escura e fria, como se o sol jamais tivesse aparecido. Réstias de luz entravam pelas frestas na junção dos painéis e formavam no tatame linhas fracas que pareciam grades de uma gaiola. Nos meses que se seguiram à partida dos sogros, ela quase não teve nada para fazer, exceto se encolher ao lado da lareira e ler à luz de vela.

Até os gritos do lado de fora do portão tinham silenciado. Os vendedores de tofu e peixe-dourado, os mascates de batata-doce e mariscos não faziam mais suas rondas. Hana quase não ouvia mais a batida de pés ou o balbuciar de vozes, nem sentia cheiro de castanhas assadas ou polvos grelhados. Quase todos os vizinhos tinham fugido, embora permanecesse um mistério para onde foram e se conseguiram chegar ao seu destino.

Hana vestiu suas saias e amarrou nas costas as mangas do quimono enquanto ouvia os gritos:

— Abra, ou derrubamos o portão. — Sabia que era inútil usar a alabarda num lugar fechado, mas lá fora teria bastante espaço para manejá-la. O grande portão da frente estava trancado e com trava; ela correu para a porta da cozinha na lateral da casa e abriu-a, deixando entrar o ar gelado. À súbita luz do dia, viu a enorme e escura fumaça que rodopiava sobre o fogão. Piscou e correu para fora, com Oharu e Gensuké logo atrás.

O sol brilhava num céu incolor e a neve salpicava o chão gelado. Uns poucos galhos torcidos da grande cerejeira ainda tinham algumas folhas murchas. Hana correu para o portão da frente e tomou posição a certa distância, um pé na frente do outro, segurando firme o cabo da alabarda, mas com destreza.

Pelo som dos passos, tinha certeza de que havia muitos homens do outro lado do portão.

— Abra, sabemos que você está aí — gritou alguém.

Ela os ouviu escalarem o muro e xingarem. Pedras deslizaram e um homem apareceu no alto muro de barro, a respiração sendo expelida como fumaça. Devia ter subido no ombro de outro para chegar lá. Hana encarou aquele rosto de maçãs salientes. Empoleirado no muro, parecia enorme e destemido como um ogro, de cabelos fartos, os braços compridos dentro de mangas apertadas do uniforme negro.

Ele fez um som gutural.

— Não tem ninguém, só duas mulheres e um velho criado — gritou para os companheiros lá embaixo. Ouviram-se risos de zombaria do outro lado do muro.

Hana respirou fundo e tentou se concentrar, mas era difícil escutar qualquer coisa senão o sangue pulsando nos ouvidos. Podia ver o cabo das duas espadas presas ao cinto dele. Sua única chance seria atacá-lo quando ele pulasse do muro, mas era assustador pensar em ferir e talvez até matar alguém. Trêmula, lembrou a si mesma de que era uma samurai e tinha de defender a casa.

Apontou a alabarda para o homem.

— Não se mexa. Sei usar isso e o farei se preciso. — Tentou manter a voz firme, mas soou fraca e trêmula, causando mais uma explosão de riso do outro lado do portão.

Olhando-a de soslaio, o homem pôs a mão na espada. Hana ouviu o metal sibilar ao ser desembainhado, ao mesmo tempo em que ele pulou. No muro, ouviu-se o portão sendo esmurrado de novo pelos homens do lado de fora.

Ao atingir o chão, ele tropeçou e perdeu o equilíbrio. Antes que conseguisse se reerguer, Hana o atacou com toda força. A lâmina brilhou quando a alabarda fez o desenho de um grande arco, sibilando no ar, e ela sentiu que era difícil de controlá-la. Trêmula de horror, recuou ao ver o peito do homem se abrir como uma boca e espirrar sangue. Esperava sentir resistência, mas não houve nenhuma. A lâmina atravessou a carne e o osso com tanta facilidade como se fosse água.

O homem emitiu um som como se estivesse sendo estrangulado e agitou os braços tentando desferir um golpe com a espada, em seguida, caiu de joelhos para a frente. Crispado no chão, parecia extremamente pequeno e jovem, com o sangue saindo aos borbotões da boca e do peito. Oharu e Gensuké correram e tiraram as espadas dele.

Hana ainda o olhava quando mais soldados surgiram no alto do muro. Percebeu que, depois de matar um deles, os homens certamente a matariam. Gritando o mais alto que pôde, atingiu um deles com a alabarda. Precisou girar para retirar a lâmina do corpo do soldado, depois empurrou-o até derrubá-lo. Outro saltou do muro, mas Oharu empunhou a espada que segurava nas mãos e cortou a coxa do homem. Ele recuou, mancando, aos gritos. Um terceiro apontou a espada para Gensuké, mas Hana conseguiu tirá-la de suas mãos com um golpe da alabarda que talhou a panturrilha dele.

Mais homens escalavam o muro e lâminas irrompiam pelas barras de madeira do portão.

— Rápido, Oharu — disse Hana, ofegante. — Vamos entrar e fazer barricadas na casa.

Um instante depois, Oharu forçava a grande trava de madeira nos antigos e enferrujados fechos da porta lateral, o rosto largo transpirando e as mãos trêmulas.

— Até agora tivemos sorte, mas não conseguiremos lutar com todos eles — falou Hana quase sem fôlego.

— Eles querem te pegar, você precisa fugir — disse Oharu.

— E deixar vocês para trás? Jamais.

— Somos criados, eles não vão nos ferir. Ficaremos aqui e os deteremos.

Oharu inclinou a cabeça e pôs o indicador sobre os lábios. Ouviram-se passos do lado de fora no gramado. Os homens tinham arrombado o portão e corriam em direção à casa. Com o coração acelerado, Hana pegou um casaco forrado, cobriu o rosto e a cabeça com um lenço, segurou as saias e foi abrindo portas à medida que passava de um aposento escuro a outro, todos com cheiro de umidade.

Desde que os sogros partiram, ela guardava nos fundos da casa uma trouxa com seus pertences, caso precisasse fugir às pressas. Pegou-a então, sacudiu a tranca das portas de correr e, assustada, viu que não abria. Apanhou uma tigela de madeira e bateu na tranca até que ela soltasse e abrisse. A luz do dia entrou, Hana virou-se e olhou um instante o enorme jarro de porcelana na alcova, o desenho pendurado na parede, as grandes arcas de madeira com alças e fechos de ferro, as portas de papel bem-acabadas e os gastos tatames, cada peça com suas lembranças de tempos idos. Tentou gravar aquela cena na memória dando-se conta, com um suspiro, de que era a última vez que a via.

Ao entrar na estreita varanda nos fundos da casa, ela fechou bem a porta de correr atrás de si, calçou as sandálias de palha e seguiu, desajeitada, com os pés congelados. Os pinheiros, envolvidos por cordas de palha para protegê-los do frio, resistiam ao redor do jardim. A lanterna de pedra e as rochas cobertas de musgo estavam entrelaçadas a geada e o lago, todo congelado.

Os jardins ao redor da casa eram um labirinto, mas ela conhecia bem o lugar. Segurando a trouxa, seguiu pelas trilhas, depois pelas treliças em direção ao portão dos fundos e o abriu. Atrás de si, escutou o barulho dos soldados derrubando a porta da frente da casa e revirando as arcas.

Então, Hana ouviu passos atravessando o jardim, seguindo-a. Com o coração batendo forte, correu para a rua e seguiu pela lateral da casa, por um caminho estreito, depois outro e mais outro. Continuou correndo, ofegante, sem ousar parar até que estivesse fora de vista. Seu corpo se curvava de cansaço, sentindo o ar frio queimar dentro dos pulmões.

Ela procurou o punhal que estava bem-guardado na faixa da cintura e tentou lembrar o que o marido lhe havia dito. A barca. Precisava tomar a barca.

2

Quando Hana alcançou o rio, suas pernas tremiam. Ele se estendia, escuro e oleoso, à frente dela, refletindo o céu baixo e a fila de salgueiros à sua margem. No passado, o rio era repleto de embarcações de carga e barcas de passageiros cheias de viajantes. Mas agora estava quase vazio.

Flutuando com os juncos, vinha um barquinho de fundo plano e proa pronunciada. Nele havia um homem agachado na popa com um lenço amarrado na cabeça e um cachimbo de cabo longo saindo das dobras do tecido, soprando fumaça em espirais no ar. Dois olhos pequenos e negros observaram Hana. Com a mão, tirou o cachimbo da boca e segurou-o delicadamente entre dois dedos grossos.

— Aonde vai com tanta pressa, senhorita? — grasnou uma voz, com um forte sotaque de Edo.

Hana sabia que uma mulher sozinha num barco seria fácil de notar. Precisava encontrar uma embarcação onde pudesse se esconder no meio dos outros passageiros, mas não conseguia avistar nenhuma.

— Ponte Japão — sussurrou ela, tentando impedir que a voz tremesse. — Você pode me levar até lá?

Ela nunca tinha ido tão longe de barco e temia que fosse muito caro, mas não havia outra solução.

— Ponte Japão? — perguntou o velho barqueiro, encarando Hana como um sapo examinando uma mosca. — Custa um *ryo* de ouro — grasnou, pronunciando as sílabas de modo bem claro.

Hana levou um susto. Não tinha tanto dinheiro. Ouviu, então, uma agitação ao longe: homens de uniforme preto irrompendo dentre as casas e vindo pela grama em direção ao rio. Sem refletir nem mais um momento, pulou no barco com tal pressa que ele arfou nas laterais, fazendo com que a água batesse no casco com força.

O barqueiro levantou-se com irritante lentidão. Suas pernas mirradas estavam enfiadas numa calça preta e miserável e o casaco de algodão disforme mal o protegia das rajadas geladas que agitavam a superfície da água. Com o cachimbo ainda preso nos dentes, ele pegou um remo da lateral do barco, enfiou-o na água com barulho e se inclinou tanto sobre a haste que Hana ficou com medo que ele caísse no rio. O barco balançou quando o homem deu um forte impulso, afastando-se da margem.

Hana olhava para a frente, sentindo a nuca formigar, certa de estar ouvindo passos batendo na trilha atrás deles. Mas, quando tomou coragem e olhou para trás, não havia ninguém. Ela se abaixou no barco e, sem ninguém além do barqueiro para vê-la, enfiou a cabeça no meio dos braços. O mundo nunca tinha parecido tão grande ou ela tão pequena.

Abraçada à trouxa, pensou no que teria acontecido com Oharu e Gensuké e se lembrou do dia em que, junto com a criada, escolheu os quimonos que levaria, achando aquilo ridículo, pois, provavelmente, nunca precisaria sair de casa. Oharu acabou dobrando com cuidado o quimono de seda vermelha que Hana usou no casamento (um dos melhores que tinha) e embrulhou-o num pano junto com as coisas que usava para se pintar e o livro preferido dela, *The Plum Calendar*.

A embarcação oscilou, fazendo com que Hana se lembrasse de outra importante viagem de barco, quando se ajoelhara num palanquim de cortinas vermelhas e ouvira o murmúrio do rio enquanto ele a levava para Edo e para o desconhecido com quem ia se casar. Oharu estivera a bordo também e de vez em quando perguntava:

— A senhora está bem? Precisa de alguma coisa? — Fora tão confortador ouvir aquela voz. Ela estivera também no dia do casamento, ajudando-a a vestir um quimono em cima de outro, colocando por último o de seda vermelha e apertando tanto a faixa na cintura que Hana mal conseguiu respirar.

Ela pensou nos pais se despedindo dela, acenando esperançosos, achando que tinham conseguido o melhor marido possível. Nenhum deles imaginava que, pouco depois do casamento, os tumultos que abalaram o país iriam se transformar numa grande guerra civil. E agora toda a família estava morta e ela, sozinha. A cada remada, o barqueiro a levava para mais e mais longe de tudo o que tinha deixado: a casa, Oharu, Gensuké. Suspirou, desesperada. Seja lá como fosse, tinha de achar um jeito de voltar, disse a si mesma.

Por enquanto, o mais importante era continuar viva. Ir até a ponte Japão, como tinha mandado o marido, depois perguntar... Apavorada, ela não conseguiu lembrar o nome do lugar pelo qual deveria perguntar, onde acharia quem a ajudasse.

Dali a pouco, Hana começou a ouvir o barulho de serra, de machado e de madeira caindo e sentiu o cheiro de árvore recém-cortada misturado ao odor forte de peixe podre, legumes, fezes humanas e o mau cheiro do rio. Levantou a cabeça. O barco seguia, deslizando entre as margens formadas por altos rochedos. No passado, vira crianças brincando com bolas e bastões, charlatões vendendo seus produtos e casais tendo encontros ilícitos sob as árvores, mas agora só havia algumas pessoas andando rápido, ombros encolhidos de frio.

— Hoje devemos chamá-la de Tóquio — informou o barqueiro aspirando pelo nariz. — Eu gostava do nome Edo, mas agora somos obrigados a dizer Tóquio como mandam nossos senhores. — Franziu o nariz ao dizer "senhores", pigarreou e cuspiu. O cuspe brilhou ao sol antes de cair na água escura. — Tó-quio, capital do leste. Capital de quem, Isso é o que eu gostaria de saber. Dos valentões do sul. Devolvam a nossa cidade, tragam de volta a Sua Senhoria, o xogum.

Ele conduziu o barco para um caminho estreito e parou numa plataforma sob uma ponte em arco que cortava o rio. Do outro lado havia um portão de pedra fortificado, parecido com uma pequena torre de castelo.

— Você queria a ponte Japão, não é? Esta é a ponte Sujikai e aquele, o portão Sujikai — disse ele, apontando com a mão maltratada pelo tempo. — A ponte Japão fica depois do portão, na rua principal. Não é muito perto, mas você chega lá.

Hana apalpou a bolsa, mas, surpresa, viu que o barqueiro balançava a cabeça.

— Não, fique com a moeda, vai precisar — declarou, sério. Seus olhos negros tinham um brilho gentil.

Ele virou-se e acenou, enquanto se distanciava no barco e Hana cobriu a cabeça com um lenço e seguiu, temerosa, pela ponte que deveria ter um posto de controle. Não se lembrou de trazer documentos quando arrumou sua trouxa e os guardas estariam prevenidos contra mulheres sozinhas perambulando pelas ruas.

Mas não havia posto, nem guardas armados, nem oficiais carrancudos conferindo documentos. Os muros do portão estavam caindo e os grandes blocos de pedra, cobertos de limo. As pessoas andavam por ali desimpedidas.

Um bando de mulheres maltrapilhas ficava nos arredores do portão, os rostos magros cobertos de maquiagem e os lábios pintados de um vermelho brilhante. Um homem passou e elas correram atrás dele, segurando em seus braços e gritando:

— Uma moeda, senhor, só uma moeda. — Então ele se virou, xingou-as e se livrou delas. Quando Hana se aproximou, elas a rodearam como cães defendendo sua área. Talvez fosse porque ela estava sozinha, pensou. Ao olhar para trás, viu que ainda a encaravam.

Hana contornou a praça onde o vento espalhava poeira e olhou em volta, preocupada. "Siga a rua principal", dissera o barqueiro, mas havia ruas em todas as direções. Hana entrou na mais larga e logo percebeu que metade das lojas e casas estava fechada com tábuas. Muitas não tinham portas e os telhados estavam caindo. Esperava encontrar uma cidade próspera, não aquelas ruínas semiabandonadas.

Ouviu então gritos e risos roucos. Um bando de rapazes vinha em sua direção, enchendo a rua por completo. Ela estava fazendo justamente o que o marido lhe havia desaconselhado: andar sozinha pela cidade. Com medo, correu para a rua lateral mais próxima e suspirou de alívio quando os jovens passaram.

Mas estava naquele momento completamente perdida. Via-se no meio de muitas ruelas com casas quase desabando, tão apertadas umas nas outras que os beirais dos telhados escondiam o céu. As calçadas eram escorregadias, os esgotos, entupidos, o ar fedia a dejetos. Tropeçou em algo macio e marrom — um rato morto apodrecendo na calçada. No passado, os portões no final das ruas eram trancados ao anoitecer, mas agora estavam abertos, soltos nas dobradiças. Hana viu de relance jovens mulheres nas portas, mas elas sumiam nas sombras quando percebiam que eram notadas.

Tentando não ficar em pânico, entrou em mais uma rua e viu um grande poço com uma corda e uma bomba iluminados por uma réstia de sol. Estava em frente a uma casa de banhos, com o sol batendo na porta e nuvens de vapor saindo de dentro. Uma mulher apareceu, carregando um tecido úmido com toalhas. O rosto redondo era ruborizado e brilhante, e ela tinha uma outra toalha enrolada na cabeça. Hana correu em sua direção, aliviada por encontrar uma pessoa — qualquer uma — da qual pudesse se aproximar.

— Por favor — disse ela, ofegante. — Pode me informar...? Saberia... — Parou, tentando desesperadamente lembrar o nome que o marido lhe tinha dito. Então lhe veio à memória: — Onde fica a Chikuzenya? — E repetiu com a maior clareza possível: — A Chikuzenya.

A mulher a encarava.

— Claro, todo mundo sabe da Chikuzenya. Fica lá. — Ela acenou uma mão grande e vermelha. — Siga até o final da travessa, dobre à esquerda, depois à direita e então você vai ver a rua principal. A Chikuzenya fica à esquerda, não dá para não ver. Só que...

Mas Hana já estava a caminho, lembrando do funcionário da Chikuzenya com seus óculos de aros redondos, que costumava chegar na casa dela acompanhado de seus ajudantes nervosos, curvados sob enormes pacotes de seda. A Chikuzenya era uma das maiores lojas de tecido de Edo. Lá, haveria pessoas que a conheciam, receberiam-na e o marido poderia buscá-la quando voltasse da guerra. Ela então mandaria um recado para Oharu e Gensuké dizendo onde estava. Daria tudo certo.

Encontrou logo a rua principal, que era larga e ladeada por casas de madeira de dois andares, mas, para seu desespero, também parecia deserta e todas as construções estavam fechadas com tábuas. A maior delas parecia vazia há meses. As portas de correr estavam sujas e as madeiras, rachadas e podres.

Viu então uma cortina rasgada e tão gasta que quase não se lia o que estava escrito nela. Hana olhou bem, com o coração na boca, e percebeu um círculo apagado com traços pintados no meio que significavam Chiku. Era a Chikuzenya.

Ela baixou a cabeça, a última esperança destruída. A noite se aproximava, as ruas em breve ficariam ainda mais perigosas e ela estava exausta, sem comer o dia todo. Como se não bastasse, começou a nevar.

Com frio e tremendo, sentou-se na rua, encostou o corpo nas portas de correr, enfiou o rosto nas mãos e chorou.

3

Yozo Tajima abriu a escotilha e meteu a cabeça para fora no vendaval.

O vento e a neve açoitaram seu rosto. Com esforço, ele saiu, fechou a escotilha e cobriu-a com uma lona. O leme do navio estava a poucos passos de distância, mas o vento era tão forte que ele mal conseguia andar. Além do uivo da tempestade e do ranger e gemer do grande navio, ele podia ouvir o desagradável barulho das velas batendo. Puxou para trás mechas de cabelos e sacudiu os fragmentos de neve que cortavam seu rosto, olhou para cima e viu que a vela principal tinha se soltado.

O convés estava sendo varrido por granizo, furando o rosto e as mãos dele como uma chuva de agulhas. Sua capa de palha era golpeada para todos os lados, ameaçando voar. Segurou a veste com sua manzorra de marinheiro e, por um instante, se questionou o que estava fazendo ali. Em toda sua vida, jamais imaginou que teria de enfrentar uma tempestade navegando rumo ao norte por mares desconhecidos na pior estação do ano.

Mesmo assim, lá estava ele, jovem, com 20 e poucos anos, aventureiro e forte. Era diferente dos outros marinheiros a bordo, sujeitos de cabelos espetados e pernas arqueadas, descendentes de antigas famílias de piratas do Mar Interior, ou marinheiros beberrões vindos dos portos de Nagasaki. Mas ele era marinheiro também, e muito bom. Orgulhava-se disso.

O navio deu uma guinada e os mastros se inclinaram para as águas escuras. O vento gemia em meio ao cordame, o convés empinou, ficou quase em posição vertical, e Yozo agarrou-se numa corda até a embarcação endireitar. Os marinheiros, cobertos de neve, caminhavam com grande dificuldade, curvados na ventania.

À sua frente, os timoneiros seguravam com força o leme, lutando para fazer o navio atravessar o vento. Dois deles tinham couro de cachorro por cima dos uniformes, os demais usavam capas de palha, que, como a de Yozo, voavam para todos os lados. Tinham uma aparência miserável em suas sandálias de palha, agarrados com toda força ao leme. Um deles, um jovem mirrado, pequeno e esguio, mal se aguentava em pé. O rosto, comprido e branco, tinha marcas de varíola, os olhos estavam vazios de cansaço.

— Qual o seu nome, menino? — gritou Yozo, com o vento açoitando as palavras que proferia.

— Gen, senhor — respondeu o menino, os dentes batendo de frio.

— Gen, saia do convés e peça para lhe darem roupas quentes. — O rapaz largou o leme e Yozo assumiu o posto, as mãos fortes nas traves. — Onda forte a estibordo! — berrou. Os oito homens viraram juntos o navio, esticando cada músculo quando o grande leme começou a girar. Yozo sentiu a embarcação vibrar ao cortar o vento; ele estava todo ensopado e gelado até os ossos, as mãos em carne viva de segurar o leme com força, mas sentiu uma repentina satisfação de puro prazer quando o poderoso navio o obedeceu.

Conhecia cada curva e cada parte do *Kaiyo Maru* como o corpo de uma amante. Sabia quando ele estava sereno com as velas ao vento, alto e imponente, ou singrando em águas calmas, deixando um rasto, ou navegando, obstinado, carregado de homens e carga. Adorava a sensação do leme em suas mãos, a vibração que dele vinha, os movimentos e rangidos do casco e do cordame, a força com que penetrava em mares bravios.

O *Kaiyo Maru* era a capitânia, o melhor e mais moderno navio de guerra da armada do xogum. A serviço das forças do norte, conseguiu conquistar uma grande vitória na batalha naval de Awa. Era pequeno em termos de embarcações de guerra, com três mastros, capacidade de 2.590 toneladas e um motor auxiliar a vapor de 400 cavalos de potência, mantido a carvão. Tinha apenas 31 canhões e uma tripulação de 350 marinheiros, arrebanhados nos portos e cais do Japão. O navio tinha também cerca de quinhentos ou seiscentos homens, o tanto que conseguiram embarcar.

Ele seguia para o norte com mais sete navios que formavam a frota do xogum. Todos sabiam que era uma aventura temerária navegar para lá naquela época do ano, embora ninguém tivesse imaginado o quão ruim estaria o tempo. Mas não tiveram muita escolha. Estavam do lado errado de uma terrível guerra civil, vencidos numa revolução que tinha visto seu senhor feudal, o xogum, ser afastado do poder e substituído por ex-inimigos dos clãs do sul.

Quase todos os aliados do xogum tinham se rendido aos sulistas, exceto o almirante Enomoto. Ele recebeu ordem de entregar a frota do xogum para os novos senhores da nação, mas não era homem de obedecer ao inimigo. Recusou-se e, junto com Yozo e os outros homens leais ao chefe militar, fugiu para o norte, levando os oito navios. Agora, lutava não só por ideais, mas pela própria sobrevivência.

No leme, Yozo pensou em Enomoto andando de um lado para outro na cabine. Sabiam que deviam ir para algum lugar, mas qual?

— A ilha de Ezo! — gritou Enomoto, o rosto iluminado num momento de inspiração. Ezo era uma grande ilha na fronteira norte do Japão, onde o país se assemelhava a uma selva. Só a faixa de terra mais ao sul tinha sido povoada, o resto era totalmente desabitado. Tudo que os exércitos do norte tinham a fazer era estabelecer uma base resistente lá, juntar suas forças e, quando chegasse a primavera, marchar para o sul novamente e reconquistar a nação para o xogum.

— O Forte Estrela é a entrada para toda a ilha — explicou Enomoto, abrindo um mapa — e a principal defesa da cidade de Hakodate. Se conquistarmos o forte, teremos a cidade. Ela tem um porto perfeito, muito profundo e cercado de colinas, então ancoramos a frota e vamos aos consulados estrangeiros, em Hakodate, explicar a nossa causa e conseguir apoio do restante do mundo. Só existem mais duas cidades em Ezo: Matsumae e Esashi. Nós as conquistaremos facilmente e a ilha será nossa. Vamos formar a República Democrática de Ezo em nome do xogum e Hakodate será nossa capital, de lá podemos nos deslocar para o sul e conquistar o resto do Japão. Afinal, temos o *Kaiyo Maru* — declarou Enomoto com a voz cada vez mais alta. — E quem quer que tenha esse navio, tem o Japão. A guerra ainda não terminou!

4

Yozo observou atentamente através da neve a figura debruçada sobre a bússola. O oficial de vigia se empertigou, colocou as mãos em concha na boca e as palavras saíram fracas na violenta ventania:

— Leste pelo norte, meio leste. Manter o navio no rumo.

Há uns seis anos, Yozo estava em outro navio, o *Calipso*, a caminho da Europa. Que aventura foi aquela!

Desde tempos imemoriais, os japoneses eram proibidos de sair do país sob ameaça de serem mortos, e os únicos estrangeiros do ocidente autorizados a entrar eram os holandeses, que viviam no pequeno enclave de Deshima, perto de Nagasaki. Ainda menino, Yozo já era fascinado pela cultura ocidental; seu pai, um homem de ideias liberais, matriculou-o na escola do Dr. Koan Ogata, onde se ensinava a língua holandesa. Mal havia terminado os estudos lá quando a proibição de viajar ao exterior foi finalmente suspensa e anunciaram que o governo procurava 15 jovens leais que quisessem viver fora do país por três ou quatro anos.

Yozo, de pé no convés coberto de neve, lembrou da viagem a Edo, das longas entrevistas com antigos cortesãos nas salas de audiência do castelo do xogum e de como ele aguardou a resposta com muita expectativa. Quando foi escolhido, mal acreditou.

Então, no décimo primeiro dia do nono mês do segundo ano de Bunkyu — 2 de novembro de 1862, segundo o calendário estrangeiro —, ele finalmente partiu. Junto com Enomoto e mais 13 rapazes, ia estudar línguas e ciência ocidentais, além de temas como navegação, artilharia e engenharia. Contudo, a tarefa mais importante era encomendar e supervisionar a construção de um navio de guerra, o primeiro comprado pelo Japão, e levá-lo para o seu país.

Após seis longos meses navegando, Yozo chegou à Holanda e, junto com os companheiros, solicitou o navio, indo de vez em quando ao estaleiro para acompanhar a construção, mas viajou também para outros lugares: Paris, Londres e Berlim. Viu pela primeira vez trens e navios, descobriu como funcionava o telégrafo e, em pouco tempo, deixou de se espantar com a água saindo de um cano na parede que não era uma fonte, mas uma torneira. Descobriu também que as ruas e as casas dos ricos não eram iluminadas por velas e lamparinas, mas por luz a gás.

Três anos depois de chegarem à Holanda, o novo navio *Kaiyo Maru* foi inaugurado e todos voltaram para o Japão. A chegada foi terrível. Pouco depois de terem retornado, o xogum foi afastado do poder. Yozo e o amigo Enomoto resolveram defender até o fim seu senhor feudal e combateram a resistência do norte, levando com eles o navio e toda a frota do xogum.

Em meio à forte neve, um tripulante apareceu como um fantasma, escorregando no convés gelado. Chegou perto do ouvido de Yozo e disse:

— Ordens do capitão. Você deve descer, eu assumo o comando.

Yozo abriu a escotilha e uma rajada de vento enfumaçado escapou com toda força, cheia de carvão e óleo. Ele desceu aos trancos a escada para a escuridão do porão, tentando manter o equilíbrio enquanto era empurrado pelo vento. Yozo estava gelado até os ossos e coberto de neve, da cabeça aos pés. Sacudiu os ombros e flexionou as mãos, tentando manter a circulação, e, com os dedos duros de frio, pegou a capa de palha e afrouxou o capuz. A neve caía e se espalhava em pedaços gelados pelo chão. Seu elegante uniforme de fio de lã penteada, com debrum e botões de ouro, estava todo ensopado.

Ao pé da escada encontrava-se um homem alto e muito magro, com dedos compridos e ossudos e cabelos negros e desarrumados sobre um rosto pálido e esquelético. Kitaro Okawa era o mais jovem dos 15 aventureiros que foram para Europa e era o intelectual do grupo, embora, mesmo naquele momento, parecesse jovem demais para ser um marinheiro experiente. Tinha olhos grandes e sensíveis e um pescoço tão fino que a garganta de Buda — referida pelos ocidentais como pomo de adão — era muito pronunciada. Yozo podia vê-la subindo e descendo quando o outro falava. Até seus cabelos eram ralos, presos num nó desalinhado no alto da cabeça.

— Estão nos aguardando lá embaixo — disse ele, entregando uma toalha a Yozo.

Yozo esfregou o tecido no rosto e na cabeça, alisando os cabelos para trás com a mão. Não estava apresentável para entrar na cabine do capitão e olhou Kitaro de relance.

— Vai ter que ser assim mesmo — comentou Kitaro, dando de ombros.

Enquanto seguiam pela escuridão do convés de canhões, o uivo da ventania e o estouro das ondas lá fora eram abafados pelo rangido das rodas se meneando em suas amarras e pelo tinido de pratos e tigelas sendo derrubados toda vez que o navio balançava. Algumas lamparinas a óleo oscilavam nos ganchos onde estavam dependuradas, espalhando uma luz amarela fraca e bruxuleante, embora quase todas tivessem sido apagadas por temor de um incêndio. Sob o distante rugido da fornalha, eles podiam ouvir o leve cacarejo das galinhas no cercado e o balido das cabras reclamando.

O convés de canhões estava lotado de homens. As tropas que tinham marchado com tanto garbo para o navio, enfileiradas e orgulhosas, agora se espalhavam pelo castelo de proa como feridos num campo de batalha. Alguns balançavam em redes abarrotadas em cima dos canhões e das mesas de refeições, onde conseguissem encontrar um espaço. O restante deitava-se em finos tapetes de palha ou diretamente no chão de tábuas, os olhos fechados e os rostos pálidos. O lugar fedia a vômito.

— Como grãos de arroz no sushi — comentou Kitaro, ao passarem pelos corpos caídos. — Tão apertados assim.

Cabeças baixas para desviar das vigas do teto, eles foram até a cabine do capitão, segurando-se nos corrimãos de latão para manter o equilíbrio. Do cômodo vinham vozes indistintas e uma luz amarela e fraca. Yozo abriu a porta.

O almirante Enomoto estava com alguns de seus oficiais de alto escalão e os nove franceses, debruçados sobre mapas abertos na mesa. Os uniformes deles se apresentavam em ótimo estado, gravatas-borboleta e correntes de relógio em ordem, abotoaduras brilhando nos punhos, botões reluzentes, cabelos lustrosos. Quando Yozo e Kitaro entraram na cabine, os homens se calaram.

— *Merde* — resmungou um dos franceses. — Que tempestade horrível!

Yozo deu um largo sorriso. Como todos os franceses a bordo, o sargento Jean Marlin era um sujeito arrogante e irritadiço. Não falava muito bem japonês, e tinha um divertido jeito feminino de se expressar; certamente havia aprendido a língua em locais de prazer, pensou Yozo. Mas, sob a arrogância, Marlin era dotado de senso de humor. Ele começara como um dos instrutores, treinando os homens até que deixassem de ser um bando de samurais que empunhavam a espada por qualquer motivo e constituíssem um exército disciplinado e muito bem-preparado, que marchava com perfeição, lutava como se fosse um só e sabia carregar e descarregar os rifles Chassepot três vezes por minuto. Yozo sabia que Marlin estava tão empenhado quanto eles na causa.

O navio balançou bruscamente e os homens se apoiaram na mesa e seguraram os mapas e instrumentos para mantê-los no lugar. Enomoto ficou impassível até a arfagem melhorar e olhou para Yozo, cujo corpo pingava água salgada sobre o lindo tapete holandês.

— Bom trabalho, Tajima — disse ele. — Você podia controlar esse navio sozinho. A sombra de um sorriso perpassou por seu rosto delicado. Recentemente, ele vinha cultivando um bigode e penteando os cabelos curtos para o lado, como faziam os ocidentais. Numa primeira impressão, parecia um cavalheiro perfeito, superior, lânguido e aristocrático, mas nada conseguia esconder o formato obstinado do queixo e a determinação inflamada dos olhos. Yozo era o único a bordo que não tinha medo dele.

— Se não me engano, estamos por aqui — disse Enomoto, mostrando um dos mapas. — Baía Washinoki. Levamos o *Kaiyo Maru* para o porto, descemos as âncoras e desembarcamos as tropas de madrugada. Tomara que o tempo esteja favorável. Tajima — prosseguiu ele, olhando bem para Yozo —, quero que fique com as forças terrestres, o comandante Yamaguchi e a milícia.

Yozo ficou pasmo.

— Comandante Yamaguchi? — As palavras saíram de sua boca antes que ele pudesse impedi-las e os outros oficiais se entreolharam. Mas ordens eram ordens. Yozo fez uma reverência, empertigou-se e cumprimentou no estilo ocidental: — Certo, certo, senhor.

— Você também, Okawa — disse Enomoto para Kitaro. — Agora, ouçam com atenção. Ao desembarcarem na baía, marcharão pelo desfiladeiro Kawasui na península, em direção ao Forte Estrela, que fica próximo de Hakodate. Lembrem-se de seguir rápido e sem barulho. Haverá guias na praia para orientá-los. O sargento Marlin e o capitão Cazeneuve irão com o general Otori e seguirão pela rota mais direta através das montanhas, avançando pelo norte. Com sorte, os dois destacamentos chegarão à fortaleza ao mesmo tempo. As guarnições não imaginam que alguém vá atravessar as montanhas nesse tempo, então vocês irão pegá-los de surpresa. Quanto à frota, seguiremos para a baía Hakodate e iremos ancorar assim que o forte estiver em nossas mãos.

Quando a reunião terminou, Yozo e Kitaro desceram para o convés inferior. Óleo e fumaça de carvão subiam da sala das caldeiras à medida que o navio singrava as águas. Algumas lanternas balançaram fortemente, iluminando a escuridão.

— "O herói tem o mundo na palma da mão" — citou Kitaro por cima do rugido das caldeiras, do tinir e estalar dos foguistas e estivadores trabalhando no andar inferior.

— Você quer dizer o comandante? — perguntou Yozo, sentando-se numa pilha de corda. Kitaro queria parecer tranquilo, mas Yozo conhecia-o bem para ser enganado. Ele era tão dedicado à causa quanto os outros, mas era marinheiro e erudito, não um soldado. E, ao contrário de Yozo, tinha visto poucas ações. Enquanto Yozo ficava bem à vontade empunhando um rifle, Kitaro era mais filósofo. Sua especialidade era pensar.

Yozo tirou um frasco do cinto e bebeu, desfrutando do prazer do líquido queimando a garganta. Suas mãos estavam escuras.

— O comandante Yamaguchi é um herói e também um bruto — disse, pensativo. — É chamado de Comandante Demônio. Talvez por isso Enomoto queira que fiquemos de olho nele. Dizem que é um pouco livre demais e maneja bem a espada. Talvez por isso também Enomoto esteja nos mandando com ele e não com o exército normal.

Kitaro se agachou ao lado dele.

— Você o viu no Castelo Sendai, não foi?

Yozo concordou com a cabeça.

— No conselho de guerra. — Encheu a boca de rum e bochechou, sentindo o sabor, enquanto se lembrava do castelo com suas grossas paredes de granito; suas muralhas imponentes; suas folhas de bordo laranja, vermelho e amarelo no chão; se labirinto de aposentos imensos e gelados; seus corredores sem sol. Fazia uns quarenta dias que a bandeira da Aliança do Norte, uma estrela de cinco pontas branca sobre fundo preto, flutuou sobre a fortaleza. Yozo esteve lá como braço direito de Enomoto, com a recomendação de ouvir e não falar.

O amplo salão de audiência era escuro e frio. Velas compridas queimavam, jogando uma luz amarela sobre os tatames no chão e sobre as telas douradas nas paredes; e a fumaça pairava sobre a lareira e saía dos cachimbos de cabo longo dos homens. Os oficiais do antigo governo do xogum estavam presentes com os conselheiros mais velhos representando os 31 líderes militares da Aliança do Norte, todos em engomados trajes de cerimônia. O comandante dos exércitos do norte, general Otori, e outros militares uniformizados também estavam lá. No começo, todos — oficiais, conselheiros e militares — se ajoelhavam conforme a hierarquia, mas, à medida que as vozes aumentavam e ecoavam no enorme salão, eles esqueciam as precedências.

Discutiram durante horas. Alguns dos conselheiros mais velhos eram a favor da rendição e de obedecerem ao novo governo. Disseram que foram totalmente derrotados. Os sulistas avançavam para o norte, devastando seus castelos, um após o outro. Era loucura prosseguir. A situação os obrigava a se declarar vencidos.

Yozo ouviu as reclamações em silêncio, enojado. A seguir, Enomoto se manifestou:

— Ainda não estamos derrotados. O inverno está chegando, nossos homens são robustos e acostumados a condições hostis e os sulistas são fracos, não conhecem o nosso frio. Vamos congelá-los. Jamais ousarão nos perseguir para o norte; se tentarem, morrerão. — A voz calma e forte aumentou até chegar aos cantos empoeirados do enorme salão e balançar as teias de aranha. — Lembrem-se que temos os homens mais fortes da nação. Temos não só o exército, mas a milícia de Kyoto também.

— Ou o que sobrou dela — resmungou um velho de papada corada. — Os sulistas os caçavam como cães. O comandante Yamaguchi é o único líder deles que ainda não teve a cabeça cortada.

— Concordo com o almirante Enomoto — rosnou o general Otori, um homem baixo e impetuoso, com a cabeça em formato de bala de revólver. — Se consolidarmos todas as nossas forças, seremos imbatíveis.

— O comandante está aqui — informou Enomoto. — Vamos escutar o que ele tem a dizer.

Yozo lembrava-se do murmúrio que percorreu a sala e da agitação quando o lendário comandante entrou. Lembrava-se também que ele era bem alto, de pele alvíssima, um homem bonito com seu casacão, culotes e as duas espadas no cinto. Parecia, pensou Yozo, alguém que passava o tempo todo em aposentos escuros tramando intrigas e não nas ruas de Kyoto derrubando inimigos, embora fosse dito que matara centenas. Os cabelos compridos, negros e lustrosos como laca, eram descuidadamente puxados para trás e ele olhava com insolência para os mais velhos.

— Assim que o comandante abriu a boca, viu-se que não era um samurai — contou Yozo para Kitaro. — Era um camponês de Kano, segundo diziam. Falou alto e claro: "Aceito comandar as tropas confederadas." Em seguida, parou e olhou à sua volta para todos aqueles grandes senhores agachados ali, fumando e dando baforadas em seus cachimbos. "Mas sob uma condição", acrescentou. E podia-se ouvir uma pena cair no chão, tal era o silêncio. "Minhas ordens devem ser obedecidas rigorosamente. Se alguém contestar, mesmo que seja conselheiro sênior de algum grande domínio, eu o mato." Essas foram as suas palavras. Todos se entreolharam, aqueles conselheiros mais antigos. Dava para ver o que pensavam: quem ele achava que era para intimidá-los daquela maneira? E a forma como falou, o tom de ameaça em sua voz. O olhar dele dizia que faria exatamente o que quisesse.

— Quando um homem é teimoso o bastante e está convencido de que tem razão, não há como impedi-lo — observou Kitaro. — Junte três teimosos e ninguém sabe o que pode acontecer.

Yozo concordou com a cabeça. Otori, Enomoto e o comandante controlavam o exército, a marinha e a milícia de Kyoto. Os três eram leais ao xogum até a morte. E tinham o brilho da loucura nos olhos.

Na madrugada do dia seguinte, Yozo estava em pé no convés. Ainda nevava, uma neve tão densa que mal dava para ver o litoral; os cabos e lais do navio estavam com pingentes de gelo. Quando o tempo melhorou um pouco, ele viu surgir uma linha montanhosa e alguns casebres isolados no sota-vento das encostas nevadas. O mar revolto estava da cor do aço. Diante deles, as ondas quebravam nos rochedos, levantando um paredão de água. Seria difícil atracar na baía Washinoki.

Ao seu redor, os homens se encolhiam de frio. Os menos afortunados vestiam apenas um uniforme de algodão, outros haviam encontrado capas de chuva de palha, peles de urso ou de cachorro e se enrolado nelas. Yozo cobriu-se com tudo o que encontrou, mas o frio continuava cortante.

Um contingente de marinheiros descobriu a primeira lancha, carregou-a e enganchou-a no lais. Eles colocaram um pino na verga, apertaram as cordas de um lado, soltaram do outro e desceram a lancha na água. O timoneiro, o contramestre e 12 remadores desceram com dificuldade e, desajeitados, embarcaram enquanto a lancha arfava, sacudia e estalava ao lado do navio, espirrando água gelada até o dobro da altura de um homem. Os soldados enfileiraram-se no convés, encurvados sob as pesadas mochilas, rifles pendurados nos ombros. O primeiro da fila olhou de esguelha os estreitos degraus saindo do casco do navio que desembocavam direto na água escura ondeando lá embaixo. Hesitou, sibilando entre os dentes, em seguida olhou para cima e empertigou-se quando passos pesados se aproximaram.

O comandante Yamaguchi continuava pálido por estar mareado, mas conservava a mesma espantosa arrogância, com os ombros e a cabeça eretos. Franzindo o cenho, impaciente, virou-se e desceu a escada na frente das tropas, segurando nas cordas dos dois lados.

Os homens o seguiram, e quando o último embarcou e a lancha sacudiu, quase virando, alguns soldados gritaram. O comandante apertou os lábios, em desdém.

Yozo pegou o telescópio e observou atentamente através da nevasca enquanto o barquinho subia e descia as ondas. De vez em quando, oscilava como se estivesse prestes a soçobrar. Uma segunda lancha já havia sido enviada quando a primeira voltou.

Yozo e Kitaro faziam parte do terceiro grupo. O navio se inclinou para o lado quando eles entraram na lancha. Os remadores estavam em seus postos e o vento fez o barco voar direto para a praia. Quando ainda estavam a poucos metros de distância, Yozo pulou no mar e ficou sem fôlego frente ao choque de uma água tão gelada em suas pernas. Junto com os remadores, segurou a lancha e manteve-a firme enquanto os soldados desembarcavam e caminhavam com dificuldade até a praia formando uma corrente humana para descarregar as caixas de equipamento e de provisões.

A neve parara de cair e o céu clareava; da praia, Yozo podia ver a vasta extensão do oceano que se estendia cinzento no horizonte e a frota de oito navios em alto-mar, com os mastros içados. Lanchas iam e voltavam, trazendo os homens dos navios para a praia. Então, enquanto Yozo observava, uma das lanchas sumiu. Quando reapareceu, a quilha estava no ar, sendo arremessada como uma madeira à deriva. Minúsculas figuras se debatiam na água plúmbea. Yozo caminhou em direção ao raso, mas Kitaro segurou em seu braço.

— Não seja louco, eles estão longe demais — gritou por cima do rugido das ondas.

As tropas ficaram melancólicas ao recolherem os pertences dos náufragos. Alguns dos homens mais distintos foram perdidos, e nem mesmo numa batalha. Mas qualquer morte a serviço do xogum era gloriosa. Ou será que era mesmo?, perguntou-se Yozo, enquanto ele e Kitaro se juntavam aos outros na longa caminhada pelo desfiladeiro em direção ao Forte Estrela e à cidade de Hakodate.

5

— Você está bem?

Hana se assustou com um dedo cutucando seu braço. Uma mulher olhava-a, atenta. Usava um lenço de lã grossa na cabeça, o rosto na sombra, mas por entre o tecido sua voz parecia jovem.

— O que faz aqui? — A mulher falava rápido e estridente como os moradores do centro. Tudo que Hana conseguia ver eram os olhos negros, fixos nela.

— Estava procurando a Chikuzenya, pois me disseram que cuidariam de mim lá — disse Hana, num sussurro, a voz trêmula. Estava entorpecida de frio.

A mulher fez sinal negativo com a cabeça.

— Fechou há meses. Todo mundo foi embora, quer dizer, quem podia. Foram para Osaka. Uma menina educada como você não devia ficar sozinha assim na rua. É perigoso.

Assustada, Hana olhou de um lado e do outro a rua longa e vazia, percebendo de repente onde estava. Gritos ásperos soaram não muito distante, e ela se lembrou do bando de rapazes que viu, de punhos cerrados, espadas e rostos ameaçadores. Um vento frio batia as portas de correr que surgiam aos poucos num muro escuro da rua e ela se assustou ao entender o horror da situação: os pais e sogros mortos, o marido há muito na guerra. A última notícia que teve dele dizia que estava a caminho de Sendai. Ela não tinha ideia de onde isso ficava, mas parecia muito longe.

A mulher mexeu na manga do quimono, pegou um cachimbo e uma caixinha de fumo, encheu o bocal.

— Tome — ofereceu-lhe e fez uma reverência. — Meu nome é Fuyu.

Hana sorriu agradecida para a companheira recém-encontrada.

Quando Fuyu se agachou ao seu lado, Hana sentiu um cheiro de pó de arroz barato e óleo de cabelos. Ao soltar o lenço da cabeça, notou que Fuyu era mesmo jovem, um pouco mais velha que ela, com o rosto redondo coberto com maquiagem espessa, nariz empinado e boca bem-desenhada. Tinha um jeito simples que a agradou muito. Acendeu um fósforo e aproximou tanto o rosto que Hana viu os poros do nariz e as marcas de seu rosto.

Hana deu uma longa e lenta baforada no cachimbo, desfrutando do sabor e do cheiro do fumo.

— Você fez bem em vir tão longe assim — observou Fuyu. — Lá está cheio de gentalha e samurais desempregados.

— Eu me perdi — disse Hana, balançando a cabeça. — Tinha certeza que iria encontrar alguém na Chikuzenya que me ajudaria.

— Seu marido é um samurai, não é? — Fuyu examinava o rosto de Hana de uma maneira que a deixava constrangida. — Imagino que ele tenha ido para a guerra e deixado você sozinha. A guerra é dura para as mulheres, não é?

— Seu marido também está na guerra? — perguntou Hana, indecisa, pois Fuyu não aparentava ser a esposa de um samurai, tampouco se comportava como uma.

Fuyu não respondeu. Calaram-se e os gritos roucos dos jovens que Hana tinha visto antes chegaram mais perto.

— Você precisa de um lugar para ficar, não é mesmo? — disse Fuyu de súbito. — Um lugar quente e seguro. Conheço um exatamente assim.

— É mesmo? — perguntou Hana, surpresa por aquela mulher que surgira tão inesperadamente querer ajudá-la.

— Lá é seguro. Tem guardas. Os soldados sulistas não podem entrar, portanto você não terá problemas com eles. É o melhor lugar, se quiser ficar bem longe desses homens. — Fuyu fez uma pausa, continuou olhando para Hana e seus lábios se abriram num sorriso simpático. — Lá tem trabalho também. Você sabe costurar, não? Podia ser costureira, ou criada, ou artista. Você sabe ler e escrever também, creio. Estão sempre procurando gente como você.

— Mas... onde é esse lugar? —perguntou Hana, começando a ficar insegura.

— Você só tem de passar a noite lá; não precisa ficar o dia inteiro se não quiser.

Hana negou com a cabeça.

— Obrigada, mas estou bem. Eu mesma encontro um lugar para ficar. — Ao falar, sabia que não tinha para onde ir.

Fuyu ficou séria.

— Faça como quiser — disse ela, torcendo a boca de um jeito desagradável. — Mas vou lhe dizer, se não seguir meu conselho, vai acabar vendendo o corpo nos portões da cidade. — Hana fechou os olhos em pânico ao lembrar das mulheres que tinha visto lá.

Fuyu segurou em sua mão.

— Vamos, antes que escureça.

— Mas... onde é esse lugar para onde está me levando? — gaguejou Hana.

— Já ouviu falar nas Cinco Ruas, não? — perguntou Fuyu, ríspida. — Pode viver muito bem lá, o melhor possível.

As Cinco Ruas. Hana levou um susto. Todo mundo sabia o que era: um lugar colorido, barulhento, cheio de violência, onde as luzes nunca se apagavam, com mulheres muito pintadas e onde os homens iam em busca de prazer. O marido de Hana se vangloriava de sua popularidade com as mulheres de lá. Dizia-se que aquele era o pior dos lugares, uma cidade de verdade, que ficava a uma boa hora de caminhada fora dos muros de Edo, distante o suficiente para que as pessoas decentes não fossem contaminadas pelo que acontecia lá. Certamente, aquele não era lugar para uma pessoa como ela.

— Não, não — exclamou Hana. — Espere, tenho de pensar.

— Pode pensar no caminho — disse Fuyu, levantando Hana.

A lua tinha surgido e a estrada à frente se desenrolava, comprida e reta, margeada por árvores esguias de laca ainda com algumas folhas nos galhos esqueléticos, brilhando como moedas de ouro. Hana viu sua pequena sombra se estendendo à frente no chão gelado da estrada. Bem abaixo dela, a cada lado do aterro, o pântano com arrozais sumia na escuridão. De vez em quando, passavam homens a cavalo ou a pé. Carregadores corriam transportando palanquins e uma garça se precipitava.

Já há algum tempo tinham deixado as ruas de Edo, com seu casario de telhados de ardósia colorida. Hana sentia a mão de Fuyu em seu cotovelo, conduzindo-a. Podia escapar facilmente e correr em outra direção, mas para onde iria uma mulher sozinha? Sabia que as duas seguiam para um lugar de prazer para os homens, mas, segundo as pessoas diziam, aquela era também uma cidade completa. Lá deviam existir muitos outros empregos.

— Ali! — gritou Fuyu, sua voz aguda e animada. — Olhe ali! Corra, já acenderam as lamparinas.

Ao longe, iluminando a escuridão antes do fosso, as luzes piscavam como um enxame de vaga-lumes numa noite de verão. O sussurro de vozes e risadas e o leve cheiro de fumaça de madeira, de peixe grelhado, incenso e esgoto eram levados pela brisa. A famosa Yoshiwara estava diante delas. Não era uma lenda, era real, e dali a pouco Hana estaria lá. Olhou a escuridão, o coração batendo forte.

Pois, apesar de seus escrúpulos, Yoshiwara a atraía e fazia seus pés andarem mais rápido, como se quase se esquecesse da casa vazia, das batidas na porta, das figuras ameaçadoras perseguindo-a pela terra desolada. Os sons e cheiros, as luzes fracas a atraíam, eram uma promessa de uma vida nova e exótica que ela não conseguia sequer imaginar.

Hana estremeceu com o vento gelado e apertou o lenço em volta do rosto. As pernas doíam, as sandálias de palha tinham pedrinhas que esfolavam a pele a cada passo. Mas as luzes à frente brilhavam com uma intensidade cada vez maior e logo ela começou a ouvir o som de *shamisens* e de cantos.

Estava bem escuro quando chegaram a um solitário salgueiro-chorão. Seus galhos nus balançavam e rangiam ao vento.

— O Salgueiro do Último Olhar! — exclamou Fuyu.

Hana tinha lido tudo sobre ele. Era onde os homens paravam para ver pela última vez a cidade murada de Yoshiwara antes de voltarem para casa, de manhã. Sob ele se espalhavam as Cinco Ruas, um quarteirão de luz e cor na escuridão do pântano.

Hana olhou o fosso se alongando atrás dela, em direção a Edo e à sua antiga vida. Estava prestes a entrar num novo mundo e sabia que, quando saísse dele — se por acaso saísse —, o fosso, a lua e as estrelas talvez continuassem os mesmos, mas ela, não.

6

Hana seguiu Fuyu, que corria a rampa em direção à cidade murada, passando por barracas apertadas uma ao lado da outra e casas de chá, onde recepcionistas ficavam à espreita para agarrar os homens que passavam, na tentativa de fazê-los entrar. Finalmente, elas chegaram a uma ponte e atravessaram as águas lamacentas de um fosso. Um enorme portão assomava diante delas. Do outro lado, havia muita gente, luzes intensas e toda a agitação da cidade.

Hana parou, trêmula, quando um guarda apareceu impedindo a passagem. Tinha o pescoço grosso como um tronco de árvore e o nariz achatado como se tivesse dado de encontro a uma parede; na manzorra, segurava um apetrecho de ferro com ponta em gancho.

Carrancudo, olhou para as duas mulheres. Fuyu sorriu para ele, coquete, mostrou-lhe um papel e entregou-lhe duas moedas. O homem arreganhou um sorriso, revelando dentes que faltavam e outros podres.

— Podem entrar, senhoras — resmungou, com uma piscadela. — Divirtam-se!

E assim, elas entraram em Yoshiwara. No início, Hana caminhou com passos miúdos e rápidos, de olhos baixos quando as pessoas passavam por ela, sentindo perfumes doces e suaves como nunca havia experimentado. Trajes de seda roçavam suas mãos. Saias de quimonos rodopiavam, deixando à mostra pezinhos com sandálias de cetim amarradas com tiras, e sandálias de palha retumbavam em enormes pés com dedos largos com pelos negros. Os homens falavam e gritavam, as mulheres arrulhavam e piavam como passarinhos.

Hana então sentiu o aroma envolvente de pardais e polvos sendo assados e não conseguiu mais conter a curiosidade. Ergueu os olhos e levou um susto. Gente, havia tanta gente que quase não dava para andar! Olhou em redor, surpresa. Mercadores de sedas e brocados seguiam, orgulhosos, ao lado de samurais com topetes brilhantes de óleo. Comerciantes passavam, criados andavam rápido e homens morenos e atarracados olhavam, inseguros, como se nunca tivessem estado ali e não soubessem como se comportar. Mulheres velhas estavam agachadas ao lado das portas, os rostos murchos colados, mexericando. Jovens afoitos balançavam tabuleiros de comidas empilhadas e meninas de rosto pintado de branco e lábios vermelhos andavam, pomposas, levando cartas ou de mãos dadas.

Edo fora uma cidade decadente que dava medo, mas Yoshiwara estava cheia de gente em busca de prazer. Hana olhou ao redor, encantada com os cheiros, as paisagens e os sons. Mas ainda estava apreensiva. Aquele não era um lugar para ela.

Exatamente quando resolveu dizer a Fuyu que tinha mudado de ideia e que deveria partir imediatamente, a mulher segurou com força o seu braço e a empurrou por uma rua escura e através de uma porta aberta. Tinham chegado.

Uma velha de casaco marrom por cima do quimono azul-escuro correu para recebê-las, carregando uma bacia com água para lavarem os pés. Ao entrar, Hana notou corredores compridos e homens entrando em aposentos de onde vinham música e risos. Fuyu conduziu-a através de varandas iluminadas por lanternas, passando por cômodos e cômodos, até abrir uma porta.

Uma mulher estava ajoelhada junto a uma mesa baixa, escrevendo num livro-caixa à luz de lamparina. De costas, parecia elegante e fina. Usava um simples quimono preto amarrado com um *obi* vermelho e tinha os cabelos presos num nó luzidio. Ao lado, pousavam um cachimbo e um copo, e uma chaleira zunia no fogão de cerâmica.

No entanto, quando a mulher virou-se para elas, Hana quase recuou: o rosto era uma rede de rugas endurecidas por um denso pó branco que realçava cada traço. Seus lábios eram pintados de roxo, seus olhos amarelados possuíam veias vermelhas e um pelo saía de uma verruga em seu queixo. Mesmo assim, mantinha a pose como se fosse uma beldade famosa.

A mulher olhou para o quimono sujo de Hana e o lenço encardido amarrado que usava na cabeça. Hana estremeceu, percebendo que havia sido seduzida pelo barulho, pelas cores e pelo exotismo de Yoshiwara. Sentiu o frio gelado do lugar. Tinha caído numa armadilha.

— Desculpe incomodar — sussurrou Fuyu, os ombros servilmente curvados e obrigando Hana a se ajoelhar.

— Você outra vez, Fuyu — disse a mulher, cansada. Sua voz era grave e gutural, e falava de forma monótona e cadenciada, num dialeto que Hana nunca tinha ouvido. — Quantas vezes vou ter de dizer que os negócios vão mal? Você continua trazendo essas mulheres que só fazem comer e dormir. Não pagam a estadia. Se me trouxesse uma menina para eu treinar, poderíamos negociar. Mas uma adulta sem prática é mais problema do que lucro. Não me traga mais ninguém. — Virou-se para o livro-caixa e pegou o pincel de escrever.

De repente, Hana se viu indignada. Não queria obedecer àquela velha feia.

— Posso estar suja, mas tenho prática — disse, firme, sem se incomodar com as consequências. — Sou de boa família, tenho educação, sei ler e escrever. Vim pedir abrigo. Posso dar aulas e me sustentar de maneira honesta, mas se não pode me oferecer um trabalho que não me desonre, iriei embora e tentarei minha sorte em outro lugar.

A mulher encarou Hana, admirada, os olhos negros saltando para fora das dobras pintadas da pele branca.

— Ah, ela fala — disse em tom surpreso. — E é decidida.

Uma mecha de cabelos escapou do lenço de Hana e ficou serpenteando pelo rosto dela. A mulher segurou-a e Hana piscou quando os dedos ásperos roçaram sua pele.

— Cabelos bonitos. Grossos e negros. Sem nós.

— O lenço — sussurrou Fuyu, arrancando-o da cabeça de Hana, que tentou segurá-lo, mas ele já lhe fora retirado.

A mulher se inclinou bem para a frente, olhando de modo fixo para ela. Levantou as sobrancelhas, arregalou os olhos e segurou o queixo de Hana com o polegar caloso e o indicador, respirando pesado. Assustada, Hana se encolheu como se assim pudesse se livrar do cheiro de maquiagem suja e de roupas suadas embebidas de perfume.

A mulher sentou-se sobre os calcanhares e estreitou as pálpebras, com um olhar astuto no rosto.

— Claro que não é uma beleza clássica — disse ela para Fuyu —, mas isso não importa. Lindo rosto redondo, ligeiramente oval. — Olhou para trás e chamou: — Papai, Papai.

Ouviram-se passos arrastados no tatame e a porta se abriu. Um homem de rosto quadrado e barriga volumosa por cima do cinto entrou logo na sala numa nuvem de fumaça de saquê e tabaco.

— Mais uma? — perguntou o homem, fechando a boca após cada sílaba. — Não estou aceitando mais ninguém, os negócios vão mal, quase não tem freguês. Não quero mais bocas para alimentar.

A mulher levantou a cabeça e olhou-o entre as pestanas.

— Tem toda a razão, Papai — disse ela num gorjeio infantil —, mas essa aqui...

— Você só me faz perder tempo, mulher — resmungou ele.

Ajoelhou-se no chão e, puxando um par de óculos da manga, colocou-o no nariz. Inclinou-se sobre Hana, enquanto a mulher pegou uma vela de uma mesa baixa onde ela estava sentada e a aproximou do rosto da jovem. Os olhos do homem, miúdos por trás das lentes grossas, arregalaram-se e então se estreitaram. Apoiou o corpo nos calcanhares e encarou Hana como se examinasse um quadro, uma tigela de cerimônia de chá, ou um corte de tecido.

— Nada mal — disse, por fim. — O rosto é quase em forma de semente de melão. E a pele também é boa, branca, sem marcas. Bom, nenhum defeito visível. Olhos grandes, nariz fino, boca pequena, pescoço esguio. Tem tudo.

Chocada, Hana olhou para ele. Estava abrindo a boca para reclamar quando o homem agarrou seu queixo com tanta força que doeu. Ele baixou o queixo dela com uma de suas enormes mãos e levantou os lábios com a outra. Hana tentou não sentir ânsia de vômito com aquele cheiro de tabaco dos dedos manchados de marrom.

— Bons dentes — resmungou ele.

Fuyu estava de joelhos, os olhos indo de lá para cá enquanto ouvia tudo.

— Tire o casaco — ordenou ela, ríspida.

O homem pegou a mão de Hana, virou-a e apertou a palma, depois virou os dedos dela para trás até parecer que ia quebrá-los. Hana piscou com força, contendo as lágrimas.

— Você não consegue outra igual a essa — disse Fuyu, firme. — Com uma menina, nunca se sabe como ela vai ficar. Com uma adulta, dá para saber o que se está recebendo. Não quero discordar de você, Titia, mas você mesma pode ver. Ela é realmente bonita, uma beleza clássica.

Hana observou o homem de bochechas fartas, a velha de cara pintada e Fuyu, que olhava para ela ansiosa. Seria em vão tentar apelar para os bons sentimentos deles, percebeu isso com bastante clareza. Mas não ia se render sem lutar. Respirou fundo. Precisava lembrá-los de que era uma pessoa como eles e não um objeto de compra e venda.

— Não vim aqui para isso — disse ela, a voz trêmula. — Meu rosto não tem importância. Sei ler e escrever, posso ensinar.

— Ouça isso, Papai — murmurou a mulher. — Ela tem humor e classe. Veja como fala! Escute só!

O homem guardou os óculos de volta na manga e se levantou.

— Velha demais — disse ele, dando de ombros e virando para a porta.

— Dê-lhe uma oportunidade, Papai — falou a mulher em tom de adulação. — Cantar e dançar qualquer uma sabe fazer. Mas ler e escrever, essas são habilidades raras. Vejamos como escreve. Menina, venha cá, dê-nos um exemplo.

Mas Fuyu já se levantava apressada com as saias do quimono amassadas.

— Vou em outro lugar. Essa é uma jovem excelente. Encontro fácil quem queira ficar com ela — disse ela em tom suave.

As velas crepitaram e uma gota de cera escorreu lentamente por uma delas. O homem examinava Hana com seus pequenos olhos severos.

— Vire de costas — disse ele abruptamente.

Antes que Hana soubesse o que estava acontecendo, a velha segurou-a pelos ombros e abaixou-a. Ela gritou e reagiu, mas a mulher era incrivelmente forte. Fuyu pôs a mão sobre a boca de Hana e ajudou-a a se abaixar.

As duas mulheres a seguraram com força enquanto o homem levantava as saias do quimono de Hana e abria as pernas dela. Hana ouviu o tatame ranger quando o homem se ajoelhou entre suas pernas. Então, dedos ásperos começaram a apalpá-la, examiná-la e cutucá-la. Ela podia ouvir o respirar rouco do homem e senti-lo quente sobre suas coxas. Sentiu uma dor aguda quando um dedo grosso entrou nela; Hana gritou e se encolheu.

Por fim, o homem parou e apoiou o corpo nos calcanhares.

— Um bom exemplar — concluiu ele. — Firme, de boa cor. Rosada. Viçosa, em boa forma. — Riu, divertido. — Nossos fregueses vão gostar.

Hana sentou-se, arrumando a roupa por cima das pernas nuas. Sem conseguir respirar direito de tão chocada, o rosto queimando de humilhação, engoliu em seco enquanto lágrimas quentes escorriam pela face.

— E então? — perguntou Fuyu.

— Vamos lhe fazer um favor — disse o homem em tom contido. — Vamos tirá-la de suas mãos.

— Você tem um coração muito bom, Papai — elogiou a velha, curvando os lábios de modo coquete. — Ninguém aceitaria uma desta idade. Claro que tudo depende do...

Fuyu olhou para a velha, depois para o homem.

— Vamos conversar lá fora — disse ela. — Tenho certeza de que podemos chegar a um acordo. Tenho certeza de que podem oferecer a essa menina algum tipo de trabalho.

Quando a porta foi fechada e os passos se afastaram, Hana se ajoelhou, encolhida, mal ousando respirar. Era tarde demais, percebeu o quão ingênua tinha sido. Encostou a cabeça nos joelhos e chorou.

Depois de um bom tempo, ergueu os olhos. Na casa havia ecos de cantorias, o taramelar de *shamisens*, de conversas e risos, mas os sons eram abafados como se viessem de longe, através de muitas paredes. A chaleira soltava fumaça e o carvão brilhava no braseiro. As chávenas e os pincéis de escrever, o vaso com galhos do inverno, as pequenas coisas que estavam na sala tremulavam à luz da lamparina como se estivessem vivas. Ela deu um longo suspiro, atemorizada, e tocou de leve o rosto com a manga do quimono. Parecia que talvez tivesse uma chance — pequena — de sair furtivamente. Pegou a trouxa de roupas e abriu a porta com um rangido.

A varanda lá fora estava vazia. Luzes brilhavam por trás das telas de papel que dividiam as salas em volta do pátio e mostravam sombras se movimentando, algumas redondas carregando bandejas e outras esguias, dançando com gestos graciosos. Aqui e ali, a silhueta de um homem se agitava de modo furioso. Tudo parecia sedutoramente divertido, mas Hana sabia que não era. Olhou com cuidado à direita e à esquerda, olhou de novo, e saiu. Por um instante, sentiu uma onda de esperança, então deu-se conta de que não sabia nem para que lado ir. Fechando a porta atrás de si, seguiu devagar pela varanda, o mais silenciosamente possível.

Ela havia passado alguns quartos quando uma porta se abriu e de lá saiu uma pessoa numa confusão de sedas, exalando um perfume almiscarado. Hana ficou imóvel, o coração batendo forte. O rosto da mulher pairava na escuridão. Era uma máscara branca, lisa e perfeita, brilhando na fraca luz filtrada pelas telas de papel. Os olhos bem negros não tinham expressão e havia uma pétala vermelha no meio de cada lábio, fazendo com que sua boca parecesse um pequeno botão de rosa. Ela lembrava uma boneca de porcelana.

Surpresa, Hana recuou, encarando a mulher que lhe dizia algumas palavras incompreensíveis num chilreio esbaforido.

— Claro — falou a mulher devagar, formando as sílabas com cuidado como se raramente usasse aquele idioma. — Você não fala a nossa língua. É a primeira coisa que terá de aprender. Não fique assustada, eu estava justamente indo buscá-la.

Enquanto falava, Hana percebeu que, sob a espessa maquiagem, a mulher tinha feições bem medíocres. A boca era grossa e os cabelos não eram lisos, mas crespos. Mechas caíam em volta do rosto e mãos de dedos grossos e grandes saíam das mangas do quimono incrivelmente vermelho.

Mas nada disso importava. A maquiagem a tinha transformado numa aparição misteriosa, um ser do outro mundo.

— Não sei quem você acha que sou — disse Hana de supetão. — Não vivo aqui. Eu... eu estou de saída.

Ao falar, percebeu como parecia ridícula. Só havia um motivo para as mulheres irem a lugares como aquele e não era para uma visita.

— Vocês, esposas de samurais, são todas iguais — disse a mulher. — Pensam que são melhores que nós, mas têm sorte de estar aqui. Muitas não são aceitas. Esta é uma casa boa e me mandaram cuidar de você. Pode me chamar de Tama, este é meu nome.

Sem dar atenção aos protestos de Hana, ela segurou-a pelo cotovelo e guiou-a através da varanda e depois por um corredor. Pelas frestas nas portas de papel, Hana viu relances de festas bem animadas. Podia ouvir músicas, ver danças e sentir o cheiro de comidas que lhe deram água na boca e lembraram-na do quão esfomeada estava.

Um grupo de moças em belos quimonos vinha rapidamente na direção delas como um bando de pássaros muito coloridos, os rostos pintados de branco brilhando à luz da lamparina.

— Detesto esses sulistas — dizia uma das moças, furiosa. Falava num tom estridente, mas o sotaque parecia o de Hana, que a olhou surpresa. — Detesto abrir as pernas para eles.

— Nos dias de hoje, são os únicos com dinheiro. Daqui a pouco somem, se tivermos sorte — disse uma outra.

Passaram rápido por Hana sem sequer notá-la, como um rio contornando uma pedra. Hana ruborizou com vergonha de suas roupas sujas de viagem.

— O sulista com quem estive não para de dizer que Edo está acabada — murmurou a primeira mulher, bufando. — E que a única coisa que a torna suportável é Yoshiwara. Chama os nossos homens de rebeldes. — A voz tinha se transformado num resmungo zangado. — Rebeldes! Como ousa! Diz que os "rebeldes" que ainda estão vivos foram para Sendai e se juntaram à marinha, à nossa marinha.

O coração de Hana pulou. Sendai era para onde seu marido dissera que iria na última carta.

As mulheres foram sumindo depois de uma curva.

— Eles estão indo para o norte, uma grande força militar. — A voz aguda, enfraquecida pela distância, veio até ela. — Claro, eu não disse ao meu sulista o que realmente penso. Elogiei-o, disse o quão inteligente ele era. Assim, ele vai se sentir seguro para me contar mais. Mas já sei do mais importante: os navios partiram. Os nossos navios.

Hana ouviu as palavras com tanta clareza como se a mulher estivesse ao seu lado. A menos que tivesse sido morto, seu marido também estava num daqueles navios.

Portanto, ainda havia esperança. Teria apenas de se esforçar ao máximo para continuar viva e rezar para que, quando a guerra terminasse, ele viesse a Yoshiwara resgatá-la.

7

Yozo nunca havia sentido um frio como aquele. Ora o céu estava azul e o sol brilhava sobre as montanhas, fazendo as lanças e baionetas dos homens à sua frente emitirem raios de luz, ora parecia que a noite tinha chegado e a neve caía em grandes lufadas e rajadas. Ventava tanto que ele mal conseguia se manter em pé. Os únicos barulhos que rompiam o silêncio eram o ranger dos galhos cada vez mais pesados pelo acúmulo de neve sobre eles e um eventual golpe surdo quando um montículo caía das árvores se espatifando no chão.

No final do primeiro dia, Yozo permanecia com muito frio e encharcado até os ossos. Os dedos das mãos e dos pés estavam insensíveis, e os dentes, batendo. Soturno, ele subiu a montanha com Kitaro e os outros marchadores, com dificuldade para escalar os rochedos, limpando a neve úmida da roupa no doloroso e lento progresso da caminhada pelo desfiladeiro rumo ao Forte Estrela e à cidade de Hakodate.

Quando a noite caiu, eles começaram a distinguir as formas sombreadas de construções, agrupadas à margem de um lago gelado e rodeado de árvores. Ao redor da praça da aldeia localizavam-se grandes casas com telhados íngremes de colmo de onde saíam cheiros apetitosos de madeira queimando e de comida sendo preparada. Cachorros esqueléticos, de pelo grosso e branco, andavam por ali. Os aldeões ficaram com medo ao verem os soldados e suas armas. Eram homens altos, de ossatura larga, cabelos fartos e barbas compridas, que usavam trajes grossos de retalhos costurados ou de pele de urso — o povo de Ezo, tudo indicava, os nativos da ilha. Até onde os soldados sabiam, aqueles homens eram selvagens que pescavam salmão e caçavam ursos.

Yozo ouviu o murmúrio no meio da tropa:

— O comandante mandou acamparmos aqui esta noite.

Ele entrou numa das casas, seguido por Kitaro. O lugar tinha um forte cheiro de peixe, mas pelo menos era abrigado e quente. Conforme seus olhos se acostumaram à escuridão, ele notou uma fogueira no meio da sala, com tapetes de palha áspera espalhados no chão de terra úmida e dois rolos de casca de bétula queimando e fornecendo uma luz vacilante. Dali a pouco, mais de cinquenta homens haviam entrado atrás deles, espalhando-se em torno dos troncos queimando, soprando as mãos e esfregando-as para se aquecerem. O cheiro de madeira queimada se misturava ao forte odor de suor e de uniformes sujos.

Ansiosos para alegrar os soldados, os nativos de Ezo se apressaram em preparar comida.

Yozo se agachou nos tapetes ásperos com uma tigela de sopa nas mãos. Era um caldo grosso com cheiro desconhecido, oleoso e um pouco azedo, com ossos de peixe flutuando. Ele franziu o nariz, deu uma colherada e ficou satisfeito ao descobrir que era quente e nutritivo. A essa altura, seus companheiros conversavam animados e riam.

— Lembra-se da vez em que atacamos a hospedaria Ikedaya? — alguém perguntou. — Matei 16 sulistas desgraçados. Eu contei.

— Isso não é nada — gritou um outro, socando o chão. — Pelos meus cálculos, matei vinte.

— Gostaria de sentir minha espada atravessando ossos de novo — resmungou outro, um homem moreno de nariz grande e cara de camponês.

— Amanhã, se tivermos sorte, quando chegarmos ao Forte Estrela — disse o primeiro.

Uma mulher empilhava troncos para a fogueira. A princípio, Yozo achou que ela sorria, então percebeu que era uma tatuagem que contornava a boca como um bigode. Em meio a balbúrdia, ele ouviu um zunido dissonante. Uma das mulheres tinha pegado um instrumento musical e o estava tocando e cantando baixinho.

Através da fumaça, em meio à luz fraca, Yozo podia ver o comandante Yamaguchi sentado ereto num estrado alto no fundo da sala, conversando com dois tenentes. Era a cena mais estranha, aquele grande líder militar numa cabana de camponês, tão garboso quanto se estivesse no palácio de um rei.

Yozo olhou de esgueira para Kitaro. Confuso, ele também observava o comandante como se pensasse o que diabos estavam todos fazendo ali, naquele fim de mundo, numa terra conveniente apenas para selvagens.

No começo da tarde seguinte, Yozo andava com dificuldade, com tanto frio que não conseguia nem falar e tentava não perder de vista o comandante que seguia à frente. Marchavam por uma floresta; imensos pinheiros e a paisagem silenciosa e branca faziam Yozo lembrar das grandes catedrais da Europa. Nunca tinha visto construções tão magníficas, tão altas.

Ficou devaneando e pensou no *Avalon*, o vapor com rodas de pá que o levara de Roterdã a Harwich e à nação mais poderosa do mundo. De lá, foi de trem para Londres e andou pelas ruas, intimidado pelos enormes prédios de pedra com a aura de opulência e história, as praças públicas e os lugares de devoção, tão altos que seu pescoço doía ao olhar para os tetos pontudos desaparecendo no céu.

Mas agora que estava de volta ao Japão, ele não sentia tanta falta dos grandes monumentos quanto das paisagens de todos os dias — os lindos troles, os homens em luzidias cartolas, as mulheres com trajes em forma de sinos, as ruas simples de casas de tijolos, a Estrada de Ferro Metropolitana cujos trens entravam na terra como toupeiras, o apito dos trens que doía aos ouvidos, a poeira de carvão que enchia o ar e os densos e úmidos nevoeiros ("sopa de ervilha", como os londrinos chamavam) — que envolviam a cidade no inverno.

Sobretudo, Yozo sentia falta das mulheres que desfilavam para cima e para baixo do Haymarket com seus sorrisos, rostos pintados e peitos fartos. Com seus olhos azuis, cabelos louros e pele rosada, eram tão diferentes das dama de Yoshiwara, mas recebiam bem os clientes e os consolavam do mesmo jeito. Faria qualquer coisa para voltar lá um dia, pensou.

De repente, viu-se a poucos passos do homem à sua frente. O comandante tinha parado numa clareira, escalado um rochedo e pegado um telescópio. Ficou olhando lá embaixo, depois virou-se e fez um sinal autoritário.

Empurrado de supetão de volta ao presente, Yozo pegou seu telescópio e o ajustou. Tinham chegado ao topo do desfiladeiro, e abaixo deles, até onde a vista podia alcançar, havia uma planície brilhando com neve e gelo, colinas ao longe, e o ameaçador domo do céu suspenso. De um lado, havia um emaranhado de ruas cruzando a neve, pontilhadas de casas, e ao fundo estava o mar, cinzento como chumbo. Eles tinham atravessado a península. Bem abaixo deles, pequena, mas bem definida no branco ofuscante da neve, havia uma perfeita estrela de cinco pontas — o forte. Yozo podia ver fumaça saindo do interior e o brilho do gelo no fosso.

— O Forte Estrela — alguém gritou.

Outros repetiram:

— O Forte Estrela! *Banzai!*

Os dedos das mãos e dos pés de Yozo pareciam de gelo, mas ele mal notou. Rapidamente ele e seus companheiros correram para a clareira, esquivando-se de árvores ou procurando pedras onde subir. O comandante, empertigado e orgulhoso, postou-se numa grande saliência no rochedo, os ombros atirados para trás. Suas botas de estilo ocidental estavam sujas e cheias de neve; o casacão, manchado. Os cabelos pretos e brilhosos caíam em mechas pelo rosto enquanto ele olhava as suas tropas lá embaixo.

— Homens da milícia de Kyoto — gritou ele no silêncio. — Voluntários, patriotas. — Esticou o braço sobre a planície. — O Forte Estrela, uma estrela de cinco pontas como a da Aliança do Norte. Ele nos pertence, é nosso, nosso destino!

"Os traidores sulistas tiraram nosso senhor do castelo de Edo e o obrigaram a exilar-se. Mataram nossas famílias, destruíram nossas terras e tomaram nossos castelos. Mas a maré começou a mudar. Agora é a nossa vez.

"Nós sabemos que o Forte Estrela foi projetado para ser inexpugnável. Mas os homens da guarnição mudaram de lado há pouco tempo e não querem morrer por uma causa na qual não acreditam. Quanto a nós, somos grandes guerreiros. Lutamos por nosso senhor e não tememos a morte.

"O general Otori e o exército regular estão avançando pelo desfiladeiro do outro lado da colina. Vão atacar o forte pelo norte e tomar a ponte daquele lado. Nossa função é avançar, furtivos, em grupos de dois ou três, e tomar a ponte pelo sul. Ficaremos bem escondidos, no escuro. Depois que tomarmos o forte, Hakodate será nossa e nossos navios vão ancorar na baía. Hoje tomaremos o Forte Estrela, amanhã a ilha de Ezo inteira! Viva o xogum! *Banzai!*"

Os soldados aplaudiram com tanto entusiasmo que pedaços de neve despencaram dos galhos das árvores.

Yozo riu alto. Estava pronto para partir, ansioso para empunhar o rifle, sentir o coice da arma e a lâmina da espada cortando carne inimiga. Até Kitaro sorria e gritava a toda voz.

Os homens se juntaram na encosta da colina como um bando de lobos, depois se espalharam e seguiram em silêncio pela planície. Escurecia e a neve abafava o som de seus passos.

Juntos, Yozo e Kitaro seguiam furtivamente pela neve, escondendo-se atrás de árvores, mantendo a ponta dos rifles coberta e a munição seca. Algumas vezes, um ou o outro calculava mal a profundidade das camadas de flocos e afundava nela até o pescoço. Quando anoiteceu, viram imponentes ameias de granito assomando de um lençol de neve próximo a eles e a sombra de plataformas de canhões nos muros. A boca de Yozo estava seca. O coração batia forte e o estômago se revirava. Era chegada a hora.

Ouviu-se um assovio como um guincho de morcego e Yozo olhou ao redor. Figuras fantasmagóricas mexeram-se, rápidas. Agachados no chão, eles rastejaram, aproximando-se cada vez mais das ameias que pareciam pontos negros na neve. Yozo respirava rapidamente, quase sem fôlego. Tinha de estar alerta, calmo e concentrado, disse a si mesmo.

Em grupos de dois e três, os homens se posicionaram perto do fosso, cuidando para não serem vistos. Montículos de neve se acumulavam nos muros e se empilhavam pelas ameias. O fosso estava coberto de gelo.

A neve da ponte havia sido retirada. De passos leves e sem fazer barulho, como um gato selvagem, Yozo passou pelas tábuas congeladas com outros homens em seu encalço. Pôde ver as sentinelas em seus casacões militares e suas sandálias de palha policiando os enormes portões, a respiração saindo como fumaça no ar gelado. Os homens pareciam desconfortáveis, como se estivessem pouco à vontade naquelas roupas estrangeiras. Pegando o punhal, Yozo agarrou um deles pelo pescoço e enfiou a lâmina em sua garganta. O sangue esguichou, ensopando sua mão. Enquanto a outra sentinela pulava para a frente, Yozo atravessou o seu caminho e enfiou o punhal em sua barriga.

Junto com Kitaro, tirou as sentinelas da passagem enquanto vultos silenciosos corriam por eles. Então, ouviu-se o ranger dos portões se abrindo e as tropas entraram, com o comandante à frente. Yozo notou de repente que os olhos dele pareciam os de um lobo no escuro, movendo-se de um lado para o outro, captando tudo.

Uma vez dentro, Yozo percebeu que o Forte Estrela não se assemelhava a nenhum castelo em que estivera. Era um labirinto, uma vasta extensão de quartéis. Passando furtivamente de um prédio a outro, usando-os como cobertura, os homens avançaram na direção de uma enorme construção de madeira, com telhados íngremes enterrados sob uma espessa camada de neve e, no alto, uma torre de vigia. Sincelos brilhavam nos beirais parecendo espadas. O vento jogava a neve, que reluzia no escuro, em torvelinhos, varrendo os homens e as construções.

De repente, houve um estrondo ensurdecedor e Yozo se atirou no chão, agarrando Kitaro, que ainda estava de pé, e puxando-o para baixo. Esperou um pouco, levantou a cabeça e olhou à sua volta. Outro estrondo e Yozo percebeu que o barulho estava vindo de fora do forte. Depois outro e mais outro, seguidos pelo estampido de armas de fogo. Luzes clarearam o céu e se refletiram nas nuvens, formando a silhueta da grande fortaleza.

— São os nossos homens. O general Otori — murmurou ele. Kitaro concordou. Yozo podia ouvi-lo respirando aliviado.

Uma explosão dividiu o céu e, por um instante, o pobre exército do comandante de seiscentos homens desesperados estava animado ao entrar no forte, levantando os rifles para o alto. Um sino de alarme soou muito alto e houve uma saraivada de tiros dentro da construção.

— Dê-nos cobertura — rosnou o comandante.

Yozo subiu numa árvore dentro do forte e sentou-se numa forquilha. Procurou na bolsa um cartucho e carregou seu rifle Snider-Enfield. Percebeu luzes se mexendo ali dentro, mirou nas janelas e atirou. Recarregou a arma e disparou várias vezes enquanto o comandante e a milícia atacavam o portão, gritando como um bando de animais selvagens.

Yozo esquivou-se quando algo sibilou em sua orelha. Uma bala de revólver. Outra atingiu o tronco da árvore. Ele baixou a cabeça quase pulando, quase caindo sobre um monte de neve. Figuras sombrias correram em sua direção, espadas luzindo. Levantando-se, Yozo agarrou o rifle pelo cano e o virou. Houve um golpe de ar seguido de um barulho quando a ponta da arma bateu em alguém. Outro homem pulou para cima dele, dando um grito de guerra. Yozo jogou o rifle sobre o ombro e colocou a mão no cabo da espada. Num só movimento, retirou-a da bainha e atingiu o homem na garganta. Saiu do caminho enquanto o corpo caía.

Passos silenciosos se aproximavam dele por trás. Yozo deu meia-volta, desviou-se de um golpe e pulou sobre o atacante, os dois rolaram na neve, esmurrando e arranhando um ao outro. Por fim, ele torceu o braço do homem por trás das costas, derrubou-o com uma joelhada e encostou a cara dele na neve.

— Por que defende traidores? — gritou.

O homem se debateu, desesperado. Yozo o tinha sob domínio quando ouviu o som de tambores. Ele ergueu os olhos: as luzes de muitas lanternas brilhava entre as árvores. Havia um som, a princípio distante, mas que aos poucos ficou cada vez mais alto. Milhares de sandálias de palha atravessavam a ponte do norte e o fosso congelado, entre as grandes ameias de granito, em direção aos portões do Forte Estrela. Ele viu de relance algo branco tremulando acima das árvores. Era a estrela de cinco pontas da Aliança do Norte.

Os sobreviventes das guarnições saíram do castelo tropeçando, uniformes rasgados e ensanguentados, mãos levantadas em sinal de rendição.

Yozo soltou o inimigo.

— Levante — ordenou ele, ríspido. O homem ficou de joelhos, ofegante. Era um jovem dentuço muito magro, de pele ruim, não devia ter mais de 16 anos.

— Você vai pagar por isso — ameaçou o jovem.

— Volte para casa, para seus pais — disse Yozo, exausto. — E agradeça por estar vivo.

Naquela noite, eles comemoraram. Dentro do castelo, o general Otori reuniu um grande número de homens e os elogiou por sua bravura.

O comandante ficou do lado de fora com os milicianos. Em volta de fogueiras, os homens comeram e beberam, depois foram se levantando um a um e dançaram, imponentes e lentos, dramas musicais japoneses, chamados de Noh. Mais tarde, quando muito rum e vinho de arroz tinham sido consumidos, eles cantaram músicas nostálgicas que falavam da saudade de casa, das esposas e amantes que deixaram para trás.

— "Ah, leve-me para casa, leve-me para o norte, para casa" — cantava um deles. Os demais balançavam o corpo, participando do coro.

Pelo menos aqueles homens sabiam onde ficavam suas casas, embora fosse bem possível que elas não existissem mais, pensou Yozo. Muitos tiveram as casas incendiadas, as esposas e os filhos, mortos. Quanto a ele... sua família estava morta, disso ele tinha certeza. Viajara tanto, fazia tanto tempo que estava longe, que o *Kaiyo Maru* havia se tornado seu único lar.

Olhou de relance para o comandante, que estava sentado no escuro, um pouco distante dos demais, aquecendo as mãos e olhando para as chamas da fogueira. O fogo realçava o contorno enrugado de seu rosto, e sua luz parecia queimar em seus olhos. Yozo notou uma inesperada suavidade neles, como se o comandante estivesse pensando em alguém ou em alguma coisa do passado. Ele desviou o olhar, sentindo que havia se intrometido em algo bastante pessoal.

— Ei, Tajima — chamou um dos soldados. — Cante para nós uma música holandesa triste.

Yozo olhou zangado. A última coisa que queria era chamar a atenção para o fato de ele e Kitaro serem bem diferentes dos outros.

— Não sei nenhuma — resmungou ele.

— Uma canção, uma canção — gritaram os homens.

Kitaro estava sentado ao lado de Yozo.

— Eu conheço uma — anunciou Kitaro. Yozo segurou o braço dele e puxou-o de novo para baixo, mas ele se desvencilhou e levantou, meio embriagado. À luz da fogueira, o pescoço dele, com o pomo de adão saliente, parecia mais comprido e mais fino.

Ficou um instante olhando para o fogo, lembrando as palavras, e começou uma cantiga de marujos, balançando o corpo no ritmo:

"Vou lhes cantar uma canção, uma bela canção do mar,
Com um movimento, ei, derruba o homem..."

Yozo fechou os olhos. As palavras estrangeiras levaram-no a lugares distantes, àquela viagem pela Europa há muito feita. De súbito, ele se sentiu em alto-mar novamente, o cheiro do sal, o suor, o óleo e o carvão, ouvindo os marinheiros cantarem enquanto seguravam as cordas e puxavam, desfraldando a vela aos poucos. Mas os soldados não estavam à vontade e Yozo concluiu que aquela música parecia desafinada e sem graça.

— Como chamam esse tipo de música? — perguntou uma voz grossa. Kitaro parou de cantar e olhou para o chão.

— Música de marinheiro — respondeu, zangado. — Cantamos ao içar a vela de joanete.

— É mesmo? — comentou o comandante, sarcástico. — Pois para mim parece uma canção de bárbaros. Vocês dois devem saber muita coisa sobre estrangeiros e, se andarem muito com eles, vão acabar como eles. Não esqueçam disso. Já temos que aguentar muita coisa, forasteiros invadindo o nosso país, pisando na nossa terra, interferindo em nossas vidas, vendendo armas para nossos inimigos. Mas vocês, vocês parecem japoneses, podem nos enganar e fazer-nos acreditar que são um de nós, mas como vamos saber que não estão nos espionando? Não precisamos de seus modos estrangeiros por aqui.

Fez-se um silêncio espantoso até que um soldado pegou um *shamisen* e começou a tocar uma canção nostálgica.

— Vocês são bem corajosos, portanto dessa vez vamos deixar passar — disse o comandante para Yozo. — Mas não ofendam mais os nossos ouvidos com suas feias canções estrangeiras.

— Os estrangeiros também têm coração — disse em japonês uma voz grave, com sotaque intenso. O comandante virou-se lentamente. Um homem alto e forte, de olhos encravados no rosto e bigode farto, estava de cócoras numa pedra, no escuro. Era Jean Marlin, o sorumbático francês de queixo grande que havia acompanhado as tropas do general Otori.

Os homens abriram espaço ao lado da fogueira. Marlin era um estrangeiro, não havia dúvida, mas era também amigo, um ótimo soldado e um professor. Merecia respeito.

O comandante resmungou alguma coisa e Yozo empertigou-se, sentindo que todos olhavam para ele e para Kitaro. À luz da fogueira, seu rosto era tão impenetrável como as máscaras que os atores usavam no teatro Noh. O comandante fez papel de bobo e ele usaria isso contra eles, por mais injusto que fosse. Ele e Kitaro teriam de ficar atentos.

8

Cedo no dia seguinte, Yozo e Kitaro seguiram para o porto à frente de um batalhão de soldados. A cidade de Hakodate espalhava-se pela planície e Yozo seguiu pelas ruas largas, de muros cobertos de neve, notando como as casas de madeira eram pequenas e miseráveis. Os telhados tinham pedras em meio à neve para impedir que fossem levados pelo vento impiedoso. Mulheres sérias, envoltas em roupas grossas, rostos cheios de veias vermelhas e mãos gastas e rachadas de frio, estavam em barracas oferecendo, sérias, peles de urso e de lontra, além de chifres e pele de gamo. Outras barracas tinham postas de salmão e carne de urso e de gamo. Era um lugar desolado.

    Ele sorriu ao sentir a maresia e apressou o passo. Seguiram pela estrada entre o mar e a íngreme encosta do monte Hakodate até o porto, onde a água, cinzenta e escura, girava sob o céu de chumbo. Barcos de junco ancorados balançavam e gaivotas guinchavam, mergulhando para se acomodarem nas ondas, subindo e descendo como pontos negros. Colinas escarpadas cobertas de neve rodeavam a baía. Era um porto ótimo, exatamente como Enomoto dissera, a terra dos três lados protegia-o dos ventos fortes e das ondas enormes.

    Yozo pôs os soldados para trabalhar com os inúmeros estivadores do cais, varrendo a neve para limpar o local de atracagem. No final da tarde, um sexto sentido o fez olhar para cima: as colinas do outro lado da baía estavam sumindo à luz do entardecer e uma risca de sol iluminava a água cinzenta. Contornando timidamente o promontório, surgiu a ponta de um mastro que ele conhecia. Yozo percebeu o coração bater mais forte e a respiração se acelerar.

— É o *Kaiyo Maru*! — exclamou ele. Kitaro empertigou-se e gritou de felicidade enquanto uma sinuosa proa negra e um casco brilhante apareciam com as velas batendo ao vento. No alto do mastro principal balançava a estrela de cinco pontas da Aliança do Norte e, no mastro mais próximo à popa, a bandeira com o sol vermelho do Japão. No lugar do acrostólio, uma malva-rosa, símbolo do xogum, tinha sido gravada na proa. Os soldados jogaram as pás no chão e deram um grito de alegria.

Yozo leu alto a mensagem pendurada no mastro através das coloridas bandeiras de sinalização:

— Tudo pronto para a atracagem?

Pegou o seu espelho de sinais no bolsinho do casaco, focou nele o raio de sol e transmitiu uma mensagem em vários clarões de luz curtos e longos: "Tudo pronto." A resposta veio do convés superior: "Vamos atracar." Houve estrondos de artilharia capazes de furar tímpanos e rolos de fumaça subiam das portinholas. Tiros de canhões caíram no mar formando esguichos e estampidos reverberavam nas colinas.

Os soldados se enfileiraram na praia, acompanharam a salva de tiros, protegendo os olhos com as mãos, e se cumprimentaram com tapinhas nas costas enquanto o navio se aproximava como um enorme cisne. Atrás, vinham os outros sete navios da frota reluzindo no porto.

— *Banzai! Banzai!* — gritaram os homens até ficarem roucos. Estavam em casa e secos. O Forte Estrela e a cidade de Hakodate pertenciam a eles. Havia apenas mais duas cidades na ilha, Matsumae e Esashi, e uma vez capturadas, toda Ezo estaria nas mãos do norte. Finalmente, tinha chegado a vez deles.

Mais tarde naquela noite, Yozo saltou na prancha de embarque, satisfeito de sentir de novo o balanço do navio sob os pés. Foi à cabine do capitão, olhando em volta ao longo do percurso e prestando atenção em tudo.

Examinou cada detalhe, cada tábua e cada prego, garantindo que tudo estivesse como deveria. O *Kaiyo Maru* não era seu, e nunca poderia ser, nem de ninguém; pertencia ao xogum, ao país. Todavia, todo homem que navegou nele amava-o. Mas seu amor, pensou consigo mesmo, era maior. Ele esteve lá desde o princípio, quando o navio não passava de um brilho nos olhos do xogum; esteve lá quando foi encomendado e supervisionou a sua construção; esteve lá, orgulhoso, quando navegou nele meio mundo ao voltar para o Japão. Seus destinos se interligavam.

Enomoto estava em sua cabine mexendo em documentos. Olhou quando Yozo abriu a porta. As dragonas douradas no uniforme preto brilharam quando ele se levantou — o perfeito almirante reservado. Então o rosto sério se abriu num sorriso ao ver o amigo.

— Exatamente a pessoa que eu queria encontrar — exclamou, sorrindo. — Tivemos muita dificuldade para trazer o navio até aqui. O tempo deu trabalho para a tripulação, mas tivemos um bom vento de proa para chegar ao porto.

Foi até um armário com tampo de vidro e olhou as garrafas guardadas lá dentro.

— Sente-se — disse, mostrando uma cadeira com pés de patas de leão, forrada de veludo vermelho. Yozo olhou ao redor do cômodo. Uma escrivaninha de pau-rosa, pinturas de cenários holandeses, estante envernizada, tapete de pelúcia vermelho, a mesa de jantar onde Enomoto fazia as refeições sozinho ou com seus oficiais imediatos, e o altar na parede, tudo aquilo parecia suntuoso, sobretudo após os rigores da longa marcha pela neve até o forte. Também era meio desconcertante estar naquela grande sala em estilo holandês, aquele cantinho da Holanda balançando suavemente nas águas sob o cinzento céu de Ezo.

Até onde todos sabiam, Enomoto vivia acima e à parte de seus homens. Era responsável pela vida e pelo bem-estar de sua tripulação e exigia dela obediência e lealdade absolutas. Somente quando estava a sós com Yozo, ele conseguia relaxar. Naquele momento, pegou um decantador de cristal lapidado.

— Você se lembra daquele conhaque que eu trouxe da França? — perguntou.

Yozo sorriu. Ele conhecia o ritual.

— Você ficou economizando para não acabar.

— Eu o guardo para ocasiões especiais.

Com um floreio, Enomoto tirou a tampa do decantador e serviu duas doses. Depois, pegou uma caixa de charutos, ofereceu um a Yozo e acendeu outro para si. Ficaram um instante em silenciosa camaradagem, com espirais de fumaça flutuando sobre as cabeças. O cheiro fez Yozo voltar aos elegantes salões da Europa, aos clubes masculinos com poltronas de couro e homens de grandes narizes vermelhos, pele áspera e vozes trovejantes.

— Quer dizer que você cumpriu sua tarefa — disse, por fim, Enomoto.

— Fiz o melhor possível — respondeu Yozo.

— E o Forte Estrela é nosso. — Enomoto olhou bem para Yozo, com uma determinação implacável nos olhos. — Diga-me o que aconteceu. Conte-me a verdadeira história. Daqui a pouco receberei a versão oficial.

— É simples — disse Yozo. — Eles não estavam tão bem armados e preparados quanto nós. Mais precisamente: não estavam preparados para morrer. Não resistiram por muito tempo, aliás, muitos fugiram. Se as tropas em Matsumae e Esashi forem fracas assim, venceremos facilmente.

Enomoto concordou com um aceno de cabeça, dando uma baforada no charuto.

— Muito bem. E o comandante? — perguntou.

Yozo sabia que era isso que Enomoto queria realmente saber. Olhou o tapete de pelúcia.

— Não me compete julgar o comandante — disse, por fim.

— Yozo, nós nos conhecemos há muito tempo e estamos a sós. Diga-me, ele é um bom estrategista ou apenas maneja bem a espada? Podemos confiar nele?

— É um grande guerreiro — respondeu Yozo. — O que me preocupa é se ele aceitará a sua autoridade depois que tomarmos a ilha.

Dez dias depois de chegarem a Hakodate, Yozo e Kitaro estavam de novo a bordo do *Kaiyo Maru*, contornando o promontório rumo à cidade de Esashi. O comandante já havia tomado Matsumae — a outra cidade fiel aos sulistas — com ajuda de um navio da frota do norte.

Yozo estava no convés quando o castelo Matsumae apareceu no horizonte. Estava em ruínas. As enormes ameias de pedra encontravam-se derrubadas e destruídas como uma boca cheia de dentes quebrados; os muros, destroçados, esburacados por balas de canhão; o telhado, desabando. Vigas amassadas apareciam em meio à neve. No alto da fortaleza, o vento agitava a bandeira com a estrela de cinco pontas da Aliança do Norte. A cidade havia sido arruinada pelo fogo e nuvens de fumaça ainda subiam das construções enegrecidas.

— Sem dúvida, o Comandante Demônio fez o serviço completo — observou Yozo. — Dá a impressão de que atacou com tudo o que tinha. Ele considera cada batalha como se fosse uma vingança pessoal. Esse castelo foi construído há muito tempo, não teria oferecido resistência a balas de canhão e rifles. Acho que não sofremos muitas baixas.

— Se tivermos sorte, os sulistas estarão fazendo as malas em Esashi, vão querer ir embora antes de o comandante chegar — disse Kitaro.

As ruínas de Matsumae foram sumindo ao longe, à medida que o *Kaiyo Maru* contornava o promontório e virava para norte, acompanhando a costa oriental da ilha. Enquanto navegavam, um vento aumentava o tamanho das ondas e ameaçava levar o navio de encontro aos rochedos do litoral.

Rapidamente Enomoto ordenou:

— Passar de velas para caldeiras. — Os marinheiros recolheram as velas e os foguistas colocaram as caldeiras para funcionar a toda velocidade; mas era tudo o que os timoneiros podiam fazer para manter o navio firme.

Nevava muito quando a cidade de Esashi apareceu à vista. Era um lugar desolado, assolado por ventos, com poucas e miseráveis casas amontoadas na várzea das colinas, cobertas de neve. Os homens carregaram, prepararam os canhões e miraram os muros da cidade, mas estava tudo estranhamente silencioso. Parecia um lugar fantasma.

Yozo e Kitaro encontravam-se na ponte de comando com Enomoto, olhando por telescópios.

— Você tem razão, as tropas fugiram — disse Yozo para Kitaro.

— Portanto, a cidade é nossa sem necessidade de luta — concluiu Kitaro, animado.

— Parece que as forças terrestres ainda não chegaram — observou Enomoto, ao lado deles. — Enviaremos uma força de ocupação para render a cidade. Com esse tempo, é melhor desembarcarmos o maior número de homens possível. Confira as sondas de profundidade, vamos ancorar a uma distância segura da costa.

Os marinheiros recolheram as velas e fixaram com sarrafos as escotilhas, ao mesmo tempo que uma lancha seguia em direção à cidade, agitando-se precariamente para cima e para baixo nas ondas. Ela deu um sinal positivo e quase todos os 350 marinheiros desembarcaram com as tropas, transportados por lanchas. Enomoto permaneceu a bordo com Yozo, Kitaro e uma tripulação de uns cinquenta homens para controlar o navio.

A noite chegou cedo. Yozo esticou uma rede no convés dos canhões, fechou os olhos e dormiu logo, embalado pela oscilação e pelo ranger da grande embarcação. De repente, acordou assustado. A rede balançava tanto que parecia prestes a jogá-lo no chão. O navio estava arfando sem cessar.

Ele subiu a escada para o convés superior, onde os oito timoneiros tinham se amarrado ao leme. Por cima do rugido da ventania, ouviu o gemido das correntes que seguravam as âncoras enquanto o navio era arremessado e se inclinava verticalmente. Raios iluminavam o céu, as nuvens passavam, furiosas, e ondas imensas arrebentavam no convés, encharcando Yozo com água gelada. O grande navio balançava como um brinquedo, o vento batia com tanta violência que parecia que a qualquer instante o casco racharia e bateria na praia.

Enomoto saiu de sua cabine, mandou levantar âncoras e aumentar a potência das caldeiras. Foi a vez de Yozo e Kitaro assumirem o leme, lutando para manter o navio firme, ao mesmo tempo que tentavam levá-lo mais para dentro do mar, longe do perigoso litoral. O vento zunia pelo convés cortando o rosto deles com neve e gelo.

Quando a outra dupla de prontidão veio rendê-los, Yozo desceu para o convés dos canhões, gelado até os ossos. Estava muito escuro, pois Enomoto mandara apagar as lanternas por medo de incêndio. Acendendo uma única vela, Yozo havia começado a ronda, conferindo se as portinholas estavam fechadas e os canhões amarrados no lugar, quando um impacto fez com que ele voasse pelo convés. Foi arremessado para a frente sobre um dos canhões e deixou cair a lanterna, que se espatifou no chão. Ele estava caído na completa escuridão, sem fôlego e atordoado, então conseguiu se levantar mais rápido do que pensava ser capaz, sacudindo a cabeça para tirar o zumbido dos ouvidos. Um pensamento lhe ocorreu com uma terrível certeza: estavam afundando.

Dirigiu-se à sala das caldeiras, tateando o caminho em direção à escotilha, cambaleando dos dois lados enquanto o navio era jogado e o convés subia loucamente. Yozo sabia que o casco era de carvalho maciço, com quarenta centímetros de espessura, era preciso muita força para quebrá-lo. O navio tinha oito compartimentos isolados e, mesmo que um deles rompesse, demoraria bastante para a água chegar ao compartimento seguinte. Com um pouco de sorte, o buraco poderia ser encontrado e fechado antes de provocar muito dano. Mas alguma coisa na forma com que o navio estava sendo jogado fez Yozo desconfiar que não havia muita esperança. Ele bateu de encontro à escotilha e, na pressa, quase caiu na escada. Nesse instante, surgiu uma lanterna balançando na sua frente. Era Enomoto.

Os dois se olharam por um segundo.

— Parece que batemos num rochedo — gritou Enomoto, em meio ao estrépito e ao rugido do navio. — Mandei levantar âncoras e reverter as caldeiras. Um dos homens foi até a lateral para encontrar a fenda e alguns estão nos conveses inferiores calculando o estrago.

Yozo concordou, sério. Com aquele tempo, seria inútil mergulhar nas laterais do navio; na verdade, era uma sentença de morte. Mas eles tinham de fazer o possível.

Na sala das caldeiras, o lastro batia de um lado a outro, enquanto os foguistas se amontoavam na grossa porta que separava a sala do casco; tinham o rosto sério à luz da lanterna. Trabalhando sem parar, eles localizaram o lugar danificado no casco e isolaram o primeiro compartimento. Yozo ouviu o barulho quando fecharam também as portas da divisão anexa e puseram os pinos no lugar. Alguns homens tinham ficado presos lá dentro e ele podia ouvir os gritos deles à medida que a água ia subindo. Não havia tempo a perder. Tinham de salvar o navio.

Enomoto ajoelhou-se e passou os dedos no chão. Yozo fez a mesma coisa e seu coração disparou. Não havia dúvida: a água estava passando por baixo das enormes portas com suas pesadas trancas de ferro.

À luz da lanterna, Yozo viu de relance o rosto de Enomoto. Tenso e perturbado, os olhos saltados, com gotas de suor brilhando na testa. Yozo sabia que ele também devia estar com aquela aparência ensandecida.

Fez-se um longo silêncio. Quando Enomoto ergueu os olhos, as preocupações tinham sumido do rosto dele.

— Vamos sair da tempestade — gritou em meio ao ronco dos motores. Estava completamente sereno. Todos se acalmaram ao ouvir a voz dele. — Em seguida, levaremos o navio para o porto.

Mas Yozo sabia — todos sabiam — que a probabilidade de chegar ao porto a tempo de consertar o estrago era remota. A tempestade era tão forte que não podiam sair do navio. Era evidente que ele estava condenado.

Os homens trabalharam a noite toda, bombeando para fora a água que continuava a entrar por baixo das grandes portas, até que precisaram isolar mais um compartimento. Yozo ficou observando o nível da água na sala das caldeiras, mas, apesar de todos os esforços, ela continuava a subir. O navio estava se inclinando de forma alarmante.

Quando amanheceu, a tempestade ainda continuava. Ondas atingiam o navio fazendo com que a água gelada varresse os conveses, ameaçando arrastar os homens para o mar. O vento urrava e zunia, agarrando o navio e arremessando-o para baixo de novo, e Yozo notou que ele começava a se romper sob a violência do vento e das ondas.

Os homens andavam com dificuldade pelos conveses, juntando equipamentos e armas. Soltaram as cordas que prendiam os trinta canhões e as armas Gatling e jogaram tudo ao mar, junto com balas de canhão, armas e munições, num esforço para deixar o navio mais leve.

Finalmente, relaxaram o corpo e se sentaram, falando algumas vezes, mas grande parte do tempo permaneceram em silêncio, soturnos. Nem mesmo o mais experiente marinheiro tinha estômago para comer. Não havia mais nada a ser feito, senão assistir ao navio se partir diante deles e tentar não pensar na própria morte iminente. Andaram ocupados demais para ter medo, mas agora estavam sentados no convés e esperavam pelo fim.

Yozo mantinha os olhos fixos à sua frente. Se tivesse sido confrontado com um exército de milhares de homens, ao menos poderia ter lutado, pensou. Aquela sim era forma de um homem morrer. Mas afundar no oceano e ser engolido pela água, sumir nas profundezas geladas sem deixar nada para trás...

Ao lado dele, o pomo de adão mexia sem parar no pescoço de Kitaro. Ele olhava para o chão, passando nos dedos as contas de oração, invocando Amida Buda sem parar.

— Você pensa demais — disse Yozo.

— Exatamente quando conseguimos... — resmungou Kitaro. — Somos os donos de Ezo, e agora...

— Nós atravessamos o Atlântico — disse Yozo com firmeza —, não podemos morrer agora, não quando estamos tão perto de casa.

Quatros dias depois, o vento amainou. Os homens que restaram a bordo estavam quase mortos de fome, gelados e entorpecidos. Ao amanhecer do quarto dia, eles pegaram o que podiam carregar e engatinharam pelo convés gelado, que escorregava como uma montanha coberta de neve. Fracos e tremendo, conseguiram descer as lanchas na água. Yozo viu, sem poder fazer nada, um homem escorregar na escada cheia de gelo, segurar-se nas cordas por um instante, soltar-se e cair na água escura. Os outros ficaram em silêncio no convés olhando-o lutar nas ondas por alguns instantes e depois sumir. A água estava tão gelada que sabiam que ele morreria de frio e, muito provavelmente, eles seriam os próximos.

Yozo e Kitaro embarcaram na última lancha. Kitaro escorregou ao descer a escada, mas conseguiu se segurar na corda. Balançou um instante as pernas finas, raspando desesperadamente no casco, até que um pé, depois o outro, encontrou os degraus. A embarcação estava tão cheia que parecia que afundaria se entrasse mais um homem.

Yozo continuava no convés. Quando olhou, Enomoto estava na ponte do capitão, com o rosto triste, observando o navio avariado, sem forças para se despedir. Yozo fez sinais, agitado, mas Enomoto permaneceu como se em transe, olhando o navio. Yozo correu até a ponte, segurou o braço de Enomoto e o puxou.

— Ande — gritou. — O navio estava emborcando sem parar. — Quase precisou empurrar Enomoto por cima da amurada e degraus abaixo.

Eles largaram as cordas e deixaram o *Kaiyo Maru* seguir seu destino. Quando atravessavam as ondas, Yozo olhou pela última vez o navio que ele amava se partir ao meio no mar gelado. Parecia que todas as suas esperanças afundavam com ele.

9

Hana acordou com o sino de um templo repicando no ar gelado. Os corvos voavam em círculos, seu rouco crocitar sumia na distância; lá fora, pessoas andavam pela rua.

Por um instante, ficou sem saber onde estava; então, conforme os acontecimentos do dia anterior voltavam à lembrança, ela estremeceu de horror. Abriu os olhos com cuidado. Quimonos de cores fortes estavam dependurados nas paredes e pilhas de roupas de cama, espalhadas pelo chão, com cabeças, braços e pernas saindo delas. Tama, a mulher que havia conhecido na noite anterior, encontrava-se deitada perto de Hana, seu enorme penteado untado de óleo repousava sobre um travesseiro de madeira e sua boca aberta ressonava de leve. Sob a desagradável luz da madrugada, ela não parecia uma beldade misteriosa, mas uma camponesa de rosto redondo.

Hana sentou-se. Tinha de fugir, e rápido. Certamente havia lugares em Yoshiwara onde conseguiria trabalho, um trabalho de verdade. Sabia costurar, escrever, ensinar — podia fazer alguma coisa.

Silenciosamente, ela pegou sua trouxa e passou pelos corpos adormecidos que ressonavam. Tropeçou num deles e se assustou, temendo acordá-lo, mas a mulher apenas resmungou e rolou de lado. Pisando entre garrafas de saquê espalhadas, caixas com cinza de tabaco e montes de lenços de papel amassados, Hana foi para o quarto seguinte, depois para um outro, menor. O corredor estava imundo, cheio de restos de comida, hashis usados, com cheiro de saquê e tabaco. Por trás das portas fechadas vinham roncos fortes, de homem. Ao longe, havia vozes e barulhos e Hana percebeu que a casa inteira estava em funcionamento. Apressou-se pelo piso lustroso, assustada, olhando ao redor quando as tábuas rangiam; chegou a uma escada íngreme e desceu, sorrateira.

Suas gastas sandálias de palha estavam numa estante ao lado da porta exterior, onde as havia deixado na noite anterior. Estava calçando-as quando ouviu passos vindo atrás dela e foi envolvida por uma nuvem de perfume barato. Uma mão agarrou seu braço.

— Já vai nos deixar, minha querida? — inquiriu uma voz gutural. — Mas mal teve a chance de nos conhecer melhor.

Sem maquiagem, a pele da velha mulher era cinzenta e enrugada como um campo de arroz no outono e os cabelos, assustadoramente brancos e espetados como o rabo de um esquilo.

— Como ousa — gritou Hana. — Tire suas mãos de mim, não pode me obrigar a ficar aqui.

Ela empurrou a mulher com toda a força e se apressou para a porta. No entanto, pés correram atrás dela e, antes que pudesse abrir a porta, foi agarrada por mãos fortes e seus braços foram imobilizados ao lado do corpo. Lutou e chutou, mas não conseguiu se soltar. Em seguida, levou uma rasteira e caiu na frente da velha. Ofegante, ficou de joelhos.

— Me deixa ir embora! — gritou.

— Não brinque conosco, querida — disse a mulher. — Não adianta. Não é, Papai?

O homem da noite anterior se aproximou, arrastando os pés, respirando pesado, a cara larga e vermelha e as bochechas manchadas. O nó de cabelos no alto da cabeça estava torto e ele segurava firme a túnica de dormir com a mão de dedos gordos. Na outra, trazia um enorme bastão. Sem parar de falar, ele o ergueu acima da cabeça. Hana viu de relance uma barriga pálida e balouçante até ele bater com o bastão na coxa dela. Hana pulou para trás, com lágrimas nos olhos. Em meio à comoção, pôde ouvir a voz da mulher falando calmamente, em tom moderado.

— Cuidado! Não bata no rosto. Não marque o rosto dela.

Hana recuou quando ele levantou o bastão novamente.

— Você não tem o direito de me manter aqui — gritou ela.

— Não nos crie problema — rosnou ele, acertando o bastão nas costas dela. Hana se encolheu como uma bola ao tentar se proteger, gritando enquanto o homem batia.

— Chega de barulho — resmungou a velha. — Daqui a pouco os clientes vão sair e não queremos que ela faça uma cena.

Enquanto o homem e seus jovens assistentes arrastavam Hana da porta da entrada, ela se debatia, chutava as pernas deles, se esforçava para agarrar em qualquer coisa à sua frente, tentava arranhar e morder, mas eles eram muito mais fortes do que ela. A certa altura, sua trouxa foi arrancada de suas mãos. Meio empurrando-a, meio carregando-a, seguiram por corredores e aposentos cheios de pessoas dormindo até chegarem aos fundos da casa. Os homens abriram a porta de um depósito e jogaram-na num chão de terra.

Um dos rapazes virou-a de costas, rasgou o quimono dela e ficou mexendo nas próprias roupas. Hana percebeu um pênis ereto cheio de nervuras e gritou e chutou, apavorada. O velho então surgiu e empurrou o jovem para o lado.

— Essa não — disse ele, ríspido. — E você vai ficar aqui até se acalmar. — Virou-se para o jovem. — Amarre-a.

— Por favor... não me deixem aqui — gritou Hana.

A grande porta foi fechada com um som surdo e Hana ficou sozinha no escuro e no frio.

Quando seus olhos se acostumaram à escuridão, ela olhou em volta, desesperada. Devia existir um jeito de fugir, mas não havia nada ali, senão prateleiras com lençóis e travesseiros, pilhas de caixas e baús quebrados, que podiam ser vistos com o fio de luz que se infiltrava por entre as portas enormes. Jogando-se sobre um baú fechado, chorou de raiva, fúria e pavor.

O fio de luz percorreu o chão com sofrida lentidão enquanto ela mexia e puxava as cordas que prendiam com força seus pulsos e tornozelos. Por fim, conseguiu sentar-se e puxar para trás as longas mechas de cabelo que caíam em seu rosto. Estava ferida e coberta de sujeira, com as unhas quebradas e os dedos cortados e sangrando.

Aos soluços, rememorou os fatos do dia anterior, tentando descobrir quando deveria ter percebido o que estava acontecendo. Lembrou-se da cara tensa, dos olhos duros e da voz aduladora de Fuyu ao falar com a velha. "Tenho certeza de que podemos chegar a um acordo", havia dito ela. Algum acordo... As palavras provocaram um calafrio em Hana. Seria possível que Fuyu tivesse feito algo tão terrível? Certamente ela não poderia tê-la vendido... Esse pensamento assombrou Hana como um monstro na escuridão, aviltando-a, oprimindo-a com sua presença.

Se a venda ocorrera de fato, ela estava arruinada, pensou. Sua única saída agora era ser dócil. Assim, talvez, aquelas pessoas baixassem a guarda e ela teria uma chance de fugir.

Ela havia fantasiado tanto Yoshiwara e agora que estava lá, viu que era um lugar horrível, totalmente diferente do que pensara. Lembrou-se de que tinha o hábito de olhar as páginas do *The Plum Calendar* e imaginar-se andando pelas Cinco Ruas. Os personagens da história haviam se apresentado como velhos amigos: a delicada Ocho, a linda gueixa Yonehachi e o belo conquistador Tanjiro, desejado pelas duas. Hana lera a história tantas vezes que conseguia citar trechos inteiros de cor.

Presa aos sogros idosos e a um marido que não conhecia, sempre ausente, ela havia fugido para aquele mundo de fantasia, povoando a imaginação com histórias da fantástica cidade murada onde a noite jamais chegava. Hana havia até mesmo guardado o livro em sua trouxa e o trazido com ela.

Mas, no fundo, sempre soubera que só nas páginas de um romance uma samurai como ela poderia ser uma Ocho ou uma Yonehachi.

Quando aquilo não passava de um devaneio, não havia problema algum. Porém, agora que estava lá, viu como tinha sido tola.

O frio subia do chão duro até os ossos. Hana se encolheu como uma bola e encostou os joelhos no queixo, tremendo, gelada demais para pensar em qualquer coisa. Não sabia quantas horas se passaram quando ouviu o lento raspar de um ferrolho e a porta se abrir. Estivera rezando para alguém vir soltá-la mas, naquele momento, teve medo de ver quem entraria por aquela porta. Quando um feixe de luz fraca invadiu o porão, caindo sobre as estantes, os baús empoeirados e as pilhas de caixas, Hana recuou, temendo o ruído de pesados pés masculinos. Mas, em vez disso, ela ouviu o barulho de tamancos de madeira e sentiu uma lufada de sândalo e âmbar.

— Não precisa ter tanta pena de si mesma. — A voz de Tama ficou incrivelmente alta no silêncio. — Não sei por que foram tão bondosos com você. Costumam bater em fugitivas até quase matá-las.

Emoldurada pela luz que atravessava a porta, Tama ficou olhando para Hana e abriu a grande boca num bocejo, as palavras formando vapor no ar frio. Usava um simples quimono azul de algodão com uma gola grossa, como uma criada. Era difícil acreditar que aquela moça de traços rudes era a mesma beleza vista por Hana na noite anterior.

— Não sou uma fugitiva — gritou Hana. — Eles não são donos de mim.

Tama achou graça.

— Vocês, esposas, são tão ingênuas — disse. Abaixou-se e começou a soltar as cordas que prendiam Hana. — Claro que você é deles. Ou acha que seu marido vai aparecer de repente e pagar um resgate?

Quando o último nó foi desfeito, Hana esticou-se, esfregando os braços e pernas gelados. Então Fuyu a tinha vendido. Lágrimas mornas encheram seus olhos e escorreram pelo rosto.

— Por que está fazendo tanta confusão? — perguntou Tama, pegando uma colcha num canto e se enrolando nela. — A vida aqui é boa. Trabalhe bastante que ganhará bem. Talvez consiga até ir embora, se está tão ansiosa para partir. Comporte-se bem que a Titia e o Papai serão para você como uma tia e um pai de verdade. Vai ser a filha preferida deles, você vai ver.

— Crepe de seda — disse Tama, levantando a manga de um quimono para mostrar o modelo. — É do período Tenmei e está na casa há várias gerações.

Era um traje requintado, de um azul forte com forro vermelho, que brilhava nos punhos e por toda a bainha. As saias eram bordadas com galhos de ameixeira salpicados de flores, tão reais que pareciam vivas, e figuras douradas rodopiavam nas costas e nas mangas.

Hana sentiu o peso do traje e a maciez do tecido. Tinha ouvido dizer que as cortesãs usavam belos quimonos, mas nunca vira sedas e cetins tão lindos. A família dela estava longe de ser rica e os sogros também levavam uma vida modesta. A não ser por seu estimado traje de casamento de seda vermelha, nunca havia usado nada além de quimonos de algodão feitos em casa.

— Está vendo? Nós aqui vivemos bem — afirmou Tama.

Cinco dias se passaram e nada de horrível acontecera até então. Hana não viu mais o casal de velhos. Enrolada em cobertas, passou os dias se recuperando da surra. Conseguira até sua trouxa de volta, que agora estava guardada num canto seguro. Quando foi deixada sozinha por um instante, conferiu se suas coisas — os quimonos, o conjunto de maquiagem e o precioso livro — ainda estavam intactas.

Mas não se esquecera de que até poucos dias atrás ela era a esposa de um samurai, que vivia nos cômodos de uma casa silenciosa; tampouco podia esquecer os horrores que presenciara ao fugir da cidade: as ruas desoladas, as casas em ruínas, as paredes rachadas, as portas abertas, os armazéns saqueados e as mulheres perturbadas que espreitavam, guardando seu território como cães selvagens. Muitas vezes, em pesadelos, Hana viu as ruas desertas e acordou ofegante. Coberta de suor, ouviu passos se aproximarem e viu a cara faminta de mulheres saindo das ruínas.

Sonhava com frequência com os pais e a querida avó, de pele parecida com pergaminho e pulsos magros. Se soubessem onde ela estava agora, ficariam horrorizados, pensou. Depois, com lágrimas nos olhos, lembrou que todos tinham morrido, inclusive os sogros. A única pessoa que talvez ainda estivesse viva era o marido, mas ele estava longe.

Pensou então na mulher que viu ao passar no corredor, a mulher de voz estridente que contara que os navios tinham partido. Ela era a única ligação de Hana com aquele mundo distante no qual os homens lutavam e morriam e onde o seu marido estava.

Conforme os dias passavam, as lembranças foram esmaecendo, até que começaram a parecer sonhos. Talvez a vida em Yoshiwara não fosse tão ruim assim. Por enquanto, pelo menos, era exigido que Hana apenas observasse e aprendesse.

Ela agora sabia que Tama era a principal cortesã da casa. Seus aposentos tinham três cômodos: uma sala de estar, uma sala de recepção e um quarto onde Hana tinha dormido com ela e com algumas de suas criadas e ajudantes. O cômodo maior, de recepção, era lindamente mobiliado com um nicho onde havia um jarro com galhos de ameixeira e, na parede, um caquemono mostrando um grou. Ao lado do nicho, prateleiras com livros e instrumentos musicais estavam apoiadas na parede. Havia também uma gamela laqueada funda, onde os convidados deixavam os casacos, um cabide para quimono e seis biombos em tela cobertos com folhas de ouro.

Um quadro na parede tinha apenas algumas palavras pintadas: "Pinheiro, crisântemo eternos são." Hana sabia o significado da frase: assim como o pinheiro e o crisântemo, que florescem no inverno quando as outras flores estão mortas, a sedução de uma cortesã era eterna. Só que isso não era verdade, pensou. Até as mulheres velhas e feias devem ter sido bonitas um dia.

Hana notou que todos chamavam a velha de Titia e ela também teve de chamá-la assim, embora não significasse que as pessoas ali tivessem qualquer parentesco. A Titia era a gerente da casa e nada escapava ao seu olhar.

No quarto de Tama, a roupa de cama era tão grossa e farta que os lençóis quase chegavam ao teto de bambu trançado. Havia também altos espelhos retangulares sobre suportes e bisnagas de cremes, tintas e pós espalhados pelo chão, além de lamparinas, uma arca com gavetas e um braseiro com uma chaleira no fogo. Quimonos de seda com belos motivos bordados em brilhantes fios dourados e prateados ficavam dependurados nas paredes e em prateleiras, enchendo o quarto com suas cores reluzentes. Alguns estavam dobrados sobre queimadores de incenso. Hana nunca tinha visto coisas tão lindas em toda a sua vida.

No começo, olhava para todos os lados, encantada, mas aos poucos aquela opulência começou a incomodá-la. Não parecia certo viver rodeada de luxo quando havia tanta privação e sofrimento do outro lado dos portões.

Assim que conseguiu ir além dos aposentos de Tama, viu de relance as portas fechadas de outros quartos no corredor. À noite, ouvia conversas e risos depois que os homens chegavam. De vez em quando, percebia o barulho de um cachimbo sendo batido na borda de uma escarradeira de bambu para ser esvaziado com impaciência, enquanto um cliente esperava Tama chegar. Nas madrugadas, Hana era acordada por gemidos e roncos que atravessavam as finas paredes de papel. Os de Tama eram especialmente altos. Hana tentava dormir com tudo aquilo, mas às vezes, sem querer, ficava excitada com os gemidos de prazer.

Até onde ela pôde notar, Tama recebia quatro ou cinco clientes por noite, passando de um cômodo a outro. Às vezes, ficava com o cliente uma ou duas horas; às vezes, menos, depois voltava completamente arrumada, alisando os cabelos e ajeitando o quimono com um bocejo.

Certa manhã, as duas estavam ajoelhadas na sala de recepção, aquecendo as mãos no braseiro, quando Tama disse:

— Aqui é a minha casa. — Por toda volta havia alvoroço e barulho, as criadas agitadas limpando o alto das portas entalhadas e os cantos do teto. — Quando cheguei aqui, eu era uma menininha — prosseguiu Tama. — Meus pais eram pobres e eu, bonita, então achei certo me venderem. De vez em quando ainda os visito e lhes dou dinheiro. Eles agora estão bem. Têm uma casa grande com teto de colmo e cultivam tanto arroz que podem vender e obter algum lucro com isso. Meus irmãos e irmãs se casaram bem também, tudo graças a mim. Como vê, tenho sido uma boa filha, cumpri meu dever para com eles. Lembro-me da confusão que fiz ao chegar aqui, como você, mas pensa que me arrependo de ter saído de lá? Pensa que preferia viver nas montanhas, cavando a terra com enxada? Eu já estaria velha.

Hana abriu a boca para dizer que com ela era diferente, era uma samurai, não uma camponesa, mas depois lembrou que tudo havia mudado. Sua família estava morta e o marido, na guerra.

— Assim que a Titia me viu, percebeu que eu era especial — disse Tama. — As pessoas me contaram que ela foi a melhor cortesã que o bairro já teve. Ela me ensinou as tradições e os costumes, como dançar e tocar o *shamisen*. Também fui castigada, pior do que você, bem pior. Tive de ficar horas no telhado da casa no meio do inverno, cantando o mais alto possível. Fui espancada, também, quando tentei fugir. Uma vez, jogaram-me da escada com tanta força que quebrei o braço. Mas para aprender é preciso ser punida. Leva tempo para entender como são as coisas aqui, mas superei isso e você também vai.

— Você não percebe? — retrucou Hana. — Há uma guerra, por isso estou aqui! Os homens estão lutando e morrendo, as mulheres também. Como pode falar de uma coisa tão fútil como costumes e danças quando tudo está pegando fogo?

Tama deu um grande sorriso e um tapinha no braço de Hana.

— Minha cara menina, a única coisa que interessa aqui é se temos ou não clientes. A paz é melhor do que a guerra, mas neste momento o norte está perdendo e temos muitos clientes sulistas chegando. Ouviu falar no mundo flutuante? Somos nós, apenas plantas no lago. Seja qual for a água, nós flutuamos. A única diferença que a guerra traz é que passamos a ter um outro tipo de mulher aparecendo: mulheres de qualidade como você. E isso é bom para os negócios. Quanto a quem ganha ou perde, que diferença isso faz para mim? Nenhuma!

No fundo da sala de recepção, moças de joelhos jogavam baralho, chilreando como um bando de pássaros.

— Minhas assistentes — explicou Tama, apontando os dedos compridos na direção delas. Hana reconheceu algumas. Elas haviam entrado e saído dos aposentos enquanto Tama ficara sob suas cobertas; gritaram e riram como se não tivessem nada com que se preocupar. À noite, pareciam aves do paraíso em seus coloridos quimonos de barras sobrepostas. Já de dia, como naquela hora, sem clientes, elas se enrolavam em trajes forrados e quentes.

Hana ouvia o cantar ritmado do sotaque de Yoshiwara, com suas estranhas entonações de frases. Era uma linguagem pudica, coquete, argêntea, destinada a seduzir os homens, muito diferente do tom afetado de uma esposa de samurai. Queria saber quem seriam aquelas moças, de onde vieram, por que estavam lá. Algumas eram simples, com bocas grandes e bochechas fartas; já outras tinham uma aparência mais refinada, porém o sotaque nivelava todas as diferenças. Bem-treinadas e bem-arrumadas, sabiam como se enfeitar e parecer tímidas. As origens sumiram por completo: agora, elas eram moças de Yoshiwara.

Tama fez um sinal autoritário e elas vieram, uma a uma, para serem apresentadas.

— Kawanoto — disse Tama, quando uma moça de rosto suave e olhos grandes de corça encostou a testa em suas mãos. — Minha ajudante principal. Começou no ano retrasado. — Kawagishi, Kawanagi. — Duas moças se ajoelharam lado a lado e inclinaram as cabeças. Uma era pequena e sorridente, a outra, de braços e pernas compridos e esbelta. Outras jovens se ajoelharam atrás dessas. — Kawayu, Kawasui... todas são Kawa alguma coisa — explicou. — Eu sou Tamakawa e dei a elas uma parte de meu nome para mostrar que são minhas assistentes. Quem as encontra sabe que são minhas e, portanto, têm que se comportar!

Aqueles eram os nomes mais esquisitos que Hana já ouvira, não eram nomes femininos comuns, pareciam mais de lojas ou de atores do teatro *kabuki*. Kawanoto, a moça de olhos grandes e inocentes, cujo nome significava nascente de rio, pegou um longo cachimbo de haste de ferro da caixa de tabaco que estava no chão e encheu o pequeno bojo de barro. Colocou um pedaço de carvão em brasa e deu algumas baforadas até o fogo pegar, então, com uma reverência, entregou-o a Tama, que pôs o cachimbo na boca e esticou o dedo mindinho. Deu uma baforada e soprou uma argola de fumaça azul, que ficou girando e se esticando até desaparecer no ar.

Ela inclinou a cabeça.

— E que história é essa de saber escrever? — perguntou ela para Hana, delicada. — Como pode, se você mal fala direito? A Titia disse que você conta vantagem.

Hana sentiu um fio de esperança. Talvez eles pretendessem aproveitá-la como escriba. Estava prestes a dizer que sabia escrever, que era uma samurai muito bem-educada, mas lembrou-se de algo e mordeu o lábio. Fazendo um esforço para falar com o sotaque de Yoshiwara, baixou a cabeça e murmurou:

— Para ser sincera, sei escrever só um pouco. Se puder ser útil...

— Nada mal — disse Tama. — Você está tentando.

Ela estava devolvendo o cachimbo para Kawanoto quando a porta se abriu fazendo barulho e irrompeu uma criança num lindo quimono vermelho, com sinos nas mangas que tilintavam e as saias de baixo ondulavam sob a barra forrada. Foi até Tama, ajoelhou-se, pôs as mãos no tatame e anunciou bem alto:

— Eu vi ele.

— Baixo, baixo — mandou Tama, sorrindo para a criança. — Venha aqui. — Ela fez sinal para uma criada mais velha, que deu à criança um bolo de feijão.

A menininha sorriu, orgulhosa. Era delicada, com rosto em forma de coração, nariz de botão e grandes olhos negros. Os cabelos estavam puxados para cima e enfeitados com uma coroa de flores de seda. Virou-se para Hana e fez uma reverência impecável.

— Há quanto tempo está aqui, Chidori? Três anos? E quantos anos você tem? Sete? Veja — disse Tama, virando-se para Hana —, ela já fala muito bem e sabe se comportar. Chidori é uma das minhas pequenas assistentes. Você pode aprender com ela.

Chidori significava tarambola e o nome lhe caía muito bem, pensou Hana. A menina era como um pássaro de olhos vivos, voando e pousando.

— Tem certeza de que era ele? — perguntou Tama.

— Sim, era o mestre Shojiro saindo do Tsuruya.

— Do Tsuruya...? — Tama franziu o cenho, séria. — E quem ele estaria vendo lá?

— Fiquei bem no meio da rua e ele veio furtivo, olhando para um lado e para o outro. Quando me viu, ficou muito pálido.

— Tinha de ficar. Como ousa pensar que pode me enganar! Aquela Yugao o enfeitiçou. — Tama calou-se um instante. — Primeiro, vamos cuidar dele, depois dela. Voltando a você. Sabe escrever cartas de amor? — perguntou, virando-se para Hana, que aguardava calada, de joelhos.

— Cartas de amor? — Por um instante, ela ficou perdida. Depois, lembrou dos poemas românticos que tinha aprendido quando pequena. Pensou no *The Plum Calendar* e nas palavras usadas por Ocho para falar com Tanjiro. — Para Shojiro?

— Claro que não — respondeu Tama, com um suspiro exasperado —, vou castigar Shojiro e não premiá-lo com uma carta. Não, para Mataemon, um sulista que não vem aqui faz tempo. Ele não sabe como agir e um pouco de encorajamento vai animá-lo. Precisamos fazer com que pense que estou louca por ele!

Havia material de escrever sobre o tatame, ao lado de uma vela com quebra-luz de papel. Hana pegou um pouco de tinta, tentando se inspirar no *The Plum Calendar* enquanto afiava o bastão de tinta em uma pedra.

— O que acha dessas palavras? — perguntou Hana. —"Terei de dormir sozinha / esta noite também / no meu estreito colchão / sem o homem por quem suspiro." Pode ser algo assim?

— Ora, ora. — Reverberou sarcástica a voz de Tama. — Você é uma moça de educação clássica! Isso é um pouco sutil para Mataemon. Escreva o seguinte: "Na noite passada você estava em meus sonhos, mas acordei e não o encontrei, e agora meu travesseiro está molhado de lágrimas. Desejo vê-lo." Faça vários. Posso dar para muitos clientes.

Abrindo um rolo de papel, Hana pegou um pincel e escreveu os caracteres, desenhando-os com muito cuidado.

— Qual é o endereço?

Tama bateu os dentes.

— Não sei o que está havendo com Titia e Papai — disse ela. — Meninas de 10 anos que lutaram para subir na vida sabem mais do que você. Mataemon trabalha numa espécie de escritório do governo e a carreira dele estaria acabada se começasse a receber cartas com letra de mulher. Chidori, corra atrás do mensageiro e mande-o escrever o endereço. — Tama virou-se para Hana e disse, suspirando alto: — Você tem muito o que aprender.

Hana olhou para os tatames. Notou que estavam gastos e parte do arremate de seda estava puído. O luxo era só um verniz, assim como o comportamento de Tama. Escrever a carta tinha sido um teste, percebia isso agora — um teste no qual não se saíra tão mal.

10

Hana aquecia as mãos no braseiro da grande sala de recepção de Tama, que acabara de sair do banho e estava ajoelhada em frente a um espelho. Num canto do quarto, uma velha esguia debruçava-se sobre um *shamisen,* tangendo-o. Os cabelos grisalhos estavam presos num coque e, vestindo as cores discretas de uma gueixa, ela era tão pequena e frágil que parecia desaparecer nas sombras.

— Se você fosse dez anos mais jovem, poderíamos lhe dar um treinamento amplo — resmungou Tama. — Mas na sua idade, não há tempo a perder, Papai vai querer o retorno do investimento. — Fez sinal para Kawanoto massagear seus ombros. — Eu gostaria de ajudar você, mas tenho muitos clientes. Você tem de vir esta noite e ver como as coisas acontecem.

— Mas você não precisa de mim — respondeu Hana, em pânico. — Posso escrever, deve haver cartas para serem escritas.

— Não seja boba — disse Tama, ríspida. — De que outra maneira vai sobreviver? De que outra maneira vai saldar sua dívida? Tudo que tem de fazer é observar, observar e ser vista, nada mais.

Tama chamou uma criada, uma mulher velha e robusta com mãos ásperas de tanto trabalhar, cabelos grisalhos e frisados, que falava baixinho com sotaque de Yoshiwara. Ela colocou Hana na frente de um espelho, tirou a parte de cima do quimono e a prendeu em sua cintura. Ao seu lado havia uma bandeja de latão com um jarro e uma tigelinha dentro. Hana franziu o nariz ao sentir o cheiro azedo de folha de sumagre, vinagre e chá. Como toda mulher de respeito, ela escurecera os dentes depois que se casou.

Mas Tama negou com a cabeça.

— Você não vai pintar os dentes de preto — disse ela —, pois agora está começando tudo de novo. Você vale mais como uma virgem e só vão descobrir que não é quando já for tarde demais.

Hana ia protestar, mas Tama já tinha virado as costas.

Uma mulher havia entrado no aposento, curvada sob uma pesada trouxa. Abriu-a e espalhou no chão pentes, vidros de óleos perfumados, bisnagas com pomada, rolos de papel e enfeites de cabeça. Colocou no braseiro ferros de fazer cachos e, enquanto eles esquentavam, o quarto ficou com um forte cheiro de cabelo queimado.

— Temos uma novata — disse Tama. — Vai ser difícil ajeitar o cabelo dela.

Hana estava acostumada a arrumar os cabelos sozinha. Quando menina, tinha treinado até os braços doerem, separando-o em partes e dobrando cada uma delas para cima e para a frente, depois para trás e prendendo-as com um fio dourado ou um barbante colorido. Ela sabia fazer muito bem o complicado estilo *shimada*, usado pelas meninas da idade dela e formado por um grosso coque de cabelos lustrosos atrás da cabeça.

Agora ela estava de joelhos, vendo-se refletida no retângulo prateado do espelho enquanto a mulher começava a fazer o penteado, esticando e puxando seus cabelos com um pente de dentes finos. Dali a pouco, lágrimas escorriam por seu rosto. Não se importou. Que as outras pensassem que chorava por causa dos puxões, pensou. Só ela sabia que chorava por tudo o que tinha perdido.

— É bem ruim quando se é criança — murmurou a mulher, aquecendo uma barra de cera e aplicando-a nos cabelos de Hana com o ferro de cachear. Toda vez que a cera tocava no ferro quente, havia um chiado e um forte cheiro de óleo. — Mas é muito pior quando se é adulta e já conheceu uma outra vida. Você não é a única, há muitas de nós aqui: esposas, concubinas, mulheres que perderam o marido ou o amante e não têm para onde ir.

Assustada, Hana olhou no espelho: a mulher se vestia como uma criada, com um simples quimono xadrez marrom de gola roxa e cabelos presos para trás. Algo brilhante luzia em sua mão e ela usava um broche de metal no pescoço.

— Melhor esquecer o passado — prosseguiu a mulher. — É a única forma de sobrevivermos. Se sentir solidão, venha me visitar. Procure por Otsuné, todos me conhecem aqui. — Puxou tanto os cabelos de Hana que ela pensou que fosse arrancar um chumaço.

— Não me deixarão sair.

— Deixam, quando confiarem em você. Para eles, não adianta você ficar enfiada aqui.

Otsuné penteou, cacheou e passou cera até o cabelo de Hana brilhar como seda. Penteou-o com uma pomada branca, com cheiro almiscarado de óleo de camélia, depois o repartiu, separou e o amarrou, enrolou, penteou e entrelaçou fio a fio até os cabelos muito compridos de Hana terem se transformado numa torre cheia de laços e voltas, liso e brilhante como uma laca lustrada. Hana levantou a mão, sem jeito, e tocou os cabelos: estavam duros e meio pegajosos. Mal ousava respirar, temendo que a enorme construção desabasse.

Por um instante, Otsuné pousou os dedos no ombro de Hana.

— Tome — sussurrou ela, colocando algo na mão de Hana. — É um amuleto, enfie-o nos cabelos antes de ir lá, mas não deixe a Titia ver, senão ela vai tirar. É para você não ser escolhida.

Ela fechou a mão num pequeno pente. Não sabia do que Otsuné estava falando, mas estava agradecida de toda forma.

Otsuné passou para a próxima etapa. A criada idosa pegou um pouco de cera branca e macia e a amassou entre os dedos. Depois, espalhou-a no rosto de Hana e pintou o pescoço, queixo, nariz e a testa com um branco cor de giz e, por cima, empoou com pó de arroz. Hana observava no espelho seu rosto ficar oval e de um branco perfeito, sobrando sem pintar apenas uma estreita faixa de pele na linha do cabelo.

Com um pincel, a criada cobriu o colo, os ombros e a parte superior das costas de branco. Em seguida, segurou outro espelho para que Hana pudesse ver a própria nuca. Havia três pontos que não foram pintados ali, contrastando com o branco fosco de suas costas, como a língua bifurcada de uma serpente.

— Os homens enlouquecem com isso — disse a velha, rindo. — Esse desenho faz com que pensem em... Bem, você vai ver.

Ela pintou as sobrancelhas de Hana curvando-as como duas luas crescentes, contornou de vermelho os olhos, depois de preto, alongando a linha nos cantos. Finalmente, passou pó vermelho nas maçãs do rosto.

— Levante-se — mandou.

Nua e tremendo de frio, Hana ficou como uma estátua enquanto a criada lhe vestia uma anágua de crepe vermelho perfumada. Depois ajudou-a a colocar uma blusa branca com mangas compridas e gola vermelha, e também outra anágua com faixas de seda. Prendeu uma dura gola bordada no pescoço de Hana e ajudou-a a vestir um quimono vermelho bordado, de mangas compridas e bainha forrada. Por cima desse, mais um quimono, outro e mais outro, todos amarrados com faixas. Por fim, pegou uma cinta comprida de brocado e enrolou-a em volta de Hana várias vezes, que rodopiou e ficou de costas para ela. A velha riu.

— Será que ela pensa que é virgem? Uma velha criada? Uma esposa do lar? Pensa que quero amarrar o *obi* em suas costas! — Todas olharam e deram gargalhadas estrepitosas. — As coisas mudaram, querida. Você não percebeu?

Em silêncio, Hana virou-se de frente para a criada. A mulher apertou e apertou a cinta até que ficou tão justa que Hana mal conseguia respirar. Depois, colocou as duas pontas para a frente e, desajeitada, segurando alfinetes na boca, prendendo as faixas aqui e ali, enfiando para dentro partes de tecido, transformou-as num bonito nó. As pontas chegavam quase aos pés de Hana.

A seda vermelha fez com que ela se lembrasse do dia de seu casamento, quando Okaru havia arrumado seu cabelo e a ajudado a se vestir. Sentiu um aperto na garganta. Estava vestida como uma noiva, como se fosse casar de novo. A única coisa errada era o *obi*, que até as gueixas o amarravam nas costas. Só um tipo de mulher amarrava-o na frente, num laço exagerado, como se desafiasse qualquer homem que cruzasse seu caminho a desfazê-lo. Estremeceu ao pensar que tipo de mulher era aquela.

A criada bateu os dentes e deu um tapinha no rosto de Hana, depois arrumou a gola, conferiu se a bainha e os punhos dos quimonos estavam bem-alinhados, colocou um pente de sândalo nos cabelos e o prendeu com grampos. Por fim, enfeitou a cabeça com uma coroa de flores de seda.

— É melhor colocar aquele amuleto no meio dos cabelos — resmungou a velha. Hana pegou o pequeno pente curvo que Otsuné lhe tinha dado e sentiu a criada enfiá-lo com força na parte de trás de seu cabelo. Depois, pegou um pouco de pasta de açafroa, passou um pincel fino sobre ela e pintou uma pétala vermelha no centro do lábio inferior de Hana, deixando o superior branco.

Todas olharam: as assistentes, com os peitos nus, a parte de cima dos quimonos enfiada na cintura; Otsuné, com um pente na boca, segurando os ferros de cachear, e Tama, que colocava seu *obi*. Até a velha gueixa esguia parou de tocar o *shamisen* e olhou.

Em meio ao murmúrio de vozes, ouvia-se:

— Linda! Maravilhosa!

Hana deu alguns passos inseguros. Nem no dia de seu casamento tinha ficado tolhida com trajes tão pesados. Desajeitada, virou-se, mal tendo coragem de se olhar no espelho. Quando o fez, levou um susto. Havia se transformado numa boneca pintada. Não era ela de jeito nenhum — embora ainda fosse. Havia se tornado uma xilogravura de si mesma, não uma pessoa, mas uma imagem pintada.

Por trás da máscara, ela ainda era Hana, pensou, decidida. Mas, apesar de tudo, ficou um pouco encantada. Era quase como se tivesse saído de sua antiga casca, como uma borboleta saindo da crisálida. Ela não era mais a Hana, não, de jeito nenhum. Era uma pessoa completamente diferente.

— Encontraremos um outro nome para você — disse Tama, como se estivesse lendo seus pensamentos. — Vou conversar sobre isso com a Titia. Agora, ande. Pegue as saias com a mão esquerda e ande. De lá para cá.

Hana segurou o tecido pesado e deu alguns passos descalça, procurando não tropeçar nas saias. A cauda deselegante e o enorme laço do *obi* lhe tiravam o equilíbrio. Não estava acostumada a carregar tanto peso. Tropeçou e quase caiu.

— Chute as saias, tire-as de seu caminho. Não há nada de errado em mostrar os calcanhares — ensinou Tama.

Ela também havia sido transformada, voltando a ser a misteriosa criatura que Hana vira na primeira vez que a encontrou. O cabelo estava repartido em dois brilhantes bandós sobre os quais foi colocada uma coroa, presa por grampos dourados e de tartaruga, como os raios de sol, decorados com flores e folhas de seda, das quais pendiam enfeites de madrepérola e fios de coral com botões dourados. O laço de seu belo *obi* de brocado, amarrado na frente, vistoso, deixava à mostra os quimonos de forros grossos.

— É tudo o que precisa fazer esta noite — disse Tama. — Andar e, em seguida, sentar-se. Concentre-se em fazer isso o melhor possível. Não fale. Observe e ouça, nada mais.

Estava quase anoitecendo, a hora do macaco. Ao longe, um sino dobrou e o som melancólico ecoou pelas colinas da cidade. Como que respondendo ao toque, pequenos sinos começaram a bimbalhar, alguns, distantes, e outros, bem perto. Um era tão forte que parecia estar dentro da casa.

Tama levantou-se, imponente. Com seu maravilhoso penteado e os grampos brilhando tal como uma auréola, ela parecia mais um ser divino do que uma mulher. Seria preciso um homem de coragem para desfazer aquele *obi*, pensou Hana.

— Eles vão ficar surpresos — anunciou Tama com um jeito travesso, levantando as sobrancelhas e se olhando no espelho, satisfeita.

— Você não vem conosco, não é, irmã grande? — perguntaram as assistentes.

— Vou, sim — respondeu Tama, sorrindo apenas o necessário para mostrar a laca preta brilhando nos dentes. — Hoje eles vieram para uma noite de mimos.

As assistentes fizeram uma roda em torno dela, formando duplas por ordem de altura. A pequena Chidori parecia aborrecida. Teve de ficar atrás, junto com Namiji, a outra criança assistente.

Kawanoto, a ajudante de grandes olhos inocentes, segurou Hana pela mão e colocou-a ao seu lado, na frente da fila. As oito moças pareciam bonecas com quimonos vermelhos e rostos brancos iguais e coroas de flores nos cabelos. As mais velhas tinham as mangas do quimono à altura da cintura para mostrar que eram adultas, já as mais jovens usavam quimonos com as mangas até o chão.

— Este lugar é meu — disse uma voz zangada. A menina que falou isso tinha cerca de 16 anos, a mesma idade de Kawanoto. Seu rosto foi pintado mais branco, os olhos, mais pretos, a boca, mais vermelha e os cabelos penteados mais no alto da cabeça que os das outras. Vestia o mesmo quimono que as demais, mas o dela era menos apertado, mostrava uma nesga do colo pintado de branco e o laço de seu *obi* estava solto, convidativo.

— Não sei por que preciso ir — reclamou ela. — Já tenho encontro marcado para esta noite.

— Você vai porque estou mandando, Kawayu — disse Tama, ríspida.

A porta do corredor se abriu, deixando entrar no quarto um crescendo de música e canção, ao mesmo tempo que surgiu um rosto semelhante a uma máscara, acompanhado de um perfume embriagante.

— Titia!

Todas, inclusive Tama, caíram de joelhos e encostaram o rosto no chão. Lembrando do depósito, Hana olhou com medo para a velha.

Titia usava um elegante quimono azul-claro e uma peruca negra brilhante sobre o cabelo. Orgulhosa, ela parecia achar que ainda tinha a beleza de antes, mas a pesada maquiagem branca destacava cada ruga. Os olhos contornados de preto afundavam no rosto e o batom vermelho penetrava nas linhas em volta dos lábios. Ela caminhou direto até Hana.

— Levante-se — mandou.

Puxou com força os quimonos de Hana, segurou em seus cabelos e a fez girar. Procurou o amuleto que tinha sido enfiado na parte de trás do penteado dela. Hana gelou, com medo que o tirasse, mas a Titia deu um sorriso astuto.

— Vamos aguardar um pouco com esta — avisou. Tama fez uma reverência e concordou com a cabeça. — Vamos ver as ofertas que recebemos, podem ser boas. — A Titia se inclinou sobre Hana. — Venha — disse ela, amável —, está na hora do mundo conhecer você.

Ao entrarem no corredor, ouviram música, vozes e risos que aumentaram até a casa parecer pulsar. As criadas conduziram as moças por inúmeros corredores, segurando lamparinas e velas para afastar as enormes sombras. Quando as portas se abriam, a escuridão grudava na beira do facho de luz e as mulheres iam deslizando como sonâmbulas atraídas pela música. O corredor estava cheio do farfalhar de quimonos e da mistura de perfumes. Hana chutava os pés descalços, tão preocupada em não tropeçar nas saias que mal percebeu para onde iam.

Elas desceram uma escada ao lado de uma varanda. Então, Hana sentiu uma corrente de ar frio, o cheiro de poeira e de comidas assando e de fumaça de lenha — os odores da rua. Ela ergueu os olhos e percebeu que estavam perto da entrada. Pararam do lado de fora de uma porta. O som agudo dos *shamisens* estava próximo, uma voz jovem e clara cantava uma balada e os bastões de madeira rufavam, como no teatro *kabuki*, quando a peça estava prestes a começar.

Então, uma voz deu um berro, a porta se abriu e surgiu uma luz tão intensa que Hana hesitou e cobriu os olhos.

Kawanoto colocou as mãos na cintura dela e empurrou-a para a frente. Hana entrou na claridade, sentindo o ar gelado, enquanto Kawanoto a fazia ajoelhar-se. Ela ouviu pessoas respirando e sentiu o calor e o perfume de corpos de mulheres se aglomerando a sua volta. Houve um instante de silêncio e, em seguida, um bramido como aquele que saúda um ator ao entrar no palco.

Hana ergueu os olhos e levou um susto. Não estava num palco, mas numa gaiola, uma enorme gaiola com barras de madeira por toda frente, como as que vira ao chegar a Yoshiwara. Mas, naquela vez, ela ficara do lado de fora, observando as mulheres presas. Agora, ela estava dentro. Era uma delas.

O bramido amainou e uma voz masculina anunciou:

— Uma moça nova! Linda! Ei, querida, olhe para cá!

Uma outra voz se intrometeu:

— É minha. Ei, moça nova, como se chama?

Um coro de vozes perguntou:

— Moça nova, como se chama?

Por trás das barras, a escuridão tinha olhos, alguns grandes, outros pequenos, alguns redondos, outros amendoados, todos examinando. Examinando Hana. Ela percebeu as figuras sombreadas de homens, alguns tinham o nariz apertado entre as barras, outros espreitavam de longe, paravam para olhar. Horrorizada, recuou, contente por ter todas as outras mulheres a sua volta e tocou o amuleto na parte de trás da cabeça. Agora sabia para que servia.

Como figuras de cera, lindas em suas sedas, em ouros e pratas, as mulheres se ajoelharam em silêncio, sem se mexer, enquanto os homens passavam, paravam em volta e olhavam. Alguns grudavam o nariz nas barras, tentando chamar a atenção das moças; outros, seguiam em frente.

Tama ficou no fundo da gaiola observando a plateia com outras duas mulheres vestidas de forma tão extravagante quanto ela. Quando Hana se virou para olhar para ela, via-a dando umas baforadas num cachimbo de cabo comprido que tinha nas mãos, tão calma e tranquila como se estivesse na intimidade de seus aposentos. Casualmente ela soprava no ar uma argola de fumaça, como se não estivesse ciente dos homens a poucos passos de distância, que arrastavam os pés, assopravam as mãos e a observavam estupefatos.

Ela pegou um papel que estava enrolado dentro da manga do quimono, abriu-o e passou os olhos devagar, como se fosse a carta de um admirador estimado, sorrindo de vez em quando, apertando os olhos e passando a língua nos lábios. Em seguida, virou-se e cochichou para uma cortesã, baixando a cabeça, graciosa, e escondendo o rosto na manga, como se reprimisse o riso.

Olhou, tímida, para os homens e inclinou um pouco a cabeça. Um murmúrio veio da multidão quando ela se virou, lânguida, e deu uma baforada no cachimbo.

Hana olhava, fascinada. Tama parecia um titereiro a controlar a multidão, obrigando-a a fazer o que ela queria.

Conforme o tempo foi passando, as assistentes começaram a cochichar e rir.

— Ah, olha aquele, é bonito.
— É o Jiro, não o conhece? Está sempre aqui.
— Foi deserdado pelo pai, não foi?
— Não tem dinheiro. Não vale a pena gastar o seu charme com ele.
— Que casaco tão fora de moda, e que cor horrível. Ele não entende nada. Um grosseiro!
— Não gosto dele. Espero que não me escolha.

Duas assistentes foram para a frente da gaiola e olharam. Outras acenaram e piscaram para os homens. Kawagishi, com sua cara redonda de menininha e um grande sorriso, e a esbelta Kawanagi, que estavam sempre juntas, liam as mãos uma da outra.

— Antes eram só os pobres que vinham nos olhar — disse Kawanoto baixinho para Hana. — Era isso que eles podiam fazer: olhar. Os ricos já sabiam as que queriam. Mas hoje em dia, com todos esses clientes novos, essa é uma boa maneira de conseguir fregueses. Nunca se sabe quem vai te ver.

— Kawanoto-sama, Kawanoto-sama. — Uma voz chamou. Um jovem havia se aproximado das grades. Kawanoto foi para a frente da gaiola e pressionou o rosto perto do dele. Ele assentiu com a cabeça e sumiu.

Kawayu, a moça zangada com excesso de pintura, aproximou-se silenciosamente da grade. Arqueou as costas, inclinou a cabeça e remexeu os cílios, mas ninguém deu a menor atenção. Em vez disso, ouviu-se um grito:

— Ei, garota nova, como se chama? Diga-nos seu nome!

Kawayu lançou um olhar cheio de veneno para Hana, que sorriu, serena, e inclinou a cabeça numa cortesia exagerada. Aquela moça, pelo menos, não podia lhe fazer nada de mal.

De repente, todos olhavam para ela. Os homens estiveram conversando e arrastando os pés, mas naquele instante, do outro lado das grades, pairou um silêncio mortal.

Com muita timidez, Hana pôs as mãos sobre a boca e, ao fazer isso, a manga do quimono escorreu pelos braços, deixando-os à mostra. A multidão fez um murmúrio voraz. Rápido, ela pôs as mãos de volta sobre o colo e arrumou a manga. Um jovem encarava-a pelas grades. Os olhos dos dois se encontraram, ele arrastou os pés e olhou para baixo, corando até o alto da cabeça raspada.

Tentando não chamar mais atenção, Hana se virou de costas para os olhares. Fez-se um sussurro atrás dela. Ela fitou as mãos no colo, desejando desaparecer. Mas o murmúrio aumentou: um suspiro trêmulo, um longo gemido de desejo percorreu a multidão. De repente, ela lembrou o que eles estavam vendo: sua nuca e os três pontos de pele sem pintura. As palavras da velha criada vieram à tona em sua memória: "O desenho faz com que pensem em..." Sob a pintura branca, seu rosto corou tanto que ela teve certeza de que todos podiam ver suas orelhas queimando.

Levantou a cabeça e arrumou a gola, ciente de que Tama a observava. Tama fez um sinal e sorriu. Parecia muito satisfeita.

11

Quando o sino anunciou a hora, Tama e suas companheiras cortesãs levantaram-se. As criadas correram para arrumar a gola delas, esticar as camadas de tecido, fazer os imensos laços dos *obis* e ajeitar os grampos no cabelo. Do lado de fora da porta aberta da gaiola, vinha uma voz aguda. Hana teve um sobressalto. Era o mesmo tom mavioso que tinha ouvido na noite em que chegou, dizendo que os navios tinham partido. Desde então, ela havia esperado por uma chance para descobrir de quem era a voz.

Sem pensar em nada, passou pelo grupo de jovens mulheres. Kawanoto vinha bem atrás dela, segurando a manga de Hana que, de relance, percebeu barras forradas rodopiando para fora da porta principal da casa.

— Temos de voltar, os fregueses estão esperando — disse Kawanoto, preocupada, atrás dela.

O vestíbulo de terra batida estava cheio de homens soprando as mãos, a respiração deles virando fumaça no frio. Alguns eram velhos, outros jovens, mas todos pareciam ricos. Vestiam as engomadas calças *hakama* usadas pelos samurais, os casacos *haori* e grossas capas de lã, muito diferentes dos homens de olhar faminto que haviam se aglomerado em frente à gaiola. Acotovelando-se, cumprimentando-se e fazendo reverências, eles tiraram os tamancos e os entregaram aos criados, que lhes deram recibos de madeira para recuperarem os tamancos na saída.

Atrás deles estavam gueixas carregando *shamisens* embrulhados em seda e sorrindo como bufões bochechudos.

A única coisa que interessava a Hana era encontrar a mulher com voz de sino. Nada mais importava.

Puxou sua manga da mão de Kawanoto, segurou as roupas pesadas, passou pela multidão e saiu na noite, perseguindo aquela voz e as roupas rodopiantes. Levou um susto ao sentir o frio na pele. Então, viu uma cabeça lustrosa passando entre os homens que se aglomeravam na casa ao lado. Entrou rápido, olhou de um lado e do outro no corredor iluminado por lamparinas, viu uma porta de correr ser fechada e foi até lá, sôfrega.

Quando colocou a mão na porta, percebeu de repente o ato invasivo que estava prestes a cometer. Abrir a porta do quarto de uma prostituta e entrar sem ser convidada — o que estaria acontecendo lá dentro? Mas não havia outra alternativa.

Respirou fundo e abriu a porta.

Entrou numa sala quase tão grande e luxuosa quanto a de Tama. Pela porta aberta que levava ao cômodo seguinte, ela pôde ver o carvão aceso num enorme braseiro e uma mesa arrumada com pratos. Castiçais com velas compridas faziam enormes chamas amarelas. No centro da sala, um grupo de gueixas cantava, tocava *shamisens* e tambores. Duas gueixas dançavam, formando compridas e ondulantes sombras. Uma festa estava em andamento.

No fundo da sala, homens acompanhavam a música com palmas e tomavam saquê em pequenos copos. Havia mulheres, algumas encostadas neles, olhando-os sensuais, outras, indiferentes ou desdenhosas. Duas meninas que pareciam bonecas, vestidas com tanto esmero quanto Chidori, circulavam servindo saquê.

Com seus rostos pintados de branco, quimonos coloridos e largos *obis*, as mulheres pareciam iguais. Perplexa, Hana ficou olhando. Não sabia qual daquelas mulheres procurava, nem se estava no lugar certo. A música, as palmas e os risos eram tão altos que os convivas nem notaram a presença dela.

Um jovem de casaco de algodão azul usado por criados e uma velha serviçal se aproximaram dela correndo.

— Quem convidou você? — sussurrou a mulher. — Um de nossos convidados? Ninguém me avisou. — Ela olhava para Hana de cima a baixo. — Você está perdida, não é? Desapareça, rápido.

Hana fez um esforço para falar no sotaque de Yoshiwara e respondeu:

— Desculpe, tenho um recado para... para uma das moças.

— Passe para mim que eu entrego.

— Tem de ser pessoalmente — disse Hana, desesperada.

O criado começou a empurrar Hana para a porta. Desvencilhando-se dele, ela ergueu as saias e seguiu em disparada rumo à sala da festa. Na soleira, os dois criados a agarraram pelos braços.

Em meio à música, trovejou uma voz masculina.

— Minha cara Kaoru, quem é a sua protegida? Que segredo é esse que você está escondendo de nós?

A música diminuiu e parou, as gueixas interromperam a dança. Todos — homens, cortesãs e gueixas — viraram-se e olharam para Hana.

A criada caiu de joelhos.

— Perdão — sussurrou. — Vou tirá-la daqui.

— Não, deixe-a ficar. Quem é? — insistiu o homem.

— É mesmo, quem é ela, Kaoru-sama? — perguntaram em coro os outros homens. — Deixe-a ficar!

— Acho que nunca a vi antes — declarou uma voz aguda que Hana reconheceu.

No meio do grupo, ajoelhada, com as costas bem eretas e um jeito reservado, havia uma mulher. O *obi* branco e engomado, amarrado num laço, era bordado com delicados motivos de ramos de pinheiro, ameixeira e bambu. Seu elegante quimono também era branco. Em vez de uma coroa, seus cabelos tinham alfinetes arrumados com bom gosto. O rosto era tão perfeito e inexpressivo quanto uma máscara de teatro Noh. Ela apertou os lábios, olhou intrigada para Hana e perguntou:

— Quem é você?

Por um instante, Hana ficou muda e então lembrou que só tinha aquela chance. Fez uma voz macia e tentou falar no suave dialeto de Yoshiwara.

— Desculpe, eu queria saber se há notícias de... de fora, da frente de batalha.

A mulher arregalou os olhos e franziu o cenho. Rapidamente, recuperou a segurança e deu uma risada retumbante. As outras mulheres, que Hana percebeu serem jovens acompanhantes, cobriram a boca com a manga do quimono e riram como se não fossem parar mais.

— Menina boba — disse Kaoru, com a voz mais aguda que nunca. — Por que acha que eu sei tudo o que se passa lá fora? Aqui não falamos de coisas desagradáveis. Nós nos divertimos, não é, cavalheiros? Só isso. — Virou-se para a criada. — Dê-lhe algumas moedas e leve-a para fora.

Ela fez sinal para as gueixas. Ouviram-se as notas dissonantes de um *shamisen* e as gueixas voltaram a dançar.

— Deixe-a ficar. — Era o mesmo homem que tinha falado antes. Hana olhou-o, surpresa. Era jovem e esguio, de pele morena, olhos puxados e lábios grossos, sensuais. — Precisamos de jovens. Ela é minha convidada. — Virou-se para Hana. — Fique conosco, tome um drinque!

Hana deu alguns passos. Como mulher de samurai, sempre viveu dentro de casa. Estava acostumada a oferecer comida e bebida a convidados, mas os únicos homens com quem tinha trocado algumas palavras eram o marido ou os familiares. Naquele instante, estava rodeada de estranhos que a olhavam de cima a baixo e sorriam.

— Como se chama? — perguntou o homem. —Venha sentar-se aqui. — Ele estendeu a mão e Hana notou seus dedos longos e esguios. Ela deu um passo e parou, horrorizada com o sotaque, duro e gutural, diferente de tudo que já ouvira. Devia ser um sulista, concluiu. Eram todos sulistas. Senão, como poderiam pagar uma festa como aquela?

Olhou a mão dele outra vez. Havia manchas escuras entre os dedos — calos, como se tivesse empunhado espadas, ou um revólver. Como foi parar ali em Edo, a capital do norte?

O homem continuava a olhá-la com simpatia. Kaoru deu um sorriso frio.

— Claro que pode ficar conosco, minha cara. Não seja tímida.

A porta então se abriu e Tama entrou numa onda de perfume, seguida de Kawanoto. Olhou em volta, percebeu a situação, ajoelhou-se cerimoniosamente e fez uma reverência com muito farfalhar de sedas.

— Sou Tamagawa. Ela é minha assistente — disse, apontando para Hana. — Perdoe-a, ainda é jovem e deve ter se perdido. Venha, minha cara, temos de ir embora.

Hana virou-se, completamente desanimada. Ela não encontrara a resposta à sua pergunta. A única coisa que conseguira foi irritar Kaoru, sua única ligação com o mundo real.

— Espere, ela não fez nada de errado. Diga-me, minha querida, qual o seu nome? — perguntou o homem.

Antes que Hana pudesse responder, Tama empertigou-se e olhou ao redor, orgulhosa. As cores fortes de seu enorme quimono pareciam encher a sala.

— Hanaogi — anunciou Tama. — Ela será a próxima cortesã principal da Esquina Tamaya.

Fez-se silêncio.

— Ela tem patrono? — perguntou o homem.

— Ainda não, senhor. Pode fazer sua oferta, se quiser. Certamente conhece as normas.

— Hanaogi — disse o homem, devagar, rolando as sílabas na língua como se as achasse especialmente musicais. — Bom, Hanaogi, você queria saber notícias. Pois posso lhe dizer que logo teremos paz e o novo governo vai tratar vocês, moças, com muita gentileza. — O rosto dele mudou e, por um instante, ele pareceu menos seguro de si. — Ainda estamos lutando contra os rebeldes no norte, mas vamos derrotá-los.

Hana concordou com a cabeça, cuidando para manter uma expressão impassível. "Vamos derrotá-los" significava que ainda não haviam sido derrotados e que os nortistas ainda resistiam. Ela se conteve para não rir, vitoriosa. Tinha mais mil perguntas sobre o marido e se tinham notícias dele, mas aquilo seria ir longe demais. Virou-se, pronta para ir embora.

— Deixe-me ouvir sua voz uma vez mais, adorável Hanaogi. De onde você é? De que parte do país?

— Ela... — Tama ia responder, mas Hana queria falar por si mesma.

— De lugar algum — respondeu ela, num tom cantado com o qual achou difícil se identificar. — Decidi esquecer tudo antes de vir para cá.

E, com um rodopio na seda, seguiu Tama e Kawanoto para fora da sala.

Primavera

12

Segundo mês, ano da serpente, Meiji 2
(Março de 1869)

Nos aposentos presidenciais do Forte Estrela, Yozo sentou-se no tatame de pernas cruzadas, aquecendo as mãos no braseiro. Apesar do nome imponente, os aposentos eram tão enfumaçados e gelados quanto qualquer outro em Ezo. O vento ribombava nas portas de correr de madeira e nos frágeis caixilhos. A respiração de Yozo saía pela boca em nuvens geladas.

Estavam no final do segundo mês, já era primavera conforme o calendário, mas ali em Ezo o chão ainda estava coberto de uma grossa camada de neve. Fazia quatro meses que eles tomaram o Forte Estrela e três que perderam o *Kaiyo Maru*.

Lá fora, Yozo podia ouvir o arrastar de passos e uma voz grosseira dando ordens com forte sotaque francês:

— Rápido. Marcha rápida! — Em seguida, o som pesado de homens marchando no campo de treinamento. Os cavalos relincharam e houve um distante pipocar de tiros, mas ali dentro só havia paz e calma.

Enomoto levantou-se, de pernas afastadas e mãos nas costas, olhando as garrafas no armário de bebidas que, por sorte, fora levado para o forte antes de o *Kaiyo Maru* afundar. Dentro dele, havia uma fantástica coleção de bebidas. Agora que estava em seus aposentos particulares e na companhia de amigos, havia retirado o desconfortável uniforme ocidental e relaxava num grosso quimono de algodão e um casaco forrado. De cabelos lustrosos e rosto delicado, ele parecia um perfeito aristocrata. Pegou uma garrafa de uísque e a exibiu.

— Glendronach 1856 — anunciou. — Isso deve nos aquecer.

— Um excelente ano — disse Yozo, fazendo ares de conhecedor. Com os dedos grossos de marinheiro, levantou um copo de cristal lapidado. — Bem, sem dúvida percorremos um longo caminho, principalmente você, senhor governador-geral de Ezo. Sempre soube que você faria coisas incríveis.

— E veja o que conseguimos! — exclamou Enomoto, rindo. — Tivemos eleições e criamos a primeira república do Japão, a república de Ezo. Somos um país jovem como os Estados Unidos e estamos criando um novo caminho. Aqueles sulistas filhos da mãe talvez vençam batalhas com os canhões e rifles que os ingleses vendem para eles, mas essa é a única maneira de colocarem as mãos no poder. Não ousariam organizar eleições, pois sabem que ninguém votaria neles. Ainda estão na era feudal, só conseguem as coisas pela força. A lei da selva, não é assim que chamam?

Yozo balançou o líquido dourado e transparente no copo e deu um gole, deixando o uísque na boca antes de sorvê-lo lentamente. Fez uma pausa, desfrutando o sabor do malte.

— Lei da selva — repetiu, sorrindo devagar. — A sobrevivência do mais apto, pelo menos é o que diz aquele livro que todo mundo está comentando na Europa.

— *A origem das espécies* — disse Kitaro. Ele havia enrolado seu corpo frágil num grosso casaco forrado, e sentou-se encolhido ao lado da lareira. — De Charles Darwin. — Ele pronunciou as palavras com clareza, saboreando as sílabas estrangeiras.

— Você leu esse livro, Kitaro — afirmou Yozo. — Na verdade você o leu, o livro inteiro, em inglês. Eu não conseguiria ter feito isso. Se aqueles sulistas idiotas soubessem disso, ou o comandante e aqueles brutamontes da milícia que lutam em nome dele aqui... A única coisa com que se preocupam é se você sabe usar uma espada.

Com um dedo fino, Kitaro escorregou o óculos para baixo no nariz e olhou por cima das lentes de um jeito engraçado.

— Vence quem estiver mais apto para sobreviver — disse, franzindo o cenho com ironia. — Mas tenham em mente que isso não significa necessariamente o mais forte. Pode ser o mais inteligente, como geralmente ocorre.

Os outros riram.

— Lembra daquele café onde costumávamos ir conversar? — perguntou Enomoto. — Aquele com grandes janelas envidraçadas e bancos de couro.

Yozo balançou a cabeça, sorrindo.

— Nós conversamos em toda parte: Londres, Berlim, Paris, Roterdã...

— Era o Dordrecht — disse Kitaro. Dordrecht. Todos se calaram. De fora vinha o barulho de pés marchando pontuado por gritos intensos e rufar de tambores.

— Lembra como o sol nasceu naquele dia? — perguntou Enomoto, olhando longe. Não era mais o governador-geral de Ezo, mas um jovem envolvido numa grande aventura.

Era o terceiro dia do décimo primeiro mês do ano de 1866 pelo calendário estrangeiro. Nesse dia, 14 dos 15 homens escolhidos para ir à Europa se encontraram no Dordrecht para comemorar o lançamento do magnífico navio que tinham encomendado, o *Kaiyu Maru*. (O décimo quinto homem fora para a Holanda como serralheiro e bebeu até morrer. Yozo não era amigo dele, portanto nunca soubera o motivo.) Em honra da ocasião, eles trocaram os ternos e gravatas por trajes japoneses formais, saias pregueadas engomadas e casacos com ombreiras altas que pareciam asas. Ficaram orgulhosos, de peito estufado, as espadas em bainhas de couro presas ao cinto. Voltaram a ser samurais, embora há muito tivessem cortado os nós presos no alto da cabeça e usassem o cabelo à moda ocidental.

— Eles haviam colocado braseiros no casco do navio — lembrou Yozo. Era como se estivesse vendo tudo à sua frente: o casco negro e brilhante no plano inclinado sobre a carreira, fazendo com que os moinhos de vento e a catedral parecessem minúsculos perto dele, as pessoas se juntando na orla e se aproximando em barquinhos, acenando com chapéus e dando gritos animados. — Mas o clima estava perfeito. O navio nem congelou.

— O almirante fez um discurso — disse Enomoto —, depois quebrou uma garrafa de vinho na proa.

— Lembra do barulho dos motores quando ele começou a navegar...?

— O rachar e ranger, as pessoas aplaudindo e gritando de alegria...

— E ele foi deslizando...

— E o barulho quando entrou na água, parecendo uma imensa onda! Pensei que todos os outros barcos próximos fossem afundar.

— Que navio aquele! — exclamou Enomoto. Eles inclinaram as cabeças e olharam o fogo na lareira. Era difícil acreditar agora que tudo aquilo tinha acontecido, quando estavam ali, sentados de pernas cruzadas nos aposentos presidenciais do Forte Estrela, na gélida terra de Ezo. Yozo tentou lembrar como era Dordrecht, mas a imagem começava a sumir da memória.

— E aquela tempestade pouco depois de sairmos do Rio de Janeiro, quando você quase caiu do mastro — disse Kitaro, erguendo os olhos e rindo. — Pensei que fôssemos perder você.

— Muitas vezes pensei que estávamos liquidados e que o navio também. Mas sempre conseguimos prosseguir — disse Yozo.

A viagem de volta ao Japão tinha levado 150 dias. A tripulação que comandava o navio era holandesa, vinda sobretudo de Dordrecht. Eles tinham feito o carregamento de carvão no Rio, contornado o cabo da Boa Esperança, entrado no Oceano Índico e carregado de novo na Batávia. Enfrentaram tempestades e oceanos bravios, atravessaram ondas tão altas quanto montanhas, sem nunca terem perdido o navio.

Mas quando chegaram ao Japão, nada estava como se lembravam. Aos poucos, foram descobrindo o que acontecera nos quatro anos e meio em que estiveram longe: traições, assassinatos, mortes e, por fim, uma guerra civil de grandes proporções. Poucos meses após a chegada deles, o xogum foi afastado do poder e Yozo e Kitaro se juntaram a Enomoto; os três decididos a lutar pelo que acreditavam.

O *Kaiyo Maru* tinha sido a casa deles. Cada tábua, cada ranger do casco, cada inflar das velas lembrava os dias felizes que haviam passado no ocidente. E agora o navio também não existia mais.

Ficaram em silêncio por um tempo, pensando na bela embarcação. Yozo lembrou a linha da proa, o ímpeto com que enfrentava o mar, o luxo da cabine do capitão, o brilho dos canhões, os metais que eles mantinham perfeitamente polidos, recordou também o tamanho do navio, capaz de transportar 350 marinheiros e seiscentos soldados. Então, lembrou a última visão que teve dele, destruído e quebrado, um solitário casco negro espalhado num mar gelado, afundando nas ondas enquanto a tripulação o abandonava. Passou a mão nos olhos e engoliu em seco.

Enomoto empertigou-se, franziu o cenho. Voltou a ser o governador-geral.

— Agora, esta é a nossa casa — disse, firme. — A terra de Ezo. Estive conversando com os representantes estrangeiros em Hakodate, explicando nosso plano de criar uma república liberal e melhorar as condições de vida do povo. Os americanos, franceses e ingleses prometeram reconhecer o nosso governo.

Calou-se um instante, suas delicadas feições ficaram sérias.

— Há mais uma coisa. Temos notícias do *Stonewall*... — disse.

Yozo ergueu os olhos, atentos. Ele tinha visto o *Stonewall* no porto de Yokohama. Era um navio de guerra, o mais moderno e poderoso que o mundo já tinha visto, com um motor muito potente e paredes com a espessura do dobro da coxa de um homem, revestidas de grossas placas de ferro. As balas de canhão eram simplesmente rechaçadas ao bater nele. Movido a vapor ou a vela, era mais veloz do que o *Kaiyo Maru*. Nem tinha a forma de um navio: baixo, com uma sinistra proa negra, parecia um temível peixe predador.

O governo do xogum encomendara o navio aos americanos e pagara quase todo o custo, mas, quando a embarcação chegou, o xogum estava deposto e o governo, derrubado. Antes de saírem de Edo, Enomoto tinha visitado o diplomata americano Van Valkenburgh e exigido que o navio fosse entregue pois, afinal, o xogum já o havia pago. Mas ele foi irredutível. Disse que o xogum estava afastado e não havia um novo governo. Todos os representantes estrangeiros aceitaram manter a neutralidade enquanto o país estivesse em estado de guerra. Ele não podia entregar o navio para nenhum dos lados.

— Fiquem sabendo que, quando os sulistas souberam do naufrágio do *Kaiyo Maru,* tentaram convencer Van Valkenburgh de que, sem a nossa bandeira, nosso governo estaria perdido. Eles lhe garantiram que a guerra havia terminado.

Yozo atirou o copo no chão e fechou os punhos. Portanto, os sulistas disseram ao diplomata americano que a guerra tinha terminado para assim receberem o *Stonewall*. Mas era tudo mentira. A guerra estava longe de terminar e assim que os sulistas pusessem as mãos no navio de guerra, rumariam para o norte para atacá-los. Se era uma questão de sobrevivência do mais apto, as chances deles diminuíam a cada dia. Quanto mais Yozo ouvia falar na traição dos sulistas, mais queria matar todos eles. Lutaria até o fim, por mais sangrenta que fosse a batalha, e prenderia tantos inimigos quanto conseguisse.

— Os sulistas vão desembarcar aqui às dezenas de milhares — disse Enomoto, sombrio. — Só estão aguardando a primavera chegar. Temos de fazer de tudo para nos prepararmos. As defesas estão quase prontas: o capitão Brunet está supervisionando-as, temos uns três mil homens treinando dia e noite. Mas nem todos são do mesmo nível. Há os soldados profissionais bem-treinados pelos oficiais franceses e que já participaram de várias ações. Ao mesmo tempo, há os recrutas que se apresentaram por serem leais, ou porque seriam mortos se fossem pegos pelos sulistas. Alguns nem são militares, outros mal sabem atirar.

— Como eu, por exemplo — disse Kitaro.

— Já a milícia do comandante Yamaguchi em Kyoto tem ótimos e destemidos combatentes, mas são, na maioria, espadachins. Marlin e Cazeneuve estão tentando transformá-los em atiradores com rifle, no entanto, eles vivem em outra época. Saem do forte à noite, brigam com os locais, matam só por prática e acham que isso está certo. Consideram-se samurais, mas a maioria jamais foi, tampouco será. Só obedecem a uma pessoa, o comandante. — Enomoto franziu o cenho e serviu mais uma dose de uísque. — Se não pudermos transformar esses homens num exército, teremos muitos problemas quando os sulistas chegarem.

13

Na manhã seguinte, o campo de treinamento estava bastante movimentado. Um batalhão de soldados de uniformes pretos e capacetes pontudos de couro marchava em formação cerrada com dois tambores tocando na cabeceira, em ritmo animado.

No fundo do campo de treino, homens se aglomeravam em volta das grandes rodas de um canhão reluzente. Era um dos novos canhões de retrocarga que Yozo, Enomoto e os companheiros haviam trazido com eles da Prússia. Enquanto Yozo observava, os homens começaram a correr para todos os lados, como coelhos assustados. Em seguida, houve um estrondo semelhante a um trovão e o canhão saltou para trás como uma bomba lançada no ar e espatifou ao cair no chão, espalhando areia e cascalho. Os cavalos, amarrados não muito longe dali, relincharam e pularam, assustados.

Estava faltando algo: o campo não tinha um só miliciano de uniforme azul.

— Eles se recusam a treinar com os nossos homens, pois acham que já sabem tudo — explicou Kitaro.

— Está na hora de vermos com os próprios olhos que tipo de treinamento estão tendo — disse Yozo. — Espadas não irão protegê-los de balas, por mais brilhantes que sejam suas técnicas.

— O comandante não confia em nós, nem em Enomoto — disse Kitaro, nervoso. — Ele acha que nos estragamos porque estivemos com estrangeiros.

— A partir do momento em que saímos do país, passamos a ser intrusos — observou Yozo. — Mas estamos em guerra e lutamos com enorme disparidade. Se o comandante for sensato, guardará sua opinião para quando a guerra terminar. Enomoto quer que eu fique de olho nele e é o que farei.

A milícia do comandante foi instalada num grande alojamento de madeira perto das barracas do exército comum. Enquanto Yozo e Kitaro se aproximavam, podiam ouvir fortes gritos e golpes de madeira sobre madeira.

Ninguém demonstrou a menor surpresa ao vê-los. O comandante estava num estrado sob um estandarte com a malva-rosa, a marca do xogum. Usava o uniforme *haori* da milícia: casaco azul-celeste e saias de quimono com listras; seu bonito rosto tinha os longos cabelos puxados para trás. Cumprimentou Yozo e Kitaro com a cabeça e voltou a atenção para a arena no centro do salão onde dois homens treinavam com bastões de madeira.

Outros milicianos estavam em volta da arena, uniformizados. Alguns usavam rabo de cavalo; outros, os cabelos presos no alto da cabeça, o que os fazia parecerem selvagens. Yozo conhecia quase todos da marcha pelas montanhas, mas agora pareciam mais limpos e arrumados, um grupo mais homogêneo. Olhou para os soldados de escalões inferiores e notou, entre eles, jovens bonitos, de feições suaves e lábios provocantes — pajens que, por tradição, faziam o papel de mulheres em sociedades só de homens como aquela, embora ninguém pudesse subestimar a capacidade deles no manejo da espada, pensou consigo mesmo. Em geral, os jovens mais bonitos eram os melhores espadachins.

Alguns guerreiros de olhar penetrante ficavam atrás, de braços cruzados, desdenhosos. Yozo podia notar que eram do tipo que costumava andar pelas ruas, cruzando armas com o inimigo e, certamente, loucos por uma luta. Havia algo neles que dava a impressão de pertencerem a uma irmandade de sangue. Ficou arrepiado com a hostilidade dos homens quando se viraram para olhar os recém-chegados.

Exposto com destaque num muro, estava afixado o "Código de Comportamento" em letras enormes, com uma lista de proibições: "Trair o código dos samurais. Desertar. Emprestar dinheiro. Brigar por motivos pessoais. Atacar pelas costas. Poupar a vida do inimigo." Cada uma dessas proibições tinha por castigo o *seppuku*, execução por suicídio ritual. O sangue de Yozo gelou nas veias ao ler uma das leis: "Se um capitão morrer em combate, todos os seus homens devem morrer com ele." Nunca havia se deparado antes com um código tão centrado na morte como aquele. Lá de fora vinham os gritos dos sargentos franceses dando ordens. Mas ali, como dissera Enomoto, eles viviam numa outra época.

À primeira vista, os lutadores pareciam do mesmo nível, mas ele logo viu que eram mestre e aluno. O aprendiz desviava e movia-se bruscamente, tentando dar golpes que às vezes conseguia, enquanto o mestre escapava facilmente até que pegava o aluno desprevenido, colocava-o em posição indefensável e obrigava-o a se render. Outro pupilo se apresentava, depois outro e mais outro e o mestre vencia todos eles, quase sem sequer transpirar.

Yozo reconheceu o mestre, de rosto bronzeado e lábios grossos. Tinha lutado ao lado dele na captura do forte e havia pensado na ocasião como era jovem para ser um guerreiro tão completo. Só os olhos dele eram velhos, com um vinco profundo entre eles. Lançava para o mundo um olhar exausto, como se já tivesse visto tanta coisa que não tinha mais medo de nada, muito menos da morte, e enfrentava um aluno atrás do outro com total indiferença. Mas, de vez em quando, se um de seus oponentes ficava em vantagem por um breve instante, um olhar furioso pairava em seu rosto, como se estivesse lutando não contra aquele jovem à sua frente, mas contra um inimigo implacável que queria destruí-lo.

Observando-o, Yozo pensou com pesar nos sulistas com seus revólveres Gatling de rajadas contínuas, mais letais até mesmo do que as metralhadoras manuais dos franceses, usadas pelos homens que defendiam o lado dele. Contra tais armas, até aquele excelente espadachim não teria nenhuma chance. Cairia morto muito antes de desembainhar a espada. Toda aquela bravata era um esforço desperdiçado.

Após um último golpe, os dois lutadores se cumprimentaram com uma reverência. O comandante puxou para trás as mechas de cabelos oleosos com a sua enorme mão de espadachim e olhou firme para Yozo e Kitaro. Havia uma chama em seus olhos, uma magia que Yozo achou desconcertante.

Kitaro se mexeu com uma sensação esquisita quando o comandante os encarou sob as pestanas.

— Eis aí, de novo, os viajantes que correram o mundo — disse o comandante com um esgar. — Vieram descobrir como fazemos as coisas no Japão e ficaram boquiabertos diante de nossos estranhos hábitos. Ou estão nos vigiando, conferindo se está tudo como o governador-geral Enomoto quer? Vocês devem ter esquecido como é uma espada de samurai. — A milícia achou muita graça e o rosto do comandante relaxou numa risada. — Mesmo assim, são bem-vindos. São rapazes corajosos, inclusive você, Okawa. — Fez sinal para Kitaro, depois para Yozo, seus olhos se estreitando. — Tajima, você é um ótimo atirador, tão bom quanto um estrangeiro com aquele seu rifle. Mas eu gostaria de saber... Ainda consegue lutar como um samurai ou já se esqueceu, depois de todo aquele tempo no Ocidente?

Ele fez um gesto mostrando o mestre de esgrima.

— O que acha, Tatsu? Aceita uma ou duas lutas com esse nosso amigo? Hein?

— Claro — respondeu Tatsu com sua habitual indiferença.

Havia alguns anos que Yozo treinara na escola de espadachins Jinzaemon Udono, em Edo, e aprendera algumas técnicas, mas achava que teria poucas chances com Tatsu. Porém, se recusasse, envergonharia Enomoto e todos os seus soldados. Ele aceitou com um gesto de cabeça.

O comandante riu como se tivesse tido uma ideia divertida.

— Desta vez, usaremos espadas — disse ele.

Espadas. Yozo sentiu um frio na espinha. Espadas afiadas como navalhas, de lâmina curva, compridas como as pernas de um homem, capazes de cortar um membro ou atravessar um corpo com tanta facilidade quanto uma faca partindo tofu. Era uma proposta bem diferente da luta com bastões de madeira.

Os milicianos se inclinaram para a frente com um sorriso zombeteiro no rosto. Um sussurro animado tomou conta do local.

Kitaro se esforçou para parecer indiferente, mas Yozo notou o pomo de adão subindo e descendo em sua garganta. Sorriu para ele, tentando tranquilizá-lo.

— Eles acham que vai ser um espetáculo — disse, baixo. — Acham que verão sangue ou, melhor ainda, que vou ficar de joelhos implorando clemência. Mas não lhes darei esse prazer.

— Por precaução, é melhor você usar isso — disse o comandante, animado. Uma faixa de cabeça presa a uma placa de ferro deslizou pelo piso de madeira até os pés de Yozo. Ele se curvou, pegou a faixa e amarrou-a na cabeça.

— Tatsu-sama — disse Yozo, educado —, é melhor você usar uma também, por precaução.

Tatsu empinou o queixo com desdém.

Yozo desembainhou a espada e segurou-a por um momento, passando a mão pelo cabo, sentindo o peso dela. Era uma arma ótima, feita nas ferrarias de Bizen e com o selo de um excelente fabricante. Tudo o que tinha a fazer naquele instante era tentar se controlar. Cabia ao comandante suspender a luta caso parecesse que ele ou Tatsu seria ferido.

Agarrou o cabo com as mãos e agachou-se no centro da arena, de frente para Tatsu, tentando ver nos olhos o homem que existia lá dentro. Mas só viu escuridão. No espírito, Tatsu já estava morto, não tinha medo nem nada a perder. Ao contrário dele, Yozo queria muito viver, mesmo sabendo que isso o deixava em desvantagem na luta.

As pontas das espadas se tocaram e Yozo sentiu a energia tremendo na lâmina de Tatsu. O mundo foi sumindo, até ele não perceber nada além do rosto inexpressivo do adversário e o som de sua respiração no silêncio.

Os dois se levantaram, as espadas ainda se tocando, movimentaram-se em círculo, sem parar de se olhar. Todos os sentidos de Yozo estavam em alerta. Tinha consciência das paredes cheias de bandeiras dependuradas e do grande número de homens de uniforme azul, olhando como abutres. Ele chegou bem perto. A espada de Tatsu lampejou e ele recuou e segurou o golpe na lâmina, perto do cabo, com uma batida ensurdecedora. A força do golpe o fez cambalear para trás. Recuperou o equilíbrio, deu um passo para a frente e levantou a espada, dando um corte oblíquo. Tatsu aparou. Aço contra aço, deram uma série de golpes e estocadas, fintando, esquivando-se e rechaçando, gritando bem alto a cada movimento.

Yozo tinha participado de batalhas e lutas a dois, mas aquilo ali era diferente. Tatsu era implacável. Nada nem ninguém o impediria de vencer. Era uma luta de morte. Morte de Yozo.

O golpe pareceu vir do nada. Num instante, eles estavam agachados, olhos nos olhos; no momento seguinte, Yozo recuava, com o braço doendo. Sofreu um corte no ombro e o sangue morno escorria. Começava a não sentir mais os dedos e estava ofegante e molhado de suor, apesar do ar gelado. Tatsu continuava bem-disposto.

No silêncio, ele ouviu um tilintar de moedas e um riso abafado. Os homens apostavam quem ia ganhar a luta e as apostas em Tatsu tinham acabado de aumentar. Ouviu de novo o tilintar e viu de relance o rosto do comandante, assistindo-o, os lábios contraídos em desdém. Por um instante, Yozo ficou tão furioso que mal conseguiu enxergar, mas então a raiva foi substituída por uma determinação obstinada. Não ia perder aquela luta.

Tatsu rondou como um lobo se preparando para saltar sobre a presa. Yozo prestou atenção no adversário. Tinha cabelos fartos, meio ondulados, que cresciam para cima, e verrugas no lado direito do rosto. Ele brandiu a espada novamente. Queria terminar aquilo o mais rápido possível. Yozo aparou o golpe, resistindo quando Tatsu tentou abaixar o braço dele. Na luta, os dois atacaram, uma espada presa na outra, as saias dos quimonos voando em direção à parede. Yozo manteve sua concentração, os olhos sempre fixos nos de Tatsu.

Talvez tenha sido a agitação azul da plateia em movimento, ou a percepção da determinação recuperada de Yozo, mas, durante o intervalo de uma respiração, Tatsu vacilou. Yozo estava pronto. Torceu a espada no ar e golpeou as canelas de Tatsu, atravessando as saias do quimono. Foi um recurso desleal, mas na guerra é preciso estar pronto para tudo. Tatsu reagiu conforme a regra, protegendo a cabeça, os braços e o peito, mas não pensou nas pernas. Pego de surpresa, tropeçou no pano rasgado da saia e Yozo viu, satisfeito, que a perna do outro estava sangrando.

Com um grito, Yozo saltou sobre o adversário. As duas espadas se engancharam, mas, ao invés de soltá-las, Yozo usou o peso do corpo para encostar Tatsu na parede. Ele podia ouvir o sibilar da respiração dos milicianos assistindo. As probabilidades tinham mudado. Ele havia encurralado Tatsu.

Rapidamente, antes que o inimigo recuperasse o equilíbrio, Yozo recuou e se posicionou, perna direita à frente, joelhos dobrados apoiando o peso do corpo, e levantou a espada com as mãos. Fez um esgar de concentração e abaixou a arma até o cabo ficar na frente de seu rosto com a lâmina apontando para o alto.

Podia ouvir a própria respiração. Estava preparado. Jamais estaria mais preparado. Sabia com absoluta certeza que com mais uma respiração ele teria rachado ao meio a cabeça de Tatsu, em cujos olhos podia ver a mesma opinião. Calmo, ele moveu a espada para trás.

Uma voz rosnou:

— Basta!

Era o comandante. Os dois homens gelaram. Por um instante, ficaram como estátuas, paralisados em meio ao movimento, depois abaixaram as espadas, puseram-nas de volta na bainha e se cumprimentaram com um gesto de cabeça.

O comandante ficou o tempo todo inclinado para a frente, assistindo, atento. Em seguida, ele endireitou as costas, olhou sob as pestanas para um lutador e depois para o outro.

— Você usou golpes estrangeiros, meu amigo — disse ele. — Joga sujo, mas ganhou com bastante vantagem. Tatsu, nosso amigo certamente mostrou que é tão bom quanto você — acrescentou, rindo, inseguro.

Yozo fez uma reverência. Ele percebeu que o comandante tentava minimizar a derrota de Tatsu, mas, mesmo assim, aquela era uma humilhação para o mestre da esgrima. A única forma de Yozo vencer foi usando métodos pouco ortodoxos, mas, com ou sem eles, ele vencera o melhor espadachim do comandante, e ao fazer isso ridicularizou-o também, tanto aos olhos de sua tropa quanto aos de Enomoto. Daí em diante, Yozo teria de tomar cuidado.

14

— Melhor levarmos você de volta para o forte e fazer um curativo nesse seu machucado — disse Kitaro.

Yozo concordou com a cabeça e assustou-se ao tentar mexer o braço. No calor da luta, tinha se esquecido do ombro, que agora pegava fogo e se entesava rapidamente. Apalpou-o com cuidado, tirando a camisa grudada na pele com sangue seco. Era só um corte, mas profundo.

O forte estava deserto, então Yozo e Kitaro foram procurar o médico, um jovem corpulento que estivera a bordo do *Kaiyo Maru* com eles e viajara pela Europa. Apesar da pouca idade, ele dominava tanto a medicina chinesa quanto a ocidental e tinha improvisado uma sala de cirurgia no fundo do acampamento, com um sortimento de vidros de remédios ocidentais, além de raiz de ginseng, chifre de veado e uma grande quantidade de facas. Tinha até uma mesa de cirurgia.

Ele enfaixou o ferimento de Yozo, depois colocou uma grande bola de ervas chinesas num bule de chá de porcelana, despejou água dentro e levou-o para ferver na lareira.

— Tome, beba isso — disse ele dando a Yozo uma xícara do líquido amargo. — Vai fazer com que durma um pouco.

—Vou procurar Enomoto — respondeu Kitaro. — Ele precisa saber o que aconteceu. Volto daqui a duas horas para ver como você está.

*

Quando Yozo acordou, estava anoitecendo e a dor no ombro tinha se transformado num leve latejar. Ouviu alguém chamá-lo, com voz maviosa e sotaque francês.

Yozo sentou-se devagar.

— Estou aqui!

Pesados passos de pés com meias atravessavam o quartel enquanto ele afastava os lençóis e pisava, cambaleante, no grande salão. As lamparinas nas paredes estavam acesas e os soldados agrupados, à espera da refeição da noite. Da cozinha vinham cheiros saborosos, misturados aos de suor e sujeira daqueles homens.

A figura robusta do sargento Marlin apareceu pisando forte sobre o tatame. Yozo sabia que no seu país de origem ele não seria considerado alto, mas ali era um gigante. Enchia o salão com seu tamanho e precisou baixar a cabeça para passar pela porta. Yozo sorriu ao ver aquele grandalhão de bigode caído, mas seu sorriso logo desapareceu do rosto. A cara do francês dizia que algo ia mal.

— Houve um acidente — informou Marlin. Havia um tom nervoso em sua voz. — Na linha de tiro. Um desastre. — Fez-se uma longa pausa. — Sinto muito, senhor.

A dor no ombro de Yozo estava começando a voltar, e sua cabeça ainda seguia confusa por causa da poção. Tentou se concentrar no que Marlin dizia. De vez em quando, homens morriam, não tinha jeito. Por que Marlin veio lhe avisar pessoalmente?

— É melhor vir e dar uma olhada, senhor. Parece que...

Um suspeita terrível despertou Yozo de seu torpor. Onde estava Kitaro?

Sem parar para vestir um casaco, Yozo correu pela noite gelada em direção à linha de tiro. O chão parecia não ter fim e, por mais que corresse, não chegava nunca. Por um instante se perguntou se ainda estava dormindo e se tudo aquilo não passava de um pesadelo, mas o vento gelado açoitando seu rosto e atravessando o fino uniforme mostrava que não. A lua surgia no céu lançando uma luz fraca sobre as construções e ameias ao longe; a infinita extensão de terra nua estava coberta de pequenos montes de neve. Fora dos muros do forte, um lobo uivou, um som triste que ecoou pelas colinas.

A linha de tiro ficava na parte mais distante do forte, bem ao longe. Yozo conseguia visualizar apenas os alvos à distância, mas, então, notou uma forma escura encolhida no chão, perto de uma das linhas de fogo. Parou abruptamente, o coração batendo forte. Tremendo, apoiou as mãos nos joelhos, respirando com dificuldade. Depois, bem devagar, caminhou para aquela direção.

Kitaro estava caído no chão, de boca e olhos abertos. Os óculos brilhavam, caídos um pouco mais longe com as lentes partidas, suas mãos grandes e ossudas estendidas dos lados, como se ele tivesse tombado de costas sem tempo de se salvar. Havia uma enorme mancha preta se espalhando por sua camisa.

Yozo ajoelhou e olhou o amigo, tentando entender o que via. Tremendo, esticou a mão e tocou o rosto frio de Kitaro. Depois, pôs os dedos nas pálpebras do amigo e, gentilmente, fechou os olhos dele.

Debruçado sobre o corpo, rasgou a camisa de Kitaro e passou a mão pelo peito magro. Havia um único ferimento ali, um corte comprido e estreito — uma espada, não um ferimento de tiro. Kitaro foi morto com um só golpe, antes que pudesse revidar.

Yozo sentou-se nos calcanhares. Tinha visto campos de batalhas cheios de corpos, assistira pessoas serem mortas na sua frente mais vezes do que conseguia se lembrar. Mas aquilo era diferente — aquele era seu amigo, com quem havia passado por muitas coisas. Com um gemido, segurou Kitaro e levantou os ombros dele do chão. A cabeça caiu para trás e Yozo segurou-a no peito, depois apoiou-o no chão outra vez. Quando os dois se conheceram, Kitaro era um desajeitado rapaz de 17 anos, de rosto magro, cabelos negros desgrenhados e óculos de lentes incrivelmente grossas. Yozo tinha-o ajudado a bordo quando havia serviços difíceis a serem realizados, tais como içar o cordame.

Mas, na Holanda, Kitaro se adaptou mais depressa do que os outros, parecia uma gralha agarrando pedaços de informação.

Todas aquelas viagens, todo aquele conhecimento, a longa jornada de volta ao Japão e até a região de Ezo — tudo para isso, para morrer de forma tão brutal, tão casual, num só golpe de espada, aos 24 anos.

Yozo esfregou os olhos. Alguém tinha de pagar por isso.

— Dou-lhe minha palavra — prometeu ao amigo, sua voz reverberando no silêncio. — Se eu conseguir voltar, procurarei sua família e direi que você morreu de forma honrosa. Garantirei que fiquem em boa situação. Vou procurar seu assassino e vingar sua morte. Isso eu juro.

Yozo deu um pulo quando uma mão tocou seu ombro. Marlin o olhava, o rosto cheio de preocupação. Yozo afastou-o e levantou-se.

Naquele momento, deu-se conta de onde estava, em frente ao quartel-general da milícia. Sentiu-se estranhamente calmo, todos os sentidos sob controle. Era óbvio quem havia matado Kitaro. Um espadachim, Tatsu, com certeza, ou um de seus camaradas, com o conhecimento e a aprovação do comandante, para vingar o que ocorrera naquela manhã. Podia ter sido até o próprio comandante, afinal, tinha fama de matar quem o desagradasse.

Fosse quem fosse, Yozo iria encontrá-lo e vingar-se. Mas ele estava sem casaco, e as roupas manchadas com o sangue de Kitaro. Limpou o rosto com um lenço e ajeitou o uniforme. Teria de ser esperto.

Os grupos de milicianos que estavam por ali se surpreenderam quando ele seguiu rapidamente pelo corredor rumo à parte onde deviam ser os aposentos particulares do comandante. Vozes gritaram:

— Ei, não pode entrar aí! Proibida a entrada!

— Tenho um recado para o comandante — disse Yozo, ríspido. — Recado urgente do governador-geral, a ser transmitido pessoalmente.

Os homens o seguiram enquanto ele passava pelas salas silenciosas, abrindo um conjunto de portas atrás do outro. A luz entrava pelas frestas do último deles. Dois jovens de casacos azuis seguraram Yozo pelos braços, mas ele se desvencilhou e abriu a porta, piscou um instante, ofuscado pela súbita luminosidade. Estava diante de um pequeno aposento revestido de tatame. Tremendo de pavor, os rapazes puseram as mãos pesadas sobre seus ombros, obrigando-o a se abaixar.

O comandante estava ajoelhado no centro do aposento, com mechas de cabelo oleoso caindo ao redor do rosto. Manejava um pincel entre dois dedos, apoiado em uma larga folha de papel aberta sobre um pano no chão, fixada no lugar por pesos de papel. A fragrância de tinta fresca imperava no aposento. À luz da lamparina, Yozo notou de relance a palidez de suas feições, o nariz largo, a testa reta, os olhos empapuçados, a boca sensual. Podia ver os poros na pele do comandante e o cheiro almiscarado da pomada que usava.

Havia dois assistentes ajoelhados um de frente para o outro. Levantaram a cabeça devido à aparição de Yozo, que ficou arrepiado ao ver Tatsu e as verrugas na bochecha dele.

O comandante certamente ouviu as portas sendo abertas, mas não deu atenção. Mergulhou o pincel no tinteiro e fez no papel uma sinuosa linha preta, levantando-o para que ficasse mais delicada e pressionando-o quando a queria mais grossa. Terminou o desenho com um floreio. Yozo olhava, fascinado. Por mais que odiasse o comandante, era impossível não se admirar com ele.

De onde estava ajoelhado, Yozo conseguiu ler as primeiras palavras: "Embora meu corpo possa cair na ilha de Ezo..." A frase brilhava na folha, queimando na cabeça dele. Viu o cadáver de Kitaro banhado pelo luar. No final, acabariam todos morrendo naquela maldita ilha.

O comandante lavou o pincel, secou-o e deixou-o de lado. Salpicou areia no papel para secar a tinta, sacudiu-o e ficou observando sua caligrafia. Depois, virou-se lentamente e olhou os três homens ajoelhados à soleira da porta.

— Tajima — chamou ele, calmo, como se não estivesse nem um pouco surpreso com a repentina presença de Yozo. — Já escreveu seu poema de morte?

Yozo não conseguia falar. O sangue bombeava em seus ouvidos.

— Estamos lutando uma batalha perdida por um governo que não existe mais — constatou o comandante, sério. — Com o xogum deposto, seria uma desgraça se ninguém quisesse cair com ele. Vou lutar a melhor batalha da minha vida e morrer pelo meu país. Pode um homem aspirar a uma glória maior que essa?

Yozo segurou o punho de sua espada curta com tanta força que sentiu a costura cortando a palma da mão. Aquela era a sua chance de vingar Kitaro. Juntou todas as forças, respirou fundo e estava prestes a pular para a frente, quando um corpanzil apareceu na soleira da porta ao lado dele.

— Desculpe, senhor. — Marlin pôs a mão no braço de Yozo, dirigindo-se ao comandante com seu estranho sotaque francês. — Meu amigo veio lhe trazer notícias. Parece que os sulistas tomaram o encouraçado e enviarão uma frota para cá assim que o tempo melhorar. Se nos unirmos, senhor, temos muita chance de vencê-los. O exército francês é o melhor do mundo e os sulistas só têm armas inglesas. Ainda não é preciso desesperar, senhor, vamos destruir esses filhos da mãe!

Yozo encarou o comandante e pensou: "Cuidado, Yamaguchi, você não é imortal. É um homem como qualquer outro. Vou esperar minha chance, mas minha hora chegará e encontrarei um jeito de vingar a morte de meu amigo."

Trêmulo de ódio, ele se levantou e, com a mão de Marlin sobre o ombro bom, saiu da sala do comandante.

15

Hana acordou com uma inexplicável animação. Eram as primeiras horas do dia e o perfume da primavera estava no ar, mas nos aposentos de Tama em Yoshiwara todas ainda dormiam profundamente. Criadas e assistentes se espalhavam pela sala de recepção e Tama estava no quarto com o último cliente da noite.

Era uma oportunidade boa demais para ser desperdiçada. Hana estava em Yoshiwara há tempo suficiente para saber que não sairia de lá permanecendo sentada na gaiola de mulheres. Logo esperariam mais dela, bem mais. Era hora de aproveitar a oportunidade e tentar de novo fugir, sem pensar nas consequências.

Vestiu um casaco simples e meias de algodão para esconder os pés, pisou no degrau rangente e desceu as escadas correndo. Na entrada principal, titubeou, tremendo, ao lembrar-se da última vez em que ficou ali, dos passos no corredor vindo atrás dela e do bastão atingindo suas costas. Mas agora não havia ninguém por perto e a entrada estava escura e vazia, com as prateleiras cheias de sandálias. Ela calçou um par e puxou as cortinas que ficavam penduradas na porta.

Lá fora, o céu estava de um azul luminoso, os pássaros cantavam e a brisa perfumada inflou suas saias. Agachado ao lado da porta, um criado roncava baixinho. Hana olhou em volta, emocionada em estar livre, mesmo que só por um instante.

Trabalhadores matinais passavam: mirrados faxineiros empunhando vassouras; carregadores levando trouxas presas em bambus equilibrados nos ombros; homens de pernas tortas curvados sob baldes cheios de dejetos noturnos recolhidos dos banheiros. Um homem saiu apressado por uma porta como se visse de repente que estava muito atrasado e, quando virou-se, ela notou os olhos turvos e a barba escura por fazer no rosto pálido. Hana se encolheu nas sombras, achando que todos a olhavam.

De repente, houve um estrondo como o de um trovão. Hana deu um salto e ergueu os olhos, certa de que devia ser alguém vindo atrás dela, mas eram as criadas abrindo as venezianas da casa em frente. Era a primeira vez que via a rua durante o dia e ficou observando, encantada. As residências eram palácios enormes e maravilhosos, com paredes de persiana de madeira, muito maiores do que as que tinha visto até então. As cortinas esvoaçavam como estandartes nas enormes entradas e nos andares superiores havia balcões onde rostos já começavam a surgir. A rua parecia esgotada, como se até as casas estivessem exaustas das festas da noite anterior.

As cortinas marrom-claras de onde Hana tinha acabado de sair, furtiva, traziam pintado o nome do local: Esquina Tamaya.

Olhando para trás e parando para ouvir passos, ela seguiu um pouco andando, um pouco correndo até o final da rua, que era próximo. Dobrando a esquina, chegou a uma larga avenida ainda mais esplêndida do que aquela de onde acabara de sair e que tinha no meio uma fila de cerejeiras cheias de botões. Das barracas de comida subia uma fumaça espiralada com cheiro de peixe e pardal grelhados e de legumes cozidos. Ela estava na grande avenida por onde passara com Fuyu ao chegar alguns meses antes, embora parecesse há muito tempo.

Ela podia ver o muro que contornava a cidade, alto demais para pensar em escalá-lo. O Grande Portão estava aberto e um guarda tomava sol de cócoras, cochilando, com tatuagens nas coxas grossas. Ela sabia que quatro guardas ficavam ali dia e noite para impedir que as mulheres fugissem e que os homens saíssem sem pagar as despesas. Mas aquele guarda parecia estar sozinho. Hana olhou de um lado, de outro, e se dirigiu ao portão da maneira mais casual possível.

Havia quase chegado lá quando uma mulher saiu rápido de uma das casas, deixando as cortinas vermelhas da porta esvoaçando como asas. Assustada, Hana recuou, mas a mulher sorria.

— Bem-vinda à Casa de Chá Crisântemo! Entre, entre! Meu nome é Mitsu e a casa é minha. Estou contente de finalmente conhecer você!

Hana fez uma reverência, surpresa, pois nunca tinha visto a mulher.

— Você é Hanaogi-sama, não? A jovem de quem todos falam? — perguntou, efusiva. Era pequena, parecia um passarinho, com o rosto delicadamente esculpido e ainda bonito, os cabelos brancos puxados num coque perfeito. — Muitas pessoas me perguntam de você.

Hana ficou pasma. Não imaginava que as notícias circulassem tão rápido. Outra mulher surgiu nas cortinas da casa ao lado, rapidamente seguida de mais e mais mulheres de outras casas que se aglomeraram em volta de Hana, se apresentando numa confusão de vozes.

Mitsu deu uma risada estridente e fez um sinal com a mão dispensando todas.

— Crisântemo é a melhor casa de chá de Yoshiwara — informou, segura, de um jeito que não admitia dúvidas. — Garanto que qualquer convidado que eu indicar para você será da mais alta qualidade. Então, entre para fumar e tomar um chá!

Qualquer esperança de fuga havia sido frustrada, pelo menos por aquele dia, mas Hana sentiu um estranho alívio. Afinal, se fosse pega, o Papai daria mais uma surra nela e, de toda forma, não sabia para onde teria ido. De repente, lembrou-se da mulher de rosto suave que arrumou os seus cabelos e que lhe dera um pente para protegê-la antes de ir para a gaiola.

— Terei prazer de entrar e conversar com você numa outra vez — respondeu ela, sorrindo. — Na verdade, eu estava procurando Otsuné, a cabeleireira. Sabe onde ela mora?

As casas na ruela de Otsuné eram pequenas e humildes, tão apertadas umas às outras que nenhum raio de sol conseguia penetrar. Hana foi abrindo caminho em meio à sujeira até a porta com o nome de Otsuné, abriu-a e olhou para o interior. Nos cantos e em prateleiras, havia pilhas de caixas cheias de pentes, grampos, ferros de cachear e maços de cabelo feitos de pelo de urso, junto com bisnagas de óleo de camélia e cera bintsuké. O pequeno aposento cheirava a cabelos queimados, tintura e fumaça de carvão.

Otsuné estava ajoelhada na frente de uma mesa baixa, com um maço de cabelos nas mãos finas, fazendo um penteado. Sorriu de alegria ao ver Hana. Usava um quimono de listras azuis com gola forrada. O carvão queimava num braseiro de cerâmica no meio do aposento, iluminado por duas velas.

Ela pegou um bule de chá e serviu uma xícara para Hana. Ao fazer esse movimento, um raio de luz mostrou seu rosto, realçando as rugas na testa e nos cantos da boca. Tinha um rosto triste, pensou a jovem.

Saboreando seu chá, Hana contou o incrível encontro que teve com Mitsu e as donas da casa de chá.

— Você está se saindo muito bem — disse Otsuné. — A Titia da Esquina Tamaya vai ficar muito feliz.

Hana prendeu a respiração, achando que Otsuné ia perguntar por que estava perambulando pelas ruas, mas não pareceu preocupada com isso.

— As casas de chá são muito importantes — prosseguiu Otsuné. — É lá que os homens vão para marcar encontros. Alguns visitam sempre a mesma mulher, outros variam e outros ainda querem marcar com alguma cortesã famosa. Para isso, precisam de muito dinheiro. Quando não sabem a quem encontrar, a dona da casa de chá lhes recomenda uma moça. Até os homens que viram você na gaiola precisam marcar um encontro através da casa de chá. Mitsu era a cortesã mais famosa do bairro e ainda é uma lenda. Depois que se aposentou, o seu patrono abriu para ela uma casa de chá, a Crisântemo, que é a mais conhecida da cidade, com a melhor freguesia e os melhores contatos. Se ela gostou de você, isso é ótimo.

A brisa primaveril passou pelas frestas da parede e ao redor da porta de madeira e Hana apertou mais o casaco em torno do corpo. Se ia ficar em Yoshiwara, teria de encontrar um jeito de tornar isso suportável. Tama, por exemplo, não parecia ter uma vida ruim.

— Percebi que Tama não se deita com todos os clientes, mesmo se pagam — disse, pensativa. — Via-a tomar saquê com um, conversar e brincar com ele e dispensá-lo uma hora depois, sem fazer mais nada.

— Ah, mas Tama está aqui faz tempo, desde pequena, e é muito inteligente. Sabe tudo: como conversar, como se comportar, como agradar as velhas que administram isso aqui. Sabe também dançar, escrever poesia, cantar e fazer a cerimônia do chá. Mas, no final, nada disso importa. Ela ainda tem uma dívida enorme e faria qualquer coisa para alguém comprar sua liberdade. Dorme com clientes ricos, garanto. As mulheres da nossa profissão não podem ser muito exigentes.

— Na nossa profissão... — repetiu Hana, olhando para ela.

A porta se abriu e um rosto magro olhou atentamente, sorrindo de modo inquiridor, seguido de um pescoço mirrado e um peito franzino. Otsuné levantou-se rápido, pegou a bolsa e tirou algumas moedas para o menino, que sumiu. Ele voltou logo depois, com duas tigelas de macarrão fumegante.

— Li que antigamente algumas cortesãs só dormiam com um homem se gostassem dele — disse Hana, segurando a tigela nas mãos em concha e sentindo o cheiro saboroso. Se fosse ficar em Yoshiwara, pensou, gostaria de ser uma cortesã assim.

Otsuné colocou a tigela de lado e riu muito.

— Isso é o que todas querem, com o rosto que você tem, talvez consiga. Porém, as chances são pequenas. A maioria de nós aceita o cliente que aparecer. Você coloca na cabeça que é apenas um trabalho e não para de completar o copo dele com saquê e espera que ele durma sem fazer nada. Isso é uma boa tática. Há muitas maneiras de se livrar rapidamente de tudo. Tama é especialista nisso e até eu posso lhe ensinar.

Otsuné colocou a mão delicada no broche brilhante que tinha na gola e apertou-o, sorrindo como se lembrasse de alguma coisa agradável.

— O importante é nunca esquecer que é apenas um trabalho, como dizemos às jovens que começam. E, sobretudo, jamais entregue seu coração. O maior perigo não são os homens ruins com os quais precisa se deitar às vezes, mas aqueles por quem se apaixona. Sempre acontece com o homem errado: o lindo moço que não pode pagar seu preço. É aí que você vem me procurar chorando para saber o que fazer. Quanto a dormir com um cliente, você pode até começar a gostar. Você tinha um marido e dormia com ele, não?

Hana mexeu-se, desconfortável.

— Eu... eu quase não o conheci — sussurrou ela. — Tudo o que me dizia era: "Prepare meu banho! Traga meu chá!"

Lembrou-se do rosto dele, sério e zangado. Quase sentiu o perfume do creme que ele passava nos cabelos e se recordou de como costumava sentir-se oprimida quando percebia aquele cheiro. Ouviu a sua voz rosnando: "Banho! Chá! Jantar! O que, não está pronto?" e lembrou-se de como ela pressionava a testa no chão enquanto ele a surrava e chutava. À noite, ele a penetrava com tanta força que ela trincava os dentes para não gritar de dor, e sempre que ficava em casa por um ou dois dias, já queria saber se estava grávida e explodia de ódio por ela ainda não lhe ter dado um filho.

Ela não passara de uma serviçal na casa dele, Hana podia ver isso agora. Limpava, cozinhava, era repreendida pela sogra e apanhava dela, até que um dia a guerra deflagrou como se um deus tivesse pisado no pequeno formigueiro e acabado com aquele mundo de incertezas. Por mais desleal que tenha parecido ter tal pensamento na época, fora um bendito alívio quando ele partiu para a guerra. Ser cortesã não podia ser pior do que ser sua esposa.

— Eu não tinha a menor importância para ele — lastimou ela.

— Pois eu tinha — murmurou Otsuné, acariciando o broche. Hana ficou surpresa ao ver lágrimas nos olhos da amiga. — Ele se importava comigo.

Ouviram-se passos de um lado para outro da ruela e vozes femininas quebraram o silêncio da casinha, numa conversa estridente. A tampa da chaleira sobre a lareira sacolejou.

— Era seu marido, Otsuné? — perguntou Hana, baixo.

— Não, meu patrono. — Otsuné tirou o broche da gola e mostrou-o. Era um quadrado de tecido gasto, de pontas puídas e um pássaro preto bordado, tendo uma serpente verde no bico de onde saía uma moeda de prata emoldurada por uma coroa de flores. De um lado havia palavras escritas, gastas demais para ler; do outro, o perfil de um homem de nariz fino e cavanhaque. Hana nunca tinha visto nada parecido.

— Ele me deu para que me lembrasse dele — disse Otsuné, com voz abafada. Falava tão baixo que Hana precisou inclinar-se para escutá-la. Fez-se um longo silêncio. — Antes de vir para cá, fui concubina de um homem que trabalhava para o lorde Okudono. Eu o odiava, mas meus pais eram pobres e me venderam para ele. Foi a única maneira de sobrevivermos.

Hana olhava para o broche enquanto ouvia a voz suave de Otsuné. Nunca em sua vida tinha ouvido tanta dor numa voz.

— Três anos atrás, meu senhor recebeu ordens para voltar para o campo e me deixou em Edo, sem dinheiro nem para comer. Perambulei pela cidade por três dias e, então, encontrei uma casa vazia, lá me encolhi no chão e esperei morrer.

O rosto de Otsuné ficou pequeno e branco na sala escura.

— Um homem me viu e me deu uns bolinhos de arroz. Disse que daria mais se eu dormisse com ele, foi o que fiz e acabei aqui. Era uma prostituta de baixa classe no Yamatoya, na Kyomachi 2, um lugar desprezível, diferente da Esquina Tamaya. Costumava ficar na gaiola como você, mas os homens queriam mulheres mais jovens. Eu não era como Tama, não sabia ser desejada por eles. Até que um dia chegou um homem. Ele era... — Ela hesitou.

— Era...? — perguntou Hana, ansiosa.

Otsuné balançou a cabeça, pegou o broche e segurou-o por um instante, depois prendeu-o na gola outra vez.

— Toda vez ele pedia por mim, depois disse que era para eu deitar-me só com ele. Comprou a minha liberdade e também esta casa para mim. Tudo que tenho foi ele quem deu. — Ela enxugou os olhos com a manga do quimono e encheu o bule de chá.

Hana acariciou o braço dela e notou como era magra, um feixe de ossos dentro do casaco. Estava louca para perguntar o que acontecera com o patrono e, se gostava tanto dela, por que não estava mais ali. Mas Otsuné havia se calado. Talvez ele também tivesse ido para a guerra, pensou Hana. Ela olhou em redor. Agora que a vista tinha se acostumado com a penumbra, notou sinais de presença masculina: botas enormes no fundo da prateleira de sapatos e um *obi* azul-escuro que parecia de homem.

Hana começou a perceber que havia destinos piores do que ser a cortesã principal da Esquina Tamaya. Pensou nas casas decadentes pelas quais passou na cidade e nas mulheres se oferecendo para todos os homens que apareciam. Ali, dentro do Grande Portão, pelo menos os negócios prosperavam.

Hana se lembrou também de como costumava colecionar xilogravuras das cortesãs de Yoshiwara e de como tinha lido sobre seus casos amorosos, suas roupas e penteados, as havia admirado e até tentado imitá-las. Pensou em seu romance preferido, *The Plum Calendar*, e na sensação de fazer parte daquele intenso mundo dos sentidos onde Ocho e Yonehachi viviam e de como sonhara em ter uma vida tão romântica quanto a delas. Era assim que sempre havia imaginado ser Yoshiwara.

E, agora, ela estava lá.

Havia mais uma coisa também — aquele homem na casa de Kaoru. Ela sabia que era um sulista e um inimigo, mas, assim como o patrono de Otsuné, ele tinha sido gentil com ela. Ainda podia ver seu rosto largo, a boca carnuda formando um sorriso e a mão fina, de dedos compridos.

Hana conhecera poucos homens durante sua breve vida e achava que qualquer cliente com quem tivesse de se deitar seria um monstro. Mas certamente não devia ser tão horrível deitar-se com aquele.

Hana respirou fundo e endireitou os ombros. Agora, a vida dela era essa, pelo menos por enquanto. Talvez até conseguisse encontrar um jeito de ser feliz.

16

Quando Hana abriu a porta da casa de Otsuné e colocou os pés na estreita ruela, as sombras começavam a se alongar. Na grande avenida, as lanternas já estavam acesas e os primeiros clientes andavam de um lado para outro, ou sumiam atrás das cortinas das casas de chá. Os homens se viravam, curiosos, para ver Hana passar. Ela, por sua vez, baixava rapidamente a cabeça e se escondia dos olhares.

Ao chegar à Esquina Tamaya, as cortinas foram abertas por mãos de unhas cor-de-rosa e surgiu um rosto parecido com uma máscara. Olhos negros brilhavam por trás da tinta branca quando Kaoru passou com um farfalhar de tecidos, as bainhas do quimono ondeando a seus pés.

— Sinto muito pela intromissão — sussurrou Hana, fazendo uma grande reverência e lembrando que, meses antes, entrara sem ser convidada nos aposentos de Kaoru. Não via a outra mulher desde então.

Kaoru passou por ela, arrogante. Com seu quimono lindamente bordado, os cabelos presos num coque despretensioso coroado com pentes, joias e grampos, ela era um belo espetáculo. Os tamancos altos faziam com que andasse superior a todas, como uma deusa num altar exigindo reverência. Os homens paravam para ver, mantendo uma respeitosa distância.

Os lábios vermelhos se abriram mostrando dentes cuidadosamente pintados de preto, como um poço escuro na boca.

— Você queria notícias da guerra, não?

— Na noite em que cheguei aqui, ouvi você dizer que os navios haviam zarpado — cochichou Hana, percebendo que o rosto de Kaoru se suavizava. Ela tinha a pose de uma esposa ou concubina de um daimiô, um chefe guerreiro, como se um dia tivesse comandado uma grande mansão, e Hana se perguntava se teria sido uma das mulheres do xogum. Ter caído de uma posição de tamanho prestígio e acabado em Yoshiwara deveria ser difícil de suportar. Se isso tivesse mesmo acontecido, só o orgulho poderia ter restado, daí talvez agarrar-se nele agora.

— Bom, posso contar mais — disse Kaoru. — Eles atracaram em Ezo e tomaram a metade da ilha. Podem até voltar um dia para procurar por nós. — Um espasmo de dor cruzou seu lindo rosto. — O que acha que farão quando nos encontrarem? Quando souberem que fizemos amor com os inimigos deles? Quer sejamos vencedores ou não, será o nosso fim. Nossas vidas estão condenadas, a minha e a sua. — Ela recompôs o rosto e olhou com desdém. — A partir de agora, fique no seu lado da casa e mantenha distância de meus clientes. Com sorte, pode até arrumar alguns para você.

Sentindo-se péssima, Hana seguiu pela casa até os aposentos de Tama. Ao abrir a porta, foi envolvida por uma nuvem de perfume, maquiagem, cera e o cheiro avinagrado da laca de escurecer dentes. O carvão brilhava num grande braseiro no meio da sala e velas e lamparinas queimavam. Os mais belos quimonos de Tama estavam dependurados em cabides pelas paredes, com as barras abertas para exibir o requintado bordado. Os luxuosos brocados entremeados de fios de ouro e prata brilhavam à luz bruxuleante, fazendo o aposento parecer extremamente opulento.

Hana sorriu. Para o gosto de uma samurai, aquilo era muito vulgar e pomposo. Ela se lembrava de como eram escuros e austeros os aposentos nas residências dos samurais mais ilustres. Nem o palácio do xogum, pensou ela, podia ser tão luxuoso quanto aquele quarto. Era diferente de tudo o que havia visto antes de vir para Yoshiwara, mais parecido com o palácio submerso do rei dragão do que com qualquer moradia terrestre. Mas naquele momento, inesperadamente, ela passou a gostar.

As assistentes estavam se preparando para a noite, conversando, animadas. Ao verem Hana, abriram espaço para ela na frente de um dos espelhos. Ela teve a impressão de que a olharam de modo estranho, mas não perguntaram onde esteve.

Tama estava tomando chá, com uma túnica nos ombros de modo casual. Seu rosto de ossos grandes, sem maquiagem, estava ruborizado como se ela tivesse acabado de sair do banho. Bocejou e deu uma baforada no cachimbo, como se não tivesse notado a ausência de Hana.

— Então você esteve com Mitsu — disse ela.

Hana abaixou-se, mãos e joelhos no chão, fez uma reverência. Tama era sua aliada, percebia isso agora. Precisava desesperadamente mantê-la do seu lado.

— Você certamente não foi feita para ser esposa — concluiu Tama, olhando sério. — Percebi isso assim que a vi. Parece uma gata doméstica, mas não é. Tem garras como eu. Isso fará de você uma boa cortesã.

Hana deu um grande suspiro. Tama era esperta e manhosa. Não adiantava ser muito franca com ela.

— Sei que jamais serei tão boa cortesã quanto você — disse, sabendo que também precisava ser esperta, se quisesse sobreviver naquele novo mundo. — Mas gostaria de aprender. Você me ensina?

Tama olhou-a de esguelha e sorriu.

— Gosto de ver que você está começando a pensar como eu. — Deu outra baforada no cachimbo. — Mas achei que você é que era a esperta. Sabe ler e escrever, não é? Mais alguma coisa?

— Sei dançar bem, cantar e tocar coto. Sei fazer a cerimônia do chá e o jogo do incenso...

— O que mais precisa saber? — perguntou Tama, maldosa. — Não há mais nada que eu possa te ensinar.

Lá fora, um ambulante gritou e Tama chamou Chidori para comprar um remédio.

— Não há coisas especiais que uma cortesã precisa saber? — sussurrou Hana com o rosto ardendo.

Tama bateu o cachimbo na caixa de tabaco e fez um olhar compreensivo.

— Você quer aprender a cantar na noite, não é? — perguntou, e Hana concordou. — Bem, nós, pássaros presos, sem dúvida sabemos cantar um pouco. Shosaburo marcou encontro comigo esta noite. Espie pelas portas do quarto. Ele tem experiência, é um amante muito ardente, entende do assunto. Você pode espiar a noite inteira, se quiser. Todas as meninas fazem isso. — Ela estreitou os olhos até ficarem dois traços no rosto e passou a língua nos lábios. — Tem razão, posso te ensinar algumas técnicas. Como mexer o talo de jade entre as cordas do alaúde, as 48 posições, todos os segredos do amor. Você pode se tornar uma entendida no assunto. Mesmo que não se torne, certamente posso te ensinar a se divertir.

Pegou um pouco de tabaco, apertou-o nos dedos e colocou-o no pequeno fornilho do cachimbo de cabo comprido. Depois, pegou uma brasa com as pinças do braseiro e o acendeu.

— Mas a maioria dos homens só quer sonhar — disse ela.

À luz do fogo, o rosto dela ficou sério, quase triste. Hana viu as rugas aparecendo no cenho, as bochechas caídas, a pele flácida ao redor dos olhos. Tama já estava perdendo a beleza, percebeu ela.

— Eles querem se sentir jovens, bonitos e desejáveis, por mais velhos e feios que sejam. Querem acreditar que são inteligentes e espirituosos, os mais irresistíveis do mundo. Querem que olhe fixamente para eles como se não suportasse viver longe deles, como se desse qualquer coisa para estar com eles por um instante sequer. Faça um homem sentir isso e ele será seu para sempre. — Pensativa, deu uma baforada no cachimbo. — Você vai aprender rápido e, com o seu rosto e seu jeito de ser, os homens vão brigar por sua causa. Mas um certo polimento vai torná-la mais desejável ainda.

Ao ouvir passos em direção à porta, Tama arregalou os olhos e franziu o cenho. Hana identificou os passos e ficou em pânico. O Papai certamente havia descoberto que ela andara pelas ruas e estava vindo para castigá-la.

Quando a porta se abriu, as duas se ajoelharam e encostaram o rosto no chão.

— Perdendo tempo de novo! — rosnou uma voz conhecida.

Tremendo, Hana ergueu os olhos, tentando não se encolher ao ver a barriga dele, a cara bochechuda, os olhos pequenos e gananciosos encravados nas dobras da pele.

— Ainda não está pronta, mocinha? — Ele a olhava fixamente. — Temos vários cavalheiros ansiosos para conhecê-la.

Hana lançou um olhar desesperado para Tama, que estava com o rosto virado para o chão. Até ela parecia amedrontada.

— Dissemos que você é virgem — avisou o Papai, com um sorriso lascivo.

O coração de Hana batia forte. Tentou falar, mas a boca estava seca.

— Mas... eu não sou — falou, baixinho.

— Ninguém está preocupado com isso — disse o Papai, ríspido. — É praxe.

Tama sentou-se sobre os calcanhares, colocou o cachimbo na boca e deu uma baforada desafiadora, soprando uma argola de fumaça. O halo ficou sobre a cabeça dela e foi aos poucos sumindo no ar.

— Ela é minha protegida — disse ela olhando Papai nos olhos. — Você a deixou aos meus cuidados e acabei de começar a treiná-la. Podemos cobrar bem mais, se esperarmos um pouco.

— Mas ela não é uma criança. Quem vai acreditar que ainda é virgem, se esperarmos mais?

Com Tama ao seu lado, Hana conseguia encarar qualquer um, até o Papai. Pensou no que Tama havia dito sobre os homens quererem sonhar.

— Deixe-me distrair esses cavalheiros — disse, gentil. — Beber, conversar, dançar, cantar e fazer a cerimônia do chá. Darei a impressão de que quero realmente conhecê-los. Assim, quando resolver me deitar com eles, vão se sentir mais especiais. Se não se deitarem logo de cara, vão querer voltar até poderem fazê-lo. Não posso ser apresentada ao bairro de maneira adequada? Não é assim que se faz?

Um rosto enrugado havia surgido atrás dos ombros de Papai. A luz da vela tremulou, destacando as bochechas caídas e os olhos fundos, horrivelmente pintados. Depois, a luz mudou e Hana teve uma noção de como a Titia havia sido bonita.

— Eu disse a você, essa é inteligente — ronronou a velha. — Ela tem razão, precisa de uma apresentação adequada. Os negócios na casa estão caindo, precisamos de algo que traga de volta a faísca e lembre aos clientes os tempos em que a Esquina Tamaya era a glória de Yoshiwara. Com um pouco de treinamento ela será uma das principais cortesãs. Encontraremos um bom patrono para ela, que pagará bastante.

O Papai olhou desconfiado para Hana.

— Se você pode ganhar dinheiro sem dormir com o cliente, muito bem. Mas se passar dois dias sem encontros marcados, volta a ficar na gaiola.

Hana concordou com a cabeça, grata pelo indulto. Pensou no jovem de rosto largo e mãos delicadas. Se pusessem à venda a virgindade dela, esperava que ele fizesse o maior lance.

17

Um mês depois de Kitaro ser enterrado, as cerejeiras floriram. O Forte Estrela estava cheio de flores de um tom claro de cor-de-rosa que flutuavam no ar e pousavam em grandes flocos no chão. Bandos de gaivotas grasnavam, voando em círculos, bútios planavam bem alto, cotovias gorjeavam e corvos enormes, de olhinhos redondos e amarelos, abriam os bicos negros e crocitavam. A ilha de Ezo tinha se transformado num lugar que Yozo podia chamar de pátria, uma pátria pela qual valia a pena lutar.

Junto com as cerejeiras em flor veio a notícia de que oito navios de guerra haviam saído de Edo rumo ao norte. Vigias ficavam atentos dia e noite, examinando o horizonte, telescópios direcionados para a entrada do porto, mas nada acontecia, nenhuma frota inimiga apareceu com os canhões atirando.

Numa perfumada manhã de primavera, Enomoto convocou uma reunião nos aposentos presidenciais. Quando Yozo chegou, sandálias de palha estavam enfileiradas ao lado de botas de couro na entrada do prédio. Os líderes da nova república estavam reunidos, em seus uniformes de gola alta com botões lustrosos e espadas no cinto. O calmo e enérgico general Otori, agora ministro do Exército, estava ao lado do ministro da Marinha, Arai, um homem desconjuntado, de braços e pernas finos e compridos, cabelos prematuramente escassos e olhos que saltavam das órbitas quando ele se irritava. Três dos nove conselheiros militares franceses também estavam presentes, vistosos em seus casacos azuis cintados, dragonas douradas e calças vermelhas — o garboso capitão Jules Brunet, agora subcomandante do Exército, e os sargentos Marlin e Cazeneuve, cada um na chefia de um batalhão. Japoneses e franceses, todos nos seus 30 anos, falavam alto e ansiosos, olhos brilhando, cheios de ardor pela causa.

O comandante Yamaguchi ficou um pouco afastado dos demais, olhando e absorvendo tudo. Yozo observava-o, atento. Era a primeira vez que se via na presença dele desde a morte de Kitaro. Ele se virou de costas, de repente. No centro da sala, mapas estavam abertos sobre a mesa, junto a uma pilha de livros, entre eles dois raros volumes sobre tática naval que Enomoto tinha trazido da Holanda e salvado do *Kaiyo Maru*. Outro grosso volume, o *Règles Internationales et Diplomatie de la Mer*, também estava aberto.

Enomoto levantou a mão e todos se calaram.

— Senhores — disse ele —, temos notícias. — Falava sério e compenetrado, como convinha ao governador-geral da república de Ezo, mas havia um tremor nos olhos e uma insinuação de sorriso nos cantos da boca. — Como sabem, as tropas sulistas estão a caminho, mas parece que tiveram problemas com o *Stonewall* ao saírem de Edo. Aportaram na baía Miyako e lá ficaram. A tripulação obteve licença para desembarcar.

Os homens olharam para ele e, em seguida, uns para os outros. O ministro da Marinha, Arai, achou graça e os outros também riram. Até o comandante sorriu.

— Esperando o tempo melhorar, sem dúvida — disse Arai, quando a agitação havia diminuído.

— Que ótimos marinheiros são! — ironizou o capitão Brunet. — Nós conseguimos chegar aqui no meio do inverno!

— Certamente a tripulação está aproveitando os bordéis locais — acrescentou Arai. — Vamos ficar algum tempo sem notícia deles!

— Ouçam, senhores — insistiu Enomoto. — Não vamos ficar esperando os sulistas chegarem e nos pegarem. Vamos levar a luta ao inimigo. Arai e o comandante têm um plano.

— Agora estamos com seis navios apenas, após a perda do *Kaiyo Maru* e do *Shinsoku*, e nenhum deles é tão potente quanto o *Stonewall* — interrompeu o general Otori, calmo.

— O *Stonewall* é a chave — disse o comandante, passando os olhos pela sala, resplandecentes. — Só precisamos trazê-lo de volta e a guerra estará ganha. E mesmo que falhemos, teremos causado ao inimigo um verdadeiro estrago.

A sala ficou em silêncio.

— Os sulistas acham que estamos com medo — prosseguiu o comandante. — Vamos mostrar a eles que estão enganados. Pegaremos o *Kaiten*, o *Banryu* e o *Takao* e navegaremos para a baía Miyako...

— ... com a bandeira americana! — gritou Arai. — A lei internacional permite. — Deu um tapa nas páginas amareladas do *Règles Internationales*, produzindo uma nuvem de poeira.

— No último minuto, içamos a nossa bandeira — continuou o comandante, com a voz cada vez mais alta. — O *Banryu* e o *Takao* navegam ao lado do *Stonewall* e o *Kaiten* dá cobertura atirando. Invadimos o navio, prendemos a tripulação e voltamos para Hakodate antes que alguém perceba o que está acontecendo.

Era um plano temerário, pensou Yozo, não havia dúvida sobre isso, mas os melhores planos sempre o são. Apesar de toda a animação, os homens sabiam que os sulistas tinham um contingente maior que o deles e em pouco tempo navegariam rumo ao norte para expulsá-los da ilha e destruí-los — a menos que eles agissem antes e interceptassem o inimigo. De qualquer modo, estavam ansiosos por uma ação, e a ideia de pegar os sulistas de surpresa era brilhante.

As tropas também estavam mais do que prontas. Treinaram durante tanto tempo, praticaram tiro à distância, aprimoraram a arte da esgrima e estavam loucos para ver o inimigo. Um ataque surpresa poderia dar certo, e mesmo que não desse... bem, teriam que fazer alguma coisa. Era insuportável ficar ali parados por mais tempo, aguardando para serem expulsos da toca. Que a caça virasse caçador! Iam mostrar aos sulistas que eram um exército de verdade. E se conseguissem mesmo tomar o *Stonewall*, dominariam os mares ao redor de Ezo. Sim, pensou Yozo, era um risco pelo qual valia a pena correr. Com um pouco de sorte, podiam reverter a situação e acabar com os sulistas de uma vez por todas.

Por um momento, as palavras do comandante pairaram no ar. Depois, os homens começaram a rir, a se cumprimentar e trocar tapinhas nos ombros.

A única pessoa que parecia cética era o general Otori.

— Eles têm oito navios — disse ele, medindo as palavras. — E nós vamos enviar três?

— Temos a surpresa do nosso lado — observou Enomoto, animado. — O convés de tiro do *Stonewall* estará cheio de provisões e lenha. Eles não conseguirão chegar aos canhões e as caldeiras estarão apagadas. Quando estiverem prontos para lutar, estaremos a meio caminho de casa.

Depois de os outros participantes da reunião terem saído da sala, Yozo ficou para trás. Enomoto tirou as espadas da cintura, jogou duas almofadas no chão, abriu uma garrafa de Glendronach envelhecido e serviu uma dose para cada.

— Você vai querer participar — disse, quando tilintaram os copos num brinde.

Yozo sentou-se numa das almofadas, de pernas cruzadas, deu um gole na bebida quente como fogo e, pensativo, deixou o líquido circular pela boca. O sol atravessava as paredes de papel e ia até o tapete holandês e os móveis de pau-rosa; por um instante, esqueceu que estava na ilha de Ezo e imaginou estar outra vez na Holanda com o amigo.

— Sou a favor de um pouco de ação — disse. — Ainda não tivemos nenhuma luta séria, nada do que eu chamaria de um envolvimento real. É verdade, capturamos o Forte Estrela e Matsumae, mas foram escaramuças, e Esashi foi uma vitória fácil. Eu gostaria de conhecer essa poderosa marinha sulista e ver do que eles são capazes.

— Quisera poder ir também — disse Enomoto.

— Esse é o preço do sucesso — respondeu Yozo. — O governador-geral de Ezo não pode largar o posto e sair numa expedição maluca. E o general Otori?

— Está no comando das guarnições e essa será uma batalha marítima. Além disso, ele não está muito de acordo com o plano. — Enomoto esvaziou o copo e olhou para Yozo. — Eu gostaria que você fosse no *Kaiten*, pois conhece mais do que ninguém as retrocargas Krupp.

Yozo concordou com a cabeça. As retrocargas prussianas trazidas da Europa eram os canhões mais avançados do mundo, muito mais letais e eficientes do que as antigas armas municiadas pela boca. Mas eram também menos confiáveis e muito mais perigosas, costumavam causar acidentes. Além de Enomoto, Yozo era o único no exército nortista que conhecia detalhadamente o funcionamento e a manutenção delas.

Enomoto olhava ao longe.

— Lembra-se de *Herr* Krupp e da mansão dele em Essen? — perguntou.

Yozo riu ao pensar no industrial narigudo, de barba branca e cavanhaque e sua residência extravagante.

— Acho que a Villa Hugel era um castelo, não uma mansão.

De todas as aventuras que tiveram, a visita a Alfred Krupp foi uma das mais incríveis. Quando eles e seus 13 companheiros chegaram à Europa, foram perseguidos por multidões por todo canto, que estranhavam os trajes de samurai, os cabelos presos no alto da cabeça, as espadas de lâminas curvas. Por isso, eles cortaram o cabelo e passaram a usar roupas ocidentais para não chamarem atenção. Mas logo perceberam que, quando precisavam de um favor, se estivessem vestidos nos trajes de samurais com as espadas, ninguém parecia notar que eram meros estudantes e os tratavam como se fossem altos emissários do país.

Yozo e Enomoto, junto com o colega chamado Akamatsu, foram observar a guerra Schleswig-Holstein e estiveram nas linhas de frente, onde viram o novo canhão prussiano em ação. Pediram então para conhecer a fábrica de armas Krupp, em Essen, e souberam que não podiam visitá-la em tempos de guerra por questões de segurança. Mas foram convidados para almoçar com o lendário Alfred Krupp.

— Que casa enorme! — exclamou Yozo, ao se lembrar de ter entrado na propriedade numa carruagem puxada por cavalos e de ter visto a enorme extensão do gramado, os criados de libré enfileirados na porta principal, a entrada e o corredor cavernosos, e o magnata de barba grisalha ao lado da esposa peituda Bertha, saindo para cumprimentá-los. — Ele disse que a casa tinha trezentos cômodos, não foi?

— Fiquei mais nervoso do que quando tivemos a audiência com o xogum, antes da viagem — comentou Enomoto, rindo.

— E aquele imenso salão de jantar de pé-direito alto, e todos aqueles talheres — disse Yozo. — Estava morrendo de medo de usar o garfo ou a faca errados.

Lembrou-se também de como ficara preocupado quando os criados entraram como uma tropa, trazendo pratos e pratos com enormes porções de carne. Até irem ao Ocidente, mal tinham comido carne — a dieta japonesa era basicamente à base de peixe — e tiveram de fazer um esforço sobre-humano para mostrar que apreciaram a variada comida alemã. Mas conseguiram se expressar num alemão rudimentar com o importante industrial e sua formidável esposa e, depois, com alguns de seus criados e aprenderam muito sobre os canhões.

— Portanto, viajo no *Kaiten* — informou Yozo, voltando ao presente. Fez uma careta, dando-se conta, de súbito, que talvez houvesse um empecilho. — O comandante também vai no *Kaiten*, não é? Não tenho boas relações com ele, como você sabe.

Enomoto levantou-se e olhou bem para Yozo, não mais como amigo, mas seu comandante.

— O comandante Yamaguchi e o ministro da Marinha, Arai, estarão na chefia da operação. São uma dupla irritadiça. Preciso de você lá para acalmá-los. E para ser meus olhos e ouvidos.

Quando Yozo foi até o cais naquela tarde, os marinheiros já estavam a bordo, conferindo os últimos detalhes nos navios e repetindo as atribuições várias vezes para garantir que sabiam o que fazer e onde deveriam estar.

Yozo percorreu os conveses do *Kaiten* para sentir o navio. Promovido à capitânia após o naufrágio do *Kaiyo Maru*, o *Kaiten* era uma embarcação a vapor com rodas de pás, com dois mastros e uma chaminé, um pouco menor que o *Kaiyo Maru* e equipado com 13 dos novos canhões de retrocarga prussianos. Ele foi de canhão a canhão, conferindo se todas partes estavam em perfeito funcionamento, se havia um bom suprimento de balas e pólvora, se cada homem sabia a sua função, se o cano não estava entupido com chumbo.

No dia seguinte, quando os três navios saíram da baía de Hakodate, o tempo estava ameno, embora ventasse muito. Rajadas transformavam as ondas em vagalhões e a única coisa que conseguiam fazer era manter o *Kaiten* no rumo enquanto navegavam perto da costa. Após algumas horas de viagem, o *Banryu* e o *Takao* começaram a ficar para trás até que, por fim, o *Takao* içou uma bandeirola de sinalização, um diamante vermelho num quadrado branco: "Navio incapaz de servir. Problemas nos motores." E o *Banryu* foi carregado para fora do mar pelo vento e desapareceu de vista.

No *Kaiten*, os marinheiros leram a mensagem e fez-se um silêncio no convés.

— E agora? — resmungou um jovem. A pele dele já era áspera, mas sob o bronzeado, Yozo podia ver que não passava de 16 anos. — Esperam que continuemos sozinhos?

— Certamente — resmungou outro, esticando a cabeça na direção dos oficiais na ponte de comando. — Quando querem uma coisa, esses sujeitos não desistem.

Yozo apertou os olhos e observou atentamente a ponte. Koga, o capitão do navio, estava lá, conversando com o comandante e o ministro da Marinha. Em seguida, o comandante foi até os milicianos reunidos no convés, em seus casacos azuis-marinhos.

— Estão comigo, rapazes? — gritou ele. — Vamos mostrar aos sulistas como se recupera o que é nosso. Vai ser uma batalha dura, mas já enfrentamos piores. Vamos dar àqueles covardes algo com que se divertir!

Um navio contra oito. Yozo sabia que as chances tinham piorado bastante, mas isso deixou os homens ainda mais decididos. Ele gostaria que Enomoto estivesse a bordo. Com o comandante não haveria como voltar atrás, por piores que fossem as possibilidades.

À primeira luz do dia seguinte, o *Kaiten* seguiu pela baía Miyako, com a bandeira americana tremulando no mastro principal. Oito grandes navios de guerra estavam lá, ancorados, balançando de leve no tranquilo mar azul, todos bem maiores do que a pequena embarcação onde estava Yozo. No meio deles, o *Stonewall* espreitava, comprido e baixo como um monstro marinho sinistro. Yozo olhou para ele e teve um pressentimento. Era uma fortaleza flutuante, mais formidável ainda do que ele se lembrava. Rápido e mortal, "uma serpente entre coelhos", pensou, lembrando-se de como os holandeses haviam se referido àquele medonho encouraçado.

Mas os navios estavam vazios, nenhuma fumaça saía das chaminés. As velas estavam recolhidas e não havia um único marinheiro trabalhando nos conveses. Era como uma paisagem num quadro.

Yozo sentiu um alívio ao ver no porto vários navios com bandeiras estrangeiras hasteadas. Talvez o artifício deles funcionasse. Prendeu o fôlego enquanto o *Kaiten* passava entre as embarcações em direção ao *Stonewall*. Supreendentemente, ninguém pareceu se importar com eles.

Eles se aproximavam do *Stonewall* a grande velocidade. Então, no último instante, os homens que estavam no mastro principal tiraram a bandeira americana e içaram a de Ezo.

— *Banzai!* — gritaram os homens. — *Banzai! Banzai!*

A essa altura, estavam tão perto que Yozo podia ver a cara dos que saíram correndo para o convés do *Stonewall*. Eles acenavam e apontavam, abrindo a boca para gritar, mas os gritos eram abafados pelos motores do *Kaiten*. Em seguida, quando o *Kaiten* se aproximou, ameaçando-os, eles se dispersaram e fugiram.

— Agora! — gritou Yozo, debruçado na amurada, golpeando o parapeito, animado. Bastava acertarem o *Stonewall* com uma boa carga de canhão que a tripulação iria fugir e eles poderiam tomar o navio sem lutar. Olhou em redor e socou a palma da mão, impaciente, aguardando a ordem de fogo. Mas não veio nenhuma. Ele xingou alto. O que diabos o comandante estava fazendo?

No momento seguinte, houve um ruído ensurdecedor: o som de metal partindo e de madeira rachando. Yozo foi lançado com toda força para o meio do convés. À sua volta, marinheiros e milicianos se chocavam contra mastros, canhões e lanchas. Num esforço para respirar, ele se levantou e tropeçou na proa. O *Kaiten* tinha batido de frente contra o pesado casco de ferro do *Stonewall* e sua proa havia ficado um pouco estufada, cheia de pedaços de metal retorcido e lascas de madeira. Yozo se inclinou sobre a amurada destroçada. O mastro ficou totalmente destruído, mas, até onde conseguia ver, o dano fora acima do nível da água. Pelo menos o navio podia ainda navegar.

Finalmente, naquele momento, veio a ordem de fogo. A metade dos homens correu para a amurada e deu uma rajada de tiros de rifle no convés do *Stonewall*. Milicianos e soldados correram para a proa gritando:

— Vamos! Vamos pegá-los!

Yozo viu logo que invadir o *Stonewall* seria bem mais difícil do que tinham imaginado. Apesar de todo o planejamento, ninguém previu que o convés do *Stonewall* fosse bem mais baixo que o do *Kaiten*. Além disso, os homens tinham de pular da proa danificada, o que significava que poucos deles poderiam fazer isso de cada vez. Em meio ao pipocar dos rifles, os sinos de alarme do *Stonewall* tocaram quando os soldados sulistas saíram das escotilhas e invadiram o convés, alguns ainda colocando o uniforme. Através da fumaça dos tiros, Yozo viu o primeiro grupo de homens pular, mas os sulistas os derrubaram antes que pudessem desembainhar a espada ou preparar os rifles.

Um segundo grupo pulou, mas caíram sobre as espadas e armas dos sulistas. Yozo ouviu Arai e o capitão Koga gritando da ponte de comando:

— Subam! Subam a bordo! — O comandante andava de um lado para o outro no convés, os olhos flamejantes, os cabelos agitados, incitando os homens a subirem.

Yozo percorreu todos os canhões no convés, conferindo se os homens estavam em seus postos e se tudo estava em ordem. Depois, levou as mãos à boca e gritou:

— Fogo! — Houve um enorme estrondo e uma cortina de fumaça cobriu o convés do *Stonewall*. Quando ela se dissipou, ele viu que o convés estava cheio de mortos e feridos. Então, o *Kaiten* virou seus canhões na direção dos outros navios de guerra. Àquela altura, os navios inimigos começavam a reagir ao ataque. O céu estava escuro de fumaça, o mar, todo esburacado com as balas de canhões caindo e o ar, saturado com o cheiro sufocante de pólvora.

Bombas explodiam no convés do *Kaiten*. Os homens ficaram em silêncio, os olhos brilhando; outros andavam aos tropeços, com braços ou ombros sangrando. O jovem que a caminho de Ezo tinha ficado no leme do *Kaiyo Maru* com tanta coragem na tempestade estava perto de Yozo. Houve um estrondo e ele cambaleou, apertando a barriga, o sangue escorrendo entre os dedos. Yozo segurou-o, o rapaz deu um gemido, amoleceu e caiu. Outro jovem veio tropeçando, com parte do ombro arrancado. Surdo pelo barulho incessante, sem se importar com o estouro, com o estampido das armas de fogo ou com os gritos dos homens morrendo, Yozo fez o que tinha aprendido: conferiu os canhões, ajudou a carregar as munições, assumiu o posto quando alguém era atingido.

A batalha continuou por uma hora inteira até verem fumaça saindo das chaminés dos navios inimigos, com a tripulação colocando mais lenha. Antes que fossem perseguidos, o *Kaiten* deu uma última carga de canhão, afastou-se do *Stonewall*, deu meia-volta e zarpou do porto.

Contornando a costa, voltaram para Ezo. O navio avariado adernou pesadamente para um lado e seguiu pelas ondas, mas o vento inflou as velas e os motores funcionaram a todo vapor. Os homens que ainda estavam de pé olharam, aliviados, arquejantes, sorrindo e se abraçando com tapinhas nas costas, os rostos marcados de suor, carvão e pólvora. A metade estava ensanguentada, mas sorria e comemorava. Cada inimigo morto era motivo de júbilo. Tinham invadido oito navios de guerra e conseguiram sair do porto sem afundar, sem ser vencidos capturados. O inimigo não tinha conseguido nem persegui-los. Havia muito o que comemorar.

O comandante andava pomposo de um lado para outro do convés, com suas botas de couro. Vestia um casaco preto que voava ao vento, mostrando o forro vermelho, e seus cachos se moviam em volta do rosto.

— Bom trabalho, rapazes — gritou ele com os olhos reluzindo. — Mostramos a eles do que somos capazes!

Yozo limpou a testa com a manga do casaco. Os feridos estavam deitados no convés, espalhados em meio aos cadáveres, alguns com casacos pretos, outros, azuis, e pedaços de corpos estavam por toda parte como carne crua. As tábuas do convés estavam pegajosas de sangue e tudo tinha o terrível cheiro da morte. O pior de tudo: tiveram de deixar seus corajosos companheiros, os sobreviventes da invasão do *Stonewall*, nas mãos do inimigo.

Ele balançou a cabeça. Fizeram todo o possível para atacar, em vez de esperar os sulistas virem até eles para destruí-los. Se tivessem conseguido capturar o *Stonewall*, teriam tido uma chance de mudar a situação e manter o inimigo longe. Mas não tinham conseguido e agora só podiam voltar para Ezo, preparar a defesa e aguardar a frota inimiga chegar.

Na manhã seguinte, pouco depois do *Kaiten* ancorar na baía Hakodate, Yozo foi chamado para comunicar os fatos a Enomoto. Antes de entrar nos aposentos presidenciais, Yozo podia ouvi-lo andando de um lado para o outro. Abriu a porta e Enomoto estava de uniforme militar, cabelos brilhando, botões reluzentes e espada bem à mostra ao seu lado.

— Quer dizer que o comandante falhou — disse, ríspido, com uma veia saltando na testa. — O grande guerreiro só mandou os canhões atirarem quando era tarde demais. Esqueceu de dar a ordem...!

Foi até o armário de bebidas e serviu um uísque para Yozo. Os olhos se encontraram por um instante, então, o rosto de Enomoto relaxou e ele balançou a cabeça.

— O que houve, afinal? O comandante não costuma cometer erros, certamente não um assim tão custoso.

Yozo tinha pensado muito sobre os fatos do dia anterior, tentando entender por que o comandante não deu a ordem vital quando o *Kaiten* estava atacando o *Stonewall*. E lembrou que, ao entrar nos aposentos dele na noite da morte de Kitaro, encontrou-o escrevendo seu poema de adeus. "Lutarei a melhor batalha da minha vida e morrerei pelo meu país." Ele lhe havia dito: "Que glória maior um homem pode querer?"

— Ele tem certeza de que perderemos — disse Yozo, devagar. — Acha que não temos chance, então nem tenta mais.

— Nesse caso, por todos os deuses, por que ele sugeriu essa expedição idiota?

Yozo deu de ombros.

— Talvez não estivesse pensando em dominar os mares, mas considerasse a missão suicida, por isso não mandou atirar. Queria que atacássemos o *Stonewall* e morrêssemos como heróis.

Enomoto suspirou.

— Um ataque *banzai*, na melhor tradição samurai. Atacar, gritando feito loucos, contra todas as possibilidades de vitória e morrer com honra. — Franziu o cenho, pensando. — Mas nós queremos mais do que apenas morrer. Nós instauramos a República de Ezo. Os sulistas têm contingente e força, mas nós temos ideias e ideais.

— Sim, mas trata-se da sobrevivência do mais apto e os sulistas o são, além de terem um contingente muito maior que o nosso.

Yozo ficou olhando para o tapete holandês, lembrando-se de quando ele e Enomoto tinham se sentado ali com Kitaro, e falado sobre as viagens ao exterior. No dia seguinte, Kitaro havia sido assassinado. Ele ainda pensava no amigo, sentia falta de seu humor e lastimava muito sua morte. E não tinha esquecido a promessa de vingá-lo um dia, quando a guerra terminasse.

— O jovem Kitaro era um bom homem — disse Enomoto, baixo, balançando a cabeça de um lado para o outro. — Também sinto falta dele. Temos de ganhar esta guerra, assim ele não terá morrido em vão.

18

A última flor de cerejeira havia caído, os lírios selvagens e as azáleas encontravam-se em plena floração. As colinas ao redor do Forte Estrela estavam de um verde viçoso, salpicadas de tufos de flores silvestres cor-de-rosa, amarelas, azuis e roxas. Bandos de gansos enchiam o céu, águias marinhas davam voos rasantes e inúmeros pássaros, de espécies que Yozo jamais vira, gorjeavam, trinavam e piavam.

Mas havia pouco tempo para se encantar com o vasto céu de Ezo e com a vida selvagem nos entornos das colinas e florestas. Como todos os demais, ele trabalhava dia e noite, comandando pelotões que montavam as defesas da cidade. Construíam plataformas para os canhões dominarem o porto e paliçadas no istmo, preparando-se para a invasão que todos sabiam que viria. Enomoto enviara regimentos pela costa para conter as guarnições em Esashi, onde o *Kaiyo Maru* tinha afundado, e em Matsumae, com seu castelo incendiado, que o comandante capturara com grande eficiência cincos meses antes. Mas a maior concentração de tropas era no Forte Estrela, para defender a baía e a cidade de Hakodate. A cidade parecia fantasma — todos que conseguiram haviam fugido.

Então, à medida que a primavera se tornava verão, foram chegando relatos de que a frota sulista estava a caminho. Pouco depois, chegaram notícias de que o inimigo tinha tomado Esashi.

Yozo voltava para o forte, numa bela manhã, após percorrer as defesas como fazia diariamente, quando um soldado passou por ele a cavalo, galopando, com o uniforme em farrapos voando ao vento. Yozo correu atrás dele até o escritório de Enomoto e estava descalçando as sandálias de palha para entrar quando o amigo saiu, mostrando uma mensagem. Pela sua fisionomia, Yozo percebeu que a notícia era ruim.

— Então, Matsumae caiu nas mãos do inimigo — concluiu ele.

Enomoto concordou, sério.

— Nossos homens lutaram bravamente. As balas de canhão acabaram, eles tiveram de carregar os canhões de nove quilos com balas de cinco, mas não adiantou.

— Tivemos muitas baixas?

— Muitas. Os sobreviventes correram pelo litoral até a aldeia seguinte e montaram uma linha de defesa, mas não conseguirão resistir para sempre. Não demorará muito para as frotas chegarem.

Seis dias depois, numa cálida manhã de verão, os sinos de alarme tocaram na cidade. Oito navios de guerra foram vistos no horizonte, navegando em direção à cidade. Enomoto havia deixado o Forte Estrela, que era em terra, e instalado seu quartel-general no Forte Kamida, estrategicamente situado à entrada do porto. Yozo estava lá com ele, acompanhando pelo telescópio os oito navios se aproximarem, liderados pelo *Stonewall,* uma comprida lasca cinzenta. Os três navios nortistas da frota sobrevivente — *Kaiten, Chiyoda* e *Banryu* —, que conseguiram voltar, moviam-se para lá e para cá com os canhões reluzentes, tentando impedir a frota inimiga de entrar na baía. O *Takao* foi para o porto depois de um problema no motor, sua tripulação havia sido capturada e mais dois navios foram perdidos na luta para defender Matsumae e Esashi.

— Eu devia estar lá com eles — lastimou Yozo, franzindo a testa e cerrando os punhos.

— Preciso de você aqui comigo — declarou Enomoto. — Precisamos preparar nossa estratégia.

A noite se aproximava e Yozo observava uma faísca branca percorrer o céu, seguida de um estrondo parecido com um trovão. Uma cortina de fumaça negra se espalhou sobre o mar quando um dos três navios deles parou.

— O *Chiyoda* não consegue mais navegar — gritou Yozo. — Parece que os motores foram atingidos.

— Ele terá que ser rebocado para o forte pelos outros navios — disse Enomoto. — Se os canhões dele ainda funcionarem, podemos usá-los na defesa.

Os dois se entreolharam. Já tinham perdido muitos homens e agora um dos navios ficara fora de ação. Naquele momento, houve um estrondo sobre eles e uma bala explodiu dentro do Forte Kamida. Os homens correram com baldes d'água para apagar o incêndio.

Enomoto, Yozo e seus homens conseguiram manter o inimigo à distância por mais dois dias, mas, por fim, a frota sulista cercou a cidade. Os navios de guerra inimigos enchiam o porto, espalhando fogo e destruição. Para os esfarrapados remanescentes do exército nortista, a única estratégia então era defender-se até o fim enquanto o cerco se fechava cada vez mais.

Numa bela tarde do início do verão, Yozo se escondeu atrás de uma fortificação que dava para o porto e ficou lá. Estava com o rosto negro de fuligem e as mãos queimadas. A boca tinha gosto de pólvora e a face, uma barba espessa. Há dias ele não tomava banho. Tinha se transformado numa máquina de lutar. Apontava, atirava e recarregava. Apontava, atirava e recarregava. Quando o cano do rifle ficou quente demais para segurá-lo, esfriou-o num balde de água.

Os homens se amontoavam ao seu lado e atiravam sem parar. Balas zuniam sobre a cabeça deles e explodiam no forte; em volta, a pilha de pernas, braços e corpos aumentava. Ninguém tinha tempo de enterrar os mortos e o fedor de corpos em decomposição saturava o ar e grudava nas narinas. Yozo se abaixou quando mais uma bala passou sibilante sobre sua cabeça. Em seguida, levantou-se e continuou atirando.

Quando a noite caiu, ele permaneceu onde estava e dormiu algumas horas no chão, junto aos companheiros. Então, quando o sol surgiu na manhã seguinte, lançando uma luz brilhante sobre as ameias destruídas e a grama na lama pisada a sua volta, Yozo viu que alguns companheiros aproveitaram a calmaria para escavar rapidamente uma cova coletiva, e notou algo estranho. O porto estava completamente em silêncio.

Olhando sobre as fortificações, reparou que os navios inimigos tinham se retirado como se obedecessem a um plano arquitetado de antemão. Ele esticou o corpo e viu, intrigado, um navio de bandeira francesa surgir à entrada do porto. Até onde sabia, os franceses estavam do lado deles, mas a embarcação entrou sem qualquer interferência dos navios sulistas que ocupavam a baía.

Ele se virou quando Marlin apareceu ao seu lado, olhou pelo telescópio, abaixou-o e xingou:

— *Merde!* Covardes.

Várias mensagens foram trocadas entre os navios e a terra, então uma lancha saiu do navio francês e se apressou em direção à baía. De onde Yozo estava, ela parecia uma inseto aquático.

Dos nove oficiais franceses, três foram mortos ou capturados e o sargento Cazeneuve estava bastante ferido. Incrédulo, Yozo viu o capitão Brunet e três colegas franceses abrirem caminho entre os soldados que lotavam o cais, pisando em cadáveres. Um deles segurava a bandeira francesa, outro brandia uma grande bandeira branca. Carregavam o sargento Cazeneuve estendido sobre uma maca e Yozo viu de relance seu rosto branco e seus longos membros envoltos em curativos sujos. Colocaram-no na lancha e, em seguida, embarcaram também.

Yozo assistia a tudo com um misto de raiva e presságio. Então, os franceses tinham desistido de apoiá-los e estavam fugindo. Nesse caso, a causa deles não tinha mesmo nenhuma esperança.

O capitão Brunet ficou na popa, uma figura pequena e elegante, de bigode, balançando de um lado para o outro junto com o barco. Ao ver as fortificações onde estavam Yozo e Marlin, ele acenou. Depois levou as mãos à boca e gritou. As palavras foram levadas pelas águas do mar.

— Marlin, *venez*! *Vite, vite!*

O francês respondeu que não com a cabeça, resoluto.

— Vá com eles! É a sua chance — disse Yozo. — Por que deveria morrer pela nossa causa? Não é desonra, vá, aproveite! Vá!

Marlin pôs a mão no ombro de Yozo.

— Meu lugar é aqui — afirmou ele. — Aqueles desgraçados que fujam. Não há nada na França para mim, só a guilhotina.

Yozo engoliu em seco. Marlin era teimoso, tão teimoso quanto um japonês, pensou, e tão norteado pela honra quanto um deles. Os dois ficaram lado a lado, olhando a lancha percorrer a baía e as pequenas figuras negras subirem no navio francês.

Sem os franceses, os nortistas se prepararam para o fim. Yozo não sabia mais há quanto tempo lutavam. Só sabia que, enquanto estivesse vivo, tinha de continuar. Dentro do forte, floriu um único pé de azaleia e o terreno rochoso ficou salpicado de delicadas moitas de flores cor-de-rosa. O que fora um dia uma colina coberta de grama havia se transformado num campo devastado. O sol batia em seu capacete de couro e o verão tinha chegado como uma espécie de vingança.

No vigésimo dia do cerco, o inimigo atacou antes do amanhecer, atirando balas de canhão na cidade e nos fortes. A essa altura, pouco restava da cidade além de vigas de madeira carbonizada entre pilhas de entulho.

De súbito, Yozo notou que o grande canhão no canto leste do Forte Kamida estava silencioso, com os soldados que o manejavam caídos no chão.

— Marlin, venha cá! — gritou ele.

Os dois subiram no muro destruído do forte e andaram com dificuldade até o canhão, carregaram-no e o miraram no couraçado e nos outros navios de guerra. Estes fizeram fogo cerrado contra o pequeno forte, mas eles continuaram carregando e atirando, ignorando as balas que choviam sobre eles, conseguindo se defender de alguma forma.

Yozo havia lançado uma bala por cima do mar quando ouviu-se um estrondo tão intenso quanto o de um trovão, repercutindo pelas montanhas. Uma coluna de fogo subiu na baía, seguida de uma densa fumaça negra com fragmentos e escombros. Ele ficou olhando, pasmo, depois riu alto. Tinha acertado bem no paiol de munição de um navio inimigo.

Ele assistiu, maravilhado, ao navio afundar formando um enorme redemoinho borbulhante que girava como um rabo de serpente, ameaçando levar os outros navios junto com ele e levantando imensas ondas que foram arrebentar na praia. Apenas o mastro principal e a verga ficaram para fora d'água. Corpos boiavam sobre as ondas. Alguns homens da tripulação, ainda vivos, agarraram-se aos mastros e ao cordame, ou nadaram para a praia, desesperados. O céu ficou todo enfumaçado, lançando o porto e a cidade numa escuridão tão negra como se fosse noite.

Yozo e Marlin cumprimentaram-se com tapinhas nas costas e gritos de vitória que foram ouvidos pelos homens que os observavam da praia.

Mas a alegria durou pouco. Não demorou muito para ouvirem um alarido atrás deles. As tropas inimigas tinham escalado a encosta quase vertical do monte Hakodate, uma defesa natural da cidade, e desciam o declive. Os nortistas estavam cercados por todos os lados. No começo, conseguiram manter o inimigo à distância, mas o cerco foi se fechando até os defensores se virem às margens d'água. Lá, lutaram corpo a corpo com espadas, lanças, baionetas, qualquer coisa que servisse de arma, até a praia ficar coberta de sangue. Havia corpos por toda parte — nortistas, sulistas, alguns recém-mortos, outros já inchados. Homens esparramados pelo chão ou sobre rochedos, onde quer que tivessem caído.

Em meio à fumaça, Yozo viu o comandante Yamaguchi passando entre as fileiras inimigas com uma expressão tão ameaçadora que até os embrutecidos sulistas recuavam com medo. Um soldado atrás do outro tentava impedir que ele seguisse, mas com um golpe de espada ele os derrubava. Ninguém parecia ousar atirar nele ou, se atirava, as balas passavam longe do alvo.

A noite chegou e ouviu-se um grande estrondo quando o *Kaiten*, o único navio nortista ainda a salvo, explodiu. Fez-se um brilho claro como o centro de uma fornalha, queimando num calor feroz e jogando uma luz intensa sobre as casas derrubadas e as ruas destruídas da cidade. Focos de incêndio pontuavam a cidade e o monte Hakodate ficou completamente escondido numa densa parede de fumaça.

Surdo pelo barulho do tiroteio e pelo tinir das espadas, pela tempestade de balas de canhão explodindo e pelos gritos de guerra se misturando aos berros dos que morriam, Yozo distribuiu golpes com a espada e com o cabo do rifle. Finalmente, ele penetrou pelas tropas sulistas e, tropeçando em cadáveres, conseguiu chegar às ruas vazias, em busca do atirador.

As ruínas formavam longas sombras enquanto ele se movia rapidamente entre elas, escalando montes de entulho. Moscas zuniam e o ar estava coberto de cinzas. A roupa de Yozo estava aos trapos e ele, repleto de cortes e ferimentos. Seus ouvidos tiniam por causa do barulho da batalha, mas só pensava em encontrar e matar o atirador.

Ele notou de relance uma sombra entre dois muros destruídos, correu para o outro lado da esquina para confrontá-la e, em seguida, parou, com o coração na boca quando ficou cara a cara com o homem, dando-se conta de que não era o atirador inimigo. Os dois ficaram se olhando na rua deserta.

— Tajima!

Yozo ouviu claramente o grito rouco do comandante Yamaguchi em meio ao bramido da batalha. O rosto do homem estava contorcido e sujo, riscado de sangue e escuro de pólvora. Yozo sabia que devia estar com a mesma aparência ensandecida.

— Chegou a nossa hora, Tajima — rosnou o comandante. — Morreremos hoje a serviço do xogum. Podemos acabar com isso como homens e irmos juntos para o outro mundo. — Olhou para Yozo com desdém. — Eu devia acabar com você por ter humilhado o meu soldado com sua malandragem estrangeira, mas não vale a pena sujar minha espada com seu sangue.

O sol estava se pondo, imenso e vermelho, e os morcegos voavam baixo sobre a cabeça de Yozo. Dava para ver a rua de casas destruídas se estendendo por trás do comandante, cujo corpo aparecia em silhueta, com olhos faiscantes. Explosões e tiros soavam ao longe.

Cego de ódio, Yozo lembrou-se do cadáver de Kitaro no chão, à luz da lua. O sangue rugiu em seus ouvidos. Sabia que se o comandante empunhasse a espada, o mataria imediatamente e Kitaro jamais seria vingado. Ele pegou a munição meio desajeitado, carregou o rifle com as balas e apoiou-o no ombro.

Por um instante, Yozo hesitou, dedo no gatilho. Atirar no próprio comandante era uma infração muito grave. Ele seria acusado, submetido à corte marcial e condenado à morte. Mas a guerra tinha acabado e todos eles iriam morrer de qualquer forma. Lembrou-se de que o comandante tinha executado muitos homens que estavam sob seu comando. Lembrou-se da lista de leis na sala de treinamento, todas terminando com a morte por suicídio ritual. Se morresse, todos os seus subordinados teriam de ser enterrados junto com ele; aquela regra era a mais aterrorizante de todas.

Mesmo assim, Yozo não conseguia puxar o gatilho. Mas então, o rosto morto de Kitaro surgiu diante de seus olhos. Jurara vingá-lo e dera a sua palavra, e o dever de vingança foi mais forte do que todos os outros. Era uma questão de honra. Derrubaria o comandante como um cão, com a mesma brutalidade com que Kitaro tinha sido morto.

Yozo apertou o gatilho. Houve um tiro ensurdecedor, uma coluna de fumaça saiu do cano e a coronha do rifle bateu no ombro dele devido ao coice da arma.

Em meio à fumaça, viu o corpo do comandante balançar, de olhos e boca abertos, sangue jorrando do estômago. Lentamente, o comandante foi caindo para trás, braços soltos no ar. Por um instante, os olhos dos dois se encontraram e Yozo pensou ter visto um olhar de quase surpresa no rosto do comandante. Em seguida, ele tropeçou e estatelou-se no chão. Quando caiu, Yozo ouviu um baque.

Tremendo, ele correu até o comandante. Queria ter certeza de que estava realmente morto. Foi então que uma bala passou rente ao seu ouvido. Ele se virou e viu de relance um uniforme preto e um elmo cônico. Aquele era o atirador sulista que estava procurando.

Yozo sabia que devia levantar o rifle para o alto em sinal de rendição, mas não se importava mais se ia morrer ou viver. O poema de morte do comandante ecoou em sua cabeça: "Embora meu corpo possa cair na ilha de Ezo..." Sobrevivera todos aqueles meses sabendo que precisava vingar a morte de Kitaro. Agora que tinha conseguido, podia morrer com honra.

Yozo virou o rosto para encarar as armas inimigas e, ao fazer isso, os fatos principais de sua vida passaram por sua mente. Sim, pensou, era assim que tinha de ser. Morreria ali, ao lado do comandante, e seu corpo também se decomporia na ilha de Ezo.

Verão

19

Hana fixou os dedos do pé direito na tira de couro do tamanco e levantou-o um pouco para testar o peso. Os imensos e pesados tamancos eram como reluzentes ferraduras pretas, deixando-a tão alta que podia enxergar acima da cabeça de todos a sua volta. Lá de fora vinha o murmúrio da multidão, o tinido das argolas de ferro na ponta dos archotes enquanto os carregadores de tochas batiam-nas no chão e gritavam:

— Afastem-se, afastem-se! Abram caminho para Hanaogi da Esquina Tamaya!

Ela estava pintada à perfeição, da pétala vermelha no lábio inferior às mãos e pés cobertos de pó branco. As unhas dos pés estavam coloridas com suco de açafroa, num delicado tom cor-de-rosa; o cabelo lustroso, preso em forma de uma grande auréola, partido ao meio como um pêssego, com borlas de seda balançando atrás e penteado com presilhas de tartaruga, grampos de prata e pingentes de madrepérola. Tudo isso pesava tanto que seu pescoço doía. Dentro dos suntuosos quimonos, o peito ardia de calor, mas ela mal percebia isso. Havia algo mais em seus pensamentos.

— Tem certeza de que tudo vai ficar bem? — perguntou, baixo, lançando um último olhar desesperado para Tama, que apertava o *obi* na cintura. Usava quimonos luxuosos como Hana, com um casaco de brocado por cima que tinha um grou branco bordado nos ombros e uma tartaruga prateada e dourada nas costas e na saia.

— Sim, claro. Concentre-se apenas no número oito. — Tama sorriu, revelando por um instante os dentes pintados de preto no rosto alvo. — Faça exatamente como ensinei.

— Do que estão falando? — chiou a Titia, ofegante. Ela também usava o seu melhor quimono, um roupa elegante de seda preta com um *obi* vermelho. Os olhos estavam exageradamente amarelos no rosto branco, os lábios, um pálido traço vermelho.

— O de sempre — respondeu Tama. — O que fazer quando ele descobrir que...

A velha arreganhou os lábios num sorriso e deu um tapinha no braço de Hana.

— Não se preocupe com isso, minha querida — disse ela em tom amoroso. — Ele vai estar tão excitado que nem vai perceber. Nunca percebem.

— Certifique-se apenas de que ele está se divertindo — aconselhou Tama. — Faça tudo o que ensinei que você irá se sair bem. Chega de preocupações. Está na hora de irmos.

A porta se abriu e entrou uma brisa cálida trazendo odores envolventes de pardais grelhados e enguias assadas, carvão e fumaça de lenha, e do perfume das íris vermelhas que floriam por toda a avenida central. As meninas assistentes fizeram pose e saíram; Chidori levava na mão rechonchuda o cachimbo e o tabaco de Hana embrulhados em seda e Namiji, os apetrechos de escrita. As quatro assistentes, Kawanoto, Kawayiu, a sorridente Kawagishi e a esguia Kawanagi, seguiam por ordem de altura, as menores à frente, em quimonos idênticos. Após um conveniente intervalo, vinha Tama, de modo afetado, com seus imensos tamancos, as bainhas forradas balançando.

A Titia arrumou as golas de Hana, ajeitou o laço do *obi* e acertou as bainhas dos quimonos.

— Lembre-se, vá com calma — disse ela. — Mantenha a cabeça erguida. Faça-os admirá-la!

Erguendo as saias com a mão esquerda, Hana apoiou a direita no ombro de um dos criados, respirou fundo e saiu para o ar cheio de fumaça. Ouviram-se exclamações de surpresa e espanto, em seguida, um silêncio total. Os homens olhavam para ela, extasiados. Hana os observava sob as pestanas — as brilhantes cabeças raspadas, os lustrosos nós no alto delas, os olhos arregalados e as bocas abertas. Ela talvez fosse um produto a ser arrematado pelo lance mais alto, pensou, mas jamais permitiria que vissem nela o menor sinal de raiva ou de dor. Faria com que fosse admirada como Titia havia recomendado. Empertigou-se e olhou em frente. Cada movimento, cada gesto, tinha de ser perfeito.

Hana tinha treinado o passo em forma de oito até as pernas doerem e os pés ficaram em carne viva por causa das tiras dos tamancos. Já havia sido um tanto difícil aprender a se equilibrar naqueles sapatos altos e desconfortáveis, pior ainda foi executar cada passo com graça e sedução, girar o pé de maneira provocante e fazer com que o corpo balançasse com o movimento. Aquela era a primeira vez que estava fazendo tudo isso de verdade.

Ela inclinou o pé direito até o tamanco ficar quase de lado, chutou-o para fora e traçou um grande semicírculo no chão de terra. Em meio ao silêncio, ela podia ouvir a lateral interna do tamanco raspar no chão. As saias se abriram, permitindo que as pessoas vissem uma nesga do esguio tornozelo branco e do crepe vermelho antes de o pesado tecido voltar ao lugar. Fixou o pé à sua frente, virando-o como se desenhasse um oito. Então, tomou fôlego, balançou levemente o corpo para a frente e para trás e, com uma jogada de ombro e cintura, chutou para fora o tamanco esquerdo, arrastou-o na forma de um arco e o juntou ao direito.

Ao seu lado, Tama se exibia com o mesmo andar fantástico. Chidori e Namiji iam à frente como dois barquinhos puxando dois navios imponentes, com uma flotilha de assistentes fazendo a retaguarda. Havia criados na frente e atrás. Um levava uma enorme lamparina com a insígnia da peônia, da Esquina Tamaya, dois carregavam guarda-sóis sobre Tama e Hana, e os demais afastavam a multidão e tiravam do caminho os gravetos e as folhas mortas.

Hana respirou o ar úmido da tarde estival, envolvida na batida do tambor, no tinido das argolas dos archotes, no murmúrio da multidão. Do alto dos tamancos, podia olhar para o mar de cabeças até a fileira de lanternas vermelhas brilhando nos beirais dos telhados que deixavam a rua clara como dia. Lá de baixo vinham sussurros pasmos:

— É Hanaogi, Hanaogi. Linda como um sonho.

O desfile prosseguiu da Esquina Tamaya pela Edo-cho 1, passando pelo portão no fim da rua, depois pela grande avenida até a Casa de Chá Crisântemo, ao lado do Grande Portão. Normalmente, Hana costumava percorrer com rapidez aquela distância, mas nesse dia levou uma hora.

Das casas de chá na avenida vinha o som metálico dos *shamisens*, o tinido dos copos de saquê, além do barulho de cantoria e risadas. A voz dos homens se misturava aos tons agudos das mulheres e as pessoas lotavam os balcões para ver o desfile das cortesãs lá embaixo.

À porta da Casa de Chá Crisântemo, os criados ajudaram Hana a sair de cima dos tamancos. Mitsu a aguardava de joelhos, apoiada sobre as mãos.

— Bem-vinda, bem-vinda — disse, alto.

Hana lhe sorriu. Desde que se conheceram, meses antes, Hana tinha ido a muitas festas na casa de chá e, quando não havia clientes, costumava fumar cachimbo sentada no banco do lado de fora. As duas ficaram muito amigas.

Conduzindo o grupo por um corredor escuro, Mitsu abriu uma porta. Chidori e Namiji foram na frente, fazendo uma reverência educadamente. A seguir, entraram as assistentes e depois Tama. Ajoelhada no corredor, Hana ouviu-a dizer, claro e alto:

— Senhores, recebam por favor a nossa nova atração principal, Hanaogi!

Mantendo os olhos baixos, Hana entrou suavemente.

Ela se encontrava num salão de banquete que reluzia a ouro e era iluminado por velas que crepitavam em enormes castiçais dourados. Os homens, rostos animados, estavam sentados com as pernas cruzadas na frente de mesas baixas, cheias de travessas com comidas e copos de saquê. Gueixas e dois malabaristas se sentavam entre eles.

Bem no centro do salão estava o homem que tinha pago por toda a festa e que seria o patrono de Hana naquela noite. Ela sorriu ao ver o rosto largo e a boca sensual dele. Seus olhos puxados estavam fixos nela, com um olhar escancarado de desejo.

Era estranho pensar que ela o conhecia muito mais do que conhecera o próprio marido. Eles haviam se sentado juntos para tomar saquê e conversado; ele lhe disse que era linda, foi gentil com ela e lhe trouxe presentes — cortes de tecido para quimono, luxuosos jogos de cama. Chegou até mesmo a fazer perguntas pessoais. Entretanto, ela tomou cuidado para lhe responder apenas vagamente. Não era um homem bonito no sentido clássico, mas era, sem dúvida, inteligente e ambicioso. Tinha uma energia atraente e era jovem, apenas alguns anos a mais do que ela. E, como ela bem sabia, ele era sulista, embora aos poucos o seu dialeto tornara-se mais suave aos ouvidos dela.

Até aquele momento, Hana havia sempre considerado os conquistadores da cidade como ignorantes e brutos. Dissera a si mesma que a guerra terminaria logo e todos eles iriam embora. Mas as notícias que chegavam eram cada vez piores. Ninguém veio procurá-la, ninguém veio resgatá-la, pagar a sua dívida e levá-la embora. E aqueles sulistas eram bons clientes. Marcavam encontro com ela, pagavam suas contas.

Havia apenas uma preocupação. Aquele homem pagara pela virgindade dela, mas logo descobriria que ela já não era mais virgem. "Todo mundo faz isso", Tama lhe havia dito. "As mulheres vendem a virgindade várias vezes. Para ele, basta saber que foi o primeiro patrono de uma famosa cortesã." Mesmo assim, Hana ficou pensando como ele se sentiria ao descobrir. Esperava lembrar tudo o que Tama tinha lhe ensinado.

Pareceu levar um tempo enorme para Tama terminar de alisar as saias e levantar um bule de laca vermelha cheio de saquê.

— Bem, senhores, este é um dia auspicioso — disse ela, vibrante. — Um brinde a Masaharu-sama, nosso anfitrião, e a Hanaogi, nova cortesã da Esquina Tamaya!

Homens, cortesãs, gueixas e malabaristas levantaram pires vermelhos e beberam o saquê frio.

— Masaharu-sama! Sujeito de sorte! — saudou um.

— Aproveite! — gritou outro.

Um dos convidados se levantou e fez um discurso sobre as conquistas militares de Masaharu e sua brilhante carreira, dizendo que não eram nada comparadas à sua conquista da mais adorável cortesã já vista em Yoshiwara. E continuou, balançando o corpo e enrolando as palavras, com os olhos parecendo duas fendas em seu rosto rechonchudo.

Masaharu arrastou os pés no piso, impaciente. Ele também estava corado. Talvez tivesse bebido tanto que iria dormir assim que a refeição terminasse, pensou Hana. Ela não sabia se isso a deixaria contente ou triste.

Finalmente, o banquete terminou e Hana foi para seus aposentos na Esquina Tamaya. As assistentes desfizeram seu penteado, tiraram os grampos e vestiram-na com um fino traje de noite, semelhante a uma camisola transparente, amarrando o *obi* de seda de um jeito a ser desfeito facilmente e colocando lenços de papel dobrados dentro do cinto.

Ela hesitou por um instante e respirou fundo, depois abriu a porta do quarto. Masaharu estava recostado no braço de uma poltrona tomando saquê e fumando cachimbo de cabo longo. Os quimonos que ela havia usado naquela noite estavam dobrados nas prateleiras do aposento, os fios dourados e prateados brilhando; a cama, arrumada com um delicado jogo de lençóis damasco acolchoados e um cobertor de veludo preto. Duas lamparinas iluminavam o aposento. Ele estendeu a mão quando ela fechou a porta atrás de si.

— Nunca antes um homem insistiu tanto com a única recompensa de ver seu lindo rosto! — disse ele, esticando os compridos e finos dedos. Ela estava ciente do suave perfume dele, de seu rosto de maçãs salientes e da excitação que queimava em seus olhos. — Você me encantou.

Ficou olhando para ele, cônscia da imagem de seu próprio corpo esguio, coberto não por camadas de tecido grosso, mas apenas pela seda transparente da túnica comprida e solta.

— Sei como vocês, homens, são — disse ela, provocante. — Gostam de caçar, mas depois que prendem a corça...

— Ah, mas você não é uma corça qualquer...

Ele estendeu a mão, puxou o *obi* e a túnica abriu. Em seguida, segurou-a pelas mãos e atraiu-a para cima dele. Rindo, ela tentou resistir, mas ele era forte demais. Rolou por cima dela e encostou a boca na de Hana, que sentiu um calafrio como se algo tivesse sido despertado de suas entranhas. Percebeu então que nunca sentira o toque de lábios antes, nem sabia o quão excitante aquilo podia ser. Todas as vezes que dormiu com o marido, havia sido por obrigação, uma obrigação que se dava tarde da noite, no escuro, e que sempre desejou que acabasse logo. Ela ficava deitada esperando que ele montasse nela e depois a empurrasse para o lado. Jamais imaginou que pudesse ser daquela maneira.

— Deixe-me olhar você — pediu Masaharu. Ele empurrou para baixo a gola da túnica de Hana e passou a lamber e mordiscar a pele macia da nuca dela. — Não acredito que a tenho para mim — sussurrou. Lambeu o pescoço e o torso dela, depois envolveu o bico do seio dela em sua língua. Ela estremeceu e fechou os olhos enquanto ele passava a mão na parte interna de suas coxas brancas e macias. Tama tinha lhe ensinado como fingir prazer, mas nessa noite ela sabia que não precisaria disso.

Com carinho, ele afastou as pernas dela. Ficou satisfeita por ter conservado os pelos raspados e cortados. Tama dissera que os homens conheciam o desempenho sexual de uma mulher pela forma como eram cortados os pelos pubianos e, pela segurança de seu toque, Hana viu que Masaharu entendia do assunto.

Ela sentiu o calor de seu hálito quando a olhou atentamente e murmurou:

— Linda como uma rosa.

Começou delicadamente a massageá-la, apertá-la e pressioná-la, explorando cada fresta até encontrar seu ponto mais suave, que ninguém, senão ela, tinha tocado até então.

— A joia preciosa — sussurrou ele, e quando ela sentiu a língua dele chupando os sucos que afloravam, lembrou-se de Tama dizendo que os homens consideravam os sucos femininos como o elixir da vida. Foi tomada por um espasmo que obscureceu seus pensamentos e se moveu dentro dela como uma onda, até ela não saber mais o que ele estava fazendo e gritar com uma voz que mal reconheceu como sua.

Mais tarde, ela se apoiou no cotovelo e passou os dedos pelo corpo esguio de Masaharu, admirando a pele macia e os músculos firmes. Lembrando-se das lições de Tama, passou a língua pelo torso dele e pelos mamilos, sentindo o gosto salgado, desfrutando os gemidos de prazer daquele homem. Então, colocou o pênis na boca, o talo de jade, como Tama o chamava, e passou a lambê-lo e chupá-lo como se tocasse um instrumento musical, prolongando o prazer dele, ouvindo-o gemer quando o trouxe para perto do gozo e, em seguida, parou, antes que o trouxesse de novo.

Por fim, ela trepou nele, começou a mexer o próprio corpo e sentiu o jato quente dentro dela enquanto ele arqueava e emitia um grito.

— Você é cruel demais — resmungou Masaharu, ofegante. — Eu queria preservar a minha semente. Agora teremos de começar tudo outra vez.

Rindo, ela o abraçou. A noite estava apenas começando.

20

Um mês havia passado desde a iniciação de Hana. Esperava-se que ela aceitasse clientes para mais do que apenas tomar saquê e conversar, mas havia outras mudanças mais sutis. As pessoas a tratavam de maneira diferente e ela também se sentia diferente. Mais segura. Era uma espécie de prisioneira com uma dívida a pagar e havia clientes com os quais ela preferia não dormir, mas essa era a sina de uma mulher. Hana também não tinha prazer em dormir com o marido. E, ao pensar na vida de antes, sentia que fora mais prisioneira naquela época do que então.

Ela adorava o começo das tardes, quando não havia clientes e ela podia prender os cabelos de qualquer jeito, vestir um quimono leve, abanar-se com um leque, fumar cachimbo ou tomar chá gelado num bule grosso de cerâmica. Logo após tomar banho e se arrumar naquele dia abafado de verão, foi até a esquina, na casa de Otsuné. No caminho, lembrou-se do que Otsuné havia dito no dia seguinte à iniciação.

As duas estavam comendo com gula macarrão frio de trigo que Otsuné comprara de um vendedor ambulante, mergulhando-o ruidosamente com os pauzinhos em pequenas tigelas de molho de raiz-forte e alho-poró.

— A Titia está orgulhosa de você — dissera ela. — Os negócios na Esquina Tamaya iam mal. Aliás, em todo o bairro, e você ressuscitou tudo. Tama diz que os homens amam você. Teria sido um desperdício você esconder seus talentos como esposa.

— Tenho apenas alguns clientes — respondera Hana, sorrindo. — A Titia disse que eu podia recusá-los e fazê-los esperar o quanto eu quisesse.

— Assim, eles vão desejar você cada vez mais, seu preço vai subir e a Titia vai lucrar mais — lembrou-lhe Otsuné, ríspida. — Não se esqueça de que tudo gira em torno de dinheiro.

Hana achou graça. O dia estava quente e úmido e o sol a alcançava. Os andares superiores das casas tinham telas de bambu para manter o interior sombreado e fresco. Ela podia ouvir o tilintar dos sinos de vento e sentir o cheiro das flores plantadas nas ruas de Yoshiwara. Quando passava pela rua, todos lhe faziam reverências.

Ela teve sorte, percebia isso então, mas sabia que seu sucesso como cortesã dependia de manter o seu ar de mistério. Desde que continuasse fora do alcance, podia ter a vida que Tama levava, mas, assim que o fascínio diminuísse, estaria acabada. Deslizar como um barco de papel na correnteza, sem se importar com a lama que havia no fim — a sujeira da vida fora dos muros de Yoshiwara —, nisso consistia o mundo flutuante. Ali, na cidade sem noite, ela e as colegas cortesãs levavam uma vida dourada de conto de fadas, na qual o tempo tinha parado. Por isso os homens vinham, para esquecer a dura realidade que existia do outro lado do muro, depois do Fosso de Dentes Negros.

Havia muitos homens dispostos a gastar o quanto fosse para passar algumas horas com a nova cortesã principal. Alguns eram velhos, de rosto marcado e corpo flácido, mas tão astutos e divertidos que ela os receberia sempre. Outros queriam só conversar ou serem abraçados e acarinhados como se ela fosse mãe deles. Um alto funcionário do governo lhe contou suas mágoas e chorou como uma criança.

Hana escolhia dentre eles e alguns se tornaram seus amantes. Uns eram grandes conhecedores da arte sexual, ansiosos por experimentar novas técnicas, torciam braços e pernas em todas as posições, decididos a não desperdiçar o sêmen. Outros queriam explorar todos os orifícios do corpo, ou pediam mais uma mulher, ou um rapaz no quarto. Outros ainda traziam manuais e faziam questão de experimentar tudo. Mas a maioria queria apenas se divertir.

Ela cuidou de obedecer as recomendações de Tama para evitar conceber um filho. Sabia as fases do mês em que podia engravidar e nesses dias não aceitava dormir com os clientes, ou enfiava lenços de papel dentro do corpo para se proteger. Também queimava ervas em cima da barriga por dois dias seguidos, o que acreditava-se dar proteção para o ano seguinte. Ela sabia que quase todos os assistentes e muitas cortesãs eram filhos de mulheres do bairro. Sabia também de mulheres que morreram no parto ou em tentativas desastradas de acabar com uma gravidez; assim, a gestação devia ser evitada de todas as maneiras.

Hana gostava mais de alguns amantes do que de outros, mas nunca esqueceu o aviso de Otsuné de que aquilo era apenas um jogo, sem qualquer ligação com romance ou com grandes sentimentos, só com diversão e prazer. Acima de tudo, ela se lembrava de nunca, jamais, entregar seu coração para ninguém. Eram apenas corpos e não corações, ela dizia a si mesma. E claro que tratava-se sempre de uma transação comercial; o dinheiro é que coloria todo o relacionamento.

Os homens que pagavam para ficar com ela — principalmente os mais velhos — sabiam tanto quanto ela que, quando dizia que os amava e os adorava e que eram os únicos, eles estavam lhe pagando para ouvir isso. Sabiam que ela fingia e que dizia a mesma coisa para todos. Mesmo assim, alguns mais jovens ficavam completamente enfeitiçados por ela e iam à falência para vê-la o máximo que conseguiam.

Hana sabia ainda que, para todos aqueles homens, Yoshiwara era um lugar de fantasia, onde podiam escapar do mundo tedioso de esposa, filhos, trabalho e casa. Todos eram casados, claro, mas com ela podiam se comportar de modo bem diferente. As esposas haviam sido escolhidas pelas famílias e eles tinham de manter certa distância delas. Com Hana, porém, podiam relaxar, brincar, rir, flertar e se comportar como meninos. Não precisavam manter a dignidade ou se preocupar com as aparências em público. Estavam pagando pela liberdade de ser o que quisessem. Ninguém se iludia, era essa a graça da brincadeira.

Quando Masaharu pedia para encontrá-la, ela sempre aceitava e lembrava a si mesma que para ele também era só uma brincadeira, embora às vezes Hana se surpreendesse desejando que fosse diferente.

Hana abriu a porta da casinha de Otsuné fazendo ranger as frágeis tábuas de madeira nos encaixes e entrou, sentindo com prazer o cheiro de cabelo queimado e tintura. Otsuné estava sempre ocupada com alguma coisa. Nos fundos da casa, tinha uma roca de fiar e um tear. Quando não estava limpando seus instrumentos de trabalho ou fazendo uma peruca, estava tecendo ou fiando.

Nesse dia, entretanto, a casa estava silenciosa. O tear não matraqueava, o carvão apagara no braseiro. Otsuné estava à mesa no meio da sala, com a cabeça apoiada nas mãos. Ela ergueu os olhos quando Hana chegou. O rosto estava pálido; os olhos, vermelhos e inchados.

— O que foi? — perguntou Hana, correndo para perto da amiga, e parando ao ver o jornal sobre a mesa. Ela sabia que o novo governo tinha banido noticiários que apoiavam os nortistas e prendido o editor mais ousado. Ninguém mais sabia o que estava acontecendo.

Por um instante, Hana não ousou nem olhar, depois se ajoelhou, apoiando o corpo na beira da mesa, e olhou atentamente os pequenos caracteres incompreensíveis.

— Um navio francês chegou em Yokohama — sussurrou Otsuné, enxugando os olhos na manga do quimono.

Hana olhou-a, surpresa.

— Isso quer dizer... que acabou tudo?

Embora fosse um dia quente, Hana tremeu. Se a guerra tinha mesmo acabado, só podia significar que os homens do lado delas haviam perdido e os sulistas, vencido. Significava também que iria saber o que acontecera ao marido. Pensar nele a fez encolher-se de medo. E se fosse procurá-la e a encontrasse ali em Yoshiwara? Ele não iria querer saber por que fora parar lá. Ele a mataria, sem dúvida.

As mãos de Otsuné tremiam. Ela parecia impotente e perdida, tão diferente do que costumava ser que Hana teve mais medo ainda.

— Essas palavras são tão difíceis. — A voz de Otsuné estava fraca de desespero. — Estou tentando decifrá-las. Diz aqui que há prisioneiros a bordo, são os franceses que lutaram com nossos homens. Nem todos foram capturados, alguns foram mortos. — Olhava atenta para os pequenos caracteres. — Não, não foram presos, eles se renderam. Dizem coisas horríveis sobre eles, olhe, aqui diz: "Os covardes franceses abandonaram as tropas nortistas..." Como podem dizer isso? Não é verdade. Eles são corajosos, leais, ficaram e lutaram, podiam facilmente ter largado tudo e voltado para o país deles. Aqui diz também que serão devolvidos para a França e julgados. Certamente serão obrigados a cometer haraquiri ou seja lá o que fazem na França.

Ela encostou a cabeça nos braços.

— Fico olhando a lista de nomes, mas não consigo encontrar o dele. É horrível não saber — sussurrou ela.

— O seu patrono... — disse Hana, ofegante, percebendo de repente por que Otsuné estava tão desesperada.

— Se ele estiver morto, quero saber — explicou Otsuné, num soluço. — Não suportaria pensar que ele está em algum lugar de Ezo sendo comido por animais selvagens. Se estiver morto, deveria ser trazido para cá e enterrado.

— Seu patrono era estrangeiro?

— Era.

Hana conteve uma exclamação. Tinha visto marinheiros estrangeiros altos e desajeitados, nariguods de cara rosada, passeando na avenida central de uniformes esquisitos e entrando nas ruelas. Tinham fama de criadores de caso e costumavam frequentar as casas de chá mais baratas. Ela achava que só as moças de baixa classe aceitavam ficar com eles, e certamente nunca soube de nenhuma que aceitasse um estrangeiro como patrono.

Otsuné abriu a gaveta de um dos grandes baús encostados na parede do quarto e pegou uma pequena caixa de madeira. Colocou-a sobre a mesa, abriu-a e tirou de dentro uma mecha de cabelos castanho-claros que parecia, na palma de sua mão, finos e delicados fios de seda, não grossos e fortes cabelos de japoneses.

— Quando eu estava em Yamatoya, às vezes os estrangeiros apareciam, embora na época fossem poucos — lembrou Otsuné. — Eram militares, marinheiros. Não esqueço o dia em que eu estava na gaiola de mulheres e apareceu um grandalhão de olhos redondos. Ficou olhando para mim e pensei: por que eu? Todos os homens se interessavam pelas outras, as mais jovens, mas ele parecia ter gostado de mim. Então, marcou encontro comigo. As outras não aceitavam estrangeiros, tinham medo deles e não queriam se arriscar a perder clientes por terem se deitado com um forasteiro. Mas eu não era muito requisitada, então, aceitei-o. No começo também tive medo, mas ele era simpático e gentil.

"Depois, toda vez que ele vinha à cidade, me escolhia. Eu também o achava grotesco, mas me acostumei. Não era tanto sexo que ele queria, mas carinho e consolo. Queria sentir que alguém se preocupava com ele. E sabia falar a nossa língua. Não se zangava comigo, nem mandava ou batia em mim, não era como todos os outros, por isso fui gostando dele cada vez mais.

"Então, ele comprou a minha liberdade. Disse para eu encontrar uma casinha que ele a compraria para mim. Mas as coisas se complicaram, como você bem sabe, e ele foi mandado de volta para o seu país e se recusou a ir. Disse que queria ficar com os homens que vinha preparando."

Otsuné tirou o broche da gola do quimono, apoiou os cotovelos na mesa e olhou-o com as mãos trêmulas. Segurou entre os lábios por um tempo.

— Um dia, ele me procurou e disse que ficaria um período fora. Me presenteou com este broche que costumava usar no casaco. Depois, cortou uma mecha de seus cabelos e pediu para eu guardá-la. Também me deu dinheiro, tudo o que tinha. E foi isso. Nunca mais o vi. E agora não consigo nem saber se está vivo ou morto. Sinto tanta falta dele, de suas mãos grandes, de seu nariz esquisito. Gostaria de encontrar o nome dele aqui...

Virou o rosto, que brilhava com lágrimas, e ficou mexendo no bule de chá.

— Talvez ele tenha fugido — disse Hana. — Talvez esteja voltando, não se desespere ainda.

— Mas estão aumentando a vigilância — argumentou Otsuné, temerosa. — Você não notou? As pessoas estão sendo paradas fora do Grande Portão. Isso significa que a guerra terminou mesmo e os soldados nortistas estão se retirando. Você sabe tanto quanto eu que só tem um lugar onde a polícia não entra: aqui, em Yoshiwara. É para onde todos vêm quando precisam se esconder.

Hana segurou as mãos de Otsuné e as apertou. Talvez o patrono da amiga também estivesse a caminho. Ela esperava que sim.

Hana passou depressa pelo portão da entrada e entrou na Edo-cho 1, os olhos baixos e os pensamentos longe. Era final de tarde e havia muita gente na rua. As mulheres já estavam atrás das treliças das salas e ouviam-se, aqui e ali, *shamisens* sendo tocados. Homens andavam pela avenida, olhando encantados e falando baixinho ao passarem por ela. Foi então que a pequena Chidori saiu correndo da Esquina Tamaya, com as mangas do quimono vermelho voando e uma carta na mão. Viu Hana e fez uma reverência. Em seguida, saiu em disparada pelo portão rumo a uma das casas de chá, os sinos das mangas do quimono tilintando.

As pessoas ficaram em silêncio e recuaram quando dois estrangeiros apareceram andando devagar, em seus trajes estranhos. Hana os olhou, curiosa, lembrando do que Otsuné lhe tinha contado. Era difícil imaginar-se dormindo com gente tão estranha, quanto mais gostar de um deles.

Estava prestes a se esconder atrás das cortinas da Esquina Tamaya quando notou uma jovem nervosa empoleirada no banco lá fora. Suas roupas e penteado eram de moça da cidade, embora o quimono fosse muito brilhante e vistoso, e os cabelos, presos com grampos. A jovem voltou-se para Hana e empalideceu como se tivesse visto um fantasma. Hana encarou-a, intrigada. Havia algo de familiar nela.

Então, tudo veio repentinamente à lembrança e Hana virou-se e saiu correndo, apavorada. Passos vieram atrás dela e uma mão agarrou-a pela manga. Ofegante, sentiu-se de novo no pesadelo, no passadiço do Dique Japão, sendo arrastada pelo declive até Yoshiwara.

— O que você quer? — gritou ela, a voz aguda de medo. — Vá embora, me largue.

— Hana-sama, Hana-sama. Sou eu, Fuyu.

Hana estremeceu, lembrando o olhar que Fuyu havia lançado para a Titia. Ela ainda podia ouvir as palavras: "Tenho certeza de que podemos chegar a um acordo." Depois, vieram o depósito onde foi jogada, as cordas que a amarraram e o horror de se dar conta de que havia sido vendida.

Ela se virou. O rosto redondo, os olhos grandes, a boca bem-desenhada eram quase bonitos, mas Hana não pôde ignorar seu olhar astuto e o jeito de torcer a boca.

— Não se lembra de mim? — perguntou Fuyu. — Eu trouxe você para cá.

Hana arrancou com força sua manga da mão de Fuyu.

— Você me vendeu! Ganhou dinheiro!

Fuyu olhou para baixo.

— Não ganhei dinheiro — resmungou. — Eu ajudei você.

Hana zangou-se, incrédula.

— Não tenho nada a falar com você — avisou, indo em direção à Esquina Tamaya. Mas Fuyu andava rapidamente ao seu lado, falando sem parar.

— Não quer saber notícias de Edo? Meu patrão tem uma loja de penhores. Em tempos difíceis, as pessoas penhoram tudo, então ele ganha bem e sabe de muitas coisas.

Hana andou mais rápido, tentando se livrar dela. Não podia imaginar por que Fuyu a perseguia.

— A cidade está quase vazia — prosseguiu Fuyu. — É difícil viver num lugar ocupado. Você está bem melhor aqui nas almofadas, onde os negócios prosperam. Deve ter muita gente vindo para cá, contratando seus serviços.

Hana estava quase na porta da Esquina Tamaya, mas Fuyu continuava a persegui-la, falando sem parar.

— O governo já está bem instalado e não consigo imaginar nossos homens o tirando de lá. Falaram numa República de Ezo, mas ninguém acredita que colocarão o xogum de volta no castelo. Pelo jeito teremos de nos acostumar com os sulistas. Eu soube que você é popular entre eles.

Hana abriu as cortinas e Fuyu ficou na frente dela.

— Não tem nada que eu possa fazer para compensar tudo o que eu lhe fiz? Não quer mandar um recado para alguém?

Hana se lembrou da mansão vazia que tinha deixado na cidade e pensou em Oharu, a criada, e Gensuké, o ajudante idoso. Precisava desesperadamente mandar um recado, dizer que estava bem e saber como eles estavam. Sabia que era arriscado. Se o marido ainda estivesse vivo, certamente iria para casa e lhes perguntaria onde estava a esposa. Mas ela era responsável por Oharu e Gensuké, não podia deixá-los pensar que tinha morrido.

— Entre — disse por fim. — Vou escrever um bilhete se você prometer que vai entregá-lo com segurança.

21

Yozo abriu os olhos e mexeu os lábios. A boca estava com um gosto ruim. Os braços e pernas estavam duros e doloridos; as roupas, sujas; os cabelos, desgrenhados; o corpo, suado da cabeça aos pés. Mas ele estava vivo, isso era o principal. Vivo.

Ele estava numa jaula de bambu, isso era tudo o que sabia, tão pequena que, ao tentar esticar as costas, bateu com a cabeça no teto. Do lado de fora, podia ouvir o arrastar de pés e os carregadores resmungando em uníssono com o balanço da jaula. Sombras tremulavam do outro lado das grades e a luz atravessava por uma fresta na parede de bambus. Ele se inclinou para a frente e olhou pela fresta. Homens usando casacos pretos e chapéus de palha marchavam com suas espadas e lanças contra o sol, emoldurados em vagos halos de luz. Apesar do cansaço, ele conhecia bem o uniforme dos sulistas. Irritado, fechou os punhos sentindo as cordas que amarravam seus pulsos cortarem a pele. Mais além dos soldados, troncos de árvores sumiam ao longe, altos e retos como barras de prisão.

Tentou descobrir onde estava e para onde estava sendo levado — num trem de jaulas em algum ponto das montanhas do norte, rumo ao presídio Kodenmacho, em Edo, para ser julgado e executado. Com sorte, morreria antes de chegar lá.

Um mosquito pousou em seu rosto. Yozo sacudiu a cabeça com força e fixou os olhos na trama triangular do bambu e nos pequenos pontos de luz dançando entre as fendas. Até sob as árvores o calor era sufocante.

Pelo menos, a dor terrível que fazia sua cabeça queimar havia diminuído, o latejar no braço e no ombro estava suportável. Pensou na última batalha e em como, desesperado, dera várias voltas na casa destruída e vira o comandante andando, furtivo, pela rua. Ele o viu virar para trás, percebeu que aquele rosto escuro o identificara, e ouviu o seu tom agressivo desafiando-o. Lembrava-se de ter levantado o rifle, de ter escutado o barulho de tiro e visto o comandante cair. Yozo se recordou então que havia mais um homem lá, de uniforme preto e elmo cônico, que também não se importava se ia morrer.

Mas o que aconteceu depois? Esse era o verdadeiro pesadelo. Que fim levaram Enomoto e seus companheiros de luta, todos aqueles amigos com os quais tinha lutado lado a lado? Todos mortos, supôs, ou presos em jaulas como ele, a caminho de Edo e da execução. Pensou nos anos que estudara e trabalhara na Europa, adquirindo conhecimento para aplicar em seu país — só para acabar assim, enjaulado como um animal, agachado na própria sujeira.

Ele resmungou e se mexeu, batendo furiosamente com o pé, na tentativa de desequilibrar os carregadores. Golpearam com uma lança na lateral da jaula, alguém urrou e ele caiu para trás no anoitecer mosqueado.

Aos poucos, a luz no bambu foi mudando. Do lado de fora, os troncos das árvores ficaram mais densos e as sombras se alongaram. A jaula começou a se inclinar, no começo só um pouco, então foi ficando cada vez mais íngreme, até Yozo se ver pressionado contra a parede do fundo. Ele podia ouvir os xingamentos e resmungos dos carregadores e a respiração pesada deles conforme caminhavam cada vez mais devagar. Depois de um tempo, pareciam parar a cada passo para erguer a jaula. Tudo estava estranhamente silencioso, como se o resto do comboio tivesse continuado e só aquela jaula ficado para trás.

Houve um ruído e um leve estalo, como se algum animal, um cervo talvez, estivesse andando pela mata. Alguma coisa guinchou, poderia ser um macaco, e a floresta inteira pareceu despertar. Houve um grande crocitar e um bater de asas; galhos rangeram e vergaram.

Então, do nada, veio uma torrente, mais de vento que de som, e a jaula caiu no chão. Ela virou e bateu em algo duro. Yozo se encolheu como uma bola para se proteger e, com cuidado, levantou a cabeça. No silêncio, ouviu passos surdos, um estranho balbuciar e um suave e profundo rosnar. Uma sombra enorme apareceu sobre ele, imponente. A criatura se aproximou — grande demais para um homem e pequena demais para um urso. Yozo encarou aquilo, num fascínio entorpecido: parecia um jeito cruel de se morrer, ser dilacerado por um animal selvagem.

Então, surpreso, ouviu:

— Cuidado!

Uma lâmina cortou o fecho de bambu e a porta da jaula se abriu. Um rosto parecido com um monstro da montanha, de nariz comprido e grandes olhos redondos, apareceu na sua frente. Yozo abriu um sorriso tão largo que seu rosto sujo doeu e os lábios ressecados se partiram. Conhecia aqueles penetrantes olhos azuis e aquela pele clara, embora o queixo quadrado estivesse agora coberto de uma barba rala.

— Marlin! — exclamou.

O francês pôs um dedo sujo sobre os lábios. Outros rostos apareceram em volta da jaula e, em seguida, mãos seguraram Yozo, puxaram-no para fora e cortaram as cordas que o amarravam. Ele se esticou no chão e sacudiu os braços e as pernas de leve, tentando fazer a circulação voltar. Os punhos vermelhos estavam em carne viva, os cabelos, grudados de sujeira e suor, com algo duro e cascudo de um lado. Ele passou a mão com cuidado e sentiu uma pontada de dor; devia ser um ferimento antigo que estava sarando sozinho.

Devagar, sentou-se e olhou em volta. Figuras de casacos pretos se espalhavam pelas moitas, com braços e pernas quebrados. O sangue saía da garganta de um homem e escorria, escuro, do braço de outro. Perto, havia uma mão decepada. Um barbudo de chapelão de palha limpava um facão com um pano, enquanto outro juntava espadas e lanças que haviam caído. Um deles veio até Yozo e disse algo num áspero sotaque nortista. Logo depois, deu um tapa no ombro dele de maneira tranquilizadora. Homens baixos, de cabelos espetados, moviam-se com a leveza de um gamo. Eram caçadores de urso, pensou Yozo, aquela era a terra dos ursos.

Ouviu um leve rosnar atrás dele: dois cachorros, de dentes à mostra e pelos brancos eriçados, mantinham à distância quatro carregadores que tinham as mãos amarradas numa árvore. Yozo virou-se para Marlin quando se dirigia até ele pela trilha. Em vez do asseado uniforme francês, usava um casaco de algodão de camponês nipônico e seus grandes calcanhares ásperos ultrapassavam as sandálias de palha. O cabelo tinha crescido sobre as orelhas e o rosto estava coberto por uma barba eriçada. Alguma coisa estava diferente nele, pensou Yozo, diferente de antes. Não era apenas o jeito de se vestir. Parecia mais jovem, mais animado. Havia um brilho em seus olhos e um saltitar enquanto caminhava como se, junto com o uniforme, ele tivesse tirado um peso de responsabilidade dos ombros.

Foi até os carregadores que tremiam de medo, de bocas tão abertas que Yozo podia ver suas gengivas.

— Desculpem, rapazes — disse ele, suave. — Ou vocês vêm conosco, ou lhes corto a garganta. Não posso correr o risco de vocês nos entregarem.

— Somos nortistas, senhor — grasnou um deles, tremendo de pavor. Era evidente que os sulistas tinham transformado os nativos em carregadores. Marlin franziu o cenho, avaliando o que fazer.

— Tudo bem — respondeu, dando de ombros. — Vou soltá-los, mas, se houver algum problema, os cachorros encontram vocês onde quer que estejam.

Marlin deu uma última olhada na clareira; ele e um outro homem seguraram por baixo do braço de Yozo, que resmungou em protesto, sentindo um puxão no braço machucado enquanto o erguiam e o levavam para dentro da floresta.

Os caçadores iam à frente, movendo-se rapidamente entre as árvores, desviando-se de rochas e pulando riachos como se conhecessem cada pedra e cada folha da floresta. Atravessaram um vale, esgueirando-se entre samambaias, moitas e grandes árvores altaneiras, depois subiram uma elevação cheia de grandes rochas. Uma espécie de cabana estava escondida na lateral de um outeiro, coberta de gravetos e galhos, parecendo uma extensão da floresta. Empurraram a porta e entraram devagar, ofegantes, atentos a perseguidores. Mas tudo estava em silêncio, havia apenas o trinado dos pássaros e o farfalhar do vento nas árvores.

Marlin tirou um frasco de metal do cinto e colocou-o na boca de Yozo. Água. Ele bebeu com avidez, recuperando as forças nos membros.

Os caçadores tinham tirado os chapéus. Os rostos pareciam cascas de árvore, enrugados e gastos, e os olhos brilhavam como cerejas, meio escondidos por trás dos cabelos.

Yozo agradeceu com a cabeça. Devia estar muito mais sujo e com um aspecto mais selvagem do que eles, concluiu.

— Meu irmão luta com ursos — disse um deles, indicando com o queixo um dos companheiros. Yozo notou que o homem tinha uma pata de urso pendurada no pescoço. — Alguns soldados não são problema.

— Quer comer alguma coisa? — perguntou o outro. Tirou do bolso fedorentas tiras marrons e as mostrou. — Carne de baleia da montanha. — Deu um sorriso largo revelando uma boca cheia de dentes estragados. — Vocês, das planícies, chamam assim, não é?

Yozo resmungou e recusou com um aceno da cabeça.

— Tenho bolinhos de arroz — disse Marlin, mexendo na mochila e tirando um embrulho feito com folhas de bambu. Yozo abriu as folhas e deu uma mordida desconfiada, depois outra.

O interior da cabana estava quente e úmido, com as paredes de tábua e a porta feita de galhos; no canto, uma coisa preta e peluda emanava um cheiro de mofo. Uma pele de urso. Um dos caçadores ficou na porta e assoviou comprido e baixo, o que tanto podia ser um pio de pássaro como um grito de animal.

— Como... como você veio parar aqui? — perguntou Yozo, baixo. — O que houve com Enomoto e... os outros?

Marlin olhou para o chão e esfregou as sandálias de palha nele.

— Conto depois, quando você estiver mais forte — resmungou.

— Não, agora — insistiu Yozo, com firmeza.

Marlin pegou uma faca no cinto e começou a aparar um toco de madeira, girando-o repetidas vezes nas mãos.

— Foi depois que você sumiu — disse ele, devagar. — O comandante também já não estava mais entre nós. Tínhamos perdido metade de nossos homens, estávamos quase sem munição e sabíamos que, se a guerra durasse mais, morreríamos todos. Enomoto estava em seus aposentos. As janelas estavam estilhaçadas e o lugar, em ruínas, mas o armário de bebidas dele tinha resistido. Ele tirou aquele uísque que gostava tanto e nos serviu dois copos.

Fez uma pausa e Yozo ouviu galhos quebrando e gravetos sendo pisados como se alguma coisa muito grande estivesse andando lá fora.

— E aí? — perguntou.

— O general Otori me chamou, queria que eu o ajudasse a convencer Enomoto a se render.

— Se render? — repetiu Yozo, incrédulo. — Enomoto?

Marlin concordou com a cabeça.

— Era a última coisa que ele queria fazer, com certeza. Disse que os sulistas eram um bando de covardes. Só venceram porque os americanos cederam o *Stonewall* e porque tinham um contingente maior. Estava decidido a morrer lutando. Se preciso fosse, garantiu, ele se suicidaria.

Yozo visualizou o quarto, lembrando-se da última vez que vira Enomoto.

— Vocês, japoneses, e seu orgulho samurai — concluiu Marlin, com um bufar de admiração ou incredulidade, Yozo não soube identificar qual dos dois. — Otori, então, protestou: "Se é morrer que você deseja, pode fazer isso quando quiser." Essas foram as suas palavras. Ou seja, que nós ainda tínhamos trabalho a fazer. Não havia necessidade de ter pressa de morrer.

Marlin calou-se e seu rosto ficou sombrio ao lembrar o que aconteceu.

— Vi que ele tinha razão. Enomoto andou de um lado para outro, e então disse: "Nossos homens têm sido fiéis até a morte. Merecem viver. Vou me entregar com a condição de eles serem libertados." E foi o que fez. Otori também se rendeu.

Portanto, Enomoto tinha se rendido. Nesse caso, eles estavam realmente acabados. Yozo pôs a cabeça entre as mãos. Todas aquelas vezes em que ele e Enomoto tomaram uísque juntos, as discussões acaloradas que tiveram sobre como ajeitar as coisas quando voltassem para o Japão. Tinha sido Enomoto que insistira em desafiar os sulistas, partir apressadamente com a frota rumo a Ezo; foi ele quem criou a gloriosa república de Ezo, onde todos eram iguais; foi ele quem organizou eleições democráticas. Se alguém merecia viver, esse alguém era ele.

— Você devia tê-lo resgatado! E não a mim. Para que sirvo?

— Enomoto é um homem orgulhoso — explicou Marlin. — Não creio que quisesse ser resgatado. De todo jeito, éramos apenas três, e a escolta tinha muitos soldados, não conseguiríamos chegar perto dele. Decidi salvar você; afinal, você é meu irmão de armas.

— Os sulistas ficaram com quantos dos nossos homens? — perguntou Yozo.

— Soltaram os de escalões inferiores e ficaram com os líderes. Estava escondido atrás de um muro quando eles encheram as jaulas. Um dos feridos parecia você, resolvi me arriscar e ir atrás.

Ele continuava aparando a madeira. Yozo suspeitava de que fosse para evitar olhá-lo. Talvez alguém o tivesse visto atirando no comandante e espalhado para os outros. Todo mundo sabia que os dois não se davam. Mais uma vez, ele estava de volta à cidade destruída, olhando o comandante e lembrando de Kitaro, levantando a arma...

— Quanto ao comandante Yamaguchi — disse Marlin, como se lesse os pensamentos de Yozo. — Ninguém sabe que fim levou. Sumiu no meio da batalha, deve estar em alguma pilha de cadáveres.

— E você, como escapou? — perguntou Yozo, devagar.

— Os sulistas não pareciam ansiosos em me pegar. É permitido matar um estrangeiro, mas quando se prende um, é preciso se explicar com as autoridades em Edo. De todo jeito, não teriam uma jaula que fosse grande o suficiente para mim.

Um dos caçadores raspou uma pedra, acendeu uma vela e colocou-a num buraco na parede. Na luz bruxuleante, o enorme nariz de Marlin e os olhos encravados no rosto fizeram-no parecer, mais que nunca, um demônio.

— Vi carregarem as jaulas nos barcos e encontrei um barco para me levar ao continente. Comecei seguindo o comboio, mas logo percebi que eu chamava muita atenção. As pessoas aqui nunca tinham visto um estrangeiro antes e, em todo lugar que eu ia, juntava gente ao meu redor, então resolvi que era melhor evitar cidades e ficar nas montanhas, acompanhando o comboio de lá. Sabia que os soldados teriam de tomar a estrada principal para o sul. Fiquei aqui com meus amigos e aguardamos uma oportunidade.

— Obrigado — disse Yozo, com uma reverência. — Você salvou minha vida. — Embora fraco e febril, sabia muito bem o que tinha de fazer. Olhou Marlin nos olhos. — Agora, temos de fazer o mesmo por Enomoto e Otori.

Marlin concordou, sério.

— Sabia que você ia dizer isso, mas não vai ser fácil.

— Enomoto e eu passamos por muita coisa juntos. Não posso ficar parado enquanto ele é julgado e condenado.

— Ele e Otori estão bem vigiados, o que significa que precisaremos de mais homens. E agora você é um foragido, não se esqueça disso. Mas, se quer tentar e seguir o comboio para Edo, estou com você até o fim.

Ouviu-se um barulho de corpos pesados se chocando colina abaixo e os dois cachorros entraram latindo. Pararam, ofegantes, com a língua para fora e o rabo abanando sem parar. Os caçadores deram tapinhas neles e os afagaram. Em seguida, jogaram-lhe tiras de carne de urso seca.

— Por enquanto, vamos transformar você de novo num ser humano — disse Marlin para Yozo. — Vamos até um rio para você tomar banho. Está precisando se limpar.

22

Com o corpo curvado até o chão, Yozo atravessou as moitas serpenteando-as. Depois de caminhar por mais de um mês, sabia se misturar à paisagem quase como um caçador de urso. Uma bala passou zunindo sobre sua cabeça e se alojou no tronco de uma árvore sem causar qualquer ferimento, ao mesmo tempo em que os sons de passos pesados e de galhos se quebrando ficavam cada vez mais distantes. A vegetação então rareou e ele escalou a colina, abrindo caminho entre a densa mata de árvores e mergulhando em montículos de folhagem empoeirada, sob uma copa escura. Parou por um instante para enxugar a testa e recuperar o fôlego. Uma enorme sombra lançava-se com ímpeto floresta adentro não muito distante dele: era Marlin.

Feixes de luz atravessavam as folhas no alto da colina. Yozo pisou em galhos e raízes, abriu caminho entre as moitas, saiu para o sol e se jogou no chão, exausto. Estava bem acima de uma planície amarela, num largo espaço coberto de grama e flores selvagens. Pesado, Marlin desmontou ao lado dele e os dois ficaram ali descansando por um tempo, ofegantes, com o sol queimando sobre eles por trás de um nublado céu azul.

Quando passou a respirar melhor, Yozo pressionou o ouvido contra o chão e escutou atentamente. Silêncio. Devagar, ergueu a cabeça. No ar havia muitas lanugens de cardo flutuantes e um perfume de flores. Passarinhos davam rasantes para depois subirem bem alto e gansos selvagens grasnavam lá em cima.

— Nós os despistamos — disse Yozo, com uma risada vitoriosa.

— Eles vão voltar — disse Marlin. — Vão nos seguir. Somos fáceis de localizar. Melhor você continuar sozinho, meu amigo. — Seu rosto largo se enrugou num sorriso.

Yozo retribuiu o sorriso. Com seu casaco de algodão, a metade da cabeça raspada e os cabelos penteados num desajeitado nó no cocuruto, ele podia se passar por um camponês, mas Marlin era muito mais alto do que os japoneses. Ali, no norte, os dois estavam em terra amiga. Aldeões e camponeses os recebiam como heróis, ofereciam comida e os abrigavam onde quer que estivessem. Sempre que soldados sulistas batiam à porta, recebiam informações erradas e eram mandados na direção contrária.

Os dois continuaram pelas montanhas para evitar os postos de fronteira e, quando eram obrigados a pegar a estrada, Marlin se escondia sob um chapéu de palha do tamanho de um cesto, fingindo ser um monge pedinte. Mesmo assim, chamava atenção.

— Nunca se viu um monge tão grande ou tão bem-alimentado quanto você — comentou Yozo.

Lá embaixo, a planície se esticava a perder de vista, um mar de arroz dourado pronto para ser colhido, plantado em quadrados desiguais que pareciam uma colcha de retalhos. Uma linha fina serpenteava o arrozal, contornado por árvores e marcado por figuras que se mexiam. Yozo olhou com atenção, procurando um comboio de jaulas, mas não encontrou nada.

Então, notou no horizonte uma mancha escura, de onde saía uma nuvem de fumaça.

— Olhe! — exclamou ele estreitando os olhos. — Não é... Edo?

Marlin se apoiou no cotovelo e protegeu os olhos da luz com uma mão enorme.

— Pena que você perdeu seu telescópio — comentou.

Yozo concordou com a cabeça.

— É Edo, tenho certeza. A única dúvida é o que vamos fazer ao chegar lá. Teremos de contratar homens e fazer planos.

— A essa altura, Enomoto deve estar preso, esperando o julgamento.

— A menos que tenha conseguido escapar, o que, conhecendo-o, é bem provável. — Yozo não queria atrair má sorte com as palavras, por isso não acrescentou que eram grandes as chances de Enomoto estar morto. Mas, de qualquer forma, precisavam ao menos saber o que tinha acontecido.

Ao caminhar, ele descobriu uma trilha de cabras que contornava o rochedo. Marlin foi atrás, procurando onde segurar, pulando de uma saliência a outra. Quando terminaram a descida, as sombras se alongavam no chão. Os arrozais começavam quase ao pé da colina, formando fendas ao redor dela, e eles seguiram pela trilha estreita que se abria entre a plantação sem perder a estrada de vista. Quando ficou escuro demais para prosseguir, eles encontraram um matagal, se encolheram sob uma árvore, os estômagos roncando de fome, resignando-se a uma longa noite.

De repente, um pequeno coelho cinza saltou das moitas e os encarou, mexendo o focinho. Marlin precipitou-se, agarrou-o pelas orelhas e levantou-o, vitorioso. Os dois sabiam que era arriscado fazer uma fogueira ali, mas estavam longe da estrada e de qualquer cidade, e bem-escondidos no meio das árvores. Em todo caso, tinham fome demais para se preocuparem. Yozo limpou o chão e pegou os galhos enquanto Marlin matava o coelho e removia sua pele; depois que assou, comeram com gosto. Era a primeira refeição que faziam em dias.

Na manhã seguinte, se depararam com um rio e acompanharam a margem até encontrarem um ponto onde a água era rasa. Atravessaram-na com dificuldade. O outro lado era um emaranhado de capinzal prateado, as leves frondes bem mais altas do que eles.

— Isso parece pantanoso — observou Marlin. — Se não tomarmos cuidado, podemos afundar até a cintura.

Yozo deu uns passos entre os pés de capim, pisando forte. A terra estava seca e firme.

— Não temos escolha — falou ele. — Pelo menos não deixaremos nenhum rasto. Desde que não chova, conseguiremos atravessar.

Seguiram um atrás do outro em meio ao capim alto, com cuidado, afastando as folhagens e derrubando as frondes balançantes. O silêncio era quebrado apenas pelo farfalhar das folhas, o ruído das sandálias de palha e o trinado de pequenos pássaros pulando de um ramo a outro. Yozo não tirava os olhos do sol, com a esperança de que estivessem rumando para o oeste.

Já tinham avançado bastante no pântano quando o terreno foi ficando mais úmido. Yozo tirou as sandálias de palha e seus pés descalços afundavam a cada passo, a lama puxando-os para baixo. O sol batia forte. Ele enxugou o suor que escorria nos olhos, as pernas doíam pelo esforço de livrá-las da lama que as puxava. Marlin vinha atrás, xingando sem parar.

— Vamos nos livrar disso logo — disse Yozo, tentando parecer mais animado do que estava. Olhando em volta para o mar de capim, concluiu, apreensivo, que tinham perdido a direção. Pelo menos na guerra, ele sabia onde estava o inimigo e como combatê-lo, mas ali, em meio ao matagal de frondes ondulantes, não tinha ideia para que lado virar.

Perscrutando entre os caules, notou uma elevação no terreno, não muito distante de onde estava.

— Parece que lá a terra está seca — apontou, animado, tentando esconder o alívio.

Ao chegarem ao pé da encosta, estavam exaustos. Conforme subiam, Yozo começou a escutar um barulho. A princípio era só um sussurro, quase inaudível em meio ao farfalhar do capim e do ruído das pedras se soltando ao redor deles. Depois, aumentou até ficar bem distinto: eram vozes e passos pesados.

De cabeça baixa, Yozo olhou para cima e gemeu, desanimado. Estavam diante de um enorme muro de terra que cortava a planície e impedia totalmente a passagem. Era uma imensa muralha, muito mais alta que um homem. Estavam tão perto que ele podia ver as paredes claras de palha das barracas lá no alto e pessoas caminhando. Quanto à estrada, eles a haviam perdido completamente de vista.

— Seja lá o que for isso, está entre nós e Edo — disse ele, soturno. — Teremos de atravessar de alguma maneira.

Virou-se para Marlin e o encarou, incrédulo. O enorme francês sorria satisfeito como se tivesse acabado de derrotar sozinho um exército inteiro.

— É o Dique Japão, meu caro — gritou ele, mal conseguindo controlar a animação. Uma fumaça saía das barracas sobre a muralha, que exalavam um delicioso cheiro de comida.

Yozo olhou para Marlin e deu-lhe um tapa no ombro. Não podiam fazer barulho.

— Você não compreende? — perguntou Marlin. — Isso é Yoshiwara, podemos nos esconder aí.

Yozo ficou pasmo. Então as palavras foram ganhando sentido e ele também começou a rir. Yoshiwara, a cidade murada. Fazia anos que nem pensava nisso. Marlin tinha razão, era um outro país ali dentro, com leis e segurança próprias. Se entrassem, estariam salvos — se conseguissem entrar, claro. Franziu o cenho, pensando, tentando imaginar a geografia do lugar.

— Temos de passar pelos guardas primeiro, mas jamais nos deixarão entrar. Parecemos mendigos. O jeito, então, é chegarmos o mais perto possível da base do dique e contorná-lo até chegarmos à beira da paliçada. Lá, teremos de atravessar o Fosso dos Dentes Negros e o muro. Não será fácil, mas já chegamos até aqui. Vamos conseguir de algum jeito.

— Por que não esperamos até a noite e entramos com todo mundo? — perguntou Marlin, impaciente. — Tudo que temos a fazer é chegar ao alto do dique.

Yozo olhou para o rosto grande e quadrado do amigo, os escassos cabelos e bigodes castanhos, e os longos braços e pernas saindo, desarmoniosos, do casaco de algodão e das calças. Era a coisa mais irracional que já ouvira.

— Infiltrar-se na multidão? Você? Haverá soldados conferindo documentos e não temos nenhum.

— Eles me conhecem — disse Marlin, animado.

— Conhecem você? — Yozo riu alto.

— Claro. — Marlin ainda sorria. — Se alguém perguntar, digo que você é meu criado, deixe comigo.

Yozo suspirou. Era o plano mais louco que já tinha ouvido, mas Marlin parecia seguro e nunca o havia decepcionado.

— Melhor descansarmos até o anoitecer — disse, relutante.

Contornaram o alto da colina, tentando não chamar atenção ao fazer o capim se agitar, e acharam uma proteção sob a copa de umas folhagens, onde ficaram encolhidos esperando o sol sumir.

Yoshiwara. Yozo era um homem do mundo, tinha visitado o Ocidente mas, mesmo assim, não conseguiu evitar sentir uma onda de excitação. Nos seus tempos de menino, aquele era o lugar mais atraente que existia, todos falavam nas cortesãs e gueixas e comentavam sobre as mais famosas. Assim como todo jovem, Yozo sonhara em ser visto com uma linda cortesã em seus braços e ser admirado como alguém que conhecesse tudo lá dentro.

— Então você conhece Yoshiwara — disse ele para Marlin.

— Tanto quanto você conhece Pigalle, em Paris, ou o bairro da luz vermelha em Amsterdã.

— Meu pai me levou a Yoshiwara quando eu tinha 13 anos — contou Yozo. Ele fechou os olhos. Podia se lembrar da voz grave do pai dizendo que um menino tinha de aprender a ser um homem. Depois, Yozo foi para o exterior, passou a fazer parte de um outro mundo e, desde que voltou, não pensou mais em Yoshiwara. Havia uma guerra para lutar.

Mas agora, com o sol percorrendo o céu, ele se permitiu sonhar. Que lugar incrível fora aquele para um jovenzinho conhecer — as mulheres sorrindo em belos trajes de seda, acenando e chamando, olhando-o de um jeito que o enrubescia até a raiz dos cabelos. Depois, aquele primeiro encontro com uma cortesã de trajes vermelhos com cauda, envolta em ondas de perfume. Lembrava-se do sorriso dela e das mãos brancas e macias. Desde então, conhecera muitas mulheres daquela profissão, mas nenhuma tão delicada e hábil. Em meio ao devaneio, pensava o que teria acontecido com ela e como seria Yoshiwara agora. Certamente a guerra devia ter atingido a cidade murada também.

Mas mesmo assim, Marlin tinha razão, aquele era o lugar perfeito para se esconder. Lembrou que na época, por ser samurai, teve de deixar suas espadas no portão e, com elas, seu status. Fora de Yoshiwara, os samurais consideravam os comerciantes criaturas vulgares, que sujavam as mãos com dinheiro; dentro, porém, estavam todos no mesmo barco. Na verdade, na cidade murada os comerciantes eram reis e se pavoneavam como nobres, dando banquetes e recebendo cortesãs. Até os camponeses eram bem-vindos se tivessem dinheiro para gastar.

Com o cair da noite, Yozo e Marlin seguiram pela última parte do pântano até o começo do dique. Yozo examinou bem a rústica muralha de pedra e começou a subi-la como pôde, buscando apoio para as mãos e os pés. Estava na metade do caminho quando ouviu um estampido. Marlin tinha escorregado até o chão, levando com ele uma avalanche de pedras e terra. Yozo levantou o rosto esperando ver muitos olhos examinando-o, mas havia tanta confusão e tantos pés acima deles que abafavam qualquer barulho que os dois pudessem fazer.

Sobre a muralha havia uma rua cheia de barracas oferecendo comida, xilogravuras, lembranças e livros, além de todos os disfarces que alguém pudesse querer, desde um avental de médico até perucas para o alto da cabeça. O caminho era iluminado por lanternas. Homens passavam apressados, usando faixas amarradas bem abaixo da cintura, e carregadores corriam levando palanquins.

Tremeluzindo ao longe, via-se um amontoado de casas com colunas de fumaça saindo dos telhados aglutinados: Yoshiwara. O bairro se destacava na planície como uma cidade encantada, flutuando no escuro, dançando com luzes, atraindo os homens como as mariposas são atraídas pela luz, tão fascinante quanto o paraíso ocidental do Amida Buda. Em meio ao som de passos, chegava até eles o barulho de música e festa.

Yozo bateu a poeira de suas roupas e alisou os cabelos.

— Ainda bem que é noite — resmungou. Enrolou um lenço na cabeça para esconder o rosto e deixou só os olhos e o nariz à mostra. Esperava que Marlin fosse colocar o chapéu na cabeça, mas o francês seguiu tão arrogante quanto qualquer libertino que fosse passar a noite na cidade.

— Lembre-se, nenhuma palavra — disse, sobre os ombros. — Deixe a conversa comigo.

Eles se infiltraram na multidão de homens que andavam apressados pela rua. Sem ser notado, Yozo os examinou — sulistas, a maioria, a dizer pelos sotaques, os modos grosseiros e os trajes exagerados. Ficou louco de ódio ao pensar que aqueles homens não só ocupavam seu país, mas dormiam com suas mulheres também. Correu os dedos pela faca enfiada na cinta. Em seguida, sentiu Marlin bater em seu braço. O corpulento francês percebeu o seu ódio.

Estavam perto da curva que levava a Yoshiwara quando viram um bando de soldados impedindo o caminho, parando todos os que passavam. Marlin meteu-se no meio como se os soldados nem estivessem ali. Yozo baixou a cabeça e ia seguindo, quando um sujeito horroroso, de cabeça redonda e uniforme negro entrou na frente dele.

— Documentos — rosnou, com um forte sotaque sulista.

Yozo pegou a faca mas, antes que pudesse se mexer, Marlin tinha virado para trás e segurado o amigo pela gola.

— Idiota! Você é muito lerdo, vá andando — gritou, em inglês, dando uma sacudida nele.

Os soldados ficaram boquiabertos.

— Débil mental maldito — xingou Marlin, dando um tapa na cabeça de Yozo.

Os guardas recuaram, baixando a cabeça, nervosos, temendo aquele estrangeiro enorme, e Marlin seguiu, com ar superior. Yozo foi atrás, rindo com seus botões, esfregando a cabeça e arrastando os pés como o criado mais idiota.

Estavam se cumprimentando pelo sucesso na entrada quando dois estrangeiros magros se aproximaram por trás deles e os ladearam, um de cada lado. Yozo identificou os uniformes; eram marinheiros ingleses, homens agressivos, de rosto corado, com aquele cheiro de carne que tinham todos os estrangeiros.

Eles se aproximaram de Marlin e ficaram bem na frente dele. Era óbvio que, para eles, Yozo e os guardas nem existiam. Marlin se moveu para um lado e, depois, para o outro, mas os marinheiros fizeram o mesmo, impedindo a sua passagem.

— Francês, não? — perguntou um deles em inglês. — Pensei que tivessem sido descartados.

— O que faz aqui, vestido como aqueles macacos? — perguntou o outro, arrastando as palavras.

Ele deu um empurrão em Marlin, que recuou alguns passos. Era perigoso demais brigar ali e Yozo sabia que, se chamassem atenção, os guardas descobririam quem eles eram.

— Querem entrar em Yoshiwara? — perguntou Marlin, ríspido, para os ingleses. —Se derem problema, eles não deixam.

Deu a volta neles e seguiu rapidamente em direção à rampa em zigue-zague do Grande Portão. Yozo veio atrás. Como num sonho, ele passou pelo salgueiro-chorão e viu o conhecido telhado do portão, as portas de madeira maciça completamente abertas e as imensas lanternas vermelhas dependuradas de cada lado. O guarda, um sujeito corpulento com um pescoço tão grosso quanto o de um touro e braços fortes cobertos de tatuagens, deu um passo à frente ao ver Marlin e abriu um grande sorriso.

— Shirobei — disse Marlin —, você ainda está aqui?

— *Monsieur* — disse o guarda. — Seja bem-vindo, estávamos esperando o senhor. Esses homens não estão lhe causando problemas, estão?

E de repente, Yozo já estava do outro lado do portão. Ele se infiltrou na multidão, observando com olhos arregalados as casas iluminadas e a série de lanternas vermelhas. Sentiu perfumes delicados e toques de seda quando lindas figuras de rosto branco passaram e crianças ricamente vestidas abriram caminho no meio das pessoas.

À frente, viu os cabelos castanhos de Marlin se destacando por cima da população, enquanto abria caminho pela rua principal e virava numa ruela. Perplexo, Yozo o seguiu.

23

Hana estava no Grande Portão de Yoshiwara, fazendo uma graciosa reverência ao se despedir de um jovem sério de testa pronunciada que subia num palanquim. Ele enfiou a cabeça para dentro e, em seguida, colocou-a para fora, virando-se para encarar a cortesã, com um olhar desesperado que beirava o ridículo. Seus criados ficaram em volta dele, apressando-o. Dizia-se que ele era uma figura em ascensão na nova burocracia e ocupava um alto posto no Ministério das Finanças. Mas com Hana, comportava-se como um menininho zangado.

Em geral, despedia-se dos clientes dentro da casa, mas ele implorou tanto por sua companhia até o portão que ela acabou concordando. Pensando que era cedo e que poucos homens a veriam, jogou um velho casaco *haori* por cima dos trajes de noite e saiu usando pouquíssima maquiagem.

Até então, Hana tinha tomado cuidado para não olhar do outro lado do Grande Portão. Pertencia a Yoshiwara e sabia muito bem que o mundo além do portão era proibido para ela. Mas nesse dia, olhou, imaginando que veria um mensageiro descer a colina com uma carta de Oharu e Gesuké. Fazia mais de um mês que tinha entregado o bilhete para Fuyu levar para eles e ainda não obtivera resposta.

Além das árvores, do outro lado do portão, ela podia ver o sinuoso caminho que levava até o Dique Japão. Ao longe, a barragem surgia como um grande muro cortando a planície. Figuras andavam depressa sobre o cume, em formas de silhuetas contra o céu claro, aparecendo e sumindo entre as barracas de palha que brilhavam ao sol. Um galo cantou, cortando a pressa matinal. A temperatura tinha ficado bem fresca.

O vento que atravessava o portão trazia os cheiros da cidade que ela havia quase esquecido, além de sons estranhos e vozes de criança. Nos alagados, os gansos grasnavam. Ali em Yoshiwara a vida dela se restringia a cinco ruas, mas lembrou com uma pontada de tristeza que, do outro lado do Grande Portão, o mundo continuava sem fim. Uma caminhada de uma hora pelo alagado e pelos campos suaves a levaria à cidade de Edo, que agora Hana tinha de se lembrar de chamá-la de Tóquio. Se andasse durante dias por colinas e vales infinitos, chegaria a Kano, onde tinha nascido. De repente, ela se viu pensando na casa dos pais, com o portão quase caindo, a grande varanda da entrada, os cômodos espaçosos e escuros. Nessa época do ano, as portas de correr ainda estariam abertas, deixando a brisa entrar.

Tinha sido numa ensolarada manhã como aquela que se despediu dos pais. Lembrava-se deles acenando para ela quando olhou para fora do palanquim de casamento: o pai alto e sério, a mãe pequena e redonda, escondida na sombra dele, contendo as lágrimas. Dissera que estava muito orgulhosa por Hana se casar tão bem e a filha garantiu que faria tudo para não se envergonharem dela. Lembrava como ficara observando-os desaparecerem na distância. Sentiu tanta saudade deles, nesse momento, que ficou com lágrimas nos olhos.

Com um crocitar áspero, um corvo pousou na cerca ao lado, trazendo-a de volta à realidade com um susto. Ao seu redor, as mulheres faziam uma reverência para os amantes que subiam a colina com muita relutância, arrastando os pés, chutando nuvens de poeira e virando para trás no Salgueiro do Último Olhar, para uma derradeira mirada na mulher com quem tinham passado a noite. O jovem que entrou no palanquim havia se virado de novo para encarar Hana.

— Não aguento isso — disse ele, aflito. Para Hana, as calças justas à Ocidental e o casaco que ele usava não combinavam com as sandálias de tiras bem amarradas e as meias *tabi* brancas. — Sei que você vai me esquecer assim que eu for embora. Vai se ocupar de todos os outros amantes.

Ela sorriu como uma mãe sorri para o filho teimoso.

— Você é bobo, sabe que só amo você — garantiu, rindo. — Tenho de ver os outros, é minha profissão, mas só você me interessa. Não dormirei um instante até vê-lo outra vez. Só pensarei em você.

— Diz isso para todos — declarou ele, triste, mas riu mesmo assim. Ela o observava enquanto ele abaixava a cabeça e entrava na caixa de madeira, tirando as sandálias e sentando sobre as pernas dobradas. Os carregadores levantaram o palanquim nos ombros e subiram a encosta num passo ritmado. Hana ficou com a cabeça curvada até eles sumirem.

Depois que o último cliente foi embora, as mulheres no portão se entreolharam e sorriram. Por algumas preciosas horas, podiam ser elas mesmas. Hana bocejou e foi em direção à Esquina Tamaya. Estava ansiosa pelas duas horas de sono sem interrupção que teria. Um sino tocava ao longe e o canto das cigarras aumentava, depois desaparecia e, em seguida, voltava a ficar ruidoso. Havia um tom outonal naquele som estridente. Das casas nas vielas vinha a batida surda e ritmada dos malhos dos fabricantes de papel. Yoshiwara inteira parecia pronta para cair no sono.

Hana estava passando pela Casa de Chá Crisântemo quando as cortinas da porta se abriram.

— Hanaogi-sama, Hanaogi-sama! — chamou uma voz.

Ela conteve uma exclamação. Mitsu usava um simples quimono de algodão e um casaco. Mesmo de manhã, ela costumava estar impecável, mas nesse dia não usava nada de maquiagem. O rosto envelhecido tinha um tom de pergaminho, com os olhos quase ocultos nas dobras da pele e os cabelos formando uma juba grisalha em volta da cabeça, mas, para surpresa de Hana, ela dançava de alegria. Olhou a rua de um lado para o outro, como se quisesse conferir se havia alguém por perto capaz de ouvi-las. Depois, correu até Hana, com passinhos de pombo.

— Tenho ótimas notícias — disse ela, escondendo o sorriso com a mão. — Saburo voltou!

Hana olhou para ela, intrigada, perguntando-se que notícias tão animadoras seriam aquelas, capazes de fazer Mitsu se comportar de maneira tão incomum.

— Saburo? — repetiu.

— Saburosuké, da Casa de Kashima — respondeu Mitsu, enfatizando cada sílaba com um aceno da cabeça e dando aquele riso agudo, esganiçado. — O bairro vai renascer! Vamos ter movimento de novo!

— Saburosuké Kashima...

Até no interior, Hana tinha ouvido falar dos Kashimas. Antes de se casar, a mãe mandou uma criada à loja Kashima, em Osaka, para encomendar a seda vermelha de seu vestido de casamento. Ninguém tinha sedas mais finas, garantira ela. Os Kashimas eram considerados muito ricos e poderosos. Ela ouviu dizer que, durante a guerra civil, deram dinheiro para os dois lados, assim, não importava quem vencesse, eles estariam por cima.

— Claro que o empregado dele veio logo me procurar aqui na Casa de Chá Crisântemo — disse Mitsu, satisfeita, tocando no braço de Hana. — Ele tem bom gosto, sabe qual é a melhor casa da cidade.

Sorriu para Hana, os olhos brilhando.

— Antes da guerra, ele era o nosso melhor patrono. Uma vez, marcou encontro com todas as trezentas moças de Yoshiwara e fechou o Grande Portão para uma festa. Nossos cozinheiros trabalharam durante dias! Ele experimentou todas as melhores moças, dizendo sempre que estava à procura da mulher perfeita. Mas aí veio a guerra e ele foi para Osaka, como todos os nossos melhores clientes. Agora, está de volta e sabe o que o empregado dele me perguntou? A primeira coisa?

Hana negou com a cabeça.

— Ele disse: "Mitsu-sama, quem é essa Hanaogi de que tanto falam? O chefe quer um encontro com ela. Marque logo." Está vendo, mesmo em tempo de guerra sua fama se espalhou pelo país.

Um silêncio pareceu pairar sobre a rua. Hana sentiu certa apreensão.

— Mas minha agenda está completa — disse, devagar. — Estou com encontros marcados por meses.

— Adiei seus encontros — respondeu Mitsu, ríspida. — Você vai estar com ele esta noite.

Duas meninas de quimono passaram correndo, uma atrás da outra, rindo e gritando.

— Mas... — Masaharu, seu cliente preferido e o homem que pagara sua iniciação, havia marcado um encontro com ela naquela noite. Hana sempre se lembrava do conselho de Otsuné: para ele, você é apenas um brinquedo. Ele pagava pelo prazer e só; Hana cuidava de manter distância e não lhe entregar seu coração. Mas, apesar de todo esse esforço, ela ficava ansiosa pelas visitas dele. — O que dirão meus clientes ao chegarem e verem que o encontro foi cancelado?

— Não foram cancelados, foram adiados; é bom fazer com que esperem, ficam mais ansiosos por você.

— Mas Masaharu é o cliente mais antigo.

— Que seja. Mas é novo no quarteirão e, embora tenha muito dinheiro para gastar, Saburo é muito mais importante. A Titia e o Papai o conhecem bem, assim como Tama. Vão adorar saber disso. — Ela deu um riso agudo. — Saburo voltou! Será como nos velhos tempos! Me sinto jovem outra vez!

Hana sentiu uma pontada aguda na base do estômago.

— Não sou obrigada a dormir com Saburo se não gostar dele — resmungou Hana. — Ele vai ter de me conquistar como todos os outros.

Mitsu franziu o cenho. Como todas as mulheres de Yoshiwara, ela não tinha sobrancelhas, apenas uma sombra no lugar onde foram raspadas.

— Não seja boba — disse ela. — Não tem nada a ver com gostar. Sempre esqueço que você está aqui há pouco tempo. Ele é um homem muito importante.

Hana engoliu em seco.

— Ele é velho ou novo? Bonito? Inteligente? — Ela quis saber.

— Ele é rico, é tudo o que você precisa saber. Vá para casa dormir. Esta noite vai precisar de toda sua energia.

Antes que Hana pudesse dizer mais alguma coisa, Mitsu tinha voltado para a casa de chá e deixado as cortinas da porta esvoaçando.

Relutante, Hana andou até a Esquina Tamaya. Podia imaginar a animação do local. A Titia e o Papai insistiriam para que ela dormisse com o tal homem; Tama lhe diria que grande oportunidade era aquela. Hana chutou a areia do chão. Justo quando começava a achar que era dona de seu destino, algo sempre lhe acontecia para mostrar que não passava de uma escrava. Apesar de todas as lindas roupas, pertencia a essa classe.

Chegou ao portão que levava a Edo-cho 1 e à Esquina Tamaya e parou, brincando com o leque. Ia procurar Otsuné, ela saberia o que fazer.

Logo depois, Hana estava do lado de fora da casa de Otsuné, tentando abri-la. Mas estava trancada. Parou, tomada de surpresa. Ninguém nunca trancava as portas, muito menos Otsuné. Empurrou-a de novo, achando que talvez estivesse emperrada. Sacudiu-a e bateu.

Considerando, então, que a amiga talvez estivesse doente, bateu à porta de novo e chamou.

— Otsuné! Está aí?

Ouviu passos vindos de dentro e o som de algo pesado sendo retirado com um suspiro de alívio. A porta se abriu num estalo.

— O que aconteceu? Estava dormindo? — perguntou Hana, abrindo a porta.

Um feixe de luz fraca iluminou as sandálias que estavam na entrada e o degrau que levava ao pequeno quarto de Otsuné, destacando-os. A sombra de Hana ficou sobre eles, escura e esguia. Mas, ao entrar, viu que, afora aquela luz estreita e alongada, estava tudo úmido e fechado como uma casa de banho. Otsuné deve ter fechado as portas de correr, pensou, intrigada.

Então, duas mãos a agarraram pelos ombros. Hana gritou, assustada, e o agressor virou-a e jogou-a para o lado. Ela tropeçou para a frente, esticando os braços na tentativa de se proteger. Depois, pisou nas sandálias, perdeu o equilíbrio e caiu. Ouviu o estrondo de uma prateleira de sapatos cair quando a porta bateu, deixando-a na escuridão total, e o som surdo de uma tranca sendo fechada.

Ainda ofuscada pela luz de fora, ela foi tateando ao redor, trêmula de susto e medo, na esperança de encontrar algo familiar, e recuou assustada ao tocar num tecido áspero. Podia ouvir uma respiração, sentiu um cheiro forte de suor de homem e de roupa suja e percebeu o calor de um corpo próximo a ela. Os olhos se adaptaram à escuridão e ela viu uma sombra.

Um louco, ou um mendigo, pensou Hana ouvindo as batidas de seu coração ecoarem nos ouvidos. O homem devia ter invadido a casa e matado Otsuné e agora ela estava presa lá com ele. Gritou, mas ele a agarrou e cobriu sua boca com tanta força que ela sentiu o suor e a sujeira da mão dele. Percebeu o corpo dele apertando-se contra o dela e se debateu, tentando se livrar de seu controle, mas ele a apertava ainda mais forte. Foi tomada de pânico enquanto chutava e lutava, ofegante, certa de que dali a pouco ele a deitaria no chão e rasgaria seus quimonos. Ele a fez ajoelhar-se, sem tirar a mão que estava sobre a boca de Hana, apertando-a com força.

— Não tenha medo, não vou machucar você — disse ele, calmo. — Por favor, não faça barulho.

Ela o encarou bem e se encolheu ao ver os cabelos desgrenhados, a barba escura e os olhos brilhantes na réstia de luz que entrava pela fresta das portas de correr.

— Desculpe-me — pediu ele. — Por favor, não grite.

Ela concordou com a cabeça, tremendo, e ele a soltou. Ela cerrou os punhos ao lembrar-se do punhal que trazia no *obi*. Se ele se mexesse um centímetro, ela o acertaria.

— Onde está Otsuné? O que fez com ela? — perguntou, baixo e furiosa.

— Ela vai voltar logo. Sou... uma visita. Desculpe ter assustado você.

Ele se ajoelhou na frente dela, mantendo os olhos fixos em Hana, e ela notou que ele tinha postura de militar, de joelhos afastados e costas eretas. O rosto estava riscado e sujo, mas muito calmo. Ele a olhava como se a estivesse avaliando, as sobrancelhas levantadas, como se perguntasse a si mesmo que criatura era aquela que tinha capturado.

Então, ela compreendeu. Ele devia ser um fugitivo, um soldado do exército nortista. Por isso a porta estava trancada e as portas de correr, fechadas. Estava em fuga. Ele tinha mais motivos para ter medo do que ela.

— Não vou entregar você — disse ela, tranquila, perdendo o medo. — Todos nós aqui somos de Edo e fiéis à causa do norte.

O homem expirou intensamente, com os olhos brilhando sob uma cortina de cabelos.

— Não existe mais causa do norte — alegou ele, amargo. — Acabou.

Ele tinha lutado pelo norte, portanto, concluiu ela. Podia até ter combatido ao lado de seu marido. Talvez soubesse o que tinha acontecido com ele. Mas pensar no marido a fez lembrar que aquela parte de sua vida já não existia mais. Ela agora era uma cortesã, o marido jamais a aceitaria de volta, sob nenhuma condição.

A boca dele se contorceu assumindo um aspecto zangado.

— Vi sulistas nas ruas aqui, ouvi-os conversando. Vocês vendem o corpo ao inimigo.

Hana se encolheu como se tivesse levado um tapa.

— Todos tivemos de encontrar maneiras de sobreviver — declarou ela, por fim, com a voz trêmula. — Estou viva e você também. É melhor não perguntar como.

Os ombros do homem caíram.

— Perdoe-me — disse ele, e Hana sentiu certa compaixão. Ele lutara pela causa e fora derrotado. Talvez tenha sido ferido, obrigado a cometer todo tipo de maldade e a voltar para Edo maltrapilho, sem conseguir manter a cabeça erguida. Era impossível saber o que ele sentia. Ela estendeu a mão e a colocou sobre a dele.

— Nós dois sofremos — falou ela gentilmente. — Mas conseguimos sobreviver, de alguma maneira. Isso é o que importa.

Ele olhou para Hana e, de repente, ela gostou de estar com uma roupa simples, como uma criada, sem os deslumbrantes trajes de uma cortesã.

— Meu nome é Hana — disse, e sorriu.

24

Yozo sentiu um arrepio na espinha ao perceber a mão da moça sobre a sua. Na penumbra, tudo que conseguia enxergar era o rosto oval de Hana, pálido como a lua, e os cabelos pretos que caíam soltos nas costas. Estava ciente de sua delicadeza, da voz suave, da presença calma e do perfume da roupa e dos cabelos. Ela era jovem — ele sabia pelo tom de sua voz — e pequena, pois quando a segurou era como se tivesse segurado um pássaro.

Aquele toque de mão sobre mão trouxe de volta sentimentos cuja existência ele havia esquecido. No passado, tivera outra vida, lembrou-se naquele momento, na qual os homens não lutavam e morriam e onde havia mulheres de pele macia e voz suave. Nessa outra vida, sua existência era cheia de possibilidades que foram se reduzindo até se transformarem apenas numa questão de sobrevivência.

Ele estava escondido naquela casa havia quase um dia inteiro e começava a parecer pior do que estar trancafiado na jaula de bambu. Era apertada e bagunçada e, para piorar, de manhã Marlin insistiu em fechar as portas de correr antes de sumir com a mulher, deixando-o no escuro, sufocado em fumaça de carvão e no cheiro de cabelo queimado. Parecia que havia sido jogado no inferno. O lugar de Yozo era no mar, navegando, ou em Ezo, lutando contra o inimigo ao lado de seus homens, ou nas montanhas, com os caçadores de urso. Não ali, enfiado numa casinha aguardando ser morto.

Ele estava andando de um lado para outro, xingando, quando bateram à porta. Soldados, pensara ele, tirando o punhal da cintura. Ouvira então uma voz de mulher e guardou o punhal. Seu primeiro pensamento fora o de deixá-la entrar antes que chamasse os vizinhos, mas só quando ela já havia entrado que ele começou a se perguntar quem era ela. Era muito educada para uma moça de Yoshiwara, havia sido a sua primeira conclusão. No entanto, ele não se lembrava muito bem das mulheres que conhecera quando menino, na vez em que o pai o trouxera para aquele lugar.

Depois, a moça colocara a mão dela sobre a sua. Ele sabia que estava com a aparência de um selvagem e se comportara como tal, mas ela não teve medo dele.

Houve então uma batida na porta, seguida de outra: era o sinal que tinha combinado com Marlin. Yozo tirou a tranca e o enorme francês entrou, quase dobrando o corpo ao meio para não bater a cabeça na verga da porta. A mulher dele vinha atrás, com um embrulho em cada mão.

— Argh, isso aqui está abafado! — reclamou Otsuné, colocando os pacotes no chão, abrindo o leque e se abanando furiosamente. — Irmão grande, você deve estar sufocado! Hana, é você que está aí?

Marlin atravessou o cômodo com passos pesados e abriu as portas de correr. Quando ar e luz entraram, Yozo se virou, curioso para ver o rosto da moça. Ela correra para cumprimentar Otsuné e, quando se ajoelhou, o sol mostrou seu corpo esguio, os cabelos pretos caídos nas costas e os crisântemos brancos no quimono azul.

Yozo ficou sem ar ao notar os olhos puxados, o nariz delicado e a boca pequena e farta. Tinha se enganado, era mesmo uma moça de Yoshiwara. Percebeu isso pela segurança e descontração com que lidava com os homens. Em vez de ajoelhar-se em silêncio, ou correr para se esconder nos fundos da casa como uma esposa de samurai, parecia apreciar a atenção que ele lhe dava. Ao mesmo tempo, tinha uma ingenuidade como se fosse nova naquela profissão.

Ela se virou para Marlin como se só então tivesse notado a presença dele, pôs as mãos sobre a boca e recuou, assustada, parecendo ter visto um monstro. Os dois homens começaram a rir. Por um instante, Yozo viu o amigo através dos olhos dela: um sujeito de membros compridos, mãos musculosas, nariz enorme, surpreendentes olhos azuis e pernas grossas como troncos de árvore. Devia mesmo parecer um gigante naquela casa de boneca.

Otsuné abriu um de seus embrulhos e retirou arroz enrolado em folhas de bambu e pratos com picles, berinjela grelhada e fatias de tofu frito. Prendendo os cabelos num nó e mostrando a nuca branca e macia, Hana foi até uma arca na lateral da sala e trouxe bandejas, pauzinhos de comer e temperos. As mulheres arrumaram os pratos em bandejas, que colocaram na frente de Yozo e Marlin, e os dois se alimentaram com gula, saboreando cada bocada. Há meses não comiam tão bem.

— Precisa de um banho, meu amigo — disse Marlin, limpando o bigode com as costas da mão peluda. — Tomar banho e fazer a barba. Então voltará a ser civilizado.

Otsuné se movimentava para todos os lados, apressada, como se tivesse nascido para cuidar de seu homem e do amigo dele. Em seguida, ajoelhou-se na frente de Yozo e inclinou-se para examinar o rosto dele.

— Hana — disse ela. — Nosso Yozo não pode ser notado no meio das pessoas. Precisa cortar o cabelo, o que você acha? Ele deveria ficar igual a um samurai ou a um comerciante? Ou deveria fazer um corte ocidental, como os sulistas?

Hana inclinou a cabeça para o lado.

— Bem, ele tem mesmo muito cabelo — disse ela. — Dá para fazer qualquer coisa. — Virou-se para Yozo. — Otsuné corta cabelos muito bem.

— Eu geralmente corto cabelos de mulheres — respondeu Otsuné rindo. — Mas sem dúvida posso dar um jeito.

Hana franziu o cenho.

— Acho que ninguém acreditaria que você é comerciante. — Ela fingia falar sério, mas Yozo podia perceber o sorriso nos cantos da boca.

— Você é magro demais, todos os comerciantes que conheço são gordos e pálidos, com barrigões, porque ficam muito tempo em casa contando o dinheiro. Também não deveria ser um samurai, você se envolveria em brigas a todo momento. Não — disse ela, sentando nos calcanhares. — Acho que você podia ser um daqueles rapazes que corre atrás de quem não paga as contas. Os moradores daqui saberão que você é novo no lugar, mas os clientes não, e é com eles que temos que nos preocupar. Otsuné, você deveria apresentá-lo à Titia na Esquina Tamaya e ela lhe arrumará um emprego. Podia dizer que é seu primo recém-chegado do campo, isso explicaria o porquê de não ter aparecido antes.

Otsuné entregou uma bacia para Yozo com água morna. Ele saiu e foi para os fundos da casa, tirou a roupa até a cintura e se lavou o melhor possível.

— Depois que estiver apresentável, você deve ir direto para a casa de banhos — acrescentou Hana, séria, quando ele voltou. Yozo fez um olhar zangado e virou o rosto, irritado pelo controle que ela já exercia sobre ele, pela maneira fácil como ela o seduzia e também por ele não conseguir parar de olhá-la.

Ele se sentou e Otsuné aparou a sua barba, depois afiou uma lâmina numa pedra de amolar e barbeou o queixo e o rosto, manejando com perícia a longa lâmina. Por fim, cuidou dos cabelos. Yozo ficou sentado enquanto fartas mechas pretas caíam sobre um pano estendido no piso de madeira, sentindo prazer no modo suave com que ela segurava a sua cabeça e a fazia girar para um lado e para o outro, dando leveza e frescor inesperados em volta de suas orelhas. E havia também Hana, com seu quimono de algodão, andando de lá para cá, enchendo as xícaras de chá. Yozo tentou ignorá-la, porém percebeu o modo curioso com que ela o observava, de como arregalou os olhos quando os últimos pedacinhos de barba e mechas de cabelos empoeirados desapareceram, revelando um rosto jovem, e de como ficou tímida quando seus olhos se encontraram e ela virou o rosto.

Otsuné recuou para admirar seu trabalho e Hana moveu-se rapidamente para o lado dele e se ajoelhou.

— Um dia, irmão grande — disse ela, olhando para ele —, você precisa me contar onde esteve e o que fez. Quero saber de tudo.

A voz era suave e baixa. Quando estava ajudando Otsuné, Hana havia conversado em tom jocoso e agudo como uma moça de Yoshiwara, mas agora falava tão sério que ele teve de responder.

— Vou contar, prometo — respondeu ele. — Um dia.

Ele endireitou os ombros. Tinha de tomar cuidado, pensou. Não era hora de se distrair com uma mulher. Precisava encontrar Enomoto e os outros companheiros.

No segundo embrulho, Otsuné trouxera roupas limpas e Yozo vestiu um casaco azul-escuro de operário, enfiou o punhal no cinto, depois enrolou uma toalha em volta da cabeça. As duas mulheres ajoelhadas sentaram-se nos calcanhares, o olharam e, em seguida, sorriram uma para a outra.

— Perfeito — disse Otsuné, virando-se para Marlin, que estava deitado no chão como um tronco caído, ocupando metade do aposento, com a cabeça apoiada num travesseiro.

Yozo levantou-se de um salto e foi para a porta.

— Calma, amigo — interveio Marlin, segurando a manga do casaco dele. — Yoshiwara tem espiões e você é procurado. Preciso de tempo para investigar antes de você começar a rondar por aí. As pessoas me conhecem aqui.

— Por favor, cuidado — pediu Otsuné, olhando para Yozo de olhos arregalados. — Não nos traga problemas, não agora que meu Jean voltou. A guerra acabou e os sulistas sabem que este é o primeiro lugar que os fugitivos procuram. Dizem que a polícia já está nas ruas, à paisana, misturada às pessoas. — Lágrimas brilharam nos seus olhos. — Senti tanta falta dele — disse ela, calma, repousando a mão sobre a coxa grossa de Marlin. — Yoshiwara costumava ser um mundo fechado, onde os homens do xogum jamais vinham, mas esses novos homens no poder não respeitam os antigos costumes.

Yozo suspirou. Estava comovido pelo fato de seu amigo, aquele estrangeiro de maneiras rudes que ele sempre considerou um solitário exilado em sua terra, ter uma mulher à espera. E tão dedicada.

— Duvido que a polícia dê atenção a um simples criado, quando um francês enorme apareceu na cidade — disse ele. Deu um tapinha no ombro de Otsuné. — Mas não se preocupe, vou esperar uma ou duas horas antes de sair.

De longe vinha o som abafado de um sino de templo, flutuando sobre os campos em direção às casinhas enfileiradas nos becos de trás de Yoshiwara. O som reverberou no pequeno cômodo, fazendo as portas de papel estremecerem nas molduras. Hana empalideceu.

— Não tinha percebido que era tão tarde — sussurrou ela. — Queria muito falar com você, Otsuné, mas agora não dá mais tempo.

Otsuné apertou a mão de Hana.

— Sei o que você queria me perguntar. — Ela deu uma olhada para eles, aproximou-se de Hana e falou baixinho. — O homem do qual todos estão falando, dizem que é um monstro, mas não passa de um homem, mais rico que os outros e com o mesmo apetite. Providencie muita comida e muita bebida e tudo vai ficar bem. Volte amanhã e me conte como foi.

Yozo olhou para uma e depois para a outra. Não tinha ideia do que falavam, mas de repente Hana pareceu agoniada, como um animal selvagem preso numa armadilha.

— Não precisa fazer nada que não queira — disse-lhe ele. — Estamos aqui, agora, eu e Marlin. Podemos protegê-la.

Marlin sentou-se no chão.

— Claro. Não vamos deixar que ninguém machuque você — declarou ele com sua voz grossa.

— Preciso fazer o que me mandam — respondeu Hana, triste. — Vocês estiveram no exército, foram obrigados a obedecer ordens, querendo ou não. Comigo é a mesma coisa. — Yozo sentiu outra vez o toque dos dedos dela sobre sua mão. — Mas obrigada — acrescentou ela, fazendo uma reverência e se despedindo.

À soleira, ela parou, graciosa em seu quimono azul e com os cabelos soltos nas costas, calçou os tamancos e abriu a porta. Por um instante, ficou sob a luz do sol. Depois, o zunido dos insetos encheu o cômodo e ela foi embora.

— Ela é bela — disse Yozo, balançando a cabeça com um sorriso cheio de remorso.

Envolvida pelo braço de Marlin, Otsuné olhou para Yozo como se quisesse ver se ele estava pasmo com aquela demonstração de afeto. Depois, ela recostou-se em seu homem, virando-se para olhá-lo.

— Eu tenho toda a beleza que poderia desejar aqui ao meu lado — disse Marlin, sorrindo para Otsuné.

25

Hana correu pela avenida, segurando a sombrinha com uma mão e levantando as saias com a outra. Desde cedo, cortinas vermelhas foram colocadas nas portas das casas e lanternas vermelhas enfeitavam os beirais dos telhados enaltecendo o nome "Saburosuké Kashima". Para todo canto que Hana olhava, ela via os caracteres firmes, pincelados em preto, fazendo seu coração bater forte com um presságio.

A cada passo, ela se aproximava mais da hora de encontrar o tal Saburo. Tentou se lembrar do conselho de Otsuné, mas só conseguia pensar nos acontecimentos daquela manhã. Nunca vira um homem tratar uma mulher como Marlin tratava sua amiga, com tanto afeto e ternura. E havia também Yozo. Ela percebeu que sorria ao pensar nele. Sem dúvida era corajoso, mas também gentil, tão íntimo no jeito de olhar e, ao mesmo tempo, tão estrangeiro no jeito de se comportar.

Ela lembrou como o rosto dele havia mudado depois de ter a barba raspada e os cabelos cortados por Otsuné. Era um rosto viril, musculoso e bem bronzeado, com testa larga e olhos inteligentes; o rosto de um homem no qual ela podia confiar. As palavras dele ecoaram em sua cabeça: "Posso protegê-la." Para o marido, ela havia sido um objeto; para os clientes, apenas um brinquedo. Ninguém antes havia se oferecido para protegê-la.

Mas ele também dissera que as mulheres de Yoshiwara vendiam o corpo para o inimigo. Lembrar-se disso lhe provocou um calafrio na espinha. Era verdade, ela havia dormido com o inimigo, e ainda dormia. Até se permitira nutrir certo sentimento por Masaharu. Que traição poderia ser maior do que aquela?

 O sol vespertino batia forte e o perfume das flores, o cheiro de peixe grelhado e o fedor dos esgotos enchiam o ar de modo tão intenso que ela pensou que fosse ficar sufocada. Diante de uma das casas, a rua estava cheia de homens olhando as moças que tinham acabado de entrar na gaiola. Hana passou com dificuldade pela multidão, encolhendo-se ao roçar em corpos suados. Entre os clientes bem-vestidos, havia homens magros, de olhar faminto, provavelmente soldados nortistas em fuga, como Yozo. Deu de cara com dois sujeitos troncudos, de pescoços grossos, abrindo caminho entre as pessoas, certamente à procura de fugitivos. Sentiu o estômago embrulhar de medo como se ele tivesse sido golpeado e seguiu o mais rápido possível.

 Uma figura comprida como um bambu, num brilhante quimono negro, rodeava o lado de fora da Esquina Tamaya, olhando de um lado para outro. Era a Titia, com a cara branca contraída de raiva. A pequena Chidori correu na direção de Hana, o rosto redondo brilhando de suor sob a maquiagem pesada, e agarrou a manga do quimono dela.

 — Depressa, irmã grande, depressa — falou, ofegante. Das cozinhas vinha o barulho dos cozinheiros amassando peixes para fazer tortas e escolhendo arroz para o almoço.

 — Que ocasião para se atrasar — disse a Titia entre os dentes, enquanto Hana fazia uma reverência, desculpando-se. — Sabe muito bem que hoje é um dia importante. Entre e se arrume. Saburo chegará na Casa de Chá Crisântemo a qualquer instante.

 Como todo o restante de Yoshiwara, Edo-cho 1 estava enfeitada com bandeirolas e lanternas. Moças andavam depressa, conversando animadas; gueixas passavam, seguidas de seus criados carregando os *shamisens;* malabaristas treinavam seus números e rapazes saíam de restaurantes com pilhas de bandejas com comidas. Todos estavam ainda mais bem-vestidos do que de costume e, como Hana sabia, esperavam chamar a atenção de Saburo quando ele desfilasse pelas ruas do bairro. Mas enquanto as jovens que nunca tinham visto Saburo não se continham de tanta animação, as velhas pareciam estranhamente caladas.

Hana estava atravessando as cortinas da porta da Esquina Tamaya quando a Titia se virou para ela.

— Esqueci de lhe contar. Lembra daquela Fuyu? Esteve aqui perguntando por você.

Hana levou um susto. Fuyu devia ter uma carta de Oharu e Gensuké e a trouxera ela mesma para garantir uma boa gorjeta. Por isso a Titia estava evitando olhá-la.

— Onde ela está? — perguntou.

— Você não estava aqui, eu disse para voltar amanhã.

Hana sentou-se no degrau.

— Não deixou... nada para mim? — perguntou, quase chorando.

— Não — respondeu a Titia, levantando Hana do degrau. — Havia uma pessoa com ela. Um homem.

Hana puxou o braço das mãos da Titia, soltando-se.

— Que homem? — perguntou, ansiosa.

— Certamente não era alguém de posses — disse a Titia, torcendo o nariz com desdém.

— Mas era jovem? Velho? — Se fosse velho e aleijado, só podia ser Gensuké.

A verruga no queixo da Titia se mexeu.

— Não prestei muita atenção, mas acho que era jovem e malvestido. Não era do tipo de pessoa que queremos por aqui.

Jovem... portanto não era Gensuké. Uma terrível possibilidade começou a ficar evidente para Hana. Ela julgara o marido como morto e estivera tão ansiosa por saber o que tinha acontecido com Oharu e Gensuké, que entregara seu endereço para Fuyu — logo para ela. Mas... supondo que o marido estivesse vivo e Fuyu tivesse ido à casa e o encontrado lá... ele certamente teria insistido para ser levado até ali. Num de seus piores ataques de raiva, ele arrastaria Hana para casa, levaria-a à estaca de madeira e cortaria a cabeça dela.

Tremendo de pavor, ela encostou a mão na parede para não cair.

— Quando... quando estiveram aqui? — perguntou ela, num sussurro.

— Há algumas horas já — respondeu a Titia. — Não perca tempo, temos de subir.

Hana se levantou, pisando em falso, enquanto a Titia a empurrava para dentro da casa pelo piso lustroso, em direção aos aposentos onde as criadas estavam ocupadas arrumando sua cama e a caixa para as roupas dos visitantes, esticando os quadros de tecido pendurados nas paredes e dando os últimos retoques nos arranjos florais.

Sua única chance, pensou Hana, era encontrar alguém que a protegesse, alguém tão importante que nem o marido ousaria enfrentá-lo. Por um instante, pensou em Yozo. Depois, balançou a cabeça, discordando. Nem Masaharu era tão importante e, de toda forma, não era ingênua a ponto de acreditar que ele faria qualquer coisa que pudesse ameaçar sua carreira.

Mas havia alguém que poderia protegê-la, rico e importante, que não estava ligado a ninguém e com fama de conseguir o que queria: Saburosuké Kashima. Talvez o famoso Saburo fosse a sua salvação.

26

Em seu aposento, Hana se maquiou sozinha, de uma maneira um pouco mais discreta do que a habitual. Em vez de uma espessa máscara branca, passou uma camada suave, que deixava à mostra suas feições delicadas. As criadas pentearam seus cabelos formando uma torre, colocaram uma elegante coroa de corais por cima e a prenderam com grampos de tartaruga e ouro. Até os quimonos eram menos suntuosos do que o normal, meio finos, como convinha a uma tarde quente no auge do outono, com o quimono de cima em um delicado tom de pêssego. O requinte ficou para o *obi*, que era de um magnífico brocado bordado com leões e peônias.

Ao se olhar no espelho, a Hana que conhecia havia desaparecido. Transformara-se em Hanaogi, uma mulher sedutora comandando uma imensa farsa na qual os homens podiam fazer o que bem entendessem, seguros de que não haveria qualquer consequência.

Ela se surpreendeu desejando que Yozo a visse naquele instante, em toda a sua beleza. Lembrou-se do rosto dele e do jeito com que a olhou, depois balançou a cabeça, zangada com a própria insensatez.

A sala de visitas de seus aposentos fora lustrada, limpa e enfeitada com painéis e objetos que demonstravam luxúria e sensualidade. O ambiente estava perfumado com babosa, sândalo, canela e almíscar; no fundo do quarto, diante de um biombo dourado de seis faces, havia três almofadas de damasco: uma para Hana, outra para Kawanoto, a assistente preferida de Hana, que auxiliaria com os festejos, e a última para o ilustre convidado. Ao lado de cada uma, uma caixa laqueada de tabaco. Instrumentos musicais foram encostados nas paredes e quimonos requintadamente bordados estavam dobrados nas prateleiras. Pesados *obis* de fios de ouro estavam expostos e havia um caquemono pendurado na alcova, retratando uma cegonha contra o sol nascente. O ambiente encontrava-se muito mais luxuoso do que qualquer palácio de um daimiô.

Com a aproximação da chegada de Saburo, a Titia apareceu e olhou Hana de cima a baixo, arrumando as golas do quimono e a coroa nos cabelos com um dedo nodoso. Criadas entraram com bandejas de comida — legumes cozidos e cortados com arte, lulas pequenas, travessas de macarrão branco e fino, pequenas berinjelas roxas imersas em borra de saquê. Dispuseram tudo numa mesa baixa ao lado de jarras da mesma bebida, além de garrafas de vinho de ameixa e uma vasilha cheia de água onde nadavam peixinhos transparentes.

— Mandamos trazer arenques especialmente de Kusch — disse a Titia, sorrindo orgulhosa. — Garanto a vocês que não foi barato. — Estalou os lábios como que prevendo o alto preço que cobraria do convidado por aquele banquete. — Saburo-sama é muito exigente.

Hana respirou fundo e se obrigou a continuar calma. Precisava seduzir Saburo para que ele fosse seu patrono e para isso tinha de dormir com ele, não havia como escapar.

Quando Hana era nova no quarteirão, recebeu alguns conselhos de Tama.

— Incentive o cliente a beber bastante e, quando estiver na cama com ele, faça sexo imediatamente. Depois, faça de novo. Lembre-se de apertar as nádegas e mexer as coxas para a direita e a esquerda. Isso vai apertar o portão de jade e fazer com que ele atinja logo o prazer. Vai ficar exausto e dormir; então, você também poderá dormir um pouco.

Até aquela noite, ela só havia se deitado com homens dos quais gostava e nunca precisou dos conselhos de Tama; esta noite, iria colocá-los em prática.

Com uma pontada de pânico, ouviu passos de tamancos na rua vindo em direção à Esquina Tamaya, no início leves, depois, mais pesados, arrastando e batendo como um bloco num desfile de carnaval. Quando a música e a canção aumentaram, Hana saiu do quarto para um aposento ao lado. Pelas finas portas de papel, ela ouviu a conversa estridente de gueixas e o arrastar de pés no tatame quando as pessoas entraram.

Ela fechou os olhos, mas, para seu pavor, vieram à sua cabeça as palavras de Yozo como num mantra: "Vou lhe proteger." Furiosa consigo e com ele por distraí-la, apertou os punhos e se obrigou a concentrar-se.

A Titia olhou para ela a fim de conferir se estava pronta. Em seguida, abriu a porta com um floreio e Hana andou em direção à luz. Ela viu seu quarto e as pessoas ali paralisadas, como que atingidas por um raio: o bufão, de túnica bege e lenço na cabeça, os dedos dos pés virados timidamente para dentro imitando uma cortesã; gueixas sorrindo com dentes pintados de negro, abanando os leques; no fundo do quarto, ao lado de Kawanoto, uma presença grande e barriguda — o homem que pagaria por aquela festança.

Hana levantou as saias e mostrou os pés descalços, consciente do efeito que isso provocava: era como se, ao espiar as ondas de seda e brocado, revelasse a mulher escondida ali dentro. Puxando a cauda do quimono, deslizou pelo aposento e tomou seu lugar, de joelhos, na frente do convidado. Levantou um copo de saquê, bebeu e olhou Saburo por entre as pestanas.

Era gordo, bizarramente gordo, um homem bem rechonchudo — mas os ricos tendem a ser gordos, pensou ela. Era velho também, mas isso tampouco era incomum. Usava roupas caras, sua vasta barriga encontrava-se espremida numa túnica da mais fina seda negra e roxa, com um poema lindamente manuscrito em fios de ouro nas mangas e golas, porém havia manchas de saquê e marcas de suor no peito e nas axilas. No topo de seu corpo grande e redondo, como uma tangerina equilibrada sobre um bolo de arroz do tamanho de uma abóbora, estava a sua cabecinha, também redonda, com olhos saltados entre dobras de pele. Saburo parecia um enorme sapo.

Hana olhou-o de cima a baixo. Sem sombra de dúvida aquele era um homem que costumava ter o que desejava, mas ela sabia que se entregar imediatamente não seria bom. A melhor estratégia seria fazê-lo esperar, atiçar o desejo dele até pelo menos a obrigatória terceira visita; assim, quando ele finalmente conseguisse o que queria, acharia muito mais excitante. Contudo, ela não poderia adiar para sempre. Um homem como ele tinha poder suficiente para protegê-la do marido e por isso precisava mantê-lo sob seu encanto.

Arrumou as saias do quimono e olhou, recatada, para Saburo. Era hábito fingir briga com o cliente; brincar de gato e rato com ele. Lembrando-se das aulas de Tama, ficou meio de costas para ele e inclinou a cabeça para mostrar a nuca sem pintura.

— Então você é Saburo-sama — disse ela, meiga. — Deixou-nos por tanto tempo, isso é imperdoável. E agora reaparece e marca encontro logo comigo, sem nem me conhecer.

— Sabe que nossa irmã mais velha, Tama, está morrendo de amores por você? — perguntou Kawanoto, entrando na conversa de um jeito inocente. — Depois que você foi embora, ela não conseguiu dormir um minuto sequer. Agora, depois de chorar e se lamentar por meses, encontrou um novo preferido. Mas suponho que você tenha encontrado alguém em Osaka de quem gosta mais do que de nós.

— Não é verdade — respondeu Saburo, com um riso afetado, as feias bochechas ruborizando. — Como poderia gostar de outras além de vocês da Esquina Tamaya? — O rosto dele se enrugou num sorriso, mostrando uma boca sem vários dentes frontais. — Assim que soube da famosa Hanaogi, vim correndo de Osaka. E você é realmente linda, como dizem. Na verdade, até mais.

A dança tinha começado. Um grupo de gueixas tocava *shamisens*, tambores de mão e flauta e uma outra cantava; depois, uma dupla apresentou uma dança, fazendo movimentos com leques enquanto o bufão fingia ser uma cortesã. Ele olhava para o convidado, mas Saburo examinava Hana de olhos semicerrados.

— Aceita mais saquê? — ofereceu-lhe Hana, enchendo o copo dele. Queria garantir pelo menos que naquela noite não acontecessem carícias desajeitadas.

Saburo pegou o copo, esvaziou-o num gole só, fez sinal para um de seus assistentes, um sujeito de olhos astutos que estava ajoelhado na lateral do aposento. O homem veio, de joelhos, segurando vários metros de seda vermelha bordada e colocou-a na frente de Hana.

— O que lhe faz pensar que estou à venda? — perguntou, fingindo estar ofendida, enchendo novamente o copo de saquê. Mas ela cuidava de beber pouco.

— Hanaogi nunca entrega o coração a ninguém — tagarelou Kawanoto. — Todas nós temos nossos preferidos; ela, não. Os homens dizem que ela tem coração de gelo, ninguém consegue derretê-lo. Todo homem que vem ao quarteirão quer ser patrono dela, mas ela recusa.

— Eu não sou um homem qualquer — resmungou Saburo. O rosto dele havia ficado vermelho-escuro e os olhos e a boca se tornaram dois traços estreitos. Ele estava encarando Hana de novo, como se estivesse imaginando o que havia por baixo dos vários quimonos.

Houve uma agitação fora do aposento quando a porta se abriu e a Titia entrou engatinhando, sobre as mãos e os joelhos, e pressionou o rosto contra o tatame, para depois erguer a cabeça. À luz de velas, o rosto dela era uma máscara branca e a peruca brilhava de óleo.

— Carpa do rio Yodo! — berrou ela.

Uma criada entrou carregando uma tábua de cipreste com uma grande carpa. O corpo do peixe tinha sido cortado em fatias de um tom claro de cor-de-rosa, amarradas com fitas vermelhas e dispostas sobre o esqueleto com tal rapidez que a cabeça, ainda presa ao corpo, mexia, viva. Tudo isso estava sobre uma camada de rabanetes brancos e algas marinhas de um verde-escuro, arrumadas com tanto esmero que a carpa parecia estar nadando no oceano. O bufão e as gueixas soltaram uma exclamação de elogio quando a criada colocou a tábua sobre a mesa na frente de Saburo.

Saburo lambeu os lábios.

— Onde está o chef? — resmungou ele. — Por que não cortou a carpa na nossa frente? Teria sido um espetáculo.

O assistente colocou um copo de saquê sobre a boca da carpa e derramou em seu interior algumas gotas. Saburo olhou atento enquanto a garganta do peixe se mexia ao engolir a bebida. Então, começou a rir, segurando a barriga e balançando o corpo para a frente e para trás. Os assistentes, o bufão e as gueixas olharam para ele e ficaram nervosos por um instante, depois começaram a rir também. Finalmente, ele se virou para Hana, enxugando os olhos e olhando para ela. O rosto dele estava agora inflexível.

— Minha linda, pode fazer todas as jogadas que quiser — disse ele —, mas, no fim, vou ficar com você. Vai dançar conforme a minha música.

Hana sentiu um frio na espinha.

— Vejo que você é um homem que sabe o que quer. — Ela mostrou o aquário com peixes. — Encomendou até arenque. Está fora de época, não é?

— Claro — respondeu ele. — Mas não em Kyushu.

Kawanoto tirou alguns peixes do aquário e colocou-os numa tigela pequena. Derramou um pouco de molho de soja sobre eles enquanto os peixes se debatiam loucamente, fazendo espuma no molho. Hana pegou os hashis, mas antes que tivesse tempo de servir um peixe a Saburo, ele já havia agarrado a tigela com as mãos, levado-a à boca e posto tudo para dentro. Ele apertou os beiços e ficou com os peixes na boca, as bochechas inchadas. Hana quase conseguia ouvir os peixes batendo nos dentes, na língua e nas bochechas dele. Então, ele engoliu, com os olhos saltados, passou a mão na enorme barriga e riu como um idiota.

— Que sensação! Eles estão se debatendo dentro de mim, posso senti-los!

Fez-se um longo silêncio até que o bufão, os assistentes e as gueixas começassem a rir. Por fim, todos aplaudiram e Hana sorriu e bateu palmas também.

Saburo estava de uma cor castanho-avermelhada que se espalhou por toda parte até cobrir sua cabeça calva. Muito devagar, como uma enorme árvore num vale da floresta, ele tombou para o lado, deu um longo suspiro e começou a roncar.

Hana esperou um pouco para ter certeza de que ele estava realmente dormindo, observou o barrigão subindo e descendo, então se levantou sem fazer barulho e, ainda sentindo-se um pouco nervosa, saiu de mansinho do aposento. Pelo menos nessa noite não teria de se preocupar em divertir Saburo.

27

O bairro estava silencioso quando Hana saiu da casa de chá. As chamas nas lanternas de papel penduradas no beiral dos telhados e na frente das portas tinham sido apagadas e, quando olhou para cima, centenas de estrelas piscavam no céu escuro. Ela tivera uma fuga afortunada, pensou.

Com o canto do olho, percebeu um movimento na penumbra. Alguém estava ali, um homem. Ela se virou.

Apesar da escuridão, viu que não era um cliente. Era jovem demais e tinha o olhar faminto, meio enlouquecido, de um fugitivo nortista. Ela se encolheu nas sombras. Era um homem grande, bem maior do que ela, carregava um bastão comprido e uma trouxa e cheirava a roupa e cama sujas.

Ele fez uma reverência rudemente, como um soldado.

— Com licença — disse numa voz clara e alta —, procuro a cortesã Hanaogi.

Hana olhou em volta, aliviada por ter trocado de roupa e soltado o cabelo.

— O que quer com ela? — perguntou.

— Tenho um bilhete.

— Entre, peça para chamarem a Titia e entregue a ela.

Ele negou com a cabeça.

— Tenho ordens de entregar nas mãos de Hanaogi.

Intrigada, Hana olhou-o com mais atenção. Falava daquele jeito suave, engolindo as vogais, como faziam os nativos do Japão central.

Devia ser de Kano, como ela e o marido. Não só o sotaque era conhecido, o jeito também, as pernas separadas como se esperasse ser atacado. O rosto era magro, meio escondido sob uma barba densa e com uma grande cicatriz sob a orelha, mas ela tinha certeza de que já vira antes aquele nariz achatado e a testa franzida.

Lembrou-se. Havia sido no dia em que o marido partiu. Esperando na frente da casa, ela vira um grupo de jovens de casacos azuis, em silêncio, no portão. O marido dera uma ordem e um deles se adiantou. Hana o olhou de relance e, por um instante, trocou olhares com um jovem alto, de ossos largos e expressão feroz, os cabelos parecendo uma moita em torno da cabeça. Achou graça por ele ter enrubescido até a ponta das orelhas. O marido empurrou o jovem para cima do sogro dela, que estava apoiado na espada como um veterano endurecido pela guerra.

— Meu tenente de confiança — dissera o marido, dando um tapa nas costas do jovem com tanta força que ele tropeçou alguns passos para a frente. — Não é nenhuma beleza, mas é um ótimo espadachim e não bebe muito. Confio nele para tudo.

Ela engoliu em seco, tentando impedir que a voz saísse trêmula.

— Você é Ichimura?

— Senhora. — Ele fez uma reverência e seus olhos demonstraram reconhecimento.

Atrás deles, portas foram batidas e pessoas desceram a escada fazendo barulho. Era um grupo de gueixas, levando com elas os clientes que não tinham condições de pagar pela noite lá. Ao sair, um dos convidados tropeçou e quase caiu, xingando muito, o que fez as gueixas darem um riso alto e estridente. Sumiram todos na esquina da grande avenida, cantando, animados.

Ichimura olhava para o chão como se estivesse horrorizado por encontrar a mulher do patrão num lugar como aquele.

— Morreram todos, Ichimura — sussurrou Hana, a voz hesitante, enquanto a música dos festeiros sumia ao longe.

— Eu sei — disse ele. — Estive na casa da senhora.

A respiração de Hana estava acelerada, lembrou-se dos aposentos escuros sem nem mesmo uma almofada dentro, das portas de correr fechadas, das brasas de carvão brilhando na lareira. Lembrou-se de ter corrido desesperadamente, lutado com as portas de correr sob o som de coisas quebrando e latidos logo atrás dela, de como se apressara pela floresta em direção ao rio, deixando Oharu e Gensuké para se defenderem sozinhos.

— A casa está diferente, senhora, malcuidada. — Ele se calou e passou a manga nos olhos. — Os criados me contaram o que aconteceu. Tinha uma moça lá e um velho aleijado.

— Oharu e Gensuké! Não estavam feridos? — Só de pensar neles foi um consolo para Hana.

— Eu deveria ter entregue o bilhete ao pai do meu patrão — disse Ichimura, sério. — Eles me contaram o que houve em Kano e que os sulistas queriam levar a senhora também e por isso teve de fugir. Desde então, não tiveram mais notícias suas. Achavam que a senhora também tivesse morrido, então desisti e fui para a cidade. — Ele olhou em volta e baixou a voz. — Formamos uma resistência, senhora. Vamos expulsar os sulistas e colocar o xogum de volta no lugar dele. Alguns companheiros meus acabaram em Edo e me receberam. Fiquei perguntando pela senhora por todo canto, caso ainda estivesse viva, mas então meu dinheiro acabou. Isso foi há alguns dias.

— E você foi a uma casa de penhores e encontrou...

— Uma mulher chamada Fuyu. Ela disse que a senhora parecia com a fugitiva que ela havia encontrado no inverno passado e que iria conferir alguns detalhes.

Foi por isso então que Fuyu viera a sua procura e a convencera a entregar-lhe o endereço de sua casa. Fuyu provavelmente nem entregara a carta, concluiu Hana com raiva. Oharu e Gensuké continuavam sem saber que estava viva.

— Quando voltei, Fuyu disse que tinha encontrado a senhora e me trouxe direto para cá. Eu não achei que pudesse ser a senhora, mas depois vi que era.

Sob a luz das estrelas, Hana percebeu que a boca de Ichimura tremia.

— E meu marido? — perguntou. — Meu marido?

— Sinto muito, senhora — disse Ichimura, engolindo em seco.

Hana segurou o braço dele.

— Entre — disse ela, gentil —, vou pedir comida e tabaco para você.

Enquanto Ichimura tirava as sandálias e limpava os pés, Hana se lembrou de que Saburo estava dormindo em sua sala de visitas. A grande sala de recepção estava vazia e ela conduziu Ichimura para lá. Ele se ajoelhou na enorme sala de teto pintado, entre caixas de tabaco laqueadas, caquemonos e velas acesas, e se sentou de costas eretas como um soldado, apesar das roupas esfarrapadas. Na última vez em que ela o vira, era um rapaz moreno de rosto largo; agora estava com uma aparência esquálida, e círculos negros ao redor dos olhos. Colocou a trouxa no chão e desatou o nó com certo embaraço.

Dentro da trouxa havia duas caixas, uma de madeira para caquemonos e outra de metal com uma tampa muito bem-encaixada, como as usadas por soldados comuns para levar comida. O jovem fez uma reverência e lhe entregou as caixas, segurando-as com as mãos, respeitoso. Eram surpreendentemente leves e ela as colocou no chão, ao seu lado.

— Por favor — pediu-lhe ela. — Conte-me. Meu marido.

Ichimura sentou-se sobre os calcanhares e olhou para baixo. Ao erguer o rosto, parecia triste.

— Vou contar o possível, senhora — disse, devagar. — Lutamos por meses, mas o contingente do inimigo era muito maior que o nosso e perto do quinto mês de luta, sabíamos que tínhamos perdido. Fazia um calor insuportável. Devia ter chovido, mas em Ezo não há estação de chuvas. Os corpos dos mortos ficavam onde caíam. Eram muitos para serem enterrados e os feridos só recebiam curativos e continuavam lutando.

"O chefe ficava bem na frente — prosseguiu ele —, comandando todas as batalhas, mas passou a falar pouco. À noite, ficava em seus aposentos. Até que, no quinto dia do quinto mês, ele me chamou. Estava com essas caixas e disse: 'Ichimura, vá a Edo e entregue isso a meu pai. Se ele estiver morto, entregue a meus irmãos; se eles estiverem mortos, entregue a minha mãe; se ela estiver morta, a minha esposa.' Eu não queria deixá-lo. Queria morrer ao lado de todos e pedi para que mandasse outra pessoa, mas ele tinha aquele olhar em seu rosto e disse: 'Faça como estou mandando ou lhe corto o pescoço agora mesmo.'"

Hana era capaz de ouvir a voz feroz do marido e de ver os criados correndo como galinhas para obedecê-lo. Lembrou-se de como ela também costumava correr.

— Esperei até haver uma trégua na luta para deixar o forte e, quando estava saindo, olhei para trás. Ele me observava do portão para ter certeza de que eu partia. Atravessei a cidade até o cais, depois cheguei em terra firme e caminhei. Foi um longo percurso, senhora, e o inimigo estava em toda parte. Às vezes, tive de lutar com ele, mas sempre me lembrava de que tinha ordens a cumprir e um trabalho a fazer.

— E meu marido?

— Quando cheguei a Edo, soube que o inimigo tinha atacado de madrugada, cercado o forte e o bombardeado. No fim, nossos líderes se renderam, foram presos e trazidos até aqui em jaulas. Tentei descobrir o que foi feito do chefe. Sabia que ele não se deixaria prender vivo e rezei para que tivesse conseguido fugir. Então, encontrei homens que o viram cair.

— Podia estar ferido e não morto — sussurrou Hana.

— Mas ele não está aqui, senhora, ninguém o viu e não se sabe onde ele está.

— O que foi feito do corpo? Não deveria ser trazido para ser enterrado aqui?

— A senhora não tem ideia de quantos homens morreram — disse Ichimura. — Se o chefe morreu em Ezo, então foi enterrado lá. Rezo pelo espírito dele todos os dias.

Ele olhou para ela como se a visse pela primeira vez.

— Senhora, deixe-me ajudá-la — falou, calmo. — A guerra terminou, a senhora é a última pessoa da família de meu chefe, quero fazer o possível. Deixe-me tirá-la daqui.

Hana negou com a cabeça.

— Tarde demais. Mas quero lhe pedir uma coisa. — Ela se inclinou para a frente e baixou a voz. — Aqui não se fala no passado. Meu marido morreu lutando contra a nova ordem, contra o imperador, e há muitos sulistas neste lugar. Por favor, eu imploro, mantenha segredo. Não conte a ninguém quem eu sou. Minha segurança depende disso.

Ichimura concordou com a cabeça.

— Servi a seu marido e vou servir a senhora. Não vou traí-la.

Hana recuou quando dois criados entraram. Mandou que levassem Ichimura para a cozinha e carregou as duas caixas para seus aposentos, no andar de cima.

Ela entrou na sala sem fazer barulho, olhou de longe se Saburo continuava roncando, e foi para o quarto. Mandou as criadas saírem e fechou a porta. Respirou fundo e, com as mãos trêmulas, abriu a caixa e desenrolou o caquemono.

Leu a primeira palavra: "Saudações." Era a letra do marido. Apesar de ser camponês, ele se vangloriava como o mais arrogante dos samurais e sabia ler e escrever como eles. Os olhos dela se encheram de lágrimas. Só um tempo depois conseguiu focar nas palavras pintadas.

"Meu adorado pai", escreveu ele. "O fim está próximo, mas lutaremos para defender o nome e a honra do xogum mesmo que nossas mortes sejam inúteis. É a atitude correta e apropriada. Esteja certo de que não envergonharei o senhor nem o nome da família. Com esta carta, envio algumas lembranças. Quando a paz voltar, coloque-as na sepultura de nossa família em Kano. Meu destino é apodrecer nessas terras ao norte, mas quero que as lembranças repousem junto a meus antepassados. São minha última ordem. Pense em mim como alguém que já morreu."

Na parte inferior do pergaminho, o marido assinou e colocou seu lacre de tinta vermelha desbotada. Secando as lágrimas, Hana abriu a caixa de alumínio e sentiu uma leve fragrância: o cheiro acre da pomada. Dentro, havia um pedaço de papel de amora, dobrado com cuidado, contendo no meio uma mecha de cabelos pretos com fios grisalhos, comprida, oleosa e amarrada com uma fita. O cabelo dele, o cheiro dele. Hana segurou-a na mão, lembrando-se do peso de seu corpo quando ficava sobre ela, daquele cheiro salgado e do hálito de saquê. A mecha de cabelos ficou na palma da mão como algo morto, frio e pesado. Quando a guardou de volta, havia óleo em seus dedos.

Sob aquela mecha, embrulhada em outro papel, havia uma foto. Quando Hana olhou, a imagem cinza e branca pareceu desvanecer-se à luz da vela. Mostrava um homem adulto, da idade de seu pai. Ela conhecia a testa larga, o queixo forte, a boca decidida, os olhos firmes e o rosto anguloso, com os cabelos brilhosos puxados para trás. Olhou o vinco entre as sobrancelhas e as rugas ao redor da boca. Era um rosto zangado, que a assustava.

A primeira vez que vira aquele rosto fora no dia de seu casamento. Naquela noite, ela ficou encarando, tímida, os dedos enormes dos pés dele, cujas unhas eram grandes e lisas, enquanto ele abria os quimonos um por um, e ela tentava não recuar ao toque áspero das mãos dele e ao cheiro de bebida.

— Deixe-me ver você, minha linda noiva, deixe-me encher meus olhos — murmurara ele. Então, montara nela. Ela se lembrava do ruído áspero de sua respiração e da pele quente e suada, escorregando sobre a dela.

E agora estava morto. Ele havia embrulhado aquela caixa com as próprias mãos, sabendo que era a última coisa que faria neste mundo. Mas não foi o pai, nem o irmão, nem mesmo a mãe dele quem a abriu, mas a esposa — a esposa que o traiu, deitou-se com outros homens e sentiu, do fundo do coração, nojo dele.

Veio um ruído da sala de visitas. A Titia havia entrado para ver Saburo. Rapidamente, Hana guardou tudo na caixa, colocou-a numa gaveta e jogou quimonos por cima. Olharia depois, quando todos tivessem saído.

28

Yozo fechou a porta da casa de Otsuné e olhou, atento, para os dois lados da ruela estreita. Havia mato entre as pedras e, nos muros das casas miseráveis, um galo cantava e um cachorro com pouco pelo se espreguiçava numa área banhada pelo sol. Não havia ninguém nos arredores quando ele saiu, desfrutando o silêncio matinal, o ar frio no peito e a terra e as pedras sob seus pés.

Era seu segundo dia em Yoshiwara e conseguira convencer Otsuné e Marlin a deixá-lo sair, concordando quando lhe foi lembrado de que era um homem procurado e que, se fizesse qualquer bobagem, o casal também correria risco. Estava ansioso para começar a conceber um plano para o resgate de Enomoto e certamente havia companheiros seus ali, soldados nortistas se sentindo à vontade naquele lugar sem lei.

Caminhou pela grande avenida e olhou as casas opulentas, com suas entradas cheias de cortinas, elegantes paredes revestidas de madeira, salas com treliças na frente e balcões onde mulheres iam de um lado para outro, com passos rápidos. Não via tamanha suntuosidade desde que andara pelas ruas da Europa. Os daimiôs provavelmente viviam em palácios tão esplêndidos quanto aqueles, pensou, mas escondidos atrás de muros altos e portas fechadas, igual a tudo no Japão, com exceção de Yoshiwara, onde os ricos ficavam à vista de todos. O lugar era inundado de dinheiro — dos sulistas.

O dia ainda amanhecia, mas a rua não estava vazia. Na frente de alguns bordéis menores, mendigos se amontoavam como urubus em volta de carne em decomposição, mexendo em sobras de comida. Yozo sentiu uma coceira na nuca e olhou ao redor. Nas sombras, do outro lado da rua, alguns homens tatuados, de cabelos presos no alto da cabeça, olhavam para ele, sérios. Seguranças, pensou, cuidando dos patrões que estavam em busca de prazer. Para eles, aquele lugar era território inimigo. Yozo devolveu o olhar, desafiador. Tinha o mesmo direito de estar ali que eles.

Estava observando os varredores, imaginando se um deles poderia se empertigar e mostrar ser um soldado nortista, quando sentiu um cheiro conhecido — o odor forte e adocicado de ópio. Esse cheiro o seguira por toda parte, das movimentadas ruelas da Batávia, em Java, aos bordéis de Pigalle. Agora o levava de novo às ruas de Londres, Paris e Amsterdã, onde jovens lânguidos mastigavam bolas da poderosa goma marrom e as senhoras bebiam láudano para acalmar os nervos. Pensava que o Japão fosse um mundo à parte, mas, pelo jeito, Yoshiwara não era. A droga que fazia sonhar a Europa, China e as Índias Orientais Holandesas podia ser consumida ali também. E os homens estavam fumando o primeiro cachimbo do dia.

O cheiro agradável o fez devanear, lembrando que, quando jovem, ia à casa de seu professor e, cheio de interesse, lia os relatos sobre as guerras do ópio quando os ingleses obrigaram os chineses a legalizarem o entorpecente e abrirem os portos ao comércio britânico para que a Companhia das Índias Orientais pudesse vendê-lo nesse país. Segundo o calendário ocidental, a segunda guerra do ópio havia terminado no ano de 1860, apenas dois anos antes de Yozo ir ao Ocidente.

Nesse mesmo ano, os britânicos destruíram o Palácio de Verão do imperador chinês, em Pequim. Yozo se lembrava de comentar a notícia com os amigos, jovens estudantes ansiosos, que o país deles também poderia ser vulnerável — que o Japão poderia ser invadido, ter seus prédios destruídos e sofrer uma reviravolta em seu modo de vida. Yozo sabia que um dos principais motivos de ele e seus 14 companheiros terem sido enviados ao Ocidente era encomendar navios de guerra e aprender o estilo local para que o Japão tivesse mais chances de derrotar os ocidentais usando a tática deles. No fim, seus compatriotas se saíram melhor que os chineses, bem melhor, e conseguiram manter os estrangeiros longe, pelo menos por algum tempo.

Um homem gordo, ofegante, veio falar com Yozo, a barriga balançando por cima da cinta.

— Ele já vai embora — disse o homem, arfando.

— Quem? — perguntou Yozo, mas ele já havia saído pela rua e gritava para as mulheres que se debruçavam nos balcões dos bordéis.

As cortinas das portas se abriram e as pessoas começaram a sair das casas, bocejando. Meninas de rostos ansiosos, pintados de branco, parecendo máscaras, velhas de faces enrugadas, crianças sorridentes e jovens carrancudos surgiam aos montes, envolvendo Yozo numa confusão de corpos perfumados. Os tamancos batiam no chão e a multidão seguiu pela avenida, passou por um portão de azulejos com um telhado de duas águas e por uma rua lateral, e então se aglomerou na frente da maior e mais rica casa. Nas cortinas sobre a porta estava escrito: "Esquina Tamaya". Yozo riu ao reconhecer o nome, era onde Hana o instruíra a ir procurar trabalho. Pensava que a tinha tirado da cabeça, mas acabou indo parar lá sem querer.

À entrada, estava um enorme palanquim de laca com acabamentos dourados que luziam ao sol. Um batalhão de criados, carregadores e guardas estavam a postos em uniformes de seda, de peitos estufados, orgulhosos. As criadas em quimonos azuis saíram correndo da casa e formaram duas longas fileiras, flanqueando o caminho da porta até o palanquim.

Yozo se manteve atrás da multidão enquanto as pessoas brigavam e se empurravam, acotovelando-se na tentativa de verem melhor.

— A qualquer momento — sussurrou uma jovem para outra, atrás dele.

— Talvez ele me veja.

— Você, não, eu. Não me arrumei toda para nada. Ele vai marcar encontro comigo, tenho certeza!

Houve um súbito tumulto na borda da multidão, que recuou tão de repente que Yozo ficou espremido contra um muro. Houve suspiros e gritos, seguidos de berros raivosos mais altos do que as vozes estridentes das mulheres.

— Você... vá embora. O que está fazendo?

— O patrão vai sair daqui a pouco. Tirem ele daqui!

— Ei — gritou uma voz grave com um forte sotaque sulista. — Você não é um daqueles covardes que estavam combatendo pelo norte?

Percebendo que um companheiro nortista estava em apuros, Yozo abriu caminho na multidão, empurrando e afastando as pessoas para o lado, tentando ver o que estava acontecendo.

De pé, encostado no portão lateral da Esquina Tamaya, estava um homem alto e magro, olhando para todos os cantos com raiva. Parecia um andarilho, esquelético e desgrenhado, com uma cicatriz no lado direito do rosto e duas espadas enfiadas na cinta. Os guardas estavam indo na direção dele, mas recuaram e pararam quando chegaram perto, pernas afastadas e cassetetes na mão, observando o homem atentamente. Esses eram os verdadeiros covardes, pensou Yozo.

— Saia daqui! — gritou um deles, empurrando o homem, que tirou o cassetete da mão do guarda e jogou-o na rua, com desprezo.

— O que você estava fazendo na Esquina Tamaya? — gritou outro, chutando o homem. — Você é um ladrão, um ladrão covarde!

As pessoas ficaram olhando, em silêncio, com medo. Então uma mulher gritou:

— Deixem ele em paz! — As vozes aumentaram de volume, inseguras no começo, mas depois mais altas, até que todos estavam gritando. — Deixem ele em paz! Ele não fez nada de errado. São dez de vocês contra um. Deixem-no!

Um tamanco veio da multidão e atingiu as costas de um guarda. Ele girou ameaçadoramente, então se virou e golpeou o braço do homem com seu cassetete.

O nortista ficou enfurecido.

— Vamos ver quem é covarde — disse ele baixinho, com a mão no punho da espada.

No entanto, antes que pudesse desembainhá-la, os guardas haviam pulado sobre ele e o empurrado contra a parede. Um deu um soco em sua barriga, outro torceu o seu braço para trás, gritando ofensas em sua cara.

Pelo corte dos cabelos, Yozo concluiu que o homem era da milícia do comandante de Kyoto, mas, mesmo assim, era um companheiro nortista. Afastando as pessoas para o lado, Yozo entrou na briga. Desferiu um forte soco no ouvido do guarda que segurava o nortista e se virou para o outro, que vinha em sua direção, e o golpeou na barriga, deixando-o sem ar. Enquanto o oficial grandalhão caía, Yozo se lançou contra um terceiro, derrubando-o no chão com tanta violência que arrancou a manga do casaco de seda dele. Em seguida, desferiu-lhe um golpe com a lateral do sapato e derrubou um quarto homem. O soldado nortista também era assustador como o demônio e havia derrubado mais alguns guardas.

— Vamos sair daqui — gritou ele, segurando o braço de Yozo. Mas quando ele tentou segui-lo, perdeu a mão do companheiro e foi cercado pelos guardas, que tinham se levantado. O soldado nortista virou-se e Yozo pôde vê-lo se debatendo para voltar, até que foi engolido pela multidão.

Yozo xingou. Tinha feito exatamente o que prometera a Marlin não fazer: meter-se em confusão. Se fosse preso, descobririam que era fugitivo, Marlin e Otsuné seriam castigados e o plano de resgatar Enomoto acabaria antes de começar. Pôs a mão no punhal e virou-se para os atacantes, quando ouviu um grito agudo:

— Parem com isso, já!

Fez-se silêncio e uma velha de olhar penetrante, vestida de preto dos pés à cabeça, veio para cima dele. Seu rosto era uma máscara de morte, enrugada e nefasta, e tinha uma peruca preta e brilhosa na cabeça e uma bengala na mão, a qual balançava sem parar. Yozo se encolheu ao receber uma bengalada na cabeça. Ela havia levantado o braço para golpear novamente, quando se ouviu um farfalhar de seda.

— Titia, Titia, conheço esse homem.

Yozo livrou-se dos guardas e girou o corpo. Mulheres em belos quimonos e de rostos pintados saíram da casa e estavam paradas à entrada. Bem ao fundo, quase escondida dos olhares de todos, estava uma figura delicada, miúda e elegante. Os cabelos estavam arrumados num coque enfeitado e ela vestia um quimono que luzia, voluptuoso, ao sol. Mas, sob todo aquele requinte, Yozo sabia quem era ela. Hana.

No silêncio que se seguiu, cada palavra era compreendida claramente.

— Ele é um de meus empregados... um terrível criador de caso... assumo toda a responsabilidade. Guardas, soltem-no.

Os guardas se ajoelharam, numa reverência.

— Sim, senhora — resmungaram. — Desculpe, senhora. — Levantaram-se e foram embora, xingando baixo.

— É um primo de Otsuné que mora no campo, prometi que não descuidaria dele. — Yozo ouviu Hana dizer à velha.

Ela se adiantou e fez um sinal com a mão para Yozo, dispensando-o.

— Você... as criadas vão te levar para os meus aposentos. Fique lá e comporte-se até alguém chegar com ordens.

As criadas o levaram e ele viu de relance uma figura enorme saindo pela porta principal, com pernas curtas e grossas. O homem virou-se para ele e Yozo teve a impressão de ter sido reconhecido por aqueles olhos saltados. O homem subiu no palanquim e os carregadores o ergueram sobre os ombros, gemendo, de caras vermelhas e veias saltando na testa.

Enquanto o palanquim se distanciava, um dedo grosso empurrou para o lado a cortina de bambu da parte de trás e o olho pequeno e redondo reapareceu. Ele encarava Hana.

A cortina continuou aberta à medida que o palanquim cortava um caminho pela multidão ajoelhada e seguia depressa, com uma fileira de criados de libré correndo atrás.

29

Sem jeito, Yozo permaneceu à porta da luxuosa sala de visitas de Hana. Sob a luz suave filtrada pelas telas de papel que dividiam um dos lados do aposento, ele pôde ver que o chão estava cheio de bandejas com sobras de comida, hashis quebrados e garrafas de saquê viradas — restos de um banquete bem extravagante. O cheiro de incenso queimando no braseiro saturava o ambiente, uma mistura complexa de babosa, sândalo e mirra. Yozo o reconheceu — era a fragrância que emanava das mangas de Hana.

Portanto, é aqui que ela vive, pensou, perturbado. Enquanto se sentia muito à vontade a bordo de um navio, ou num forte, ou num campo de batalha com um rifle pendurado às costas, ali, num mar de caquemonos, cortinas e quimonos, sentia-se completamente deslocado. Um dia talvez tivera condições de ter uma mulher como ela, mas agora, diante de sua dificuldade financeira, ela estava muito além de seu alcance.

No entanto, havia algo de comovente naquele lugar: por mais luxuoso que fosse, Yozo sabia que Hana não podia sair dali. As cortesãs da Europa podiam ter escolhido a profissão, mas ela estava presa naquele lugar como um pássaro numa gaiola de ouro.

Andou de um lado para outro. Ele devia estar na rua, lá fora, pensou franzindo o cenho, procurando seus companheiros, e não num salão de bordel. Mesmo assim, ele ficou. Afinal, disse a si mesmo, tinha de agradecer a Hana por ter impedido que fosse preso. Mas havia uma outra ligação que o aproximava dela — essa dizia respeito a Hana propriamente.

Algo mais o preocupava: aquele homem com cara de sapo que ele vira entrar no palanquim. Lembrou-se do medo no rosto de Hana quando ela ouviu o sino tocar na tarde anterior. Teria sido porque ela sabia que seria obrigada a passar a noite com ele? Olhando ao redor do aposento, Yozo notou que as almofadas na frente do biombo dourado estavam amassadas, como se um corpo enorme tivesse sentado nelas. Deu um soco na mão e fez uma careta, imaginando aquele sujeito se divertindo no quarto de Hana.

Dois degraus o levaram da sala para o cômodo de dormir. Ficou olhando a pilha de roupas de cama que havia no canto: o mais refinado damasco de seda, crepe vermelho com barra de veludo preto, tudo muito perfumado. Havia quimonos dependurados nas paredes e dobrados em prateleiras e um lugar para guardar espadas na lateral do quarto, mas ele notou, com alívio, futons, espalhados pelo chão como se uma cortesã e suas assistentes tivessem dormido ali. Os futons não estavam lado a lado como se usados por uma cortesã e seu cliente.

Algo metálico podia ser visto de dentro de um dos quimonos. Era uma caixa, não com revestimento de laca ou de marfim, do tipo que um cliente daria a uma cortesã, mas era simples, de metal, como as usadas pelos soldados. Ele tinha uma semelhante. Foi um choque encontrar uma entre as sedas perfumadas no quarto de dormir de Hana. Decerto ela teve um marido, um amante, um irmão ou um pai na guerra, que a enviou para ela, pensou Yozo. Ele se virou. A guerra era algo que tinha ficado para trás e ele queria que continuasse assim. Sufocado com os tecidos empilhados, quimonos forrados, perfumes, cremes e pós, ele correu para a sala de visitas.

Sentando-se de pernas cruzadas nas almofadas de brocado, pegou um cachimbo de cabo comprido. O homem com cara de sapo o tinha olhado como se o conhecesse, pensou. Yozo também tinha certeza de tê-lo visto em algum lugar, mas não conseguia se lembrar onde. Então, uma leve nuvem de fumaça de ópio passou pelas paredes de papel e num relance ele se lembrou.

Ópio. Tinha sido há quase sete anos, quando ele e seus companheiros naufragaram a caminho da Holanda e tiveram de passar 15 dias em Java, no porto de Batávia, o lugar mais assolado por doenças e febres que ele já vira. Yozo saíra com Enomoto e Kitaro certa noite quando se perderam e acabaram num labirinto de ruelas cheirando a temperos, ópio e esgoto.

Caminhavam incertos em meio à escuridão por uma rua particularmente perigosa, quando uma porta se abriu e uma moça saiu correndo na direção dele, fazendo com que Yozo batesse contra uma parede de tábuas caindo aos pedaços. No clarão que vinha da porta aberta, viu de relance um rosto branco de olhos puxados e maçãs salientes iluminado por uma luz amarela. A moça estava de boca aberta, contorcida de medo, e com as pupilas dilatadas.

Yozo estava se levantando quando um bando de homens surgiu de repente, pegou a moça pelos pés e a arrastou para dentro, berrando e chutando. Ele, Enomoto e Kitaro se entreolharam e estavam prestes a salvá-la quando apareceu na porta da casa uma sombra enorme que preenchia toda a entrada. Era um homem grande e gordo como um lutador de sumô, de cabeça pequena e olhos que sumiam nas dobras de pele, mais parecido com o chefão de um grupo *yakuza* do que com qualquer homem dali. Yozo então lembrou que a garota também parecia japonesa.

— O que foi? — perguntou Yozo, alto.

— Ela é minha. — O homem tinha uma voz aguda, metálica. — É um assunto particular, não precisam se preocupar. Obrigado pela ajuda, senhores. — Fechou a porta e os três ouviram gritos lá dentro, sons de pancadas, e Yozo ficou pensando que, se ele tivesse se desviado, se não tivesse impedido a garota de correr, ela talvez conseguisse escapar.

Muita coisa ocorrera desde então e ele havia quase se esquecido desse acontecimento. Mas agora se lembrava com tanta clareza, como se tivesse sido ontem, a luz amarela saindo da porta aberta e iluminando a ruela fétida, o rosto pálido e assustado da mulher, o brilho no olhar do homem. Estava escuro e Yozo mal tinha reparado no rosto dele, mas foi tudo tão marcante que ainda conseguia visualizar a cena. O homem, agora, estava mais gordo e mais inchado, mas era o mesmo.

Numa retrospectiva, lembrou também que eles informaram o fato as autoridades holandesas na Batávia, mas, depois que saíram da confusão de ruelas, os três perceberam que jamais conseguiriam localizar a casa de novo. As autoridades disseram que aquela era uma parte da cidade que as pessoas de bem deviam evitar e que a área estava repleta de gangues envolvidas com todo tipo de negócio, do comércio de ópio ao de mulheres. As japonesas, em especial, eram muito requisitadas ali, segundo ficaram sabendo, para serem vendidas como concubinas de comerciantes chineses ricos. Havia assassinatos naquele bairro também e foram avisados para não se aventurarem por aquela região de novo.

Yozo pegou um carvão em brasa, colocou-o no fornilho do cachimbo e soprou até o tabaco acender, imerso em pensamentos. Era melhor não contar nada a Hana. Ele não tinha provas e, mesmo que tivesse, não havia nada que ela pudesse fazer quanto a isso.

Soprou uma nuvem de fumaça de tabaco. Precisava ficar atento. Se ninguém mais a protegesse do perigo, ele a protegeria.

30

Hana parou à porta de seus aposentos e respirou fundo. Conhecia muitos homens e Yozo era apenas mais um, disse a si mesma, firme. Era só isso. Mas não era, não mesmo.

Lembrou-se dos gritos e do tumulto quando ela saíra da casa um pouco antes, dos cabelos agitados de Ichimura no meio de valentões e ficou horrorizada quando ele desapareceu sob um muro de braços agitados e cabeças com nós no alto.

Então, no instante seguinte, Yozo aparecera. Ela não teve tempo nem de pensar o que ele fazia lá, mas ficou observando, surpresa, ele liquidar os homens com calma e eficiência, desferindo um soco aqui, um chute ali, como um mestre em artes marciais. E agora, a menos que tivesse fugido, ele a estava esperando em seus aposentos.

Tímida, ela abriu a porta. Yozo encontrava-se sentado de pernas cruzadas, fumando um cachimbo. Ao vê-la, seus olhos se iluminaram. Ela fechou a porta e ajoelhou-se ao seu lado. Ele tinha penteado os cabelos e limpado a roupa, bem diferente do rude lutador de rua que ela vira há pouco. Hana reparou no contorno de seu rosto, no olhar direto e na boca marcante. Ele estava bem sério.

— Pensei que Otsuné e Jean tivessem dito para você não se meter em encrenca — disse Hana, provocativa, tentando manter a voz suave e jocosa.

— Você me salvou — respondeu ele, correspondendo ao olhar firme dela.

Hana suspirou. Em seus luxuosos aposentos, rodeada de finos caquemonos, com almofadas de seda bem-arrumadas ao lado de caixas de tabaco laqueadas e uma pilha de futons visíveis pelas portas duplas do quarto, ele não teve mais dúvida sobre o que ela era.

— Então, meu segredo foi revelado — disse ela, por fim. — Eu tinha tanta esperança que você nunca soubesse o que faço.

— Você vive em grande esplendor — comentou ele, levantando a sobrancelha. — Nunca vi tanto luxo antes. Você deve ter muitos admiradores, tantos que pode escolher um. — Ele colocou mais fumo no cachimbo, apertando o rolo de tabaco nos dedos até ficar bem escuro. Quando voltou a falar, sua voz estava baixa: — Mas não se incomoda em pagar um preço tão alto? Vi como aquele homem olhou para você ao sair daqui. Você nem sabe quem ele é e, assim mesmo, deixa que use seu corpo. Como pode aguentar isso?

Hana se encolheu como se ele tivesse batido nela.

— Nenhuma de nós tem escolha na vida — retrucou com a voz trêmula. — Você também não. Cortesãs não são como outras mulheres, somos uma espécie diferente. Talvez eu não tenha sido sempre assim, mas hoje sou. E não tenho vergonha do que faço. — Ela se levantou. — De qualquer forma, você está enganado. Eu sei quem é aquele homem. Chama-se Saburosuké Kashima e é rico, muito mais do que você poderá ser algum dia.

Yozo riu, zombeteiro.

— Rico? Sabe de onde vem o dinheiro dele?

— É comerciante, tem uma enorme empresa. — Hana tentou manter a voz desafiadora, mas fraquejou. Ele a olhava de um jeito que a deixava constrangida.

— Pois fique sabendo que ele talvez seja um agiota que manda brutamontes espancarem as pessoas que não lhe pagam em dia; ou talvez seja um comerciante de ópio e mulheres. — Yozo fez uma pausa. — Acho que o vi uma vez, na Batávia. Se não me engano, ele é perigoso.

Hana tirou o leque de dentro do *obi*.

— Em toda a Yoshiwara há homens maus que vêm para cá fugir da lei. Não sou tão inocente quanto você pensa. E estou muito segura aqui na Esquina Tamaya. A Titia e o Papai jamais permitiriam que alguém me batesse, pois investiram muito em mim.

A voz dela falhou ao perceber que nunca havia falado assim com ninguém. Os homens pagavam para ela se interessar por eles, não para lhes falar sobre ela. Mas Yozo parecia mais interessado em saber como Hana levava a vida do que no corpo dela. De repente, ela se viu comovida com aquela preocupação.

— Posso escolher com quem durmo, pelo menos até agora. Mas Saburo é diferente. Se a Titia conseguir ganhar dinheiro me obrigando a dormir com ele, então ela o fará e eu terei de obedecer.

Ela se inclinou para ele.

— Essa foi a primeira visita de Saburo e tive sorte, pois ele dormiu como uma criança a noite inteira.

Yozo bateu de leve no cachimbo e espalmou as mãos sobre as coxas. Elas eram fortes e queimadas, mãos de operário. Hana estendeu a mão e a colocou sobre a dele.

— Obrigada por se importar com a minha vida.

Ele deixou de lado o cachimbo, apoiou o corpo sobre um dos cotovelos e fixou os olhos nela, escorando a cabeça na própria mão. Havia algo nele — até na maneira de movimentar o corpo — que era diferente de todos os homens que ela conhecera. Estava vestido como um criado, com roupas emprestadas; ela reconheceu as roupas que Otsuné lhe dera no dia anterior. O rosto era manchado e queimado como o de um camponês, mas mesmo assim tinha a postura arrogante como a de um príncipe.

Hana estava acostumada com os homens caindo aos seus pés. Podia se transformar no que eles quisessem: amante, confidente, mãe; era paga para isso. Com Yozo, porém, ela sabia que não podia fingir. Era capaz de enfeitiçar qualquer homem, mas com ele sentia um certo receio. Ele parecia enxergar a criança que havia por trás de sua máscara. Ela não sabia nem se a sua famosa beleza exercia qualquer influência sobre ele.

— Onde você disse mesmo que conheceu Saburo? — perguntou ela.

Ele fez que não com a cabeça.

— Não importa.

— Não foi no Japão — disse ela. — Foi em outro lugar. Já esteve... fora do Japão?

Ela olhou bem para ele, surpresa, começando a entender o que o tornava tão diferente. Não conhecia ninguém que tivesse sequer sonhado em sair do Japão. Os marinheiros estrangeiros vinham de fora, como veio o Jean de Otsuné. Yozo também tinha aquele jeito de pertencer a outro lugar, de saber de coisas que ela não sabia, de fazer parte de um mundo que ela nem imaginava existir.

— Você disse que ia me contar tudo — sussurrou ela, aproximando-se dele. O seu braço roçou no de Yozo e ela sentiu um formigamento de excitação.

Ele ficou pensativo por um tempo, então pegou de novo o cachimbo, girando-o na mão repetidas vezes.

— Você conhece o ditado japonês que diz "o prego que sobressai deve ser martelado"? As pessoas acham que estamos contaminados, eu e meus amigos, porque fomos para o exterior e nos misturamos com gente como Jean. Dizem que somos espiões ou traidores, não japoneses de verdade. — Ele sorriu, mas foi um sorriso triste.

— Não acho isso. Mas você esteve no país de Jean? Gostaria de saber como é o lugar de onde ele veio.

Yozo suspirou.

— É lindo — respondeu ele devagar. — A capital, Paris, é quase tão grande quanto Edo, mas os prédios são de pedra e não de madeira, são tão altos que o seu pescoço dói ao olhá-los. Até o céu é de uma cor diferente, mais suave, mais clara.

Hana franziu o cenho, tentando imaginar.

— E as pessoas? São parecidas com Jean? — Ela pensou no corpanzil de Jean, nos cabelos de cor estranha, na pele áspera e nos olhos assustadoramente azuis e pôs a mão sobre a boca. — As mulheres também? Têm cabelos pretos como nós, ou são como Jean?

Yozo olhava ao longe, como se estivesse num lugar distante.

— Mas, de certa forma, eles têm razão — disse ele, calmo, como se estivesse falando sozinho. — Não sou um verdadeiro japonês. Não pertenço mais a este lugar, fiquei muito tempo fora. Aqui é um mundo fechado do qual não faço parte. Vi muita coisa, sei de muita coisa, faço perguntas demais.

Hana queria dizer a ele que compreendia, que em Yoshiwara ela também era uma estrangeira, também não pertencia àquele lugar.

— De onde você vem? — perguntou ela. — Onde está sua casa, sua família?

— Morreram todos. Com certeza, os seus também. Não fui sempre um soldado pobre, nem você uma cortesã. Você não é de Yoshiwara, é? Você mesma disse, temos todos de encontrar meios de sobreviver.

Ele se sentou, olhando firme para ela, que notou um toque dourado nos olhos castanhos dele. Segurou as mãos de Hana e levou-as aos lábios. Ela estremeceu ao sentir o toque da boca de Yozo e as retirou rapidamente. O corpo dela pertencia à Titia. Ficar sozinha com ele já era uma transgressão. Se alguém os visse, ela apanharia e tremeu ao imaginar o que fariam com ele.

Yozo também franziu o cenho.

— Os homens pagam por este privilégio, mas nem isso eu posso pagar.

Hana tentou se afastar, sufocar o desejo que ardia dentro dela, mas parecia ter perdido todo o controle de seus membros. Olhou para ele, que segurou o rosto dela em suas mãos. Quando os lábios se tocaram, tudo pareceu certo e perfeito, como a realização de um sonho.

Ela correu os dedos pelo rosto dele e acariciou a pele macia. Então, segurou-o pela mão, sentindo os calos na palma.

— Esta mão já viu guerra — disse, carinhosa.

— Não esqueça o que eu lhe prometi: estarei sempre aqui para protegê-la — afirmou Yozo, afagando os cabelos dela.

Hana envolveu-o em seus braços, sentindo o corpo quente dele contra o seu. Os lábios se encontraram novamente e ela fechou os olhos e se deixou levar pelo desejo que ele despertara nela.

Do lado de fora, o corredor estava em silêncio. Com um atrevimento insano, como se quisesse alcançar a liberdade, ela deixou seu corpo se fundir no dele e os lábios se encontrarem num beijo tão intenso que Hana ficou sem fôlego.

31

A manhã estava quente e abafada e Yozo descansava no quarto de dormir de Hana na Esquina Tamaya. Ele correu os dedos pelos cabelos dela, que caíam numa brilhante cascata sobre o travesseiro de futon, e pensou que, sem dúvida, os deuses o estavam protegendo. Poucos dias haviam se passado desde a luta e ele ainda não podia acreditar no quanto sua vida tinha mudado.

Os momentos, surrupiados, que passavam juntos eram muito agradáveis, sobretudo porque tinham de ser muito furtivos. Ele adorava o cheiro de Hana, a suavidade de sua pele quando ele a pegava e a envolvia em seus braços. Para o mundo exterior, ela era uma beldade famosa; para ele, podia ser apenas ela mesma.

Lá fora, os gansos selvagens andavam em bandos e os primeiros pés de cabaça floriam nos muros de Yoshiwara. O verão chegava ao fim. Depois de tantos desastres — a guerra perdida, as duras batalhas sob o sol escaldante —, Yozo havia finalmente começado a esquecer os horrores que presenciara e a olhar para o futuro.

Eles ainda não haviam tido uma noite de amor. Ele sabia que o coração de Hana era seu, mas o corpo pertencia aos outros homens. O fato de não poder dormir com ela o torturava, mas, apesar de todos os empecilhos que os rodeavam, ele estava mais feliz do que jamais ousara imaginar.

Yozo não tinha esquecido a sua missão de libertar Enomoto e Otori e isso também começava a se resolver. Ichimura, o soldado nortista que ele havia ajudado, juntou-se a ele com dois companheiros — Hiko e Heizo — e estavam se esforçando ao máximo para localizar os amigos presos.

Sempre que Yozo vinha fazer sua visita matinal, Hana dispensava as criadas e fechava as portas do quarto de dormir, deixando apenas uma fresta. Assim, poderia ouvir caso alguém se aproximasse. Kawanoto, a sua jovem assistente, a quem Hana tomara como confidente, prometeu prestar atenção e avisar se a Titia viesse.

Hana estava deitada de lado, sorrindo para Yozo.

— É verdade que Saburo foi embora? — perguntou ele.

— Não voltou mais aqui. A Titia me disse que ele mandou um recado informando que foi a Osaka tratar de negócios. Claro, eu disse a ela que fiquei muito desapontada. — Ela sorriu, travessa.

— Ele vai voltar — garantiu Yozo —, mas vamos tratar disso quando chegar a hora. — Ele deu um beijo em seu nariz, sentindo o perfume dos cabelos que rasparam em seu peito ao encostar nela.

— Adorei ter visto você vestido à moda ocidental ontem — sussurrou ela. — Estava tão bonito.

— A Titia está muito satisfeita — disse Yozo. — Tudo graças a você.

Hana convencera a Titia de que, para que a Esquina Tamaya ficasse em vantagem sobre as outras casas, ela precisava de um intérprete para os ricos ocidentais que começavam a frequentar Yoshiwara. Antes, a menos que fossem levados por colegas japoneses, eles desanimavam e iam embora por não conseguirem conversar com as moças. Isso não acontecia com os marinheiros, que não queriam conversar e frequentavam só os bordéis inferiores, nas ruelas de trás. O primo de Otsuné, Hana contara à Titia, sabia línguas ocidentais e, com ele como intérprete, a Esquina Tamaya conseguiria atrair clientes de um nível mais alto e que pagassem melhor.

— Tama recebeu ontem seus primeiros clientes ocidentais — comentou Hana.

— Eram dois ingleses. Tama queria saber se eles gostariam de mais uma moça no quarto, ou um rapaz, mas eu lhe disse que não poderia perguntar isso a um inglês. — Ele riu. — Eu lhe disse também que temos de encorajá-los a voltar e não assustá-los de cara.

— Os ingleses devem ser bem estranhos — disse Hana, rindo também. — Pensei que viessem aqui para se divertir.

— Deram uma ótima gorjeta para Tama, que gostou muito, e já marcaram encontro com ela esta noite de novo. Portanto, devem ter ficado satisfeitos.

Um sino começou a soar ao longe, no templo que ficava no fim da avenida. Hana se assustou e olhou para ele.

— Ficamos tão pouco juntos... e sempre de manhã — disse ela, triste.

— Vou dar um jeito de tirar você de tudo isso aqui — sussurrou ele, beijando os cabelos dela.

Ele se levantou, cobrindo-se com seu manto. Era hora de partir. Ao dar uma última olhada no aposento de dormir, ele percebeu que algo tinha mudado.

No pequeno altar que ficava num canto escuro em uma das laterais do quarto, havia oferendas novas e uma foto com velas acesas. A caixa de metal que ele tinha visto também estava lá, atrás da foto.

Ver aquilo deixou Yozo em estado de choque, como se tivesse sido fisicamente agredido. No pouco tempo em que se conheciam, ele e Hana não haviam contado muita coisa a respeito de suas vidas. Yozo comentara sobre sua viagem à Europa — embora soubesse que, para ela, aquilo mais parecia uma fantasia —, mas evitara falar na guerra em Ezo e o que havia feito lá. Ele tampouco lhe perguntara sobre suas origens e como fora parar em Yoshiwara. As mulheres daquele lugar nunca falavam sobre o passado com os clientes; para eles, a vida delas começava ao chegarem ali. Com Hana, ele desfrutava de uma intimidade com a qual seus clientes jamais sonhariam, mas ainda assim não lhe havia perguntado quem ela fora ou o que fizera antigamente. Mas agora toda aquela história não contada parecia cercá-lo, ameaçando destruir o ninho de felicidade dos dois.

Yozo caminhou em direção ao altar. Estava relutante em ver o rosto na foto, desconfiava que o reconheceria, mas ao mesmo tempo sentiu uma curiosidade incontrolável. A fotografia estava desbotada e amarelada, com as pontas se desfazendo, e era difícil enxergar direito sob a luz da vela. Ainda assim, ele conseguiu distinguir a testa larga, os olhos penetrantes e a cabeleira densa puxada para trás.

Um calafrio correu-lhe pela espinha e Yozo sentiu um aperto na garganta. Exatamente quando começava uma nova vida, exatamente quando pensava que a guerra e seus horrores tinham ficado para trás, aquele rosto voltara para assombrá-lo. Ele engoliu em seco, escutando o trovejar das armas de fogo, sentindo o calor da cidade escaldante e, virando uma esquina na rua destruída, vendo aquele rosto diante dele. Pois não havia dúvida: era o comandante.

Olhou bem a foto, envolta em fumaça de incenso e vela. Só podia haver um motivo para a foto estar no quarto da mulher que conquistara seu coração: ela era a filha, a irmã ou — o menos provável — a viúva do inimigo. Ele deveria ir embora, disse a si mesmo, sem explicar nada. Não tinha o direito de ficar ali. Mas, então, lembrou-se de Saburo e da rua escura na Batávia. Saburo voltaria logo e Yozo não podia deixar Hana nas mãos dele.

— Esse homem, quem é ele? — perguntou Yozo com a voz grossa. — Ele é seu irmão? Seu pai?

— Meu marido. — As palavras eram como uma pedra atirada num lago, formando ondas no silêncio. — Você o conheceu?

Ele fechou os punhos e viu que estava transpirando. Não podia mentir, os dois tinham ficado muito próximos. Mas, se contasse a verdade sobre como tinha matado aquele homem, ele a perderia para sempre.

Hesitou, pensando no que responder.

— Todos conheciam o comandante Yamaguchi — disse, por fim.

— Por favor, não conte para ninguém — pediu ela de pronto. — Meu marido era um rebelde, como você, além de ser muito conhecido. Se alguém descobrir, estarei arruinada. Todos os homens que vêm aqui são sulistas.

Yozo notou o pânico na voz de Hana e concordou com a cabeça. Fez-se um longo silêncio.

Quando ela falou de novo, foi com alívio na voz.

— Sei que ele foi um grande homem e um grande guerreiro, todos o respeitavam. Meus pais disseram que eu tinha sorte de ser dada em casamento para um homem assim. Mas sempre tive medo dele. É horrível dizer, mas fiquei contente quando ele foi para a guerra. E acabei aqui, em Yoshiwara. Tive muito medo de que ele voltasse, me encontrasse e me matasse.

Ela moveu a foto e as velas para o lado e pegou a caixa.

— Então Ichimura me trouxe uma carta dele e esta caixa. A princípio, eu não soube o que fazer, mas depois me dei conta de que era minha obrigação prantear sua morte. Sabia que talvez você visse a foto e o reconhecesse, mas não há mais ninguém vivo agora para homenagear o espírito dele. Seu último desejo foi que suas coisas fossem enterradas no túmulo da família em Kano, e vou fazer isso. Ele era um homem duro e cruel, mas mesmo assim era meu marido.

Ela abriu a caixa.

— É estranho, mas parece que nunca o conheci. Ele escreveu um poema e me emocionei ao lê-lo.

Pegou um pequeno rolo de papel e o abriu. Yozo sentiu-se de novo em Ezo, vendo o corpo de Kitaro à luz da lua e entrando nos aposentos do comandante. Viu a cara bonita de Yamaguchi, segurando um pincel e perguntando, sarcástico: "Seu poema de morte. Já escreveu o seu poema de morte, Tajima?" O primeiro verso do poema do comandante ficara em sua memória por muito tempo. Reconheceu as pinceladas firmes enquanto o lia:

"Embora meu corpo possa cair na ilha de Ezo,
Meu espírito protege o meu senhor no Oriente."

A foto não fora o bastante para convencer Yozo de que o comandante era o marido de Hana. Mas agora, ao ver o poema, não teve dúvida: os dois eram a mesma pessoa.

— Nem tenho certeza de que ele morreu — sussurrou ela, enrolando o papel e o colocando de volta na caixa. — Ichimura saiu de Ezo bem antes da última batalha e não o viu falecer. Sou sempre assombrada pelo medo de que ele esteja vivo, volte e me descubra.

Quando ela falou, Yozo concluiu que ele era a única pessoa no mundo a ter certeza do que houve com o marido dela.

— Também tenho um segredo — declarou ele com a voz rouca. Mas, ao falar, percebeu que não podia contar que tinha matado o seu superior, o seu comandante. Seja lá o que ela sentisse pelo marido, era um crime horrível de se confessar.

— Eu... eu participei da última batalha. Eu estava lá, o vi cair morto. — Ele balançou a cabeça. — Não peça para eu dizer mais nada. Ele morreu, acredite em mim, eu sei que ele morreu.

Ela o abraçou e ele enterrou o rosto nos cabelos dela.

— Não vamos mais falar nisso — disse Hana. — Acabou. Agora estamos juntos.

32

Hana ficou à porta da Esquina Tamaya, fazendo uma reverência para o último cliente que virou na avenida. Depois, voltou para seus aposentos, a cabeça ainda zunindo com a conversa que teve com Yozo no dia anterior.

Gostaria de ter lhe perguntado tantas coisas: como o marido havia morrido, para começar, e o que foi feito do corpo, mas sabia que não conseguiria fazer isso. Viu a tristeza no rosto de Yozo, era óbvio que era muito difícil para ele refletir sobre a guerra. Devia ser grata por ele lhe ter contado o que contou, pensou ela.

Ela nem sabia o quão bem Yozo conhecera o seu marido, apenas que estivera presente na hora de sua morte. Provavelmente lutaram lado a lado. Mas a única coisa da qual podia ter certeza era da morte de Yamaguchi. Um peso havia sido tirado de seus ombros, agora que Yozo sabia seu segredo. Não estava mais sozinha, tampouco com medo do marido. Com a ajuda de Yozo, acharia um jeito de fugir e eles voltariam para a casa dela juntos, para Oharu e Gensuké.

Naquela noite, ela encontraria uma maneira de Yozo entrar em seu aposento de dormir sem que ninguém visse, disse a si mesma, e o esconderia no armário de futons, talvez. Só de pensar nisso, ela riu alto. Sabia que ele era muito orgulhoso e jamais concordaria em fazer algo tão infame.

Enquanto as criadas se apressavam por toda parte, limpando os pratos e dobrando os futons, Hana foi até seu altar, acendeu as velas e o incenso e colocou novas oferendas. Ao ouvir passos, ela ergueu os olhos, ansiosa, pensando que fosse Yozo para a visita matinal, mas, se decepcionou ao notar que não eram os passos leves dele, mas um arrastar de pés. Pressionou o quimono contra o corpo e correu para a recepção.

Um instante depois, alguém tossiu do lado de fora do aposento e a Titia entrou numa nuvem de fumaça de tabaco. Hana a olhou, surpresa. A velha usava uma túnica simples de algodão, como se tivesse se vestido às pressas, sem maquiagem nem peruca. Tinha um estranho brilho no olhar. Foi até o nicho na parede e arrumou o caquemono, observou os apetrechos da cerimônia do chá na estante, mexeu nos batedores e colheres de bambu, depois, ajoelhou-se ao lado da caixa de tabaco para encher de novo o cachimbo.

— Há quanto tempo está conosco, minha querida? — grasnou, como uma anciã. — Quase um ano, não? Afeiçoei-me tanto a você, como se fosse minha própria filha.

Retirando a chaleira do fogareiro, Hana encheu o bule e concordou com a cabeça, educada, pensando aonde a Titia pretendia chegar. Era raro ser tão simpática.

— Do momento que a vi sempre soube que você se sairia bem — elogiou a mulher. — Você realmente trouxe Yoshiwara de volta à vida. Hoje ela está quase tão gloriosa quanto no passado, quando eu era a cortesã principal, celebrada por todo país; não tão gloriosa, claro, mas quase. E a Esquina Tamaya é a casa mais conhecida do bairro graças a você. Nenhuma outra casa pode se orgulhar de ter uma cortesã sedutora como você. Tem encontros marcados por meses. Estamos muito satisfeitos, minha querida.

Ela se inclinou para a frente. O rosto era enrugado, mas Hana pôde ver os ossos delicados sob a pele arruinada e imaginar a linda mulher que devia ter sido.

A Titia não estava dando nenhum sinal de que iria embora. Chamou as criadas e lhes repreendeu, depois mandou Kawanoto sair para pegar o cardápio de um dos vendedores, enquanto dava baforadas no cachimbo. Em seguida, tomou um gole do chá que Hana lhe serviu. Se não saísse logo, pensou Hana desesperada, a manhã acabaria e Yozo não conseguiria visitá-la naquele dia.

Então a Titia deu uma boa tragada, soprou uma nuvem de fumaça e sentou-se nos calcanhares.

— Eu queria lhe contar a novidade assim que seus clientes saíssem. Sabia que ficaria animada com uma sorte assim tão extraordinária. Mas você merece, mais que qualquer outra cortesã.

Hana se levantou e olhou, desconfiada. A Titia sempre ia direto ao ponto; seja lá o que tivesse para dizer, não podia ser boa coisa.

— Confesso que vou ficar com pena quando você for embora — declarou a velha.

Hana ficou sem ar. O que ela queria dizer? Será que ia perdoar a dívida e conceder-lhe a liberdade? Ela jamais pensaria nisso. Não, era outra coisa.

— Sei que você também vai sentir a nossa falta — prosseguiu a Titia. — Claro, vai precisar fazer as malas e se aprontar, mas há tempo suficiente para isso e para fazermos uma boa despedida.

Alguém deve ter oferecido comprar a sua liberdade, pensou Hana. Mas por que então a Titia não dizia logo isso, em vez de ser tão evasiva?

— Será uma ótima comemoração. Saburo vai fechar Yoshiwara durante a noite toda e oferecer a maior festa que já se ouviu falar.

Hana olhou para ela sem entender.

— Saburo...?

— Sim, você pescou o maior peixe do país, aquele que todas as moças queriam. Ele passou anos sendo um mulherengo, dizendo que queria a mulher perfeita, e agora parece que, finalmente, a encontrou. Não me surpreende, também, com seus talentos e sua beleza. Assim que voltar de Osaka, ele vai dar essa enorme festa.

— Está querendo dizer... que Saburo fez uma oferta e você quer saber se aceito? — Estarrecida, Hana mal conseguia pronunciar as palavras.

— Minha querida menina, é preciso ser ágil para se fazer negócios aqui. Se não concordássemos na hora, ele podia procurar outra casa. É o homem mais desejável que já passou por Yoshiwara. Lembre-se, Papai e eu só pensamos no seu bem. Você é jovem, não sabe do mundo.

Por um instante, Hana ficou muda. Depois, as palavras vieram sem que pudesse contê-las.

— Quer dizer que me vendeu para Saburo? Mas... não pode fazer isso.

O sorriso da Titia congelou. Estava com aquele brilho no olhar que lembrava a Hana que, por mais atraente e famosa que fosse, ela não passava de um objeto de valor.

— Posso fazer o que eu quiser, minha querida — disse a Titia, suave. — Lembre-se de que ainda não nos pagou de volta um só *mon* de cobre. Sua dívida conosco é bem alta e aumenta a cada dia. Mas não se preocupe, nós já resolvemos tudo: calculamos o quanto você nos renderia ficando aqui e o quanto ganharíamos se aceitássemos a oferta de Saburo. Ele é um homem generoso e está decidido a ficar com você.

O rosto da mulher mudou e ela sorriu gentilmente.

— É para o seu próprio bem, minha cara. Estamos pensando no seu futuro.

Hana engoliu em seco. Não podia haver nada pior.

— Não há com o que se preocupar — disse a Titia, indiferente, levantando-se. — Você nem precisa receber mais clientes. Cancelei todos os seus encontros.

Quando Hana abriu a boa para reclamar, ela acrescentou, ríspida:

— E não pense que pode fugir. Você é valiosa demais. Até Saburo vir buscá-la, você ficará aqui em seus aposentos. Trataremos de lhe trazer toda comida, material de costura, papel de escrever e livros que possa desejar. Ah, quanto àquele Yozo... avisei aos seguranças que ele não pode lhe incomodar. Você pode se distrair muito lendo, costurando, treinando a cerimônia do chá, preparando-se para quando Saburo chegar. Papai já acertou tudo e recebeu um depósito. Você agora pertence a Saburo.

Depois que a porta se fechou e os passos da Titia foram se afastando, Hana passou um bom tempo parada, atônita demais até para chorar. Quando entendeu o significado do que tinha ouvido, ela se jogou sobre a cama, enfiou o rosto nos futons e soluçou até não ter mais lágrimas. Justo quando havia sentido o gosto da felicidade pela primeira vez na vida, ela perdeu tudo. Vendida para Saburo! Era um destino muito pior do que jamais imaginaria. Nem Yozo conseguiria salvá-la.

Outono

33

A temporada dos tufões tinha chegado e passado, as árvores estavam mudando de cor e as folhas começavam a cair. De manhã, a neve brilhava nos telhados, nos caminhos de madeira e nas pedras do chão de Yoshiwara. Era um tempo de vento frio e céus azuis brilhantes, embora na ruela onde Otsuné morava o sol mal surgia sobre as casas miseráveis.

Sentado com Marlin na casinha de Otsuné, Yozo suspirou e deu uma tragada no cachimbo. Estava cansado do exílio, cansado daquele pequeno quarteirão de cinco ruas habitado por mulheres pintadas e homens fora da lei, com sua típica afluência noturna de bêbados em busca de prazer. Encontrava-se impaciente para voltar ao mundo real.

— Tenho notícias!

A porta se abriu e Ichimura entrou, os cabelos espetados em volta da cabeça. Desde a briga na frente da Esquina Tamaya, ele tornara-se uma visita frequente.

— Encontramos o almirante Enomoto! — declarou, ofegante, tirando as sandálias com pressa e se jogando no tatame ao lado de Yozo e Marlin. — Nós o encontramos e o general Otori também!

Yozo se inclinou para a frente, prestando atenção, um largo sorriso aflorando no rosto.

— Não estão presos na cadeia de Kodenmacho — disse Ichimura, pegando um copo de saquê e bebendo-o num só gole. — Estão no chamado Confinamento Disciplinar, um campo de prisioneiros de guerra no terreno do castelo, dentro do portão Hitotsubashi. Há cinco campos, todos horríveis, cada um com cerca de duzentos homens dentro.

— Você viu Enomoto e Otori? — perguntou Yozo.

— Não, soube disso tudo por Eijiro, um de nossos homens. Ele deixou o cabelo crescer para ficar parecido com um médico, enganou os guardas e conseguiu entrar.

— Mas como eles estão?

— Ele disse que estão com boa saúde, um pouco abatidos, mas animados.

— E a prisão, como é? — intrometeu-se Marlin, com sua voz grossa, franzindo a testa larga.

— É um lugar terrível, segundo Eijiro. Sujo e lotado, e não há muita comida, só arroz e sopa. E fede. Os detentos de escalões inferiores ficam amontoados numa sala comprida com duas fileiras de tatames, um para cada homem. Alguns estão feridos e muitos, doentes. Mas, pelo menos, o almirante e o general têm o próprio quarto. Eijiro está voltando lá hoje com o que puder carregar de comida, lençóis e remédios.

— Temos de tirar Enomoto e Otori desse lugar, e quantos mais conseguirmos.

— Não vai ser fácil. O castelo é fortificado, muito bem-vigiado e com muros sólidos. Mas há boatos de que o almirante e o general vão ser logo transferidos para a prisão Kodenmacho.

Yozo deixou de lado o cachimbo e se inclinou para a frente.

— Sabe quando?

— Daqui a dez dias. Eijiro está procurando mais detalhes.

— Você sabia que esse presídio tem um campo de execução? — perguntou Marlin. Ele se comportava como o dono da casa, servindo o saquê, atiçando o carvão no braseiro e oferecendo biscoitos de arroz. Yozo deu um bom gole na bebida e contraiu a sobrancelha.

— Você esteve na prisão?

— Nós, os oficiais franceses, trabalhamos para o xogum assim que chegamos ao Japão. Fomos a toda parte e vimos tudo.

— Bom, não vão executá-los a portas fechadas — argumentou Yozo.
— Não é assim que fazemos aqui, nem no seu país. — Ele sabia bem disso, tinha visto a guilhotina em ação em Paris. — Se eles estiverem planejando execuções, as farão em público, para servir de exemplo para o povo, depois fixarão as cabeças dos mortos nos pregos da ponte Japão.

— Temos de garantir que isso não vai acontecer — disse Marlin, levantando e indo até onde Otsuné trabalhava. Voltou em seguida, com um rolo de papel e um pincel, que entregou a Ichimura.

— Eles serão levados do portão Hitotsubashi para o presídio. — Ichimura abriu o papel no chão, colocou pesos nas pontas, pegou um pouco de tinta e rabiscou um mapa. — Terão de passar pela ponte Tokiwa, atravessar o fosso interno e seguir em frente por aqui, através de Kanda — prosseguiu ele, desenhando uma linha para mostrar a rua principal. — Eles são fiéis ao xogum nessa região, até a morte. Se atacarmos a comitiva, ficarão do nosso lado. Podemos contar com eles.

— Precisamos mandar um recado para Enomoto e Otori — avisou Yozo.

— Enomoto desistiu — argumentou Marlin, mexendo um dedo enorme. — Talvez ele não queira que você o liberte. Talvez acredite ser uma questão de honra morrer de cabeça erguida. Ele é um homem orgulhoso.

— Então ele está enganado — retrucou Yozo, bruscamente. — Se o libertarmos, será um grande golpe para o novo regime. Muitos nortistas vão se unir a ele, e isso dará à resistência uma sobrevida. Vou pegá-lo, quer ele queira ou não.

— Você é fugitivo, não se esqueça disso — lembrou-lhe Marlin. — Vai acabar com a cabeça enfiada na ponte Japão ao lado da de Enomoto.

— Estou pronto para assumir esse risco — garantiu Yozo, pegando o vidro de saquê e servindo os copos dos homens até a boca. — Temos de saber o dia exato e o percurso que a comitiva fará. Eles estarão esperando por uma emboscada e, certamente, farão uma mudança de planos na última hora, portanto, temos de levar isso em conta também. Que armas temos?

— Os quartéis da milícia estão fechados e vigiados, mas consegui entrar às escondidas uma noite — disse Ichimura. — Peguei os rifles Dreyse e Minié, armas de mão e algumas espadas e punhais aproveitáveis.

— Bom sujeito — elogiou Yozo, dando um tapa no ombro do jovem. Ficaria feliz de colocar suas mãos num rifle outra vez, pensou.

Os homens ficaram em silêncio, tomando saquê. Yozo bateu o cachimbo para tirar o fumo queimado e enrolou um pouco de tabaco nos dedos, sério. Marlin se remexeu e xingou, depois esticou suas compridas pernas francesas, massageando os joelhos com a manzorra.

— E como estão as coisas na cidade? — perguntou ele, por fim. — Há rumores sobre um agiota e uma morte suspeita.

— Ah, isso. — Ichimura riu. — Toda vez que se vai à barbearia, a conversa é essa.

— Você vai ao barbeiro, com um cabelo desse? — debochou Yozo.

— Tudo bem, que seja... toda vez que vou à casa de banhos. Preferia que as pessoas tivessem um outro assunto melhor sobre o qual falar. — Ele se curvou. — Veneno de rato — disse, entre os dentes. — O agiota adoeceu de repente e começou a perder cabelo, então passou a sangrar pelo nariz e pelos ouvidos e, poucas horas depois, morreu.

— Que morte horrível — rosnou Marlin.

— Foi a mulher dele, não foi? — perguntou Yozo.

— Ninguém sabe. Ele era um velho horrível. Havia muitas pessoas que gostariam de vê-lo morto. Pode ter sido um devedor que estivesse sendo pressionado a pagar, ou um bandido que ele enganou. De qualquer forma, a polícia está cuidando do caso, vou mantê-los informados.

Ele deu uma risada aguda e alegre, e Yozo lhe sorriu. Às vezes, esquecia como Ichimura era jovem.

Depois que Ichimura saiu, Yozo e Marlin ficaram fumando seus cachimbos. Yozo inclinou a cabeça para trás e esvaziou o copo de saquê, desfrutando o prazer do líquido morno na garganta. Ele podia sentir a bebida aquecendo seu rosto e relaxando seus lábios, fazendo o mundo parecer um lugar mais brando.

— Vejo que você não confia muito nessa operação resgate — concluiu Marlin, olhando bem para ele. Desde que se instalaram em Yoshiwara, o francês tornou-se corado e saudável como um gato bem-alimentado. Era evidente que estava satisfeito por estar de novo com sua mulher, e sem pressa de voltar à estrada.

— Sei que é um plano temerário, mas temos de realizá-lo — disse Yozo. — Devemos isso a Enomoto e a Otori. Mas você não precisa vir, Jean. Na verdade, era melhor para nós que não viesse; você chama muita atenção.

Marlin concordou com a cabeça.

— Estou pronto para ir, se você quiser. Mas tem razão, não será uma boa ideia ter um francês enorme atraindo atenção.

— E você precisa se cuidar por causa de Otsuné.

— Ela é uma mulher ótima, não tem melhor — elogiou Marlin, concordando com a cabeça, pensativo. — Mas não se trata apenas do fato de ser um plano arriscado; você nunca teve medo do perigo. É Hana, não é?

Yozo fez que sim com a cabeça. Sabia que tinha de fazer todo o possível para salvar os amigos, mas odiava pensar em Hana caindo nas mãos de Saburo, sobretudo após ter prometido protegê-la. E o terrível segredo que não podia revelar a ela, que ele era culpado pela morte do marido, deixava-os mais ligados ainda.

— Otsuné disse que eles a estão vigiando mais que nunca — disse Marlin. — Parece-me que a Titia está planejando alguma coisa.

— Ela vive como prisioneira desde que aquele porco fez a proposta — falou Yozo. — Eles estão determinados a não permitir que ela escape das garras dele. Visito-a sempre que posso e ouço muita coisa nas cozinhas. Saburo deve voltar logo. — Fechou os punhos ao pensar em Saburo e no mal que ele podia causar a Hana.

— Força bruta não adianta, meu amigo — aconselhou Marlin. — Se quisermos tirá-la de lá com sucesso, teremos de enfrentar os rapazes da Esquina Tamaya, além dos brutamontes de Saburo. Teremos de usar de astúcia.

Yozo franziu o cenho, lembrando-se de como Hana estava sendo vigiada.

— Haverá um grande banquete quando ele chegar. Então, a Titia deixará Hana sair dos aposentos. Ela terá de se arrumar para a... — Ele torceu a boca, com raiva de pronunciar aquelas palavras.

— Cerimônia de união.

Yozo concordou com a cabeça.

— Saburo vai fechar Yoshiwara durante a noite toda. Se conseguirmos criar bastante caos, talvez haja uma chance de a tirarmos de lá.

Mas e se o dia de libertarem Enomoto fosse o mesmo da festa de Saburo e ele tivesse que escolher entre um dos dois?

Yozo esfregou os olhos e balançou a cabeça. Não conseguia imaginar o que faria então.

34

O dia mal começara e os aposentos de Hana já estavam cheios de mulheres: as criadas varriam, espanavam o pó e dobravam a roupa de cama; as assistentes circulavam, impressionadas com os objetos de laca, os utensílios de cerimônia do chá e os suntuosos quimonos que Saburo enviara. Hana estava sentada, quieta, tentando não pensar na noite que tinha pela frente, quando ouviu gritos de animação, sininhos tilintando e pés de criança correndo pelo corredor. A porta se abriu e Chidori e Namiji surgiram lado a lado, as mãos gorduchas sobre a boca, os olhos arregalados, as enormes mangas dos quimonos batendo como asas de borboletas.

Saltitando pela sala, elas foram até os biombos de papel que dividiam o balcão e os empurraram, permitindo que a luz entrasse, realçando as folhas de outono vermelhas e laranja arrumadas no jarro na alcova, e se lançasse sobre as paredes pintadas de ouro, as delicadas prateleiras, o caquemono e a arca cheia de pertences, pronta para partir. De repente, ao ver todas aquelas coisas familiares à luz do dia, Hana teve a terrível certeza de que Saburo iria levá-la de Yoshiwara e ela nunca mais veria nada nem ninguém dali.

As duas meninas se ajoelharam no balcão e ficaram olhando os homens lá fora de tangas e casacos azuis de trabalho e martelos nos cintos, dependurando lanternas nos beirais dos telhados. Hana não precisava olhar para saber que cada lanterna estava pintada com os caracteres "Saburosuké Kashima". Homens vestidos de tanga, brilhando sobre escadas apoiadas nas cerejeiras, colocavam flores de papel nos galhos até que a rua se transformou num mar cor-de-rosa e branco, como se fosse de novo primavera. Em todas as esquinas havia a animação de vozes, risos, do som de *shamisens* e de canções.

Ela fechou os olhos e viu o rosto de Yozo, sua testa larga, os olhos castanho-claros e os lábios grossos, sensuais. Ele viera visitá-la no dia anterior, depois de ter se certificado de que não havia ninguém por perto.

Não muito tempo depois de a Titia ter proibido que ele entrasse nos aposentos, Tama declarara altivamente que só confiava nele para mandar recados para Hana e, depois disso, ela passou a lhe enviar pelo menos uma mensagem por dia. Yozo passara a fazer parte da Esquina Tamaya e estava lá quase todas as noites recebendo os clientes estrangeiros. Os clientes comuns também gostavam de conversar com ele. Tinha feito amizade até com o antigo favorito de Hana, Masaharu, a despeito de os dois terem lutado em lados opostos na guerra. Os criados o conheciam bem e, muitas vezes, o incumbiam de levar uma mensagem a Hana. Yozo sabia o ritmo de funcionamento da casa, as horas em que estava fervilhando de gente e as em que estava vazia.

Hana achou uma desculpa para dispensar as criadas e durante alguns preciosos momentos os dois ficaram juntos a sós. Aninhada em seus braços, ela se agarrou nele como uma criança e pressionou a cabeça contra o peito de Yozo, sentindo o calor e a batida de seu coração, certa de que aquela seria a última vez que o veria.

— Não tenha medo, isso não é uma despedida — disse ele, recuando para olhá-la e enxugando as lágrimas dela. — Eu disse que iria protegê-la e vou. Cumprirei a minha palavra. Tenho feito tudo ao meu alcance para encontrar meios de tirá-la daqui. Eu prometo.

Ela o encarou, incrédula. De repente, entendeu o que ele disse.

— Você quer dizer...?

— Durante o banquete, quando todos estiverem bêbados ou entorpecidos de ópio, haverá uma chance de você escapar. Estarei em algum lugar por perto para ajudá-la.

Hana segurou as mãos dele e as apertou em seus lábios, balançando a cabeça.

— Não, não! Isso é loucura, é muito perigoso. Saburo estará lá, haverá seguranças por toda parte e, mesmo se conseguíssemos sair do salão do banquete, o Grande Portão estará trancado.

— Jean conseguiu me tirar de uma gaiola de bambu no meio de um batalhão de soldados. Se pôde fazer isso por mim, eu também posso tirar você daqui. E teremos ajuda. Vou dar um jeito.

Ele a pegou nos braços, abraçou-a e ela pôde sentir os dedos dele correndo por seus cabelos e o toque cálido da boca de Yozo em sua testa e rosto. Então, os lábios se encontraram e ela o beijou com voracidade. Por um instante, todos os problemas sumiram e ela se esqueceu de tudo diante da alegria de estar com ele.

— Se eu pudesse escapar, iria para qualquer lugar com você — sussurrou ela, permitindo-se um instante de total esperança.

— Sou fugitivo — respondeu ele com a voz baixa. — Como posso pedir para você dividir a vida comigo?

— Isso tudo não significa nada. — Ela olhou em volta para os reluzentes biombos dourados, as pinturas, os apetrechos da cerimônia do chá, os quimonos abertos nas prateleiras. Nos meses em que ficou presa ali nos aposentos, eles passaram a ser como um par de algemas que a prendia. — Tudo isso nem é meu. A Titia diria que é quase tudo dela.

Estavam com os rostos tão próximos que a respiração deles parecia se misturar; ela esticou a mão e tocou a cicatriz no rosto dele. A pele era cálida e seca e ela pôde sentir a barba curta no queixo.

— Por favor, tome cuidado — pediu ela. — Sei que não vão me machucar... viva, meu valor é bem mais alto... mas temo por você.

— Não é tão fácil assim me matar — disse ele, sorrindo. Puxou-a para si de novo e acariciou os cabelos dela. Ao longe, ela podia ouvir o chacoalhar dos biombos nas molduras, os tamancos batendo na rua lá fora, os insetos do outono zunindo. Se havia um lugar no mundo onde estava segura, pensou ela, era ali, nos braços dele.

Então, eles ouviram vozes se aproximando e ele teve de escapar. Sozinha, Hana chorou. Parecia cruel demais ter encontrado tamanha proximidade para depois vê-la sendo arrancada.

Ajoelhou-se em frente ao espelho de bronze embaçado e ficou olhando para o seu reflexo. Esse rosto que os homens tanto desejavam só tinha lhe trazido infelicidade. Ela cometera a insensatez que Otsuné e Tama a tinham prevenido: entregara o seu coração, completa e totalmente. Não fosse isso, talvez conseguisse ir embora com Saburo, ficar satisfeita com sua riqueza e pensar em outra coisa ao se deitar com ele. Mas agora sabia que jamais poderia aceitar uma vida assim.

As velas nos castiçais projetavam sombras que se moviam lentamente no chão. O tempo estava passando, aproximando-a cada vez mais da hora em que teria de enfrentar Saburo. Lembrou-se outra vez do toque dos lábios de Yozo, do corpo firme e das coisas carinhosas que ele lhe disse.

— Gostaria que você não estivesse partindo — lastimou Kawagishi. Ela se virou, fingindo estar ocupada com os apetrechos de maquiagem e passou a mão pelo rosto. — Talvez um dia eu também encontre alguém como Saburo — sussurrou ela, fungando.

— Se eu pudesse, a levaria comigo — afirmou Hana, e falava sério.

— Saburo deve ser o homem mais rico do mundo — concluiu Kawanagi. Esticou um dedo fino e tocou na manga do quimono com fios de ouro, os olhos cheios de cobiça. Para aquelas moças, a riqueza fazia Saburo ser irresistivelmente atraente. Não se incomodavam por ele ser velho e gordo, não notavam os olhos pequenos e as bochechas flácidas dele, só viam o dinheiro. Hana tinha conquistado o homem que todas as moças do quarteirão desejavam (até lhe comprara sua liberdade) e pareciam intrigadas por ela não se alegrar com sua boa sorte.

Hana olhou para elas. O rosto de Kawagishi era pálido e atormentado; Kawanagi era magra demais. As duas pareciam derrotadas, como se há muito tivessem perdido qualquer esperança; como se soubessem, por amarga experiência, que o destino da mulher era sofrer e que seria inútil esperar algo mais da vida. Hana franziu o cenho. Aquele não era o seu destino, disse firmemente a si mesma; seria necessário fazer todo o possível para tê-lo nas mãos.

— Ele deve morar numa mansão — disse Kawanagi.

— Deve ter muitas casas — acrescentou Kawagishi, sonhadora. — Vai mandar construir uma só para você no terreno da mansão principal.

As duas olharam para Hana, surpresas, como se não conseguissem imaginar tamanha felicidade.

— Você será a concubina preferida, pense nisso, terá filhos dele — argumentou Kawanagi, com um sorriso iluminando o rosto magro. Hana tentou sorrir também, mas estava com tantos presságios que era difícil dar atenção à conversa.

— Esta noite ele vai trazer os amigos — lembrou Kawagishi. — Um deles pode gostar de você, Kawanagi!

— Ou de você, Kawagishi — disse a outra.

— Ou de nós duas — exclamaram juntas, rindo.

Até a zangada Kawayu veio fazer uma visita, embora Hana desconfiasse que ela estava apenas esperando lucrar com a sua vitória. Após uma dura noite atendendo clientes, os cabelos pareciam um ninho de passarinho, e ela usava um traje amarrotado e sem graça, fechado de qualquer jeito. De seu corpo emanava um cheiro azedo, como se tivesse saído às pressas, sem se preocupar com um banho.

— Desde que você chegou, foi a preferida da Titia — disse Kawayu, cuspindo as palavras. — A Titia está sempre elogiando você, e não sei por quê. Deve ser por isso que Saburo a escolheu.

— Saburo sabe reconhecer qualidade — observou Tama, meiga. — Um esbanjador como ele, é raro de se ver. — Hana sorriu para ela, agradecida.

Tama era a única pessoa que não estava triste, consumida pela inveja ou explodindo de felicidade. Parecia uma gata esperando na toca do rato, atenta e parada.

Sem maquiagem e com um simples traje de algodão amarrado no corpo largo, não havia como esconder que Tama era uma camponesa robusta, mas ainda assim exibia muito charme. Sentou-se sobre as pernas dobradas, fumando seu cachimbo sem parar, dispensando dar conselhos. Criadas entraram no aposento para servir chá; algumas gueixas chegaram, apressadas, para discutir sobre quais danças deveriam apresentar naquela noite. Em seguida, vieram os bufões para se orientar sobre a ordem do entretenimento e as criadas fizeram fila, perguntando que quimonos deveriam usar.

— Os homens são criaturas bobas — prosseguiu Tama. — Lembra-se de Shojiro, logo que você chegou aqui, que achava que podia visitar outra cortesã além de mim? Chidori o viu saindo furtivamente do Matsubaya, nós o seguramos e cortamos o rabicho do cabelo dele, não foi, Chidori?

Hana se esforçou para sorrir. Sabia que Tama estava tentando distraí-la do problema que ia enfrentar.

— E aqueles ingleses? — acrescentou Tama, piscando para Hana. Só de pensar neles as meninas riam tanto que chegava a doer a barriga. — No início, eles só diziam "ah, não posso fazer isso, ah, não posso fazer aquilo!" — Ela fechou a cara e jogou a cabeça para trás com jeito de total desaprovação. — Eram meio velhos para aprender, mas, mesmo assim, lhe ensinei algumas coisas. Acredita que agora não há limites para eles? Sabe, exijo sempre que tomem um bom banho antes de se aproximarem de mim. Eles dizem que na terra deles só se toma banho uma vez por semana. Imagine só! Mas devem ter gostado daqui, pois indicaram aos amigos. Gosto mesmo é dos franceses, experimentam qualquer coisa.

Chidori saiu saltitando do balcão e fez uma pirueta no chão, com as mangas vermelhas do quimono balançando.

— Vejam o que vou dançar esta noite — anunciou.

Levantou os braços gorduchos, ficou séria, deu dois passos, parou e correu para abraçar Hana.

— Vou sentir sua falta, irmã grande — disse, séria, com sua voz esganiçada de menininha. — Gostaria que você ficasse aqui.

Hana abaixou a cabeça para esconder as lágrimas quando a porta se abriu e Otsuné apareceu carregando uma trouxa enorme. Ela sorriu para Hana de modo tranquilizador, colocou o embrulho no chão e começou a mostrar pentes e ferros de cachear, a abrir tubos de cera e pomada e a encher o quarto de cheiros almiscarados. Tama se virou, lânguida, para suas assistentes.

— Kawagishi, Kawanagi, Kawayu e vocês, Chidori e Namiji. Vão já para os meus aposentos, está na hora de se aprontar. Daqui a pouco estarei lá.

Chidori abriu a boca para reclamar, mas Tama torceu o nariz, balançou o dedo e a menininha fez fila atrás das outras. Tama dispensou as criadas também e o aposento ficou silencioso enquanto Otsuné pegava o ferro de cachear no braseiro e começava a arrumar os fartos cabelos negros de Hana.

— A Titia vem aí, temos pouco tempo — disse ela.

Hana se virou para encará-la.

— Precisamos nos preparar, se você quer sair daqui esta noite.

O coração de Hana bateu forte. Entendeu então por que Tama tinha ficado tão calada e com um olhar tão estranho. Yozo tinha cumprido a promessa.

— Não deixe ninguém desconfiar de nada, principalmente Saburo — sussurrou Otsuné. — Finja que está alegre e animada, faça-o pensar que está feliz de ser sua concubina, que esteve esperando por ele, ansiosa... Você sabe o que quero dizer.

Hana concordou, sem fôlego.

— Isso não é difícil, faço todos os dias com os clientes.

— E, quando eu der o sinal, esteja pronta para sair — disse Tama.

— Que sinal? — perguntou Hana, nervosa.

— Você vai ver na hora. Mas, primeiro, temos de afastar a Titia. — Otsuné inclinou-se sobre os cabelos de Hana para cacheá-los com o ferro quando elas ouviram passos no corredor. A Titia entrou arrastando os pés, vestindo uma roupa sem graça, o rosto enrugado e doentio, sem maquiagem.

Ela carregava um longo rolo de papel na mão e pincéis enfiados na roupa e estava murmurando para si mesma.

— Trinta bandejas laqueadas, trinta tigelas de sopa, trinta pratinhos quadrados, trinta pratos ovais... — Ficou surpresa ao ver o quarto vazio e protestou, incrédula.

— O que houve? Cadê todo mundo? Hoje é o dia mais importante na história da Esquina Tamaya. Todas deviam estar aqui, ajudando Hana a se preparar.

— Titia, Titia — falou Hana com arroubo. — Graças a Deus que você veio. Aquelas meninas tolas estavam brigando para saber quem sentaria perto de Saburo e quem usaria o melhor quimono, aquele com crisântemos de ouro. Depois, Kawayu acusou Kawagishi de roubar clientes, puxou os cabelos dela e a empurrou. Acho que ela rasgou a manga de seu quimono.

— Outra vez essa Kawayu, temos de nos livrar dela — disse a Titia com um resmungo, apertando os lábios.

— Fizeram tanta confusão que mandei as duas para os meus aposentos.

— Você fez certo. Hana precisa de paz e sossego para se arrumar para o seu espetáculo desta noite.

Hana se sentou, calada, esperando que a Titia não percebesse a tensão em seu rosto.

— Eu acalmei as duas. A senhora não teria feito melhor — disse Tama, desafiadora.

— Isso veremos — respondeu a mulher, mordendo a isca. — Não é hora de briga. — E ela saiu do aposento batendo os pés, seguida por Tama.

Otsuné e Hana prenderam a respiração até os passos sumirem. Então, Otsuné mexeu na trouxa e, entre grampos e colares de turquesa e coral, havia uma pilha de roupas desbotadas, bem-dobradas. Entregou-a nas mãos de Hana.

— Rápido, vista isso — disse, entre os dentes. Enquanto Otsuné vigiava a porta, Hana correu para os aposentos de dormir, escondeu-se detrás de um biombo e ficou só com a combinação de seda vermelha. Vestiu as calças azuis de pernas justas como as usadas por camponesas e aprendizes sobre a combinação, enfiando-a para dentro da calça o melhor que pôde. Puxou os cordões da calça com as mãos tão trêmulas que mal conseguia dar o nó e então percebeu, assustada, que a calça estava de trás para frente e rapidamente a tirou, virou-a do lado certo e a vestiu de novo. Colocou também um camisão, sentindo o tecido áspero roçar a delicada pele dos seios e, depois, o quimono de baixo e outro por cima, que escondiam totalmente as roupas de algodão simples. Correu, então, para a sala de recepção. Ela podia sentir as calças enganchando nas saias e prendendo as pernas, ameaçando derrubá-la.

— Dá para perceber? — sussurrou ela, girando, tentando ver sua imagem no espelho. — Está volumoso?

— Não dá para ver nada e depois que você estiver arrumada, ninguém vai notar — garantiu Otsuné, calma.

Mesmo assim o coração de Hana bateu forte e ela ficou sem ar ao se dar conta do risco que corriam. Era loucura brincar com um homem como Saburo. Ele a havia comprado por um altíssimo preço, ela era sua propriedade; nada o impediria de matá-la caso fosse esse o seu desejo. Mas ele não faria isso, pensou Hana. Ela era um investimento caro demais e sua aparência era uma espécie de proteção, ele não iria querer prejudicar aquela beleza. Já Yozo era diferente. Não importava quão corajoso fosse, ou quão bom soldado; Saburo tinha muitos guarda-costas para que ele conseguisse lutar contra todos.

Otsuné a abraçou.

— Não se preocupe — disse ela. — Mesmo que Yozo não venha lhe buscar esta noite e você tenha de ir com Saburo, ele irá encontrá-la, ele e Jean resgatarão. Confie em Yozo e em Jean também. — Otsuné entregou a ela uma bolsinha.

— Não, não, eu tenho dinheiro — recusou Hana, com a voz trêmula.

— Pois pegue isso aqui também, leve tudo o que tem. Esconda-a nas mangas, onde puder.

Hana mordeu o lábio e fechou os olhos. Tinha de ficar calma, seja lá o que acontecesse.

— Para vida longa e viagem segura — declarou Otsuné, enfiando a bolsinha com um amuleto na manga de Hana. Ela respirou fundo e ficou na frente do espelho, sentindo a aspereza das calças de algodão na parte interna das coxas, enquanto Otsuné pegava os ferros de cachear no braseiro e começava a arrumar os cabelos dela com afinco.

35

De seus aposentos no andar de cima, Hana ouviu o ranger de um palanquim pesado sendo colocado no chão e um corpanzil desembarcar, seguido de arquejos, gemidos e resmungos.

— Imbecil! Aqui, segura! O que está fazendo?

Ela tivera esperanças de que algo impedisse Saburo de vir, mas, pelo jeito, não havia escapatória. Ouviu a Titia e a criada darem boas-vindas e também passos pesados movendo-se pela casa e subindo a escada até a grande sala de recepção. Portas se abriam e fechavam, convidados chegavam e ela escutou o murmúrio de criadas de um lado para o outro com bandejas de comida e bebida.

Pelos biombos de papel chegava da rua o som metálico dos *shamisens*, a batida dos tambores, o trinado de vozes agudas e o tropel dos tamancos. Começavam os festejos em toda Yoshiwara. Saburo havia alugado as cinco ruas, e seus convidados podiam entrar de casa em casa para desfrutar da música, da dança, do jantar, além de dormir com quem quisessem, à custa do anfitrião.

A noite caiu, enchendo o aposento de sombras. Ajoelhada ao lado de Chidori e Namiji, Hana aguardava ser chamada. Sua boca estava seca e o coração batia forte. Ao se ver de relance no espelho, percebeu que quem estava ali era Hanaogi e não ela própria, olhando-a como uma velha amiga. Sentiu uma súbita onda de segurança. Hana talvez estivesse com medo, mas Hanaogi não se assemelhava a ninguém.

Otsuné tinha se superado. O rosto de Hana estava maquiado à perfeição: olhos pretos retintos; lábios em duas pétalas rubras no rosto branco como a neve emoldurado pelas golas duplas do quimono, uma azul, estampada com folhas de bordo, outra vermelha com riscas douradas. O cabelo estava preso num penteado em forma de torre, com uma coroa da qual saíam pingentes de ouro e fios de turquesa caindo nas laterais do rosto. Hana sentiu o peso das camadas do quimono e, ao andar, ouviu o farfalhar das sedas. Sob tudo aquilo, o algodão áspero raspando nas pernas a lembrava do que devia fazer.

As menininhas olharam para ela, de olhos arregalados. Estavam tão lindamente vestidas e tão nervosas quanto Hana. Ela tirou dois grampos dos cabelos e deu um para cada.

— Para dar sorte — disse ela. — Usem e serão grandes cortesãs.

Quando a Titia mandou chamá-la, a festa já havia começado. Esperando do lado de fora do salão de banquete, Hana podia ouvir danças, gritos e gargalhadas de homens embriagados. Ela se aprumou, orgulhosa. Faria uma demonstração que eles jamais esqueceriam.

As portas se abriram e houve silêncio. Ficou parada por um instante para que a vissem por inteiro, então esticou o pé descalço para fora das pesadas saias do quimono. Murmúrios percorreram o salão e havia por toda parte aplausos e gritos de "Hanaogi!"

Saburo estava esparramado no chão sobre almofadas de brocado, o braço apoiado num descanso de cotovelos, o rosto largo manchado e vermelho. Estava mais gordo do que ela lembrava. Quando seu olhar encontrou o dele, Hana inclinou a cabeça, graciosa, e imaginou o que se passava por trás daquela testa pesada e daquele olhar malicioso e por que ele enfrentara tantas dificuldades para comprá-la. Seria Hana um troféu para juntar à sua coleção, ou ele tinha algum outro plano para ela? Saburo estreitou os olhos e ela viu desejo queimando ali e algo mais que a fez sentir um frio na espinha.

Puxando a cauda do quimono, ela olhou em volta do salão e se ajoelhou na frente dele. Tama estava ao lado de Saburo, num magnífico quimono negro com *obi* bordado de ouro e prata, preso com um imenso nó na frente. Passou para Hana um pires vermelho cheio de saquê que entregou a Saburo com uma reverência. A cerimônia da união, que consistia em dar três goles de saquê em cada um dos três copos, terminou logo e, ao dar o último gole, Hana teve a impressão de atravessar uma fronteira de onde jamais voltaria.

Engolindo o medo, ela fez uma reverência e sorriu para os convidados. Metade do governo estava lá, rostos animados, levantando os copos de saquê num brinde ao novo casal. Nas pequenas mesas diante deles havia travessas com ovos de ouriços-do-mar, tigelas com vísceras de bonito e fatias de lula, esqueletos de carpa com cabeças e rabos intactos, tábuas de *sashimis* de grou para dar sorte e arroz com mariscos, um famoso afrodisíaco.

As gueixas voltaram a dançar, não as comportadas coreografias do começo da festa, porém algo mais agitado e sensual, que acompanhava a insistente batida dos tambores.

Masaharu estava do outro lado do salão, com Kaoru encostando os joelhos nos dele, enchendo o copo de saquê e rindo do que ele dizia. Hana percebeu seu olhar e Kaoru devolveu um sorriso venenoso. Ao ver o rosto delicado e jovem de Masaharu, Hana se lembrou das noites que passaram juntos e sentiu tristeza. Como tudo teria sido simples se Masaharu a tivesse aceitado como concubina. Mas ela não teria conhecido Yozo. O jovem e sério funcionário do governo, que havia jurado não conseguir viver sem ela, lançou-lhe um olhar cheio de amor. Se ele a queria tanto, pensou Hana, podia ter comprado sua liberdade. No entanto, outro homem acabou comprando-a. As bochechas gordas de Saburo e suas papadas estavam meladas de suor. Ela se curvou na direção dele.

— Onde esteve todo esse tempo? — ralhou ela de brincadeira. — O seu trabalho era tão importante que não pôde vir me visitar nenhuma vez? — Hana fez um beicinho. — Estava começando a achar que não gostava mais de mim.

Ele se abanou com o leque e apertou o pulso dela com a mão úmida.

— Agora você me pertence, minha querida — disse ele, estreitando os olhos como um sapo ao ver uma mosca. — Não vejo a hora de isso tudo aqui acabar. Tenho certeza de que você gosta de umas travessuras.

Ele segurou ainda mais forte o pulso de Hana e ela sentiu a sua força de vontade enfraquecer e o medo aumentar. Tama colocou a mão sobre a coxa úmida dele.

— Vou lhe contar as intrigas de quando você esteve fora — disse, com voz suave, olhando Hana de esguelha. — Lembra-se de Chozan, da casa Chojiya, no outro lado da rua? Não imagina o que ela fez.

— Pois conte — retrucou Saburo, virando-se lentamente para ela.

— Aquele mulherengo, o Sataro, aquele que estava tão interessado nela, filho do comerciante rico. Ela estava certa de que se casaria com ele se conseguisse convencê-lo de que o amava. Pensou e pensou sobre a melhor maneira de provar isso e então sabe o que fez?

Saburo negou com a cabeça.

— Escreveu uma carta dizendo que cortaria a ponta do dedinho para provar seu amor e, então, cortou. Você não imagina a confusão e a sujeira. Ela desmaiou, claro, e a ponta do dedo caiu pela janela. Ela então viu a bobagem que tinha feito.

— E ele se casou com ela?

— Claro que não. Quem vai querer uma moça sem a ponta do dedo?

— Você não conhece a frase: "A maior mentira da cortesã é dizer 'eu te amo'. A maior mentira do cliente é dizer 'vou casar com você'"? — perguntou Saburo, olhando para Hana com malícia.

Tama ia começar outra história engraçada quando a Titia bateu palmas.

— Nosso honrado patrono, Saburo-sama, preparou uma surpresa especial para nós esta noite. Entre, Chubei, não seja tímido!

Chubei estava ajoelhado na porta, com seu casaco de algodão de mangas largas, as mãos postas no chão, numa reverência. Hana conhecia bem o chef de cozinha da Esquina Tamaya, famoso em toda Edo.

Era simpático, baixo e atarracado, com uma careca lustrosa e mãos gorduchas, sempre imaculadamente limpas. O único defeito dele era seu fraco por saquê e, nessa noite, como de hábito, seu rosto tinha um rubor artificial. Entrou meio trocando as pernas, atravessou a sala e se ajoelhou na frente de Saburo, enquanto seus aprendizes, de jalecos brancos, montavam uma mesa baixa e colocavam duas grandes tábuas de cortar sobre ela.

Saburo lambeu os lábios, deu um gole no saquê e Hana encheu de novo o copo dele com o líquido âmbar e quente.

— Chubei — berrou ele. O chef estremeceu diante do olhar daquele homem. — Você esqueceu o meu pedido especial?

Chubei virou o corpo, bateu palmas e surgiram dois aprendizes com um balde de madeira cheio de água, cuidadosos para não derramarem nem uma gota sobre o tatame. Os convidados prestavam atenção, sentados no chão de pernas cruzadas em frente às mesas.

O chef arregaçou as mangas e, com jeito de homem de espetáculo, enfiou as mãos no balde e retirou um peixe, uma criatura inchada, mosqueada de preto com listras laranja por todo o corpo. Era o peixe mais feio que Hana já vira. Chubei segurou o animal no alto. Ele se debatia muito, espalhando água à sua volta, abrindo e fechando a pequena boca, de onde minúsculos dentes brilhavam. Sua barriga era repleta de pontas.

— Fugu — disse Saburo, seu rosto se abriu num enorme sorriso. — O baiacu.

— Fugu tigre. — corrigiu Chubei, meticuloso — O melhor que há. Se me permite dizer, custa uma fortuna, principalmente nesta época do ano.

— Banquete para um homem rico — falou Saburo, sorrindo satisfeito. — E para os amigos dele, claro.

— Vossa Senhoria, o senhor pediu três. Um já está pronto. Temos saquê com barbatana de fugu assada para o senhor degustar.

— Cada coisa a seu tempo — respondeu Saburo. — Primeiro, vamos ver você cortar esse monstro.

— Costumamos preparar o fugu na frente dos comensais, mas é a primeira vez que faço isso num salão de banquete — observou Chubei, um pouco nervoso. Hana assistia, um pouco sem jeito. Era para Tama descrever a preparação do peixe, mas Saburo havia assumido a função.

— Não é venenoso? — sussurrou Hana.

— Que inocente! — respondeu Saburo. — Só é venenoso se for mal-preparado. É o rei dos peixes. Não se preocupe, querida, pois não é para você, trata-se de um prato para homens! Menos o xogum, claro, que era proibido de comer, pois podia matá-lo. Mas acabamos nos livrando dele sem precisar de fugu. Não foi, senhores?

O salão se encheu de risos. Hana tinha se esquecido de que todos ali eram sulistas.

— Mas Hanaogi-sama tem razão, Vossa Excelência — disse Chubei, com modéstia. — Só os melhores chefs sabem preparar corretamente o fugu. É um trabalho muito delicado e é fácil cometer erros. Basta esfregar a faca no fígado dele e o peixe inteiro estará envenenado.

— Mexer com a morte — exclamou Saburo, esfregando as mãos gordas uma na outra. — É isso que deixa essa brincadeira tão excitante.

— Todo ano, muita gente morre — explicou o chef —, mas não na Esquina Tamaya. Sirvo o fugu há anos e nunca perdi um cliente. — Ele se inclinou. — Sabiam que esse é o único peixe que fecha os olhos? Quando se mata um, ele fecha os olhos e emite um som semelhante ao choro de uma criança.

Os ajudantes tinham disposto facas e duas bandejas sobre a mesa. Numa estava escrito "venenoso" e na outra, "comestível." Chubei segurou o agitado peixe na mão esquerda, pegou um facão e, num golpe só, cortou o rabo produzindo um som surdo. Um instante depois, a cabeça e as barbatanas estavam também ao lado do corpo que ainda se mexia. Foi tudo tão rápido que não deu para ouvir se o peixe chorou. O corpo arqueava e o buraco onde ficava a boca se abria e fechava.

— Bravo! — gritaram os convidados. — Grande mestre!

Chubei cortou a boca do peixe ao meio, limpou a tábua e colocou as barbatanas na bandeja de "comestível". Saburo se curvou, os olhos brilharam quando o chef enfiou a faca na espinha do peixe e a soltou da carne macia e retirou a pele. Hana notou que a mão do chef estava trêmula e imaginou, preocupada, o quanto de saquê ele teria bebido. Ouviu-se um som espetacular quando Chubei retirou a pele de um só golpe, transformando o lustroso peixe num pedaço de carne inerte. Depois, removeu as tripas e algo brilhante e gelatinoso semelhante a um saquinho.

— O fígado — explicou ele, colocando-o na bandeja de "venenoso".

— Este peixe é uma fêmea — acrescentou, retirando os ovários e colocando-os na mesma bandeja, onde também estavam a pele e os olhos. Cortou a carne em fatias bem finas, quase transparentes, e arrumou-as num prato redondo, sobrepostas como as pétalas de um crisântemo.

— Crisântemo, a flor da morte! — Saburo sorria e lambia os lábios. — Quem vai provar primeiro?

Hana lembrou do crisântemo branco no enterro dos avós e sentiu um calafrio. Não era uma boa hora para pensar em morte.

Ela abriu os hashis, pegou algumas fatias e as mergulhou no molho de soja. Saburo abriu a bocarra, fechou os olhos, virou a cabeça para trás e ela colocou o bocado delicadamente na língua dele. Ele saboreou devagar, rolando a iguaria pela boca, depois estalou os lábios.

— Um toque de veneno — disse ele, sorrindo. — Meu lábio superior está dormente, sim, a língua também. E sinto uma comichão bem aqui. Sinta! Está aumentando.

Ele pegou a mão de Hana, pressionou-a no meio das pernas e deu um suspiro extático seguido de um arroto. Ao fundo, os convidados sorriram, servis.

— Que sensação fantástica. Provem senhores, provem. Esta noite vamos nos divertir!

Com seus jalecos brancos, os aprendizes saíram das cozinhas com travessas de fugu. Kawanoto e as outras assistentes arrumaram fatias da delicada iguaria em pratinhos e serviram aos convidados.

— Tragam o saquê com barbatana de fugu — gritou Saburo. — Está na hora da brincadeira! Vamos tirar a roupa!

Sempre que Saburo insistia para ela beber, Hana jogava a bebida disfarçadamente num canto. Era importante continuar sóbria, estar pronta para o que viesse. Mas ele insistiu para que ela provasse o saquê com barbatana de fugu e ficou observando-a atentamente enquanto ela retirava as barbatanas assadas, cheirava o copo e a levava aos lábios.

— Beba, beba tudo! — mandou ele, firme.

O saquê adocicado tinha um leve sabor tostado. Ela descansou o copo, notou um calor nos braços e nas pernas e sentiu a cabeça flutuar. A sala pareceu se distanciar e as vozes começaram a sumir, ficando um eco fraco, como um longínquo tilintar de sinos. Hana parecia estar flutuando. Tentou levantar o braço, mas não conseguiu. A boca e a língua estavam dormentes, as pálpebras pesadas e sentiu um desejo no corpo enquanto a forte bebida exercia sua magia.

Saburo esticou uma mão gorda, segurou nas golas do quimono de Hana e a puxou para perto de si. O cheiro de suor e o calor úmido de seu corpanzil a entorpeceram quando ele esfregou o rosto no dela, mas voltou a si quando o algodão áspero roçou suas pernas. Tinha de fazer de tudo para impedir que ele enfiasse a mão embaixo de suas roupas. Ele estava puxando as inúmeras saias, com força, quando os *shamisens* e os tambores começaram a tocar e uma cantora começou a encenar uma dança erótica. Saburo olhou, sonolento, o que estava acontecendo; Hana juntou suas forças e tirou as mãos dele de seu corpo.

O saquê com barbatana de baiacu estava fazendo efeito. Dois convidados, de rostos vermelhos e muito animados, já estavam agarrando as moças. Outros faziam uma brincadeira de prendas que as ajudantes e as gueixas conheciam bem e na qual os homens quase sempre perdiam. No começo, o perdedor tinha de tomar um copo de saquê; depois a brincadeira mudava e ele era obrigado a tirar uma peça de roupa. Os homens arrancaram as faixas, depois os quimonos de cima e os de baixo, sendo que os que estavam vestidos à ocidental estavam se saindo melhor. Quando Masaharu retirou o casaco, a gola, a gravata e o colete, alguns dos outros homens já estavam de tanga. Hana, Tama e Saburo só observavam, recusando todos os convites para participarem.

Os homens então começaram a bater palmas e gritar:
— Chonkina!

Os *shamisens* e os tambores deram início a um ritmo e as assistentes e gueixas se levantaram e formaram uma roda, movendo-se como sonâmbulas numa dança lenta e ondulante. A música parou e as moças ficaram imóveis, menos a pequena e sorridente Kawagishi, visivelmente trôpega. Os homens riam e batiam palmas, e ela tirou o quimono de baixo e ficou, cambaleante, só com a combinação de seda vermelha, o corpo moreno contrastando com o rosto pintado de branco. O suor escorria de seus pequenos e jovens seios.

Logo, o salão estava cheio de corpos deitados no chão. Kawagishi caiu completamente nua, em cima de um gorducho de cara balofa que ria sem parar ao se esfregar nela, depois colocou-a de costas. Kawayu, que não estava mais de mau humor, se enroscou com o jovial funcionário do governo e antigo admirador de Hana, emitindo gemidos altos quando ele tirou a canga e montou em cima dela.

Hana ficou olhando o traseiro esguio dele subir e descer e as costas magras estremecerem. Nenhuma festa em que ela esteve em Yoshiwara chegara a tal nível de abandono. Isso a deixou com mais medo ainda da força e do apetite sexual de Saburo. Ele fingia estar bêbado, mas Hana sabia que não estava. Ele tinha os olhos cravados nela.

Os convidados e as mulheres estavam rolando entre montes de roupas jogadas quando Chubei entrou e sussurrou algo para Saburo.

— Sim, claro, seu idiota! Traga-o! — rosnou ele. O chef voltou em seguida, ofegante e corado, e colocou um pratinho de carne crua picada na frente dele.

— O fígado, Sua Excelência, eu sabia que o senhor ia pedir — disse, abaixando-se e tocando a testa no chão, servil.

Saburo lambeu os beiços.

— Exatamente do que eu precisava, uma gota de veneno. Só um pouquinho, um mínimo de calafrio, um toque de dormência. Quero sentir a boca ficar adormecida e o meu pau levantar. Isso vai acrescentar um pouco de pimenta na noite. — Virou-se para Hana e a puxou mais para perto de si. — Então, podemos entrar na brincadeira!

36

As cozinhas estavam quentes, lotadas e barulhentas, cheias de criadas entrando e saindo e aprendizes executando suas funções. As mulheres se abaixavam na boca dos fornos, soprando as brasas do carvão até elas acenderem, formando nuvens de fumaça que subiam até as vigas enegrecidas. De casaco de lona azul e ásperas calças de algodão, Yozo podia ser qualquer empregado de Yoshiwara. Muitos estavam por ali para ajudar os convidados bêbados na saída e, se preciso, levá-los até o portão do quarteirão, comentando quanto saquê comprariam com as gorjetas.

— Eu gostaria de provar o fígado de fugu — disse Chubei, levando com a mão trêmula um copo de saquê à boca e bebendo de um gole só, derramando algumas gotas nos dedos gordos e no jaleco branco manchado. Suas bochechas tinham um tom escuro de vermelho e, sob a grossa bandana, a cabeça brilhava de suor. — Dizem que é muito arrebatador. Saboroso também, dizem. Doce, oleoso, cremoso. — Ele deu uma batidinha na beira da bandeja onde estava escrito "venenoso", empilhou com olhar sinistro fatias do peixe e balançou a cabeça, solene. — Mas eu não sou de brincar com a morte.

— Nem eu — concordou Yozo, lacônico. — Isso é brincadeira para homens ricos.

Agachado num canto, ele bateu com o calcanhar no chão de terra batida e expirou fundo, tentando esconder a impaciência. Pouco antes,

Chubei tinha levado o fígado de baiacu para Saburo, que provavelmente comeria só o suficiente para fazer a boca formigar e a língua ficar amortecida, desfrutando assim do frisson de brincar com a morte, como muitos apreciadores. Ou, se quisesse uma emoção um pouco mais intensa, talvez provasse um pouco mais para que sua genitália também ficasse formigando. Mas sempre havia a chance de Saburo exagerar. Toda vez que vinha um barulho do salão de banquete, Yozo saía correndo, mas nada parecia acontecer.

Em meio à algazarra, ouvia gritos e risos, o rufar dos tambores e o som de *shamisens*. Ele fez uma careta e fechou os punhos. Não aguentava pensar nas mãos de Saburo tocando o corpo de Hana. Aguardava há tanto tempo a hora de tirá-la de Yoshiwara e agora, que o momento havia chegado, percebeu o quanto as coisas poderiam dar errado. Mas o plano tinha de funcionar.

Pensou na última conversa que teve com Hana e se lembrou dos olhos brilhantes dela, do riso, da curva de sua bochecha e da sensação de sua mão suave sobre a dele. Uma mulher assim não devia estar num lugar como aquele, muito menos ser obrigada a se submeter a uma criatura como Saburo. Ele sorriu. Se Enomoto ou Kitaro estivessem ali, ou qualquer dos companheiros dos tempos da Europa, diriam que ele tinha amolecido, que lugar de homem era ao lado dos companheiros, e ele teria concordado, até conhecer Hana.

— O fígado de fugu é um poderoso afrodisíaco. — À luz das lanternas, as pontas das orelhas de Chubei estavam roxas. — Perto dele, o chifre de rinoceronte e a raiz do ginseng não são nada. Vocês deviam ver o que eles estão fazendo; e beberam só o saquê com barbatana de fugu. Aquele velho nojento não quis dividir o fígado com ninguém. Aposto mil *ryos* que ele está preocupado em agradar a nossa Hana. Provavelmente está com medo de não conseguir. Rico ou não, detesto pensar naquela velha raposa tendo relações com ela. Todos nós detestamos. Se acontecesse alguma coisa com ele, nenhum de nós levantaria um dedo para ajudar.

Yozo olhou de modo penetrante para Chubei, pensando se o chef desconfiava de alguma coisa. Todos sabiam que ele levava recados para Hana. Encarou os outros homens, com suas pernas finas e caras rudes, rindo muito de alguma piada, e pensou quantos deles também saberiam.

— Você não vai acreditar na gorjeta que o velho me deu — dizia Chubei. A sala estava cheia de fumaça e as tampas das panelas no fogo chocalhavam. No quarteirão inteiro as pessoas pareciam ter enlouquecido. A rua estava cheia de tamancos retinindo fervorosamente, vozes esganiçadas e risos altos, grunhidos e gemidos, como se as pessoas estivessem copulando como animais em plena rua. Yozo bateu de novo os calcanhares no chão, zangado. Tudo dependia de se preparar e aproveitar quando a oportunidade surgisse. Teria sido bem mais fácil estar num campo de batalha, pensou ele. Precisaria aplicar todas as lições que aprendera lá. Mas, então, lembrou-se das ruínas fumegantes de Hakodate e da cara do comandante assomando diante dele e estremeceu.

As portas do salão de banquete se abriram subitamente.

— Socorro! O chefe foi envenenado! — gritavam as pessoas enquanto o lugar virava, de repente, um caos.

Yozo levantou-se de um salto. Ele tinha poucas esperanças de que o velho fosse tão estúpido a ponto de comer muito fígado de baiacu. Não pôde impedir que um sorriso de pura satisfação passasse por seu rosto. Franziu o cenho e checou o punhal na cintura. Era hora de agir.

Ouviu alguém se lamuriar atrás dele.

— Não... não foi culpa minha. — Chubei parecia ter murchado dentro do largo jaleco de chef. Sua feição estava cinza e ele, agarrado à beirada da bancada. Seu rosto tremia.

O Papai passou pela porta em meio a uma fedorenta nuvem de fumaça de tabaco, o casaco de algodão meio torto no ombro, a barriga flácida caída sobre a cinta. Yozo xingou em silêncio. Não esperava que ele aparecesse tão rápido. Todos podiam estar bêbados, mas não o Papai. Ele tinha de ficar de olho em Hana; afinal, tratava-se de seu investimento mais valioso.

— O que fez? Você nos destruiu — gritou ele.

— Chubei não tem culpa — disse Yozo, bruscamente. — Saburo pediu o fígado e o comeu. Ele não vai morrer. É só um susto que deu em si mesmo.

O Papai ficou boquiaberto e encarou Yozo, como se não estivesse acreditando que alguém pudesse retrucá-lo. Yozo retribuiu o olhar. Os outros homens corriam para o salão de banquete. Zangado, o Papai se virou.

— Voltem aqui, todos vocês. Fechem as portas, precisamos manter isso em segredo. Tajima, você é um sujeito esperto, venha comigo.

— Pode ser a bebida, o álcool aumenta os efeitos do fugu — observou Yozo, cauteloso.

— Melhor pegar uma pá, por precaução — rosnou o Papai.

Yozo olhou para ele, sem entender.

— Temos de cavar um buraco e enterrá-lo até o pescoço. É o único remédio, o frio da terra anula o veneno.

Com uma lamparina na mão, ele foi gingando pelo corredor escuro, o corpo abaixado como um lutador de sumô, ofegando e andando depressa para um homem tão pesado. Yozo seguiu-o, dois passos atrás. O Papai parou à porta do salão de banquete. O fedor de fumaça, vela queimada, tabaco envelhecido, saquê e vômito era tão denso quanto um muro e quase todos os candelabros tinham caído no chão. Por sorte, as velas haviam se apagado antes de causarem um incêndio no lugar, queimando a casa como uma caixa de madeira.

Mantendo-se atrás de Papai, Yozo atravessou o salão pisando em corpos macios estirados na penumbra. Homens e mulheres nus se espalhavam uns sobre os outros, com braços e pernas estendidos, ou rastejavam pelo chão, fracos, tateando pilhas de roupas. Olhando em volta, ele notou Masaharu nas sombras num dos lados do salão. Ele era o único que parecia estar ainda completamente vestido. Por um instante, os olhos dos dois se encontraram. Yozo procurou loucamente por Hana, mas em vão. A Titia corria para todos os lados, com as mãos enrugadas na cabeça; à luz das velas, sua cara malévola brilhava como uma máscara diabólica.

— Papai — choramingou ela —, graças aos deuses você está aqui. Faça logo alguma coisa! Se essa história circular, nosso negócio acaba.

Berros agressivos eram vociferados.

— Idiota, o que está fazendo?

— Saia do caminho!

— Abram as janelas, ele precisa de ar!

— Não, deixem as janelas fechadas, mantenham o corpo dele quente! — Do outro lado do salão, os seguranças de Saburo se empurravam, acotovelavam-se em seus librés de seda, olhando para algo no chão.

Quando o Papai e a Titia se enfiaram no meio deles, Yozo ouviu a voz de Hana falar ofegante:

— Saburo-sama, Saburo-sama! — O Papai levantou a lanterna.

Yozo olhou para Saburo. Estatelado no chão, como uma enorme barata, com pernas e braços se mexendo, estava o homem que ele tinha visto na rua naquela noite na Batávia, o monstro que comercializava ópio e mantinha mulheres prisioneiras. Os olhos estavam saltados como se fossem pular da cabeça, a boca aberta, com saliva escorrendo pelas bochechas e pelas suntuosas golas de seda preta.

O olhar dele encontrou o de Yozo e ele hesitou, como se também o tivesse reconhecido. Seu corpo então ficou rígido. Respirava com dificuldade, como se tentasse recuperar o fôlego.

Hana estava ajoelhada ao lado dele com as mãos sobre a própria boca. Olhou para Yozo, assustada, com o rosto pálido sob a densa maquiagem. Tama estava ao seu lado. Parecia muito tranquila, mas com um tique nervoso no rosto e um brilho estranho no olhar. Yozo de repente desconfiou que as duas tivessem convencido Saburo a comer mais do que deveria. Não teria sido difícil fazer isso.

— Eu pedi que parasse — sussurrou Hana com a voz trêmula. — Mas ele não me ouviu. Não parava de comer. Queria que eu também comesse, mas me recusei.

— Ele ficou perguntando "pensa que não sou homem?" — contou Tama para o Papai. Ela teve o cuidado de não olhar para Yozo. — Toda vez que pedíamos para ele parar, ele comia mais. Depois, começou a reclamar que estava com os pés frios.

Yozo se ajoelhou ao lado de Saburo, levantou a mão dele, mergulhando os dedos na carne flácida. O braço estava duro, a pele viscosa e os poros exalavam um suor azedo. Yozo conseguiu sentir o pulso sob a gordura, mas estava fraco e lento. Alguns convidados e guardas começaram a gemer e gritar, em pânico:

— Meus pés. Meus pés estão frios! — Yozo pensou se o facão de Chubei poderia ter transmitido o veneno para um dos três peixes, ou se o veneno de um deles era especialmente forte. Às vezes, isso acontecia.

— Temos de colocá-lo num buraco na terra — vociferou o Papai. — Rápido, senão ele morre. Tama, tire Hana daqui.

Tama segurou o braço de Hana e a levantou do chão. Quando os guardas se afastaram para as duas passarem, as pernas de Hana pareceram falhar. Yozo entrou na frente delas, mas Tama o encarou, segurou Hana pela cintura e a arrastou pelo salão com um farfalhar de sedas.

— Tajima, mande os homens cavarem um buraco nos fundos da casa — disse o Papai. — Longe da rua, onde ninguém possa ver. E diga para não fazerem barulho.

Dois seguranças o olhavam de uma maneira estranha. Yozo achou que o viram se aproximar de Hana e o reconheceram da briga que tiveram alguns meses antes. A última coisa de que precisava naquele momento era problemas.

Passando apressado pelos corpos e pelas pilhas de comida no salão, ele deu de cara com Masaharu, que estava de saída. A gola do sulista estava torta e a camisa fora das calças ocidentais, mas ele estava totalmente sóbrio, como percebeu Yozo.

— Estou indo embora — resmungou Masaharu.

Os olhos dos dois se encontraram. Mal dava para notar as vogais esticadas de seu sotaque sulista. Yozo teve bastante tempo para conhecê-lo desde que passara a trabalhar na Esquina Tamaya e sabia que era um homem no qual se podia confiar.

— Boa ideia — disse Yozo. Tocou o amuleto na manga e rezou para que os deuses ficassem ao seu lado.

37

Ao sair da Esquina Tamaya, Yozo quase colidiu com o luxuoso palanquim de Saburo, que surgiu no seu caminho, formando uma enorme sombra, como se o próprio Saburo estivesse ali tal qual uma feroz divindade guardiã, de braços abertos, impedindo-o de ir embora. Pareceu um mau agouro, mas ele afastou aquela ideia.

Já na rua, olhou ao redor, surpreso. Estava abarrotada de gente batendo palmas e andando em zigue-zague entre as cerejeiras com um forte estrépito de tamancos, como se pretendessem dançar até cair. Homens se sacudiam, usando máscaras de carnaval com bocas tortas e olhos fixos, rostos grotescos saindo da escuridão.

Yozo observou atentamente em volta até notar um movimento nas sombras ao lado da casa. Havia ali duas pequenas figuras vestidas em roupas de trabalho, com lenços escondendo a cabeça e o rosto.

Masaharu chegou logo depois, esguio e muito bem-vestido, num casaco à ocidental. Ele também olhou ao redor rapidamente e foi andando, mantendo-se na sarjeta, onde havia menos gente, rumo ao portão no final do Edo-cho 1. As duas figuras emergiram tímidas das sombras e o seguiram, de cabeças baixas, como os criados costumavam andar. Estavam vestidas como rapazes, mas, pela postura que tinham, os ombros meio caídos e o passo curto e apressado nas sandálias de palha, era óbvio que eram mulheres. Aos olhos de Yozo, as três figuras pareciam evidentes demais. Ele seguia um pouco atrás, mantendo-se atento, olhando em torno de vez em quando, mas os festeiros pareciam bêbados demais para perceber.

Tudo parecia correr de acordo com o planejado quando, de repente, uma porta bateu com força na Esquina Tamaya, seguida de vozes ásperas e passos pesados. Dois grandalhões saíram de trás do palanquim de Saburo, a cabeça brilhante e os rabichos no alto sobressaindo por cima das pessoas. Yozo notou o brilho dos trajes de seda, reconheceu o pescoço grosso e os olhos apertados de um deles e a cara de raposa do outro. Eram os seguranças que o haviam olhado de cima a baixo no salão de banquete.

Ele fugiu para a multidão de corpos melados e que dançavam, sentindo tudo girar à sua volta. Não esperava que alguém viesse atrás deles tão cedo. Sabia muito bem o que o Papai e a Titia fariam assim que descobrissem que a mais valiosa cortesã havia sumido. Chamariam todos os homens de Yoshiwara e todos os bandidos da região e mandariam procurá-la nos alagados, até encontrar. Todos os envolvidos seriam torturados e Hana seria amarrada e trazida de volta, espancada e, provavelmente, morta. Ele fez uma careta ao pensar no assunto. Tinha de garantir que isso não aconteceria.

Os seguranças foram para os fundos da casa de chá. Esperariam encontrá-lo lá, mostrando aos rapazes da Esquina Tamaya onde cavar, mas descobririam logo que ele não estava. Não importa o que houvesse ou o que ele teria de fazer para impedir que isso acontecesse, tinha de evitar que viessem atrás dele e dessem de cara com as duas "criadas" de Masaharu. Tinha de garantir que Hana não fosse pega, mesmo se isso lhe custasse a vida.

Um rapaz veio cambaleando até Yozo e pôs o braço em seu ombro, o hálito fedendo a saquê. Pendurada no pescoço, havia uma máscara cômica com uma boca enrugada e uma expressão pateta. Era o disfarce perfeito.

— Empreste-me isso — disse Yozo, tirando a máscara do rapaz que, corado e sonolento, estava bêbado demais para perceber.

Yozo esticou o elástico da máscara, colocou-a no rosto e passou pelas pessoas que dançavam até o começo da multidão. A essa altura, Masaharu estava bem à frente, entrando na grande avenida. Flautas e tambores tocavam animadamente e as pessoas dançavam em ritmo cada vez mais frenético. O cheiro doce da fumaça de ópio saía das belas casas de chá e até a Crisântemo estava silenciosa e escura, como se os clientes estivessem imersos em sonhos alimentados pela papoula do ópio.

Pelos buracos dos olhos da máscara, Yozo viu os seguranças grandalhões dobrarem a esquina da Edo-cho 1 e virem em sua direção. Estavam furiosos, afastando as pessoas com brutalidade, deixando um rastro de bêbados espalhados no chão.

No final da larga avenida localizava-se o Grande Portão, iluminado com lanternas vermelhas. Os visitantes costumavam ficar entrando e saindo, mas Saburo tinha alugado todas as cinco ruas e os portões estavam trancados. O porteiro tatuado estava do lado de fora da vigia, ao lado de um sujeito corpulento que Yozo reconheceu, com um suspiro de alívio: era Marlin. Notou Masaharu também chegando ao portão e viu que estava com suas duas protegidas. Yozo observou o porteiro sair de seu lugar e andar rapidamente até o pequeno portão lateral à sombra dos salgueiros. Atrás dele, conseguia ouvir os gritos indignados de festeiros. Os guardas o estavam cercando.

Yozo pôs a mão no punhal. Tinha de despistá-los antes que chegassem mais perto do portão e tinha de fazer isso logo, sem chamar a atenção de ninguém. Não podia errar, só havia uma chance. Claro que preferiria desafiá-los a uma luta homem a homem, de maneira honrada, e não se esconder atrás de uma máscara e pegá-los de surpresa, mas brigar era muito arriscado. No escuro, ninguém notaria mais dois corpos jogados no chão.

Ele abriu caminho entre a multidão animada. Apesar dos uniformes elegantes, dava para ver que os seguranças não passavam de uma dupla de gângsteres. O homem de pescoço grosso ia na frente, olhando em volta. Invisível atrás da máscara, Yozo deu um encontrão nele como se estivesse bêbado. Sentiu o corpo quente do sujeito, o cheiro de suor e o sangue quando enfiou o punhal na barriga dele. Girou a arma para soltar a lâmina da carne e a arrancou do corpo da vítima.

O homem arregalou os olhos e cambaleou, de braços caídos. Com sangue escorrendo da boca, ele caiu, desmontando sobre o guarda com cara de raposa que estava atrás dele, o qual também caiu para trás, batendo a cabeça no chão de pedra com uma pancada.

Houve um silêncio e depois berros enquanto o segurança tentava sair debaixo do corpanzil do colega.

— Idiota! Saia de cima de mim!

Yozo atacou a garganta do homem e sentiu o punhal atravessar o osso. O guarda gorgolejou e se calou.

A briga durou poucos segundos e não teve qualquer efeito na multidão. Yozo limpou o punhal na manga e o guardou de novo no cinto. Estava feito, embora não tão limpo quanto gostaria.

Tirou a máscara, jogou-a fora e correu para o portão, tropeçando nos festeiros e tirando-os do caminho. Se não fosse muito rápido, perderia a chance de passar despercebido. Masaharu e suas duas seguidoras já tinham atravessado o Grande Portão.

Yozo parou para cumprimentar Marlin e, de súbito, concluiu que aquela poderia ser a última vez que o via. Olhou a testa alta, os olhos intensos, o queixo quadrado com a barba rala e se lembrou dele olhando pela porta aberta da gaiola de bambu e do peso da mão em seu ombro, segurando-o, na noite em que ele pretendia atacar o comandante. Lembrou-se de Marlin, com braços e pernas saindo das roupas rudes de camponês, passando pelos guardas sulistas e pelos marinheiros estrangeiros, atravessando com toda a arrogância o Grande Portão de Yoshiwara e entrando na avenida, a cabeça acima da multidão. O francês salvara a vida dele várias vezes e fora um amigo leal, talvez o melhor que ele já teve.

Marlin entregou uma espada, uma arma e uma caixa de munição para Yozo.

— Cuidado, muita gente estará à sua procura, principalmente depois que os acontecimentos de hoje à noite se tornarem conhecidos.

Yozo concordou com a cabeça.

— Sentirei sua falta. Volto quando tudo isso terminar — disse ele, sincero.

— Nós vamos nos encontrar de novo — afirmou Marlin. — Enomoto, Otori. Todos nós. E veremos o xogum voltar ao castelo. Lembre-se do que Kitaro costumava dizer: "Um por todos, todos por um."

Yozo riu e balançou a cabeça, triste, lembrando de Kitaro e de sua paixão pelo famoso romance de Dumas, num passado tão distante no Ocidente.

— Viva o xogum! — disse. — Tenho uma dívida com você, darei um jeito de lhe retribuir.

— A nossa amizade basta.

Yozo estendeu a mão para cumprimentar no estilo ocidental e Marlin a apertou, depois deu um tapinha no ombro dele.

O porteiro estava no pequeno portão lateral, olhando por cima do enorme ombro tatuado, segurando o bastão com uma expressão bastante séria. Yozo fez uma reverência. O homem sabia que podia ser duramente castigado por deixá-los sair, mas, inesperadamente, um sorriso atravessou o rosto dele quando Yozo passou rápido.

Do outro lado, uma fila de palanquins seguia pela estrada sinuosa, o Fosso dos Dentes Negros, e subia o Dique Japão, que parecia um muro escuro contra o céu noturno, com luzes piscando no alto e, de vez em quando, uma fogueira chovendo fagulhas. As nuvens passavam pela lua e a rua iluminada por lanternas estava tão clara que Yozo não notou que havia uma lua cheia. Ela lançava uma luz fria sobre o grande muro de Yoshiwara, as barracas e os salgueiros.

Quase todos os vendedores dormiam, enroscados sob as barracas. Um esplêndido palanquim, que parecia de funcionários do governo, estava no portão. Masaharu, com seu casaco ocidental, andava de um lado para outro. Tirou uma bolsinha e enfiou-a na mão de Yozo, que tentou recusar, mas, em seguida, mudou de ideia e a guardou na faixa da cintura. Ele abriu a boca para agradecer, mas Masaharu levantou a mão, sério.

Yozo fez uma reverência. Meses antes, jamais imaginaria que seria capaz de admirar e até gostar de um sulista.

— Espero que possamos nos ver de novo — disse Yozo.

— Farei de tudo para isso — respondeu Masaharu. — Boa sorte.

Otsuné estava ao lado dele, com roupas de trabalho. Ela tinha puxado o capuz para trás e Yozo pôde ver seu doce rosto redondo e as rugas finas que marcavam a testa clara. Sorria, tentando afastar as lágrimas. Ela segurou firme no braço de Yozo.

— Vá logo — disse ela. — Cuidaremos para que não desconfiem de nada.

Ela e Marlin haviam se tornado uma família para ele e foi difícil se despedir. Yozo fez uma reverência, desejando dar um abraço, como fazem os franceses, mas sabia que ela ia estranhar.

Hana estava no palanquim, sentada sobre as pernas dobradas. Ainda usava a maquiagem branca e seu rosto oval brilhava no escuro. Olhou bem para Yozo, como se mal acreditasse que ele estava ali, e esticou a mão. Yozo a segurou, sentindo sua maciez. Olhou-a e ela sorriu. Aquele instante, com Hana ali, segura e ao seu lado, fez com que tudo valesse a pena.

— Você sempre disse que ia me proteger — disse ela —, e cumpriu a promessa.

— Vou proteger você para sempre — garantiu ele. Escutou com atenção. Não havia ninguém os seguindo, não havia passos rumo ao portão, nem gritos do outro lado. Era difícil acreditar, mas haviam conseguido.

Masaharu e Otsuné já tinham entrado, o portão foi fechado e trancado. O som de música e dança nas ruas de Yoshiwara ficou cada vez mais abafado e distante.

Yozo seguiu à frente enquanto os carregadores atravessavam o fosso com o palanquim e subiam a colina para a estrada que se estendia sobre o cume do Dique Japão. Hiko e Heizo aguardavam no escuro e tomaram seus lugares atrás; Hiko, um homem grandão de uniforme sujo, e Heizo, pequeno e atarracado, com a cabeça em forma de bala. Yozo sorriu ao vê-los e ficou feliz por ter aqueles soldados honestos como companheiros.

Ele parou um instante no Salgueiro do Último Olhar e olhou na direção de Yoshiwara, meio escondida entre as árvores. Com luzes piscando, músicas, gritos e risos, era como um paraíso terrestre, mas ele sabia que por trás daquela sedução e daquele brilho havia violência e crueldade.

À sua frente, a estrada se esticava, comprida e escura. Ele virou as costas para Yoshiwara e seguiu noite adentro.

38

Hana acordou de súbito, ao notar que o palanquim tinha parado de sacolejar e balançar. A última coisa que ouviu foi o ranger da madeira e o vento sobre o alagado, ao ser carregada no escuro.

Encolhida naquela espécie de caixa apertada e fria, com as pernas dobradas sob o corpo, ela esticou os pés, tentando estimular a circulação. Assustou-se por um instante, sem saber onde estaria. Depois, tudo que acontecera naquela noite lhe veio rapidamente à lembrança. Eram imagens que pareciam de um pesadelo: Saburo caído no chão, a cara inchada, as pessoas se empurrando, os mascarados olhando de esguelha e o medo terrível de ser reconhecida por alguém. Ela quis correr o mais rápido possível, mas se obrigou a andar devagar, como se não estivesse com a menor pressa.

Tremendo, lembrou-se das mãos gordas de Saburo e dos olhos de sapo, o corpo pesado encostado ao seu enquanto ela colocava fatias de fígado de baiacu na boca dele, e de como ele havia engasgado e reclamado dos pés frios. Lembrou-se também de correr para seus aposentos e rasgar os quimonos, apavorada com que alguém entrasse e a visse e, logo depois, encontrar-se na rua pela primeira vez em meses, com a sensação de ter todos os olhos virados para ela. Podia quase sentir nas costas o bastão do Papai, o facão cutucando sua garganta, e um calafrio de medo percorreu-lhe a espinha.

Ouviu o sino de um templo repicar as horas, os passos ritmados de um vigia e a batida seca de seus bastões no chão. A porta então se abriu e Yozo apareceu no lusco-fusco, o olhar firme e o sorriso calmo ao luar. Atrás dele, casas sombrias dos dois lados de uma rua tão estreita que mal dava para ver as estrelas entre os beirais. Hana tinha voltado ao mundo real, que era grande, frio e escuro, mas sabia que, com Yozo, tudo estaria bem.

— Onde estamos? — perguntou ela, a voz muito alta no silêncio.

— No lado oriental — disse Yozo. — Edo continua sendo a cidade do xogum, pelo menos por um tempo. Não podemos passar a noite numa hospedaria, você é muito conhecida e poderiam avisar Yoshiwara. Vamos ficar na casa da viúva de um dos meus companheiros. Ela não vai dizer nada, garanto. Creio que as acomodações são humildes, bem diferentes daquelas que você está acostumada.

Ela riu, balançando o corpo.

— Não sou tão ilustre quanto você pensa. Antes de ir para Yoshiwara, eu era igual a qualquer pessoa. Passei quase a vida toda com comidas e roupas simples.

Mas, ao falar, começou a se dar conta da monstruosidade que acabara de cometer. Largara todos e tudo o que havia passado a gostar: Otsuné, Tama, Kawanoto, os aposentos espaçosos, os maravilhosos quimonos, os quadros e todos os lindos presentes dos clientes. Tentou afastar esse pensamento, mas não conseguiu conter o medo. Mordeu o lábio. Não tinha mais nada além do que conseguira colocar na trouxa: um quimono de algodão, a caixa enviada pelo marido e a caixa do caquemono com a carta dele. Teria de ir a Kano, lembrou a si mesma, e colocá-las no túmulo da família. Ela lhe devia isso.

E, pelo menos, tinha dinheiro. Otsuné e Masaharu ajudaram, além de Hana ter poupado um pouco.

Lembrou as estranhas roupas masculinas que estava usando, amarrou um lenço na cabeça e o puxou até o nariz para esconder a maquiagem. Alguma coisa passou nos pés dela. Era um rato, o que fez com que se recordasse da última vez em que esteve na cidade, quando conheceu Fuyu. O lugar parecia ainda mais desolado agora, como se todos os moradores tivessem ido embora.

Os carregadores levaram o palanquim até uma casa simples, com plantas em vasos sobre um muro. De lá, saiu uma jovem que esfregou os olhos de sono, fez uma reverência e sorriu. Ela conduziu Hana e Yozo, passando por aposentos decadentes, com cheiro de mofo. Foi até um quartinho enfiado nos fundos e trouxe uma panela de água quente e um saco de casca de arroz. A jovem ofereceu roupas de cama e de dormir e Hana tirou toda a maquiagem e também os adornos e laços que prendiam os cabelos. Penteou-se até o cabelo ficar liso e solto como uma sedosa cortina preta. Olhou-se no espelho. Hanaogi tinha ido embora para sempre e ela era novamente Hana.

— Não é um lugar muito confortável, mas, pelo menos, é seguro. — Yozo estava ajoelhado num lado do quarto, olhando-a. Colocara as espadas no descanso de armas, ao alcance das mãos, e o revólver, ao lado do travesseiro. Em Yoshiwara, ele teve de fingir ser um criado, mas agora também tinha voltado a ser ele mesmo. Parecia mais velho, mais sério; era um soldado, e de alto escalão. Ao falar com Hiko e Heizo, sua voz tinha um tom autoritário que Hana apreciou muito. Havia algo mais também, um quê de animação, pois ele estava livre, de volta ao lugar a que pertencia.

— Minha situação é tão difícil quanto a sua. Ou mais, na verdade. Você tem o Papai e os homens de Yoshiwara com que se preocupar, mas eu tenho metade do exército sulista. — Ele suspirou e esfregou os olhos. — Mas não vamos pensar nisso agora.

À luz da vela, Hana notou o sorriso dele, o rosto forte e o olhar expressivo. Nunca tinha visto nada mais lindo. Ansiosa por um toque dele, ela se inclinou para Yozo como se tivesse perdido o comando do próprio corpo.

Ele segurou a mão dela e a levou aos lábios. Hana fechou os olhos; tremia, quase temerosa dos sentimentos que começaram a dominá-la.

Todo o tempo que passou em Yoshiwara, não soube o quanto havia se reprimido, o quanto mantivera uma parte de si escondida e protegida. Amor havia sido algo para ser comprado e vendido; despertar prazer, o seu trabalho. Quando sussurrava frases melosas no ouvido dos amantes, eles sabiam que ela fazia isso com todos. Sempre fora um jogo. Mas agora tudo era completamente diferente.

Yozo a puxou para si e a beijou. O toque dos lábios dele provocou um choque que a atravessou e ela pôde sentir o seu corpo inclinando-se para ele, enquanto entregava-se completamente àquele homem.

— Esperei tanto tempo — sussurrou ele, a voz rouca. Passou a mão pelos cabelos dela e por sua nuca, enquanto ela sentiu o calor de seu hálito ao ser beijada nos olhos e no nariz. Ele abriu a túnica de Hana e deparou-se com seus seios, passando o dedo pelos mamilos, e ela sentiu o prazer aumentar como um fogo de lenta ebulição. Beijou-a com sofreguidão, sem parar. Eram só os dois, a escuridão, o pequeno quarto, as brasas ardendo no braseiro e o silêncio.

Ela nunca conhecera uma ternura assim. O toque, tão carinhoso e ao mesmo tempo tão excitante, encheu-a de um prazer intenso, como nunca sentira antes. Gemeu quando ele passou as mãos e os lábios em seus seios, depois na pele macia da barriga, até que todos os poros estavam formigando. Acariciando as coxas dela, Yozo começou a lamber o corpo de Hana, descendo até sua língua encontrar o triângulo de pelos muito bem-aparados, onde ele enterrou seu nariz, fuçando como um gato. Lambeu ainda mais embaixo e sentiu o gosto dos sucos que saíam dela. Indefesa ao toque dele, ela gemeu até sentir um longo espasmo que pulsou no ventre e subiu como uma chama até o pescoço.

Ele então ficou ao seu lado. Ávida, Hana passou as mãos pelo peito e pelas musculosas costas dele, enfiando o rosto na pele macia, inalando o cheiro de seus cabelos. Ela o puxou para cima de si e sentiu as pontas da barba roçando em seu rosto, a firmeza de seu corpo, a forte batida do coração.

— Você — sussurrou ele, enquanto se mexiam juntos, cada vez mais rápido. Ela estava flutuando, mergulhando num doce torpor que invadiu sua barriga, subiu pela espinha, chegou à ponta dos dedos e à língua. Ouviu-o gemer e sentiu o corpo pesado sobre o seu.

Ficaram deitados durante muito tempo, abraçados. Depois, se olharam, encantados. Aquela não seria a única noite que teriam, haveria muitas outras. Era o começo de uma nova vida.

39

De manhã, a jovem viúva trouxe o café. Abriu as venezianas e Hana e Yozo comeram em silêncio, olhando para o jardinzinho que tinha apenas duas pedras e um pinheiro de tronco nodoso, banhados pelo sol do outono. Hana estava vestindo o quimono de algodão que trouxera da Esquina Tamaya, os cabelos amarrados para trás num nó simples.

Era sua primeira manhã de liberdade. A grande cidade estava aos seus pés, podia ir a qualquer lugar, fazer o que quisesse. Estava bem longe de Yoshiwara, o Papai não a encontraria mais. Ninguém sabia quem ela era. Sob as roupas de inverno, ficaria completamente invisível.

Já havia resolvido aonde queria ir. Sempre soube. Pensara tanto na mansão, com o jardim de bambus e pinheiros, sua lanterna de pedra, suas rochas cobertas de musgo, seu pequeno lago. Os bordos estariam viçosos e Gensuké os cobriria com palha para enfrentar o inverno. Ela levaria Yozo com ela. Sorriu, pensando no entusiasmo dele ao ver a casa pela primeira vez.

Ao se virar para olhá-lo, notou que Yozo encarava, absorto, o jardim. Estava tão animada, pensando em tudo o que faria com a nova liberdade, que não lembrou que a cidade era perigosa para ele. Em Yoshiwara, conseguira se esconder dos senhores sulistas, mas agora teria de tomar cuidado. Os dois se olharam, ele fez uma expressão de dúvida, tamborilando os dedos no tatame gasto. Estava de cenho franzido e Hana se perguntou o que passava na cabeça dele.

— Acho que vou me ausentar por uns dias — disse ele. — Tenho alguns assuntos para resolver.

Hana levou um susto. Era a última coisa que esperava ouvir.

— Contei a você dos meus amigos Enomoto e Otori. Eles serão levados hoje para o presídio Kodenmacho. É a nossa única chance de resgatá-los. — Segurou a mão dela entre as suas. — Sei que você compreende. É uma questão de vida ou morte.

Hana piscou com força. Não esperava uma despedida tão súbita, ou tão logo. Yozo a abraçou e a beijou na testa.

— Por que não disse antes? — sussurrou ela.

— Não queria estragar a nossa noite. Mas não há com o que se preocupar, planejamos com cuidado, em detalhes. Estarei de volta ao anoitecer, e terei comigo Enomoto e Otori.

Pelo que ele disse, Hana concluiu que Yozo estava correndo muitos riscos e podia acabar preso também, ou até executado. Mas ela era filha e viúva de samurai e não podia impedi-lo. Notou a animação dele e entendeu que não fazia isso apenas pelos dois amigos. Ficou tanto tempo em Yoshiwara fazendo papel de criado, sendo educado e respeitoso; agora que estava fora, queria voltar a participar de tudo.

Uma lágrima escorreu pelo rosto dela. Ele a secou, depois alisou uma comprida mecha de cabelos que tinha caído no rosto de Hana e a escondeu atrás da orelha. Ela fechou os olhos, sentindo o calor dos dedos dele em sua pele.

— Espere por mim aqui — pediu ele.

Ela negou com a cabeça.

— Faz tanto tempo que quero ir para casa. Vou esperar lá.

— Na sua casa? — perguntou Yozo, preocupado. — Mas ela era... do seu marido.

— Ele nunca ficou lá. Vivi quase todo o tempo só com os criados. A casa era minha, não dele, agora é sua também. Fica em Yushima, perto do rio e do templo Korinji. — Ela pensou na rua, no rio, no templo e na mansão com fumaça ao redor dos beirais. Apenas pronunciar aqueles nomes lhe deu um sentimento de conforto.

— Tenho algo mais a dizer. — Ele olhava o jardim e Hana percebeu que ele não tinha ouvido nada do que ela dissera.

— O que é?

— Tenho de contar como foi... a morte de seu marido. —Havia uma expressão no rosto dele que a assustou.

Ela se curvou e apoiou a mão na perna dele.

— Não preciso saber — disse ela, firme. — Só quero que você volte bem.

Lá fora, uma cigarra cantou, quebrando o silêncio. Ele fez que não com a cabeça e tamborilou de novo os dedos no tatame.

— Eu disse que vi seu marido morrer, mas não disse por que morreu. — Ele respirou fundo e evitou olhá-la. — Eu... o matei.

Hana recuou.

— Você? Não foi um inimigo? — exclamou ela.

O quarto havia se tornado muito silencioso. A viúva entrou para levar as bandejas do café da manhã e eles ficaram calados até ela sair. Yozo continuava olhando o jardim, de ombros caídos. Hana queria dizer que não precisava ouvir mais nada, mas ele segurou a mão dela, sério.

— Ele matou meu amigo Kitaro. — Yozo falava tão baixo que ela mal podia ouvi-lo. — Jurei vingá-lo; contudo, tive de esperar a guerra acabar, pois é crime matar um comandante. No final, quando vi que tinha uma chance, nem parei para pensar. Foi na última batalha e todos nós sabíamos que íamos morrer. Fiquei cara a cara com ele numa rua deserta de Hakodate, ele me provocou de novo e então atirei nele. — Havia uma luz estranha em seus olhos, como se estivesse de volta àquele lugar distante e selvagem, vendo tudo acontecer de novo. — Ainda tenho pesadelos com isso. Só consegui contar para você agora, eu achava que ficaria com raiva de mim. Afinal, o comandante Yamaguchi era seu marido, não importa o que você sentisse por ele.

Hana encarou-o, os olhos arregalados. Ela sabia que não era crime, mas um dever sagrado vingar a morte de um companheiro e que os homens estavam sempre matando outros homens. O marido dela se gabava dos vários que tinha matado, inclusive os seus próprios soldados; e, se ele tivesse voltado da guerra, a teria matado também. De certa maneira, Yozo a salvou.

— Não conseguia mais guardar isso — confessou ele. — Não queria que houvesse segredos entre nós.

Ela segurou a mão dele entre as suas.

— Para mim, não muda nada... entre nós — sussurrou. Por algum motivo, aquela confissão fez com que ele fosse mais amado ainda.

— Você me perdoa? — perguntou ele, olhando-a.

— Não há o que perdoar. Só preciso que você volte bem.

Ele a puxou para si e a abraçou, depois se afastou, encarando-a como se nunca quisesse tirar os olhos dela novamente e, então, encolheu os ombros.

— Sua casa é onde ficava o acampamento da milícia. Ichimura está perto de lá e é onde Heizo, Hiko e eu vamos encontrá-lo. Vou com você para garantir sua segurança.

Ela encostou a bochecha no ombro dele e deu-lhe um beijo no pescoço. Em seguida, passou a mão no rosto dele, no nariz, no queixo, nas ruguinhas junto à boca, nos densos e lisos cabelos. Queria dizer que ia rezar para nada de ruim acontecer, mas não conseguiu. Entendeu então que ele não esperava voltar.

— Não esqueça, você disse que iria me proteger — sussurrou ela. — Não se esqueça disso.

— Dou minha palavra — respondeu ele, fazendo uma reverência, solene.

Eles percorreram a cidade rapidamente, Hana alguns passos atrás dele. Atravessaram a praça na frente do portão Sujikai e ela se lembrou das mulheres maquiadas que vira lá, dispostas a vender o corpo para qualquer homem em troca de um bolinho de arroz. Sobre o rio Kanda pairava um cheiro de restos e de comida podre. Lá encontraram um barqueiro para levá-los ao cais perto da casa dela.

Pouco depois, chegaram à terra devastada por onde ela havia passado quando fugia dos soldados. Agora, o lugar tinha amoreiras com algumas folhas ainda amarelas. Hana sabia que a hora da despedida estava próxima, mas, apesar da tristeza e do medo por Yozo, foi consolador ver aquele lugar que conhecia tão bem. Finalmente, chegaria em casa.

Lágrimas brotaram em seus olhos ao ver o muro que conhecia tanto, com telhado e musgo entre as pedras. Yozo parou no portão e franziu o cenho ao ler a tabuleta com o nome do proprietário:

— Seizo Yamaguchi.

Hana queria dar-lhe um abraço e dizer que o amava, que não fazia diferença o que ele tinha feito, só fortalecia os sentimentos dela. Queria implorar para que ele não fosse naquela perigosa missão, mas permaneceu firme e lembrou a si mesma que era uma samurai. Sorriu e afastou as lágrimas, desejou sorte com tanto carinho quanto qualquer esposa.

Yozo levou a mão dela aos lábios pela última vez e se virou para o rio. Ela ficou olhando para ele, os ombros largos, uma espada de cada lado da cinta. Ele olhou para trás uma vez e sorriu, depois sumiu de vista.

Ela abriu o portão da casa, sem saber direito aonde seus pés a levariam, ainda impressionada com tudo o que tinha ouvido. Mas sabia que não mudava nada para ela. Aqueles tempos difíceis de esposa do comandante Yamaguchi tinham acabado, agora seu coração pertencia a Yozo. Com fervor, rezou para que ele voltasse bem.

Olhou em volta e, de repente, entendeu onde estava. Fazia quase um ano que saíra dali e havia musgo entre as pedras do chão e folhas mortas empilhadas junto aos muros. O jardim estava cheio de pragas e a grande cerejeira havia crescido ainda mais. A casa estava tristemente abandonada, com limo no telhado e algumas telhas faltando. Parecia mais uma toca de raposas e texugos do que uma moradia de seres humanos. Mas ainda era a mesma casa e o mesmo terreno. Viu fumaça saindo dos telhados e apressou o passo, pensando como Oharu e Gensuké ficariam surpresos e contentes ao vê-la.

O portão de entrada estava e trancado. Hana empurrou para tentar abrir, mas não adiantou. Havia teias de aranha nas portas, janelas e nos beirais, além de pilhas de folhas podres nos cantos. Ela deu a volta até a porta lateral da casa, abriu-a e parou na soleira, piscando, os olhos doendo com a fumaça que rodopiava no escuro lá dentro.

Nos filetes de luz que entravam pelas frestas das portas, viu o interior escuro, as enormes vigas enegrecidas pela fumaça e os aposentos forrados com tatame sumindo nas sombras. Sentiu cheiro de carvão queimado e comida sendo preparada e pensou, com um toque de ansiedade, que Oharu devia estar preparando o almoço.

Viu então um movimento na penumbra. Alguém estava sentado ao lado do fogão, de pernas cruzadas, fumando um cachimbo.

Houve um som surdo quando ela deixou a trouxa cair no chão e pôs as mãos sobre a boca para conter o grito de susto.

Por um instante, pensou ver um fantasma, mas o homem era bem real: ombros largos, queixo arrogante, cabelos oleosos, soltos e fartos.

Os joelhos fraquejaram e ela fez um som como se estivesse asfixiando. Queria virar as costas e ir embora, mas as pernas não obedeceram. Tinha de manter o controle dos cinco sentidos, ficar alerta, pensou. Como Yozo poderia ter se enganado assim?

Pois não havia a menor dúvida. Aquele ali era o seu marido.

40

O comandante Yamaguchi parecia mais velho e mais magro. O rosto estava esquelético e a pele, que era muito pálida, parecia enrijecida. Os cabelos, outrora brilhantes como laca negra, estavam riscados de branco. Havia manchas escuras em volta dos olhos e a ruga entre as sobrancelhas se transformara num vinco profundo. Ele olhou Hana em silêncio, dos pés à cabeça.

Os joelhos dela dobraram como por vontade própria e ela se ajoelhou, encostou as palmas no chão e pressionou o rosto nas mãos.

— Então é você — disse ele, e Hana reconheceu o seu tom suavemente ameaçador e o rude dialeto camponês. — Andou viajando e agora aparece com esse quimono indecente e uma trouxa como uma mulher de rua, vulgar. Não tive uma esposa para me receber, me cumprimentar e cuidar de mim.

Ela tremeu, muda, e se encolheu o máximo possível no piso frio.

— Perdeu a língua? Não vai dizer que está contente em me ver?

— Pensei... eu pensei...

— Você tinha de cuidar da casa. Por que não ficou aqui?

Ela tomou fôlego.

— Os s-soldados... — Mal conseguia falar. — Os soldados entraram na casa... para me matar porque sou sua esposa. Eu... tive de fugir.

— Você é uma samurai e está com medo da morte? Seu dever era defender a casa.

A culpa de Hana pairou sobre ela como uma peste, e sua respiração estava rápida e curta. Olhando de esguelha, ela viu a trouxa no lugar onde a havia largado e lembrou-se da caixa, da caixa do marido. Talvez, se ele a visse, pudesse se comover e entender o porquê de ela ter feito o que fez.

— Pensei que você estivesse morto — disse ela, de um sopro.

Ela pegou a trouxa, colocou-a na frente sobre o tatame e desatou os nós com mãos trêmulas. Lá estava a caixa simples de metal usada pelos soldados, junto à caixa de madeira com o quadro. Lembrou de tê-las aberto em seus aposentos na Esquina Tamaya, de ter lido a carta e o poema várias vezes e depois de ter colocado as caixas e a foto no altar. Ela havia chorado por ele, esquecido a sua agressividade e as surras, lembrado apenas que ele havia sido seu marido.

Ele teve um sobressalto como se visse um fantasma e esticou a mão trêmula, que estava mais magra, fina, com os nós dos dedos saltados.

— Ichimura trouxe tudo isso — sussurrou ela, lançando-lhe um olhar de súplica. Recordava que sempre surtia efeito olhar para os homens daquele jeito, através das pestanas. — Li sua carta, chorei sua morte. Ia levar seus restos para Kano e enterrá-los, como você queria.

Ele abriu a caixa de metal e olhou. Ficou surpresa de vê-lo com os olhos cheios de lágrimas.

— Minha vida inteira — murmurou ele — se resume a isso, só isso. Perdemos a guerra, a causa foi derrotada, tudo em que eu acreditava... acabou, acabou tudo. — Ele sentou-se sobre as pernas dobradas e deu um longo e sentido suspiro. — Eu devia ter morrido junto com os outros. Como viver neste mundo?

Pegou o cachimbo e bateu devagar o fornilho na beira da caixa de tabaco. O som ecoou no silêncio. Ela conteve a respiração, olhando, à espera. Ele então estreitou os olhos e a encarou.

— Você está diferente, venha cá — ordenou.

Com o coração batendo forte, Hana se ajoelhou na frente dele e o marido segurou seu queixo com o indicador e o polegar, apertando com tanta força que doeu. Olhou-a bem, virando a cabeça dela para um lado e outro. Os olhos dele pareciam penetrá-la como se pudesse ler toda a vida dela, tudo o que ela tinha feito, onde estivera, todos os homens com quem havia se deitado. Como se tudo, a noite que passou com Yozo, tudo, estivesse gravado na pele dela como uma tatuagem. Ela fechou os olhos com força, lembrando-se do Papai segurando seu rosto exatamente daquele jeito. Yamaguchi, então, empurrou-a com tanta força que ela caiu sobre o tatame.

— Alguma coisa mudou, até seu cheiro é outro — disse ele, com nojo. — Você era uma criaturinha boba, não é mais. Ficou desobediente, está escrito na sua cara.

Ele fez uma pausa e a olhou de novo, firme.

— Você aprendeu a pensar. Agora discute, inclina a cabeça, me olha através das pestanas. Aprendeu a seduzir e a agradar os homens. Não é mais a minha simples esposa, não é mesmo?

Hana sabia o que vinha e não podia fazer nada para impedir. O marido gritou, revoltado.

— Esteve em Yoshiwara, não é verdade? Você virou prostituta. Quantos sulistas usaram seu corpo? Você é minha e se entregou aos nossos inimigos! Você me envergonhou, envergonhou essa casa. — Ele estava vermelho de ódio.

Quando ele disse "Yoshiwara", Hana sabia que estava condenada. Ia matá-la. Tinha de matá-la, era a lei.

Ela juntou as mãos com força, sentindo o coração bater forte e o sangue subir à cabeça. Se ao menos Yozo chegasse. Se alguém podia salvá-la, era ele. Mas ele só saberia o que aconteceu quando fosse tarde demais.

— Não tente negar, uma mulher chamada Fuyu esteve aqui e me contou tudo — berrou o comandante, com a cara negra.

Fuyu. O nome foi como um tapa na cara. Hana se levantou, pasma, furiosa. Não ia mais se ajoelhar em silêncio. No passado, aceitara que aquele homem fosse seu patrão e seu senhor, obedecera às suas ordens e apanhara dele sem reclamar. Mas ele estava certo. Ela havia mudado. Não a dominava mais. Podia matá-la, mas antes ela ia falar o que pensava.

— Fuyu é uma cafetina — gritou ela. — Como ousa acreditar nela e não em mim? Ela me vendeu.

O comandante passou as mãos pelos cabelos, levantando-os como se fossem chamas em volta do rosto.

— Você está me retrucando? Que ousadia! Acha que faz diferença se foi por vontade própria ou não? Ninguém quer uma mulher de Yoshiwara como esposa.

Ele estalou os dedos e ela tremeu, lembrando que costumava fazer isso antes de espancá-la. Ele se levantou. Ela se encolheu como uma bola e pôs os braços em volta da cabeça ao sentir que ele chutava suas costas e pernas. Esperou-a sentar-se e bateu na orelha dela com tanta força que Hana caiu no chão, espantada. Devagar, ela se aprumou e foi atingida de novo.

A sala girava, os ouvidos zuniam e a cabeça doía tanto que era difícil pensar. Estava toda machucada, mas no passado ele tinha feito pior, bem pior. Empinou as costas e olhou para ele, desafiadora. Ia morrer com orgulho, sem medo e sem pedir clemência.

— Você nem chora, perdeu a vergonha — disse ele, dessa vez mais suave. — Vá buscar o tapete. Você conhece o procedimento.

Ela se levantou, limpou a roupa com as mãos e foi mancando até a cozinha. Ouviu o metal raspando na pedra e soube que ele estava afiando a espada. Oharu estava de pé na frente do fogão, mexendo numa panela como se nunca mais fosse parar, com Gensuké agachado num canto. Quando ela entrou, os dois recuaram e desviaram o olhar, mudos de medo.

Enrolado no canto estava o tapete de palha que Oharu usava para secar rabanetes e caquis. Estava empoeirado e gasto e, quando Hana o pegou, uma pilha de insetos mortos caiu no chão.

Ela levou o tapete para fora, com o marido atrás de si. Ele tinha amarrado as mangas do quimono para trás e enfiado as espadas na cinta.

— Fique ali — rosnou ele.

Hana sentiu o calor do sol na cabeça. O dia não podia estar mais bonito. O céu era de um azul forte e galhos de árvores formavam um dossel sobre a casa, salpicando o telhado de folhas douradas, amarelas e castanhas. Ela contornou a lanterna de pedra e o lago, passou pelos pinheiros e foi até a clareira atrás do depósito, onde ninguém conseguiria vê-los.

— Aqui.

Ela desenrolou o tapete e se ajoelhou de costas para ele, mantendo a cabeça reta. Apesar de sua determinação em não permitir que ele visse seu medo, sentiu que tremia e os dentes batiam. Sua respiração vinha rápida e ofegante e ela sabia que cada uma que chegava poderia ser a última.

— Faça suas orações.

A terra estava fria, as pedras entravam pela palha fina e machucavam suas canelas. Uma brisa passou pelas folhas mortas e ela estremeceu. Perto, um corvo olhou bem para ela, abriu o longo bico preto e crocitou alto demais naquele silêncio. Um som solitário, um presságio de morte.

Em Yoshiwara, ela sentiu o gosto da vida e do amor. Se jamais tivesse saído daquela casa, poderia morrer velha, mas sem ter vivido. Não se arrependia de nada, pensou. Lembrou-se de Yozo e da noite que passaram juntos. Nunca havia se sentido tão feliz, ou tão completa. Só queria tê-lo visto mais uma vez. Sorriu, rememorando nitidamente a figura dele. Morreria pensando em Yozo.

Houve um raspar de metal e ela soube que era o último som que escutaria. Fechou os olhos.

41

O plano era acompanhar os presos até o ponto onde a estrada se estreitava, matar os guardas e soltar Enomoto e Otori. Os sulistas pensariam que eles tinham acabado com a resistência e não usariam guardas em quantidade suficiente. Os carregadores fugiriam e as pessoas que assistiam à cena e que odiavam os arrivistas do sul entrariam na briga ao lado de Yozo e seus companheiros. Esse era o plano, mas se daria certo, era uma outra questão.

Yozo havia participado de muitos planos temerários e ia sobreviver àquele, pensou. Precisava sobreviver. Agora tinha uma mulher de quem gostava, não podia mais arriscar a vida. Seus pensamentos ainda estavam em Hana e no que conversaram. Precisava ficar em paz consigo mesmo sabendo que talvez não sobrevivesse para vê-la de novo, porém sentira medo da reação dela ao contar que havia matado o seu marido. Ela se mantivera tão calma, tão generosa, e ele a admirava ainda mais por isso. Agora, podia se concentrar no que tinha de fazer: libertar Enomoto.

Passou pelas amoreiras em direção aos salgueiros e casebres à margem do rio, prestando atenção em cada detalhe do caminho que levava à mansão onde Hana estaria. Gostaria de estar com seu rifle Snider-Enfield, perdido última batalha. Mas teria de se virar com o Colt e a espada que Marlin lhe dera na fuga de Yoshiwara, a não ser que Ichimura tivesse encontrado no arsenal da milícia armas que pudessem ser usadas.

No cais, Heizo e Hiko estavam saltando do barco, enquanto o barqueiro contava as moedas do pagamento. Yozo sorriu quando se cumprimentaram. Ichimura surgiu à margem do dique, arrastando uma sacola que fazia barulho e quicava. Usava calças pretas e um rústico casaco de operário e tinha penteado os cabelos para não chamar atenção no meio das pessoas. E sorria, exultante. Levou as mãos à boca e gritou alguma coisa, mas o vento carregou as palavras. Depois, ao se aproximar, gritou de novo. Yozo gelou ao entender o que dizia.

— O comandante voltou! Ele não morreu!

— O comandante? — repetiu Yozo, tentando assimilar. De súbito, o dia pareceu escurecer e esfriar. — Você disse... não pode ser... o comandante Yamaguchi? — Sentiu a nuca formigar e um aperto na garganta. — Está vivo? Não pode ser.

Ichimura se aproximou, ofegante.

— Eu vi, senhor — disse, alegre. — Vi ontem, ele mora aqui perto. Contei o que pretendíamos fazer e ele disse para não sermos tolos. A guerra acabou, ele não quer ser preso. Não quer fazer nada que chame atenção.

Yozo não estava mais ouvindo. Gelou ao pensar no perigo mortal que Hana corria. Mas tinha atirado no comandante, pensou, viu-o cair no chão, olhou para trás, estava numa poça de sangue. Havia sangue no casaco e no chão. Como podia estar vivo ainda?

Depois, o próprio Yozo foi preso e não recebeu mais notícias sobre o comandante enquanto estava em Yoshiwara, até Ichimura aparecer com a maldita caixa, o que só confirmava a morte dele. Ele suspirou. Como podia ter errado assim? E mandou Hana para casa, para a morte.

Olhou em volta, assustado, e bateu com a mão na cabeça ao entender a difícil escolha que tinha de fazer. Enomoto, seu brilhante amigo de tantos anos, o galante Enomoto a quem ele admirava e amava como a um irmão. A vida e o código dos samurais que lhe foi inculcado desde o nascimento ensinaram que a maior qualidade de um homem era a lealdade à causa e aos companheiros. Eles dariam a vida por você e vice-versa. Sabia que não haveria outra oportunidade de salvar Enomoto e Otori e, se o plano falhasse, eles morreriam. Como podia sequer pensar em traí-los?

Mas então Hana apareceu e mudou tudo. Ela passou a ser mais importante do que qualquer outra coisa ou pessoa para ele. Daria tudo por ela, até sua honra e o respeito dos companheiros. Todos aqueles anos no Ocidente o haviam mudado mais do que imaginara ser possível e, assim que tomasse sua decisão, sabia que jamais poderia voltar atrás.

Pegou a sacola de Ichimura e a abriu. Estava cheia de rifles velhos e enferrujados; uma arma ruim só atrapalharia. Chutou a sacola.

— Espere aqui — avisou, enérgico.

— Não há tempo, senhor, temos de ir.

Heizo, Hiko e Ichimura o encaravam como se ele tivesse enlouquecido. Todos provavelmente sabiam de seus encontros com Hana. Yozo havia se esforçado para mantê-los em segredo, mas Yoshiwara era um lugar pequeno, cheio de intrigas e, afinal, Hanaogi era a cortesã mais famosa. Todos os homens devem tê-lo invejado.

E se eles soubessem o que ele estava pensando Yozo imaginava o que diriam — que as mulheres eram ótimas para diversão, mas que colocar os sentimentos pessoais acima do dever, colocar uma mulher acima do resgate de companheiros de armas, era completamente insano.

Ele balançou a cabeça. Era uma decisão terrível a se tomar, mas ele já havia se decidido. Não restavam dúvidas, tinha de salvar Hana.

— Volto logo — disse ele, brusco.

— Mas, senhor...

Yozo correu, sabendo que, provavelmente, era tarde demais.

Marlin os tinha treinado a correr muito rápido e agora o treinamento fez efeito. Yozo correu pelas ruas de úmidas casas de samurai do outro lado do campo de amoreiras, refazendo o caminho com toda a atenção, mas a cada passo o telhado cinzento e os muros de pedra pareciam mais distantes. Como num pesadelo, ele corria, mas parecia não sair do lugar. Xingou ao perceber, numa fúria cega, que ia na direção contrária.

Finalmente, viu o muro alto e o portão, abriu-o, fazendo uma careta ao ouvir as dobradiças rangerem alto. Lá estava a mansão com sua entrada sombria e a fumaça saindo dos beirais como Hana havia descrito, no fundo de um pátio com cascalho, rochas, um poço e uma enorme cerejeira.

Os corvos crocitavam, os insetos zuniam e vozes vinham da rua, mas ali dentro estava tudo em silêncio. Olhou ao redor, agachou-se atrás da árvore e carregou a arma, esperando usá-la.

O comandante mataria Hana se descobrisse que ela esteve em Yoshiwara. Os samurais tinham de matar esposas adúlteras, ainda mais quando se tratava de prostitutas. E, com aquele temperamento rude, certamente o comandante cortaria a cabeça dela de imediato, sobretudo se soubesse que ela esteve com sulistas. Se Yozo tentasse impedi-lo, ele é que estaria errado, não o comandante.

A única esperança era que ela tivesse conseguido deter o comandante por algum tempo. Hana não pediria misericórdia, era orgulhosa demais para isso, mas talvez tivesse tentado convencê-lo de que esteve visitando a família. Porém, o comandante entenderia logo, bastava olhar para ela. Tudo, até a maneira como se comportava, tornava óbvio que era uma mulher acostumada a seduzir homens.

Tinha de pensar rápido. Se o comandante ia matá-la, seria fora de casa, fora de vista. Mas onde?

Yozo atravessou o pátio, procurando pisar no limo para amortecer seus passos, fazendo careta ao escorregar e as sandálias de palha atingirem o cascalho. Chegou na casa e prendeu a respiração, à sombra do muro. Tudo em silêncio. Viu um jardim com um lago e uma lanterna de pedra, olhou em volta e viu uma construção quadrada, branca: era o depósito. Seguiu pela lateral, ouviu o roçar de metal e seu coração bateu forte.

Mal ousando respirar, olhou e recuou rápido. Hana estava ajoelhada como uma estátua, de frente para o muro, com as mãos pequenas e brancas no colo. Usava o quimono azul simples que tinha vestido naquela manhã. Os cabelos estavam soltos e caíam no rosto, mostrando a suave pele branca da nuca. Estava mortalmente pálida, mas com uma expressão composta, o corpo bem ereto. Yozo viu a graciosa linha das costas e sentiu uma onda de orgulho por ela manter tamanha dignidade. Viu então que o rosto dela estava machucado e ferido e fechou os punhos para conter um grito de ódio.

O comandante estava inclinado sobre ela, as pernas separadas, a mão no cabo da espada, pronto para dar o golpe. Estava mais magro e mais grisalho do que quando Yozo o viu pela última vez, mas não era um fantasma. Tinha vestido as saias de samurai, amarrado as mangas da camisa para trás e colocado a faixa de ferro na cabeça, como se estivesse a caminho de uma batalha. Os olhos estavam apertados; a boca, com uma determinação implacável.

Yozo sabia que, se o comandante mexesse a mão, tiraria a espada da cinta e Hana morreria num único golpe. Engatilhou a pistola. O clique foi incrivelmente alto no silêncio, mas o comandante não deu a impressão de tê-lo ouvido. Parecia absorto em pensamentos.

Yozo levantou a arma, agachou-se e mirou. A pistola era antiga, ele não sabia se era precisa e o comandante estava tão perto de Hana que tinha medo de atingi-la. Mas não havia tempo para nada. Cheio de determinação, apertou o gatilho. Houve um estrondo ensurdecedor e uma nuvem de fumaça. Em meio ao vapor, ele viu o comandante recuar, tropeçar e apoiar-se em sua enorme mão de espadachim para não cair. A bala se alojou num muro, levantando terra, pedras e areia.

Yozo xingou. Assustara o comandante e impedira que matasse Hana, mas não tinha acabado com ele.

O comandante viu Yozo e ficou pasmo. Os olhos saltaram das órbitas, ele rosnou como um leão encurralado e todo seu corpo pareceu estremecer de ódio. Seu rosto escureceu como se fosse explodir, ele desembainhou a espada, desenhando com ela um arco que brilhou ao sol. Se Hana estivesse na frente dele, teria sido cortada da cintura ao ombro.

Mas ela havia saído dali. Ao ouvir o tiro, levara um grande susto e, quando a bala passou ao lado do rosto do comandante, fazendo-o cambalear, ela se virou e notou Yozo. Ficou de pé, segurou as saias e correu para ele, que estava com a arma na mão. Por um instante, seus olhos se encontraram. Os dela estavam enormes e brancos, como uma corça assustada.

— Fique atrás de mim, rápido — sussurrou ele de pronto.

Yozo engatilhou de novo, mas, dessa vez, o comandante estava prevenido. Apertando os lábios, ele ficou de lado e girou a espada. Yozo olhou, incrédulo, o comandante cortar a bala ao meio e os pedaços se espalharem de cada lado da espada reluzente e penetrarem no muro, levantando mais terra e areia. A espada brilhou ao sol, incólume.

Praguejando, Yozo jogou o rifle no chão, mas o comandante já estava em cima dele, com um grito de guerra, levantando a espada sobre sua cabeça. Yozo desembainhou a sua a tempo de aparar o golpe da lâmina do comandante quando caiu sobre ele. Aço bateu em aço quando as lâminas se prenderam, lançando faíscas. O impacto fez Yozo cair de joelhos.

Ele se levantou, os dois se olharam, espadas em punho, andando para a frente e para trás, um desejando que o outro desse o primeiro golpe.

Yozo estava sem prática depois dos meses passados em Yoshiwara, e sua espada não era boa. Conhecia a arma do comandante, era famosa, feita por um conhecido ferreiro. O comandante devia tê-la entregado para Ichimura quando viu que a guerra estava perdida e Ichimura levou-a para a casa. Por um momento, Yozo se impressionou com a terrível tristeza de tudo aquilo. Ele e o comandante estiveram do mesmo lado, lutando pelo que acreditavam, e agora se limitavam a lutar entre si. Teve vontade de jogar a espada no chão; o comandante era uma relíquia de um tempo perdido e lutar com espadas era uma arte mortal. Yozo tinha se vingado uma vez e desde então era assombrado por seu ato. Parecia errado vingar-se de novo. Mas lembrou-se de Kitaro, morto na desolada planície de Ezo, dos ferimentos no rosto de Hana e não teve mais dúvidas.

— Então é você, Yozo Tajima. Não consigo escapar de você, aonde vou, você está lá. — Havia nele um brilho no olhar, uma loucura que Yozo reconheceu.

— Deixe Hana ir embora, nós deixaremos Edo, vamos para Ezo, você nunca mais vai nos ver — disse Yozo.

— Você me enganou uma vez, Tajima, me pegou desprevenido com sua traição. Mas agora terminaremos o que começamos em Ezo, só que desta vez é você quem morre... junto com a sua puta.

Yozo era ótimo espadachim, mas sabia que o comandante era cruel e impiedoso, o que o tornava quase invencível. Lembrava-se dele se vangloriar de que a lâmina de uma de suas espadas tinha enferrujado de tanto sangue.

Ele sabia que tinha de atacar primeiro. As lâminas afiadas como navalhas podiam cortar carne como uma faca na seda. Um único golpe bastava para cortar o braço ou a perna de um homem ou parti-lo ao meio com a mesma facilidade que o comandante partiu a bala.

Gritando com toda a força, Yozo pulou para a frente, brandindo a espada. Houve um tinido quando o comandante aparou o golpe. Yozo girou, virou a arma e atacou de novo, depois segurou o cabo com as mãos, levantou-o sobre a cabeça e o desceu zunindo. Os choques do aço foram ensurdecedores. Mas o comandante previa cada movimento do rival e aparava todos os golpes. Eles se afastaram, Yozo atacou novamente, pegando o comandante desprevenido, e cravou a lâmina na pele macia do ombro antes que ele tivesse tempo de reagir. O sangue formou uma grande mancha no casaco rasgado mas, sem nem piscar, o comandante continuou olhando para Yozo, como se não tivesse percebido o corte.

Ele então sorriu. Os olhos brilharam e ele deu aquele riso arrogante. Gritou ao se adiantar, brandindo a espada com selvageria. Movimentou-se para a frente e para trás, as saias voando, leve como um gamo, atacando em todas as posições. A arma parecia uma lâmina, brilhando ao sol ao sibilar no ar. Yozo foi empurrado contra o muro enquanto tentava, desesperado, rebater os golpes, sabendo que bastava um para matá-lo.

O comandante se aproximou, desferindo golpes rápidos e leves, sem parar. Ao aparar uma manobra que pareceu sair do nada, Yozo tropeçou. Saiu da frente, mas não o bastante e a lâmina cortou seu rosto. A dor súbita trouxe lágrimas aos seus olhos e ele sentiu o rosto úmido de sangue. Rangeu os dentes e investiu várias vezes, tentando romper a barragem de golpes, mas a lâmina do comandante cortou e ele sentiu uma dor aguda, aguda demais, no braço esquerdo. Recuou, exausto. Estava ofegante, coberto de suor, a respiração saindo como fumaça no frio de outono.

O comandante ficou sobre ele, com a espada levantada para matar. Sorria. Quase não tinha uma gota de suor e Yozo percebeu que ele há muito já podia tê-lo liquidado. Estava brincando como gato e rato, apenas por prazer.

Encostado no muro outra vez, Yozo aguardou o golpe final. Mas, em vez de baixar a espada e acabar com ele, o comandante ficou parado como uma estátua, parecendo desfrutar a alegria daquele momento.

Yozo olhou bem para o adversário, perguntando-se por que não atacava. Era quase como se desse uma chance, como se quisesse morrer.

De repente, Yozo ficou cego de ódio. Se ia morrer, levaria aquele demônio junto. Quando o comandante parou, exultante, Yozo gritou:

— Por Kitaro e por Hana. — Segurando a espada com as mãos, virou a ponta para cima e enfiou fundo a lâmina nas camadas de seda que cobriam a barriga do comandante. Sentiu a arma deslizar suavemente pela espinha.

Com as forças que lhe restavam, apertou a espada até ter certeza de que havia entrado no corpo do comandante e a girou, arrancou-a e se preparou para atacar de novo.

O inimigo arregalou os olhos e cambaleou. Yozo esperava que ele caísse, mas deu um grito de ódio que fez Yozo estremecer por inteiro. Talvez o comandante não fosse humano, talvez fosse mesmo impossível matá-lo e, como prova, no momento seguinte a lâmina dele estava apontada em sua direção como um raio de luz. Yozo tentou tirá-la do caminho levantando sua espada para rechaçar, mas era tarde demais. O comandante vencera. Os dois iriam juntos para o céu ou para o inferno.

Houve então um tinir e a espada caiu da mão do comandante, rodou no ar e bateu no chão num baque surdo e inofensivo. Pasmo, Yozo olhou para cima. Uma lâmina surgira do nada e impedira o golpe.

O comandante pendeu para o lado. Com sangue saindo da barriga e da boca, cambaleou de novo, os joelhos dobraram e ele caiu no chão, fazendo as folhas rodopiarem ao seu redor.

Ele encarou Yozo e um sorriso fraco atravessou seu rosto. Os lábios se contraíram. Yozo se inclinou, tentando ouvir o que ele dizia.

— Você lutou bem, você me fez um... favor.

Suspirou. Aos poucos, a luz em seus olhos foi sumindo e a cabeça virou, pesada, para o lado.

42

Com o som do aço zunindo nos ouvidos, Hana correu para a casa e pegou sua alabarda na prateleira acima da verga da porta. Voltou rápido, viu Yozo encostado no muro e o marido empunhando a espada para ele, os lábios num sorriso triunfante. Contemplou também Yozo girar com súbita ferocidade, levantar a espada e enfiá-la na barriga do comandante, que ficou com um brilho louco nos olhos ao ser atingido com o golpe final.

Sem tempo para pensar, ela se esticou, desenhou no ar um grande arco com a alabarda e bateu com toda a força na espada que caía. Sentiu as duas lâminas se chocarem e cambaleou sob o impacto, segurando desesperada no punho da arma, quase arrancada de suas mãos. Então, num enorme esforço, com mais energia do que imaginava ter, ela interrompeu o golpe mortal e enfiou a arma de lado.

Agora, olhava o homem alto esparramado no chão, com sangue bombeando dos ferimentos. Poeira e folhas giravam no ar. Ela observava, respirando alto no silêncio, quando uma folha amarela pairou e veio pousar na mão dele.

Estava tão certa de que ia morrer que já tinha se despedido do mundo. Mas agora sabia que viveria, tudo lhe pareceu tão lindo que lágrimas brotaram em seus olhos. As paredes do depósito eram de um branco ofuscante ao sol, o bambu balançava e farfalhava na brisa e o ar estava cheio de fumaça de lenha.

Olhou para o homem que a apavorou durante tanto tempo, quase temendo que abrisse os olhos de novo, que se levantasse do chão e a encarasse.

O rosto estava composto e calmo como nunca tinha sido. Ela pensara que não o veria mais, porém o viu; primeiro, vivo, e agora realmente morto.

Yozo se levantou, apoiando a mão no muro. Estava pálido, coberto de sangue, suor e sujeira; os cabelos tinham se soltado e estavam caídos em volta do rosto.

— Espere — disse, levantando a mão quando Hana veio correndo em sua direção. Limpou a lâmina na ponta do casaco e guardou a espada na bainha, sem tirar os olhos do morto. — Quero ter certeza de que ele não vai morrer três vezes.

Pegou o rifle, que continuava no lugar onde o havia jogado, ajoelhou-se e o encostou na cabeça do morto. Hana pôs as mãos nos ouvidos. Ela também queria ter certeza de que o comandante não voltaria dos mortos outra vez. Mas Yozo olhou o rosto do comandante e afastou a arma sem atirar.

— Ele merece respeito, foi um grande guerreiro da velha escola — disse ele, solene. — Vamos dar-lhe um enterro digno, levar suas cinzas para Kano e colocá-las no túmulo da família, junto com a caixa.

Hana se ajoelhou ao lado de Yozo, esticou a mão, tímida, e a apoiou na perna dele.

— Acabou — afirmou ela, baixo. — No fim, ele venceu. Eu jamais conseguiria vencê-lo. Ele queria morrer e deixou que eu o matasse. — Hana parecia um pouco triste.

— É verdade. O mundo não tinha mais lugar para ele.

Yozo olhou para ela e sorriu, piscou e pôs a mão no próprio rosto, que tinha sangue escorrendo do corte.

— Você também é uma guerreira, salvou minha vida.

— Não, você salvou a minha. Eu tinha certeza de que ia morrer. Nunca pensei que você chegaria a tempo — disse ela, suave.

Ele pegou sua mão e ela sentiu o calor das palmas dele.

— Sempre tive certeza de que era isso que eu tinha de fazer. Quando soube que o comandante estava vivo, só pensei em você e no perigo que corria.

Ele levou a mão dela aos próprios lábios. Hana gostava do jeito como ele sorria, primeiro com os olhos, depois com os cantos da boca, até o rosto todo sorrir.

— Heizo, Hiko e Ichimura acham que eu desgracei minha vida, pois traí meus amigos — acrescentou. Fez uma pausa e suspirou. — Foi um plano louco, eles podem ter salvado Enomoto e Otori, mas não creio. Devem estar todos no presídio Kodenmacho.

— Venha para casa, precisamos limpar seus ferimentos e fazer um curativo — comentou ela.

Mas Yozo estava de novo olhando para o corpo do comandante.

— Acabou — disse ele. — O tempo dele, o tempo dos guerreiros. Todas aquelas lutas e batalhas, o ódio do norte pelo sul.

Levantou-se devagar e segurou a mão de Hana.

— Em Yoshiwara, passei a conhecer bem Masaharu, ele é um homem bom. Há outros como ele no governo. Sei que foram nossos inimigos, mas não se pode negar que venceram e temos de nos habituar com isso. Os sulistas são idiotas, não têm cultura nem estilo, mas têm ideal. Querem conhecer o mundo além do Japão e Masaharu sabe que nós estivemos lá. Faz sentido usar nosso conhecimento e perícia, não podem deixar-nos isolados do mundo para sempre. Precisamos pensar no futuro, não no passado.

O passado. Na noite da véspera, Hana havia ficado sentada ao lado de Saburo, depois sacudindo dentro de um palanquim na escuridão. Era difícil até de pensar agora, tudo aquilo parecia ter acontecido há muito tempo. Toda a sua vida adulta fora de dificuldades — com o marido, depois em Yoshiwara. Mas agora, quando olhava para Yozo, sabia que o futuro seria bem diferente. Não sabia o que os dois fariam mas, fosse lá o que fosse, estariam juntos.

— Você me contou sobre a sua casa — disse Yozo —, mas não a vi ainda. Você não vai me levar lá para dentro?

Seguiram pelo sol do começo da manhã, passando pelas folhas caídas no chão como se começassem uma nova vida. Viraram a esquina e lá estava a casa com o telhado, as portas de madeira e a fumaça espiralando das chaminés. Hana teve certeza de que estava em casa, ninguém mais a ameaçaria. Segurou na mão de Yozo e o deixou entrar.

Posfácio

Hana e Yozo são personagens fictícios, mas os fatos históricos da trama de *A cortesã e o samurai* são o mais próximo do real que pude manter, inclusive a história dos 15 jovens enviados à Europa, a última tentativa de Enomoto para reintegrar o xogum ao poder e as desesperadas batalhas em Ezo. O naufrágio na Batávia e o almoço com Alfred Krupp, assim como a longa viagem do *Kaiyo Maru* de volta para o Japão aconteceram mesmo. E, claro, o bairro de Yoshiwara existiu.

Na vida real, Enomoto (cujo nome completo era Tateaki Enomoto) escapou da morte não por uma trama dos amigos, mas graças ao seu enorme idealismo. Eis o que aconteceu: antes da última batalha, quando ficou evidente que os nortistas haviam perdido, ele enviou ao comandante sulista os valiosos livros de tática naval que trouxe da Holanda, dizendo que o país devia ficar com eles, qualquer que fosse o fim que ele, Enomoto, tivesse. Após se render, muitos líderes do governo (formado quase exclusivamente por sulistas) exigiram que Enomoto fosse executado, mas outros argumentaram que ele deveria ser poupado por ter demonstrado tamanho patriotismo. Como concluiu o fictício Masaharu, poucos japoneses estiveram na Europa e tinham qualquer conhecimento ou compreensão do Ocidente, e Enomoto foi reconhecido como um homem particularmente brilhante.

Ele acabou ficando dois anos e meio no presídio de Kodenmacho, até janeiro de 1872, quando o imperador Meiji perdoou todos os que lutaram pelo xogum Enomoto recebeu um cargo no governo em Ezo, então rebatizada de Hokkaido. Ele foi vice-almirante na Marinha Imperial. Em seguida, serviu como enviado especial a São Petersburgo e, finalmente, conquistou o título de visconde, um dos dois nortistas a receberem tal honra. Morreu em 1908, aos 72 anos.

Um Yozo de carne e osso teria tido uma carreira tão brilhante quanto a dos 15 jovens viajantes, embora os que participaram da rebelião de Enomoto contra o novo regime tiveram de esperar até serem perdoados, em 1872. Um deles se tornou diretor da Escola Naval, outros receberam cargos importantes nos ministérios, um passou a ser o médico da imperatriz e outro, cirurgião-geral.

Depois de dois anos e meio preso, Otori (cujo nome completo era Keisuké Otori) se tornou presidente da escola Gakushuin (escola similar à Eton), embaixador na China e depois na Coreia. Ele criou um arquivo para preservar a memória e os relatos dos que lutaram em Ezo pelo xogum e foi erigido um monumento em Hakodate, que existe até hoje, em homenagem aos muitos soldados nortistas que morreram lá.

A cidade de Hakodate continua fria e nevada como sempre. Estive lá num mês de dezembro pesquisando para este livro e senti na pele a paisagem dramática, o frio intenso e o inverno imprevisível, com nevascas ocorrendo minutos depois de um claro céu azul. Do Forte Estrela restam apenas as muralhas de cinco pontas e o fosso, além das sepulturas de alguns líderes e um museu com lembranças e uniformes dos soldados.

Fiz também uma viagem de trem de três horas pela península para ver o *Kaiyo Maru* que, após mais de um século submerso, foi içado em 1975 e recuperado em 1990. Hoje ele está imponente no cais de Esashi, um lindo navio com seus três mastros e uma enorme chaminé. Dentro, os canhões Krupp estão enfileirados nas portinholas de fogo e há exemplares de todos os objetos que foram recuperados: espadas japonesas e ocidentais, pistolas, facas e garfos holandeses, sandálias de palha, pentes, leques, caixas de marmita, moedas e centenas de balas de canhão. A temperatura lá é tão hostil que não é de estranhar o navio ter naufragado. Tentei tirar uma foto dele, com os dedos gelados, e o vento me carregou pelo cais.

A milícia do comando em Kyoto segue o modelo do Shinsengumi, a conhecida e implacável polícia do xogum que patrulhava Kyoto e que combateu lado a lado com as últimas tropas do xogum em Ezo. O comandante Yamaguchi foi inspirado em Toshizo Hijikata, grande herói e chefe da Shinsengumi. O poema da morte do comandante é de autoria dele. O verdadeiro Hijikata não era de Kano e não há registro de que tenha se casado, embora fosse muito conhecido entre as mulheres de Yoshiwara. Morreu aos 34 anos, na última batalha em Hakodate, onde está seu túmulo.

Os oficiais franceses retirados de Hakodate foram enviados de volta para a França. O governo japonês os levou à corte marcial e os condenou à morte, mas o povo e o governo francês ficaram tão impressionados com a bravura deles, por permanecerem ao lado dos japoneses, que não foram sequer julgados. O capitão Jules Brunet foi general e chefe do Estado-Maior do exército francês em 1881 e, em 1885, foi condecorado pelo imperador Meiji, provavelmente por sugestão de Enomoto, então ministro da Marinha.

O sargento Jean Marlin realmente ficou no Japão quando seus companheiros voltaram para a França, embora o que fez e por que ficou sejam invenção minha. Morreu em 1872, aos 39 anos, e foi enterrado no cemitério internacional de Yokohama.

Quando estourou a guerra civil, muitas jovens como Hana e Otsuné, de famílias leais ao xogum, pertencentes sobretudo aos níveis inferiores da classe dos samurais, ficaram na rua, sem ninguém para ajudá-las e acabaram se prostituindo. As moradoras de Yoshiwara em *A cortesã e o samurai* são ficcionais, mas os nomes das ruas e dos prostíbulos (inclusive Esquina Tamaya) são verdadeiros e o guardião era sempre chamado Shirobei.

Na época em que se passa a minha história, Yoshiwara estava em decadência, mas quando os sulistas assumiram o poder, eles frequentaram o lugar, que prosperou por algum tempo. A criação de novos distritos foi autorizada e o governo até construiu uma Yoshiwara para ocidentais, que chamou de Nova Shimabara, que era o equivalente da Yoshiwara de Kyoto. Mil e setecentas cortesãs e duzentas gueixas mudaram-se para lá saídas de Yoshiwara, mas os ocidentais não frequentaram a região. Parece que preferiam desfrutar seus prazeres escondidos e o lugar fechou logo.

Em 1871, um incêndio destruiu quase toda Yoshiwara, que foi reconstruída com prédios em estilo ocidental, alguns com até cinco andares, e as ruas foram ampliadas para evitar que outros incêndios se propagassem com a mesma facilidade. A Yoshiwara que aparece em fotos antigas é de depois desse incêndio, bem diferente de como deve ter sido quando Hana viveu lá.

O Japão se integrava rapidamente ao resto do mundo, o que teve um efeito devastador no velho estilo de vida, inclusive em Yoshiwara. Os estrangeiros eram contra a compra e venda de moças, considerada uma forma de escravidão, e em 1872 o governo, preocupado com a imagem do Japão no mundo, aprovou a Lei de Emancipação da Prostituta e da Gueixa, libertando as jovens e anulando suas dívidas. Muitas, entretanto, não tinham condições de se sustentar de outra maneira e os donos do bordel de Yoshiwara apenas rebatizaram as casas como "salas de aluguel" e continuaram em funcionamento. Depois da Segunda Guerra Mundial, a prostituição foi considerada ilegal no Japão e passou a ser clandestina.

As Cinco Ruas ainda existem, bem-marcadas no mapa de Tóquio, embora hoje sejam eufemisticamente comparadas com as chamadas "casas de banho", com leões de chácara de olhar feroz na porta. O pântano acabou e o Dique Japão foi aplainado e transformado em estrada, mas ainda existe um velho Salgueiro do Último Olhar onde começa a estrada em zigue-zague que leva a Yoshiwara. Até pouco tempo atrás, havia espetáculos com atrizes vestidas de cortesãs servindo saquê para homens que aparentavam nervosismo. Quando estive lá, fui ao cemitério local, no templo Jokanji, e vi a cripta funerária com prateleiras e mais prateleiras de pequenas urnas com as cinzas de milhares de jovens infelizes que foram enterradas lá, a maioria com 20 e poucos anos.

Há uns dez anos, passei vários meses vivendo com as gueixas de Kyoto e Tóquio, pesquisando para o meu livro *Geisha: The Secret History of a Vanishing World*. Essa experiência me ajudou muito a imaginar como deve ter sido a vida em Yoshiwara. Embora a Yoshiwara geográfica seja uma sombra de seu passado de glória, a fama persiste. Ainda há histórias da época em xilogravuras e fotos que permitem voltarmos ao *ukiyo*, o mundo flutuante.

Lesley Downer
Fevereiro de 2010

Bibliografia

A história é escrita pelos vencedores, sobretudo na revolução que ficou conhecida como a Restauração Meiji. Hana, Yozo e seus amigos estavam no lado dos vencidos e, por isso, a história dos 15 jovens aventureiros que foram para a Europa e das últimas e desesperadas batalhas em Ezo são muito menos conhecidas do que os feitos de seus contemporâneos sulistas. Apesar disso, meu romance foi baseado em pesquisa e fatos históricos.

Minha principal fonte para a história de Enomoto e a República de Ezo foram os relatos nos jornais da época: *The Japan Times Overland Mail*, *The Hiogo News* e *The Hiogo and Osaka Herald*, todos lançados por volta de 1860 e com relatos detalhados da batalha por Ezo. Eles contam uma versão bem diferente da que os vencedores deram depois. Esses jornais usam os termos "nortistas" e "sulistas" para as forças antagônicas e deixam claro que os observadores ocidentais às vezes ficaram sem saber qual dos lados venceria, ou formaria um governo mais estável. Há também relatos no jornal *The Illustrated London News*, ilustrados pelo artista Charles Wirman e por um capitão do navio imperial *Pearl*, que esteve presente como observador na batalha em Hakodate.

Uma outra fonte importante, que conta o ocorrido do ponto de vista da "milícia de Kyoto", é o livro *Shinsengumi*, de Romulus Hillsborough, citado abaixo.

Para aqueles interessados em ler mais sobre esse período fascinante, eis uma pequena bibliografia.

Yoshiwara

de Becker, J. E., *The Nightless City or the History of the Yoshiwara Yukwaku* (ICG Muse Inc., Nova York, Tóquio, Osaka e Londres, primeira edição em 1899);

Segawa Seigle, Cecilia, *Yoshiwara: The Glittering World of the Japanese Courtesan* (University of Hawaii Press, 1993);

Segawa Seigle, Cecilia, et al., *A Courtesan's Day, Hour by Hour* (Hotei Publishing, Amsterdã, 2004).

Podem também apreciar:

Bornoff, Nicholas, *Pink Samurai, The Pursuit and Politics of Sex in Japan* (Grafton Books, Londres, 1991);

Dalby, Liza, *Geisha* (University of California Press, Berkeley, Los Angeles, Londres, 1983);

Danly, Robert Lyons, *In the Shade of Spring Leaves: The Life and Writings of Higuchi Ichiyo, A Woman of Letters in Meiji Japan* (Yale University Press, New Haven e Londres, 1981);

Downer, Lesley, *Geisha: The Secret History of a Vanishing World* (Headline, 2000);

Hibbett, Howard, *The Floating World in Japanese Fiction* (Oxford University Press, Londres, 1959);

Screech, Timon, *Sex and the Floating World: Erotic Images in Japan 1700-1820*, (Reaktion Books, 1999);

Seidensticker, Edward, *Kafu the Scribbler: The Life and Writings of Nagai Kafu, 1879-1959* (Stanford University Press, Stanford, Califórnia, 1965).

O romance preferido de Hana, *The Plum Calendar*, está parcialmente traduzido em:

Shirane, Haruo (ed.), *Early Modern Japanese Literature, An Anthology, 1600-1900* (Columbia University Press, Nova York, 2008).

Ezo

Beasley, W. G., *Japan Encounters the Barbarian: Japanese Travellers in America and Europe* (Yale University Press, New Haven e Londres, 1995);

Bennett, Terry (ed.), *Japan and the Illustrated London News: Complete Record of Reported Events, 1853 to 1899* (Global Oriental, Folkestone, 2006);

Hillsborough, Romulus, *Shinsengumi: The Shogun's Last Samurai Corps* (Tuttle Publishing, Tóquio, Rutland Vermont, Cingapura, 2005);

Satow, Ernest Mason (tradutor), *Kinse Shiriaku: A History of Japan from the First Visit of Commodore Perry in 1853 to the Capture of Hakodate by the Mikado's Forces in 1869* (escritório do Correio do Japão, Yokohama, 1873, fac-símile publicado por Kessinger Publishing);

Steele, M. William, *Alternative Narratives in Modern Japanese History* (Routledge, Londres, 2003).

Livros diversos sobre a época

Meech-Pekarik, Julia, *The World of the Meiji Print: Impressions of a New Civilization* (Weatherhill, 1987);

Naito, Akira, *Edo, the City that Became Tokyo: An Illustrated History*, ilustrações de Kazuo Hozumi, tradução, adaptação e apresentação de H. Mack Horton (Kodansha International, Tóquio, Nova York, Londres, 2003);

Nishiyama, Matsunosuke, *Edo Culture: Daily Life and Diversions in Urban Japan, 1600-1868* (University of Hawaii Press, Honolulu, 1997);

Seidensticker, Edward, *Low City, High City: Tokyo from Edo to the Earthquake, 1867-1923* (Alfred A. Knopf Inc., Nova York, 1983);

Shiba, Goro, *Remembering Aizu: The Testament of Shiba Goro*, editado por Ishimitsu Mahito, traduzido por Teruko Craig (University of Hawaii Press, Honolulu, 1999).

Diários de viajantes vitorianos da época

Alcock, Rutherford, *The Capital of the Tycoon*, volumes I e II (Elibron Classics, 2005, primeira edição em 1863);

Cortazzi, Hugh, *Mitford's Japan: Memories & Recollections 1866-1906* (Japan Library, 2002);

Satow, Ernest, *A Diplomat in Japan: The Inner History of the Critical Years in the Evolution of Japan When the Ports were Opened and the Monarchy Restored* (Stone Bridge Press, 2006, primeira edição em 1921).

Filmes e DVDs de samurais ambientados nessa época

When the Last Sword is Drawn, direção de Yojiro Takita, 2003;
Tabu, direção de Nagisa Oshima, 1999;
O samurai do entardecer, direção de Yoji Yamada, 2001;
Hidden Blade, direção de Yoji Yamada, 2004.

E um belo filme pós-moderno ambientado em Yoshiwara

Sakuran, direção de Mika Ninagawa, 2006.

Um site sobre Yoshiwara

www.oldtokyo.com/yoshiwara.html

E um navio

Quem se interessa pelo *Kaiyo Maru* deve ir à cidade americana de Portsmouth, no estado do Oregon, onde está exposto o *Warrior*, construído em 1860, quase exatamente na mesma época: www.hmswarrior.org

Este livro foi composto na tipologia Minion Pro
Regular, em corpo 11,5/16, e impresso em papel
off-white no Sistema Cameron da Divisão
Gráfica da Distribuidora Record.